ROSE STORM
LOST IN LOVE

Barbara Morgan

Ghostly Whisper

ISBN 978-1-915077-74-5

Website: http://www.ghostlywhisper.com

Facebook: https://www.facebook.com/ghostlywhisperltd

Instagram: https://www.instagram.com/ghostlywhisperltd

Twitter: https://twitter.com/GW_BooksEtc

Whisper of the Heart

PRIMA PARTE

It's amazing how you can speak right to my heart
Without saying a word you can light up the dark
Try as I may I can never explain
What I hear when you don't say a thing

The smile on your face lets me know that you need me
There's a truth in your eyes saying you'll never leave me
The touch of your hand says you'll catch me wherever I fall
You say it best, when you say nothing at all.

(Ronan Keating)

CAPITOLO 1

L'avrei annoverata come l'estate più brutta e noiosa della mia vita. Ne ero fermamente convinta. Ed era un peccato, davvero. Anche di questo ero convinta. Insomma, i mesi che intercorrono tra i diciassette e i diciotto anni teoricamente andrebbero ricordati come i più belli nell'esistenza di una persona. O forse era solo un'idea preconcetta. Una diceria. Una leggenda metropolitana.

Ecco, forse sarebbe stato meglio evitare il termine "metropolitano" per tentare di definire un aspetto della mia condizione. Soprattutto perché mi trovavo sperduta nel nulla. In una zona del Dorsetshire di cui gran parte degli esseri umani, me inclusa prima di esserci trasportata a forza, ignora completamente l'esistenza.

Quindi, questi erano i fatti. Avevo ancora diciassette anni nell'estate del 1999, purtroppo per me. Ne avrei compiuti diciotto il 30 dicembre, il giorno prima dell'ultimo dell'anno. Mi sarei affacciata nel nuovo millennio come una persona finalmente matura e responsabile.

Poi avevo dibattuto, con Chris... anzi contro Chris. Perché lui affermava con fermezza, o più probabilmente per il gusto di contraddirmi, che il nuovo millennio sarebbe iniziato nel 2001 in realtà. Contro Chris avevo anche iniziato a tenere un diario in cui avrei riportato i fatti salienti della mia giovane vita. Ma finivo sempre per scriverci sciocchezze. Del tipo mi sono svegliata, ho fatto colazione, ho indossato quel vestitino adorabile appena acquistato, con le scarpe nuove con i lacci intorno alle caviglie... Del resto anche Daisy aveva sempre tenuto un diario e sembrava fosse davvero importante per lei.

Solo io mi annoiavo. Evidentemente avevo una vita noiosa. Questo era abbastanza ovvio nel Dorset, ma anche a Chelsea le pagine del mio diario non brillavano di entusiasmo. Però non volevo assolutamente essere considerata, per l'ennesima volta, come la ragazza che lascia tutto a metà. Quella che intraprende sempre nuove imprese con fervore e poi…

Ovviamente quel diario non è rimasto a metà. Diciamo che ha superato di poco la sua fase iniziale. Già l'inizio era stato tragicomico. Come avrei dovuto iniziarlo? Con "Caro diario…", ovviamente. La formula più tradizionale e conosciuta al mondo. Ma perché mai doveva essermi tanto caro?

Tra Daisy e Chris sembravo io quella sconclusionata, quella che non aveva nulla a che fare con la nostra famiglia. In realtà volevo solo dimostrare di essere in grado di portare qualcosa a termine.

E poi cosa avrei dovuto raccontare a quel povero diario che a essere sincera non mi era nemmeno particolarmente "caro"? Magari iniziare dal mio nome, Rose. Rose Gwendolyn Storm. Rose grazie alla mia mamma francese. Gwendolyn sarebbe stata la scelta di mio padre, se mamma non lo avesse convinto a proseguire la tradizione floreale (che in realtà annoverava un solo precedente). Mia sorella, in fondo, è stata più fortunata. Tra Marguerite e Sylvia hanno optato per Daisy, la versione inglese di margherita. Quindi anche a me, che sono arrivata quasi quattro anni dopo, è toccato il nome di un fiore. Più scontato di così però non avrebbero potuto sceglierlo! Ma sempre meglio di Gwendolyn, a mio parere.

Tutto questo prima che decidessero di lasciarsi e che Isabelle, mia madre, tornasse a intraprendere attivamente la sua carriera di pianista a Parigi e in giro per il resto del mondo. Carriera in cui due bambine di pochi anni non erano facilmente incluse.

Mio padre, oltre che a occuparsi di noi, si è consolato con una seconda moglie, americana di origini irlandesi e pseudo attrice teatrale, Karen Warner. Teatro d'avanguardia, ci ha sempre spiegato con orgoglio. Non credo di aver mai compreso di cosa si trattasse esattamente. In realtà né papà né Karen si sono occupati di noi molto alacremente, hanno preferito affidarci ad altre persone e pagarle perché badassero a noi in loro assenza. Ma del resto io avevo già dieci anni e Daisy quattordici. Ed è stato proprio in quel periodo che è arrivato Chris. No, non arrivato nel senso nato. Nel senso che è arrivato già fatto.

Christian Warner. Nuovo figlio per papà, già confezionato. Nuovo fratello per noi. Un piccolo manipolatore egocentrico, figlio di Karen e del suo primo amore, un acrobata russo dal nome impronunciabile. Morto durante un incidente sul lavoro, qualche mese prima della nascita di Chris, un bel volo dal trapezio. In realtà ho sempre creduto si trattasse di un'altra leggenda metropolitana studiata a tavolino da Karen per impietosire papà e convincerlo ad adottare il suo povero e sventurato bambino, figlio della "guerra fredda". L'operazione sarebbe anche riuscita se il diretto interessato non avesse opposto il suo netto e orgoglioso rifiuto all'idea di Karen e di papà.

Dopo qualche anno anche il loro matrimonio è finito. Nulla di nuovo per noi, ormai. Mentre Karen è tornata in America in cerca di un nuovo marito, il figlio dell'acrobata russo è rimasto con noi e si è iscritto all'università allo scopo di diventare architetto. Supponevo intendesse perseguire la carriera di mio padre invece che quella del suo.

Ma torniamo all'estate del 1999. E al villaggio sperduto del Dorsetshire in cui sono stata trascinata contro la mia volontà, soprattutto.

Mio padre Edmund Storm, Ned per gli amici, aveva costruito gran parte della sua fama lavorando a missioni impossibili. No, nulla di spericolato in stile 007. Ristrutturazioni impossibili. Insomma, mostri decadenti e in rovina trasformati in edifici di lusso. In pratica, il chirurgo plastico dell'architettura.

La nuova sfida, una tentazione irresistibile per lui, era un castello situato nel villaggio di Heathland, nel Dorsetshire. Un villaggio che nemmeno esisteva sulla mappa, nemmeno in quelle specifiche relative alla contea. Quattro pietre messe insieme che farebbero impallidire Stonehenge nel confronto. E va bene, forse sto esagerando! Ma in ogni caso io mi ero riservata il diritto di soprannominarlo Heartstone. Cuore di pietra, sì. Perché più che di un castello da ristrutturare si trattava davvero di un ammasso di pietre e ruderi senza forma. Pietre, antiche pietre ovunque. Pietre e campagna, la brughiera che a me appariva sconfinata. Pietre, campagna e aree agricole perfidamente accanite contro di me e contro la mia vita sociale.

Io e papà alloggiavamo in uno dei cottage variopinti che circondavano il castello e i terreni circostanti, a poca distanza dal cuore di pietra che invece si ergeva sulla collina. Il nostro era di un colore indefinito tendente al crema, in parte ricoperto da edera rampicante e con il tetto spiovente. Intorno a noi, il nulla. Soltanto altri cottage molto simili al nostro, abitati da gente del luogo che sembrava appartenere a un'epoca remota. Qualche negozio probabilmente risalente al secolo scorso, più che altro di generi alimentari. Niente che ricordasse, nemmeno vagamente, un quartiere di Londra. Figuriamoci Chelsea, Oxford Street o Piccadilly Circus, che io ero abituata a frequentare quasi quotidianamente.

Al contrario di me, mio padre era profondamente affascinato dalla campagna. Come poteva esserlo un uomo di mezz'età che aveva trascorso gran parte della sua esistenza in una metropoli, ne era stato risucchiato fino a lasciarsi assorbire e quindi sognava di ritirarsi lontano dai riflettori, in cerca di tranquillità. Affermava che anche l'aria lì sapeva di buono. Lo ripeteva regolarmente, ogni mattina. Io invece ogni mattina rimpiangevo la mia casa a Chelsea, i miei amici. Ogni giorno di più, ed era trascorsa circa una settimana, disprezzavo quel maledetto Heartstone di cui non mi sentivo e mai mi sarei sentita parte.

Mia sorella Daisy se ne stava beatamente in città, con la scusa dello studio e degli esami universitari. Il più delle volte non stava nemmeno a casa, sempre con la scusa dell'università. Ci avrebbe raggiunti in seguito, aveva promesso. Perché anche lei adorava la campagna. Certo, come no! Niente di più facile affermare di adorare la campagna mentre si vive in città trascorrendo le giornate a fare shopping e le serate vagando da un locale all'altro. Allo stesso modo gran parte dei londinesi adoravano la campagna! Da lontano, appunto.

Io, del resto, non potevo restare a casa da sola. Questa era l'opinione di papà. Sfortunatamente Alison Tyler, la persona che dopo la separazione dei miei genitori si era occupata di me e di mia sorella, si era sposata ed era in viaggio di nozze con il mio professore di storia. No, insomma non sfortunatamente per lei. John Fowler era un uomo davvero molto, molto eccitante anche se un po' troppo rigido a mio parere. Ricordava vagamente il Mr. Darcy di *Orgoglio e Pregiudizio* interpretato da Colin Firth. Nella prima parte soprattutto, quando faceva lo stronzo. Era comunque un bell'uomo, se avessi avuto l'età giusta forse lo avrei preso in considerazione per me stessa! Anche se non aveva proprio nulla a che vedere con i ragazzi delle mie boy band preferite.

Comunque, l'assenza da casa di Alison aveva contribuito a convincere ancora di più mio padre a trascinarmi con sé tra le rovine, asserendo che non potevo restare sola con la nostra governante e con il maggiordomo perché li avrei dominati con il mio carattere impertinente. Queste esatte parole! Impertinente tendente al tirannico, aveva aggiunto Chris quando papà aveva richiesto la sua opinione in proposito.

Non tolleravo che accordasse tanta importanza al parere di un ragazzo che aveva soltanto un paio di anni più di me! Nemmeno il giudizio di Daisy era tenuto in così alta considerazione! Ma evidentemente nostro padre aveva deciso che Chris, il figlio della sua seconda ex moglie, avrebbe fatto le veci del figlio maschio che non aveva mai avuto. E lui ovviamente, in quanto maschio e in quanto universitario, se n'era rimasto tranquillamente a Londra!

L'unica imprigionata tra le rovine ero io. E riuscivo anche a immaginarmi come una Bella Addormentata tra rovi e macerie, in attesa di un Principe Azzurro che però non sarebbe mai arrivato. No, in realtà non aspettavo proprio nessuno. L'unica cosa che aspettavo davvero con impazienza era la fine del 1999 e il conseguente inizio del 2000. Perché in quella data avrei finalmente avuto diciotto anni e sarei potuta restare ovunque desiderassi, soprattutto. Così né papà né Chris né nessun altro avrebbe più potuto decidere sul mio destino. Quindi nessun Principe Azzurro per me. Solo l'inizio della mia libertà.

CAPITOLO 2

La notizia che Chris ci avrebbe raggiunti ad Heartstone, anzi a Heathland, non mi aveva entusiasmata, ovviamente. Consideravo fosse da pazzi avere la possibilità di restare a Londra e invece scegliere volontariamente di rintanarsi nella brughiera. Certo, Chris non brillava per sanità mentale. E conoscendolo ero abbastanza sicura che la sua vita sociale fosse quasi del tutto inesistente, oppure mortalmente noiosa. Ufficialmente viveva in un appartamento con ignoti compagni universitari, ma in realtà me lo ritrovavo sempre intorno.

«Arriverà qui a Heathland all'inizio della prossima settimana.» Mi aveva comunicato papà dopo aver espresso il suo abituale e quotidiano apprezzamento per la vita di campagna. «La ristrutturazione di Desmond Castle è importante per Chris, gli serve per imparare il mestiere anche se è ancora presto per lui. Sarà comunque un buon tirocinio. Il proprietario vorrebbe farne un luogo ideale di ristoro e ispirazione per artisti… pittori, scultori, scrittori… Questo ha attratto Chris. Numerose residenze nobiliari nel paese hanno aperto le porte al pubblico. Il nostro patrimonio architettonico e culturale è immenso.»

Avevo dimenticato che l'ammasso di rovine aveva un nome. Desmond Castle. Forse perché se non si trattava di Buckingham Palace o affini non lo consideravo particolarmente degno di essere chiamato castello. Non mi interessava nemmeno sapere a chi appartenesse o chi avesse incaricato papà di trasformare il "cuore di pietra" in una casa di cura per artisti sfigati. Sapevo solo che era il responsabile della mia infelicità, del mio sradicamento dal mio ambiente, dell'allontanamento dai miei amici e dai miei locali e negozi preferiti.

«E ovviamente si installerà in questo cottage, insieme a noi» sbuffai lanciando un'occhiata risentita a mio padre per poi soffermarmi sulla colazione, ancora intatta. «Sai che fra pochi giorni arriverà Daisy, con Alan e forse anche Mike, vero? E poi ho invitato Janet...»

«Ci sarà sicuramente posto per Daisy e i tuoi amici, anche se non nel nostro cottage. Ma ne abbiamo altri tre a disposizione. Uno sarà occupato da Simon Burnett e sua figlia...»

«Cosa? Kathleen verrà qui?»

Ecco, una brutta notizia dietro l'altra. Kathleen, la figlia del socio di mio padre. Frequentavamo lo stesso anno di liceo e la stessa scuola, ma speravo avesse il buon gusto di trascorrere l'estate in città con sua madre o comunque altrove, invece di venire a Heathland a ossessionare me!

E comunque stavo iniziando a dubitare che la mia amica Janet accogliesse il mio invito. Si sarebbe sicuramente trascinata dietro Freddie, il suo ragazzo, che tolleravo per il quieto vivere ma con cui non andavo particolarmente d'accordo.

In quanto a Daisy... obbiettivamente godendo della libertà che a me mancava, perché mai avrebbe dovuto rintanarsi in questo angolo di mondo? Se solo lei e Chris fossero rimasti nella casa di Chelsea, assicurando a papà che avrebbero badato a me... Non dovevano farlo davvero, ovviamente. Sarebbe bastato farglielo credere!

Sapevo di non dovermi lamentare. Subivo la mia condanna in silenzio, per quanto mi era possibile. Intanto i giorni passavano e io sprofondavo sempre più in fondo al nulla, guardando programmi in tv e tentando ripetutamente di connettere il mio computer e il mio telefono per tenermi in contatto con il resto del mondo civilizzato. Per fortuna avevo il mio lettore cd e mi ero portata dietro gran parte dei miei cd preferiti. Però non mi truccavo e non mi vestivo nemmeno più. Nel senso che non curavo particolarmente il mio abbigliamento. Per cosa? Per chi? Sarebbe stato inutile. Uno

16

spreco di tempo e di energie. Mi trascinavo in giro con una maglietta extralarge, i pantaloni del pigiama e i capelli scompigliati.

«Kathleen sta per arrivare, così non starai sola.» Papà era davvero convinto di avermi dato una buona notizia e non me la sentivo di deluderlo raccontandogli che in realtà Kathleen non era affatto mia amica, ma una stronza egocentrica che si credeva la più bella del reame e io avrei preferito mille volte avere a che fare con la strega di Biancaneve in persona. «Poi arriverà gente per discutere a proposito del castello, anche se a te magari non interesserà… Finalmente incontrerò Sir Desmond in persona. Finora ho sempre parlato solo con il suo avvocato.»

«Mmh…»

Aveva ragione, non mi interessava e non sapevo nemmeno cosa dire per mostrare un minimo di partecipazione. Sir Desmond era evidentemente il padrone di Desmond Castle, quella specie di roccaforte diroccata che si ergeva sulla collina. Ma al momento la mia unica preoccupazione era che avrei dovuto rimettermi in forma a causa di Kathleen e non ne avevo proprio voglia. Però non potevo nemmeno permettere che mi vedesse così sciatta e trasandata, non avevo nessuna intenzione di sfigurare in un confronto con lei. Sicuramente sarebbe tornata di corsa a Londra solo per raccontarlo in giro. Conoscendola si sarebbe anche appostata per scattarmi qualche fotografia come prova della mia disfatta.

Kathleen era un'arrogante, viziata, opportunista, egocentrica e… E sì, lo ammetto. Le stesse cose potevano essere dette anche di me, ma io non ero davvero così… facevo solo finta, il più delle volte. Perché non potevo lasciarmi schiacciare da lei, soprattutto non potevo permettere che diventasse più popolare di me. Era una questione di principio, insomma.

«Buongiorno, Ned.»

Sollevai lo sguardo, riconoscendo la sua voce. Ero talmente persa nei miei devastanti pensieri su Kathleen che non lo avevo

17

visto entrare. E non avevo nemmeno notato papà alzarsi per andare ad aprire la porta di questa casa delle bambole chiamata cottage.

Piegò leggermente la testa e contemporaneamente le labbra in una smorfia che nelle sue intenzioni doveva somigliare a un sorriso. Poi lasciò scivolare lo zaino a terra, fissando lo sguardo su di me. Chris. Perché non si univa a un circo come suo padre invece di intestardirsi a voler fare l'architetto? Lo avrebbero sicuramente preso come clown.

«Buongiorno, scansafatiche.» Ridacchiò lanciando un'occhiata a papà che nel frattempo lo invitava a sedersi a tavola. Entrambi mi osservavano ridendo tra loro. «Se questo è il risultato di dieci giorni di vita di campagna...»

«Buongiorno, rompiscatole.» Strinsi gli occhi, irritata. Ci mancava solo lui a sottolineare il mio aspetto deteriorato, degradato, avvilito. Forse stavo diventando fatiscente come le rovine di Desmond Castle, mi ero assuefatta all'ambiente. «Sono stata talmente impegnata intellettualmente da non badare particolarmente al mio look. Certo, mai come qualcuno che raccatta i suoi quattro stracci al mercatino dell'usato del dopoguerra. Probabilmente qui ti ci troverai bene, è il posto adatto a te.»

Raddrizzai la schiena e bevvi una sorsata di latte per darmi un contegno. Papà mi lanciò un'occhiata che doveva sembrare un rimprovero ma ormai non si sconvolgeva più per gli epiteti e le offese che ci scambiavamo di continuo. E questa volta, in sua presenza, eravamo stati teneri.

Mi sistemai i capelli dietro le spalle. Dovevo prepararmi a combattere e non solo contro Kathleen. Non l'avrebbe avuta vinta. Non mi avrebbe resa ridicola ancora una volta. A Daisy non importava, forse perché con Daisy in realtà lui era sempre andato d'accordo. Ma per me era diventata una questione di principio, ormai. Un'altra, diversa da quella che mi vedeva impegnata contro Kathleen. A costo di fingere di interessarmi a quel mostro decadente, al cuore di pietra che mi aveva strappata dal mio meraviglioso e amato quartiere di Londra contro la mia volontà.

Christian Warner, il mio pseudo fratellastro stronzo, era arrivato a Heathland. E sarebbe stato solo l'inizio della mia guerra personale. Rose Storm, sperduta nella brughiera, contro il resto del mondo. O quasi.

CAPITOLO 3

Ero stata abbastanza brava a prevenire gli eventi. No, in realtà intendevo soltanto perdere tempo in qualcosa di utile. O almeno provarci. Il villaggio possedeva una minuscola biblioteca e io ero passata in ricognizione alla ricerca di qualcosa da leggere, il giorno prima dell'arrivo di Chris. Non che mi piacesse leggere. Continuavo a stilare liste di libri che avrei dovuto vantarmi di aver letto, soprattutto. Esistevano anche guide in proposito, del tipo *I cento libri che bisogna aver letto per stupire*. Ma uno dei più interessanti in cui mi ero imbattuta in una libreria di Oxford Street era stato *La guida ai classici, tutti i riassunti per non sfigurare in società*. Ecco, io… tra queste piccole guide e qualche trasposizione cinematografica me la sarei sempre cavata egregiamente. O almeno così credevo.

Comunque sarei tornata in biblioteca, tanto per occupare il tempo. Non potevo restare tutto il giorno seduta sul divano a guardare la televisione mangiando patatine e barrette al caramello ricoperte di cioccolato. Oppure stesa sul letto ad ascoltare i miei cd e a sognare il giorno in cui avrei incontrato i Boyzone… Un giorno non troppo lontano, secondo i miei piani. Mi sentivo già appesantita sui fianchi, oltretutto, per la mancanza di movimento. Dovevo assolutamente porre rimedio, anche se uscire non aveva molto senso a Heathland.

Uscire per andare dove? Vagabondare nel villaggio, prendere la direzione della collina che portava al castello, raggiungere le fattorie, oppure starmene lì tra il nostro cottage e gli altri, tra quegli orribili negozi antiquati… In alternativa restava soltanto la biblioteca o il piccolo caffè attiguo, quindi non avevo molta scelta.

Ivy Jensen, la bibliotecaria più giovane, non era tanto male. Carina, a modo suo. Forse un po' all'antica. Decisamente fuori moda. Portava gli occhiali troppo spessi con una tristissima montatura marrone, i capelli scuri troppo raccolti e la gonna troppo lunga. Forse aveva fatto confusione perché sembrava essere rimasta alla fine del secolo. Secolo scorso, ovviamente. Insomma fine Ottocento, per intenderci.

Non conoscevo ancora i nomi dei due bibliotecari più anziani, una donna con la dentiera tremolante e un uomo che per tutto il tempo non aveva staccato gli occhi dal giornale che stava leggendo, notizie di almeno vent'anni prima a giudicare dallo stato di quel povero quotidiano ingiallito dal tempo. Probabilmente erano rimasti davvero lì dalla fine dell'Ottocento, come due reperti storici. Ma mi sarei tenuta la cattiveria per me. Anche perché non c'era nessuno con cui condividerla. A parte Chris, che mi avrebbe rimproverata per la mia superficialità. E papà, che non l'avrebbe trovata poi così divertente.

Dalla mia lista la signorina Ivy aveva recuperato alcuni dei classici indicati, *Orgoglio e pregiudizio* di Jane Austen, *Jane Eyre* di Charlotte Brontë e *Oliver Twist* di Charles Dickens. I libri classici più classici esistenti al mondo, per quanto riguarda la letteratura inglese. E io un po' mi vergognavo ad ammettere di conoscere più o meno le trame delle storie ma di non averli mai letti. Quindi avevo raccontato ad Ivy di voler approfittare delle vacanze in quell'oasi di pace per poter riassaporare la lettura dei classici. E lei, povera illusa, mi aveva dato il benvenuto ed era stata felice di accontentarmi e di condividere con qualcuno l'amore per i classici. Tanto che se ne avessi desiderati altri non presenti in biblioteca mi avrebbe prestato volentieri i suoi personali.

Però una volta tornata a casa, dopo averli sfogliati, non sapevo decidere da quale incominciare. E va bene, non mi piaceva leggere! Per niente. Mi conciliava il sonno. Insomma, se ne avevano tratto dei film perché mai avrei dovuto perdere tempo? La storia restava comunque quella! O no? Quattrocento o cinquecento pagine erano veramente troppe... Anche trecento... o duecento...

Be', in realtà con le riviste era diverso. Quelle le leggevo, non me ne sfuggiva una. C'erano le immagini. Gli attori, i cantanti... le boy band per cui andavo letteralmente pazza. La mia camera a Chelsea era strapiena dei loro poster! I Boyzone, i Take That, i Backstreet Boys... ero indecisa su chi fossero i miei preferiti. Anche se la mia predilezione sconfinante in venerazione, che un giorno si sarebbe trasformata in grande amore, per Ronan Keating mi spingeva fortemente verso i Boyzone. Mi ero portata qualche poster da appendere alle pareti della mia stanza del cottage, ma lì anche loro mi apparivano più tristi e sconsolati. Come se tentassero di comunicarmi telepaticamente: "Torna a casa, Rose. Torna a casa e portaci via da qui!"

Comunque... la vita segreta delle star, tutti i gossip più succosi erano la mia passione. E poi, in quelle dedicate alla moda, tanti bei vestiti! Consigli sul trucco, sulle acconciature, sulle diete e sulla ginnastica per modellare il fisico...

Sarei potuta diventare una grande giornalista di moda, un giorno. Sì, mi sarebbe piaciuto. Poteva essere davvero il lavoro adatto a me. Del resto tra Daisy che studiava legge e Chris che voleva diventare architetto come papà... Di lavori noiosi ne avevamo già abbastanza in famiglia! Io ero davvero brava a leggere le riviste, a seguire i consigli, a fare shopping. E in realtà ultimamente c'era anche altro in cui stavo diventando molto, molto brava. Stavo decisamente perfezionando la mia arte. No, niente di sconvolgente. E poi comunque non riguardava me direttamente.

Ma torniamo alle liste. Se c'era un compito in cui ero veramente eccezionale era quella di compilare liste delle cose da fare, non solo dei libri da leggere. Tanto che potevo farlo anche per gli altri, volendo. Anche per papà lo avevo fatto, a volte. Avevo stilato un elenco dettagliato di tutto ciò che mancava nel suo ufficio. Matite, penne, portapenne, calendari da regalare ai clienti, agendine, caramelle da offrire, tendine alle finestre da cambiare perché quelle che aveva oscuravano la vista e non conciliavano la concentrazione necessaria per il suo lavoro.

Allo stesso modo ero diventata brava anche con la lista di libri da leggere (o da dire in giro di aver letto), i film da guardare, le mostre da visitare, gli artisti da ammirare, i musicisti che avrei dovuto affermare di ascoltare regolarmente oltre alle boy band che ascoltavo davvero, le opere liriche da conoscere... Mi divertivo un mondo!

Peccato che terminate le liste arrivava la parte davvero troppo noiosa per me. Ma questo nessuno doveva saperlo. Nessuno in effetti lo sapeva. Ivy, per esempio, non lo avrebbe mai sospettato. Alla mia lista aveva aggiunto altri libri di sua iniziativa, era lieta di offrirmi i suoi consigli di lettura e di condividere con me il suo amore per i classici.

Seduta fuori dal cottage, mi rigiravo il foglietto tra le mani. Papà e Chris si erano recati al castello. Io avevo invitato Ivy per il tè. Così entrambi avrebbero avuto la dimostrazione tangibile che mi stavo seriamente impegnando per combinare qualcosa, per cercare di fare amicizia con la gente del posto e non essere la solita scontrosa. Durante l'attesa mi ero data una sistemata, avevo indossato un bel vestitino e stirato i capelli cespugliosi che per uscire avevo legato in una coda, negli ultimi giorni.

Un pensiero attraversava la mia mente, ma non avevo ancora avuto il coraggio di esprimerlo, nemmeno con me stessa. Riguardava l'arte in cui stavo diventando molto, molto brava. Sospirai scuotendo la testa. Meglio aspettare con le pianificazioni e soprattutto con i castelli in aria. Attendere l'evolversi degli eventi, magari dare solo una mano se necessario, una piccola spinta. Non che poi ne avrei preteso il merito, come era già accaduto con l'incontro tra Alison e il professor Fowler, però...

Sospirai intrecciandomi con le dita una ciocca di capelli. Era una cosa che facevo sempre quando ero nervosa o stavo meditando.

«Quell'espressione assorta non promette assolutamente nulla di buono.»

Sollevai lo sguardo su di lui, che sostava davanti a me con le braccia incrociate. Gli occhi verdi fissi su di me e la sua solita aria canzonatoria.

«Se proprio vuoi saperlo sono stata molto impegnata, oggi.» Lasciai scivolare la mia ciocca intrecciata dietro le spalle, mi alzai dalla piccola sedia a dondolo con decisione. «Sono stata in biblioteca. E ho invitato Ivy Jensen, la bibliotecaria, per il tè. Avrei voluto invitarla a cena, ma Tom e sua moglie non sono ancora arrivati e per il momento papà ordina sempre fuori, oppure prepara qualcosa lui perché io...»

«Perché tu sei un disastro in cucina, è risaputo! Anzi, sei talmente pigra che nemmeno ci provi perché preferisci essere servita.» Chris sogghignò divertito. «Comunque, interessante. Hai fatto amicizia con la bibliotecaria, in mancanza d'altro. Cerca di non traviarla troppo con la tua subdola morale cittadina.»

«Il fatto che io sia donna non mi obbliga a saper cucinare!» Puntai l'indice contro di lui che, essendo più alto di me di tutta la testa, mi guardava letteralmente dall'alto in basso. «Resti sempre il solito maschilista arrogante e presuntuoso e io...»

Fortunatamente abbassai appena in tempo il tono di voce prima di procedere con qualche insulto più colorito.

«Signorina Ivy, la stavamo aspettando!» Sorrisi gioiosa spostandomi sul lato del piccolo sentiero che dal cancelletto conduceva direttamente all'ingresso del cottage.

«Solo Ivy...» Lei ricambiò il sorriso stringendosi nelle spalle, poi rivolse un cenno di saluto a Chris.

«Ah, lui è...» Mi mettevano sempre a disagio le presentazioni agli estranei quando si trattava di Chris. «Mio fratello, più o meno... No, in realtà non lo è più...»

«Niente di troppo complicato. I nostri genitori erano sposati qualche anno fa, ora hanno divorziato.» Chris chiarì rapidamente la sua posizione e l'espressione confusa di Ivy si dissipò in un istante. Tanto per cambiare mi aveva fatto fare la figura della stupida. Ci prendeva gusto, ormai avrei dovuto saperlo. Poi era passato al suo atteggiamento galante, porgendo la mano ad Ivy chinò leggermente il capo ma sollevò lo sguardo su di lei. «È un piacere conoscerla, Ivy.»

«Entriamo, preparo il tè in un minuto!» Alzai gli occhi al cielo come per riservare scarsa importanza alla precisazione di Chris. «Anche se papà non è ancora rientrato, oggi. Di solito verso quest'ora rientra sempre…»

«Non eravamo a conoscenza dei tuoi programmi, ma credo che sarà qui a momenti.» Chris precedendomi aprì la porta e si spostò lateralmente per lasciar passare Ivy.

«Gli ho mandato un messaggio sul cellulare, probabilmente non l'ha ricevuto. Qui il mio telefono non prende quasi mai, come sempre c'è poco campo e quindi…» sbuffai cercando però di non far ricadere troppo la mia frustrazione sul cuore di pietra. Sì, insomma su Heathland. In fondo era sempre il villaggio di Ivy, non volevo essere offensiva o maleducata. Però effettivamente le comunicazioni facevano schifo, come se fossero tagliati fuori dal mondo, esclusi dalla civiltà moderna.

Papà rientrò mentre preparavo il tè e posavo i biscotti sul tavolo al centro del salottino. Non mi ero resa conto di aver creato una situazione un po' imbarazzante. Per me, soprattutto. Papà e Chris avviarono una conversazione riguardante il Desmond Castle, in cui Ivy riusciva a inserirsi ma io mi sentivo completamente estranea. Anche perché non me n'ero minimamente interessata durante i giorni precedenti. Ed era troppo tardi per recuperare e fingere di sapere qualcosa a proposito dei lavori in corso. Chris non si sarebbe lasciato sfuggire la ghiotta occasione per farmi apparire come una sciocca superficiale agli occhi di Ivy.

«Ho iniziato a rileggere i libri che ho preso in prestito dalla biblioteca.» Approfittai di una pausa per introdurmi nel discorso e cercare di spostarlo su un altro argomento. «Questo è l'ambiente ideale per rispolverare i classici.»

Sorrisi sorseggiando il mio tè e afferrai un biscotto al cioccolato. Ero estremamente orgogliosa di me stessa. E avevo trovato proprio una bellissima espressione: "rispolverare i classici". Così non sarei passata per una sciocchina viziata e perditempo. Non lo ero mai stata, nemmeno a Londra per intenderci.

«Mi sono permessa di aggiungere qualche altro consiglio alla tua lista. Se sei interessata a questa zona e al Dorsetshire in generale avrai sicuramente letto qualcosa di Thomas Hardy...»

Ivy lasciò vagare lo sguardo da me, a papà, infine a Chris. Poi addentò un pezzettino minuscolo di un biscotto alla crema e posò il resto sul suo piattino. Masticava con una calma esagerata, come se stesse cercando di mandare giù un intero hot dog farcito. Forse era così che riusciva a mantenersi in forma, avevo notato che possedeva una linea perfetta nonostante l'abbigliamento fuori moda la nascondesse sapientemente. Dovevo prendere esempio... piccoli morsi e masticare bene. Lo avevo anche letto da qualche parte... Ma con le mie barrette preferite era praticamente impossibile, procedendo a piccoli morsi non ne avrei nemmeno gustato il sapore!

«Mmh... io...»

Contrariamente al mio proposito, addentai velocemente mezzo biscotto, soltanto per avere la scusa di non essere maleducata e parlare con la bocca piena. E intanto prendere tempo per riflettere su una risposta intelligente e sensata. Thomas Hardy? Sicuramente avrei trovato informazioni in una delle mie guide rapide, però...

«Sì, certo. Chi non conosce *Tess dei d'Urberville*?» Chris mi precedette, lanciandomi un sorrisetto ambiguo. Io annuii continuando a masticare il biscotto senza decidermi a deglutire.

Io, per esempio. Io non conoscevo *Tess*. Sapevo che esisteva, ovviamente. Ma in realtà non ricordavo nemmeno di cosa parlasse la sua storia. Forse era sempre più o meno la stessa, quella di una ragazza che si deve sposare… o di un'istitutrice, o magari di una trovatella… Cercai il riassunto tra gli scaffali della memoria, senza trovarlo.

«Storia interessante, per le descrizioni ambientali soprattutto. Anche se troppo triste. Di Hardy ho apprezzato soprattutto *La Brughiera* e *Il sindaco di Casterbridge*. Ricordo però che da ragazzo avevo gradito particolarmente i racconti, *Il suonatore di danze scozzesi*, *Storie del Wessex*. Le descrizioni sono magnifiche, quasi pittoriche, rappresentazioni dettagliate del paesaggio e dei suoi abitanti.» Papà sorseggiò il suo tè, stringendosi nelle spalle. «*Piccole ironie della vita…*»

«Già, la vita è veramente ironica, a volte… Tutti che conosciamo lo stesso scrittore.» Mi ritrovai tre paia di occhi puntati addosso. Cosa avevo detto di strano? Mio padre aveva voluto solo fare una battuta. O no? Dannazione, com'era possibile che tutti avessero letto Hardy e conoscessero le sue opere… tranne me!

Non che mi importasse particolarmente dell'opinione di papà e di Chris. Ma con Ivy ci tenevo a fare bella figura e a non passare per una completa ignorante, maledizione!

«Io sto leggendo *Via dalla pazza folla*, proprio ora.» Chris sorrise brevemente e tornò ad attirare l'attenzione su se stesso. «In realtà non conosco Hardy così bene, al liceo avevo letto solo *Tess*. Ma visto che siamo qui vorrei approfittarne per leggere qualcosa, nei ritagli di tempo. Mi interessano quelle descrizioni pittoriche di cui parlava Ned. Credo che alcuni frammenti del Dorset siano rimasti immutati o quasi, come rappresentati da Hardy. Anche se nei suoi libri è diventato la contea del Wessex.»

Ivy annuì compiaciuta all'osservazione di Chris. «È proprio vero, nei libri di Hardy i luoghi diventano vivi, crescono, si sviluppano, si trasformano insieme alle persone. È una sua peculiarità. Non sono utilizzati e descritti solo come sfondo alla vicenda. Sono protagonisti, non complementari.»

Scorsi un lampo di entusiasmo negli occhi azzurri che nascondeva dietro agli occhiali troppo spessi. Ecco, l'aveva già conquistata, lo stronzo! E io intanto ero passata in secondo piano.

Sentivo l'esigenza di aggiungere qualcosa, qualcosa di intelligente possibilmente. Non potevo aver invitato una bibliotecaria appassionata di classici e di letteratura in generale, fingere di essere una ragazzina istruita con un acceso interesse per la lettura e poi...

«Io ho deciso che rileggerò *Tess*, magari prima degli altri che ho preso in prestito.»

Sì, certo. "Rileggerò" per me equivaleva a "leggerò per la prima volta nella mia vita".

Altro biscotto seguito da un sorso di tè. E da un'occhiata a metà tra l'ironico e lo sprezzante di Chris. Poi uno sguardo compiaciuto di Ivy e papà che si era alzato per andare ad aprire la porta. Tornando ci aveva annunciato l'arrivo di Tom Hart, uno dei suoi aiutanti e giardinieri più fidati, con la sua famiglia. La moglie Nora, ottima cuoca finalmente. E il figlio Teddy, un ragazzo della mia età ma un po' lento, un po' come dire... tonto, ecco... che lo aiutava nel lavoro.

Fu proprio in quel momento che avvenne il miracolo. E mi fornì l'occasione di non riprendere il discorso sui libri che avrei dovuto leggere, almeno per un po'.

Il mio telefono squillò, così ebbi il pretesto di allontanarmi con la scusa di rispondere. Avevo visto apparire il nome di Janet sullo schermo, ma avrei risposto a chiunque. Sì, anche a Kathleen Burnett. Anche al diavolo.

Janet mi informava che sarebbe arrivata a breve. Del resto aveva già compiuto diciotto anni, lei. Non che cambiasse molto la situazione, Janet aveva sempre goduto di una libertà superiore alla mia. Si sarebbe trascinata dietro Freddie, ovviamente. E di questo non ero particolarmente entusiasta. Era un ragazzo simpatico, anche abbastanza sveglio per essere un liceale. Però lo consideravo decisamente troppo sotto gli standard miei e di Janet, con un senso dell'umorismo non facile da interpretare, tendente al macabro. Lei poteva avere di meglio, ma non avevo ancora individuato la persona adatta quindi non ero in grado di offrirle un'alternativa valida.

Forse avremmo dovuto avviare una ricerca tra gli studenti universitari, magari tra gli amici di Daisy e di Alan. Alan Austin era il ragazzo di mia sorella. Carino, compito, intelligente. Un po' troppo tranquillo e succube di Daisy, a mio parere. Ma sempre meglio di un arrogante, presuntuoso e cafone. Anche Mike, il fratello di Alan, era così. Più vivace e dinamico di Alan, il che non guastava affatto. Ecco, uno come Mike sarebbe stato perfetto per Janet. Mi sembrava che non avesse la ragazza da un po' di tempo. Sicuramente non uno come Chris. No, non un intellettuale egocentrico e snob con manie di grandezza e un assurdo concetto del divertimento!

Ma purtroppo Janet aveva incontrato Mike in più di un'occasione e non ne era stata molto colpita, non era scattata la scintilla. Non era proprio il suo tipo, quindi niente da fare. Troppo ostentatamente figo, a suo dire. Forse la sua era solo una scusa, Janet era una causa persa e io avrei dovuto farmene una ragione. Sarebbe rimasta con Freddie, era assuefatta a lui ormai. Con tutti i pro e i contro della loro relazione, nonostante litigassero spesso per un nonnulla, giusto per il gusto di farlo, e si lasciassero "per sempre" per poi fare pace e rimettersi insieme il giorno successivo.

Mi sarei rassegnata, quindi. In ogni caso ero già stata abbastanza brava con Alison e il professor Fowler. Lui era l'uomo ideale per lei, lo avevo capito dal primo istante. Benché fosse un vedovo inconsolabile e deciso a non sposarsi mai più, dalle informazioni che avevo raccolto, ero riuscita a combinare l'incontro. Insomma, prendere brutti voti in storia non era stato così impegnativo per me. Lo scopo era quello di fare in modo che il professor Fowler chiedesse di parlare con i miei genitori.

29

Ma trovandosi mia madre impegnata all'estero e mio padre troppo immerso nel lavoro… all'appuntamento si era presentata Alison, incaricata da papà.

Oltre a un buon occhio avevo avuto anche una buona dose di fortuna nell'intuire che John Fowler sarebbe stato l'uomo perfetto per Alison, delusa da una relazione finita miseramente a causa di un ex fidanzato traditore. Sembrava la trama di un romanzo sentimentale. Forse non di uno dei classici di cui io leggevo solo il riassunto. Però non facevo altro che ripetermi che se ero stata così brava a combinare l'incontro che aveva portato poi al matrimonio, avrei potuto provarci ancora e tentare di ripetere l'incantesimo.

Era così bello essere circondati da persone felici! Forse possedevo davvero un talento innato nello scovare le anime gemelle. Tanto che avrei potuto anche prenderla in considerazione come professione futura! Quindi sì… aspettavo solo l'occasione e la combinazione perfetta per potermi ripetere e mettere così all'opera il mio talento. I miei occhi erano puntati su Ivy. Era decisamente sprecata per la biblioteca di un villaggio sperduto nella brughiera del Dorset! E papà aveva divorziato da quella lagna di Karen Warner da troppo tempo, ormai. Del resto da un invito per il tè poteva nascere… una cena, una visita al castello… possibilmente senza quel rompiscatole saputello di Chris intorno. Dovevo solo trovare il modo di tenerlo occupato… o di mandarlo via!

CAPITOLO 4

Così, come da copione, avevo ricevuto il nuovo libro da leggere. Però mi stavo ancora concentrando sulla lista. Ero troppo distratta per iniziare, avevo tentato ma mi perdevo continuamente in altri pensieri. Non ero assolutamente concentrata. Per essere sincera non lo ero quasi mai e non dipendeva dal nuovo contesto in cui mi trovavo. Comunque, dopo quasi due settimane trascorse a Heathland, iniziavo a sentirmi terribilmente sola e triste. Avrei voluto conoscere qualcun altro. Magari qualche ragazza della mia età, in attesa dell'arrivo di Janet e Daisy. Non avevo voglia di trascorrere tutto il tempo tra il cottage, la brughiera e la biblioteca.

Ero riuscita a parlare al telefono con mia sorella Daisy. Sarebbe arrivata presto, insieme ad Alan e Mike. Ma a me un presto generico non bastava più, io avevo assoluto bisogno di quantificare questo presto. In ogni caso anche Janet aveva promesso di non lasciarmi da sola ad ammuffire nel Dorset.

Sbuffai lanciando un'occhiata al libro che avevo tra le mani, mi concentrai sulla copertina che raffigurava gli ammassi di pietre di Stonehenge sotto a un cielo nebuloso. Ecco, giusto per restare in tema! Mi ispiravano un senso di solitudine intenso, profondo, devastante.

Magari potevo iniziare da altro, tanto per non deprimermi ulteriormente. Sospirai addentando un biscotto al cioccolato dalla scatola che mantenevo in bilico sulle ginocchia. Sicuramente se avessi trascorso l'estate a Londra sarei stata più tranquilla, più rilassata, più ispirata per dedicarmi alla lettura e meno ispirata dai biscotti!

Ero assolutamente convinta che per Daisy gli impegni con l'università fossero una scusa bella e buona. Tutto per starsene tranquilla a farsi gli affari suoi! Non avevamo così tanti anni di differenza, eppure io ero stata condannata a seguire papà, invece lei era libera di scorrazzare in giro tra feste e divertimenti vari, di stare con chi le pareva!

Poi c'era chi, nonostante la libertà di azione e movimento, si condannava volontariamente a questa esistenza atroce.

«Devi startene lì in piedi a guardarmi ancora per molto?» corrucciai lo sguardo, fissandolo su di lui. «Sei davvero fastidioso.»

«No, è che... mi chiedevo cosa aspettassi per iniziare a leggere quel libro che ti stai rigirando tra le mani. La divina ispirazione, forse? O preferisci prima far fuori l'intera scatola di biscotti? Non hai paura di scoppiare?»

Chris, senza essere invitato, si accomodò sulla sedia a dondolo al mio fianco, nel giardinetto del cottage. Era uscito quasi all'alba insieme a papà, per andare al castello. Ora, a metà mattina, era tornato. Evidentemente con l'intenzione di infastidire me.

«Sto riflettendo, stupido!» Non mi sentivo tenuta a concedergli una risposta. Volevo soltanto metterlo a tacere. «Non credo che inizierò la mia rilettura dei classici da questo libro, penso che prima mi concentrerò su tutti i romanzi di Jane Austen.»

«Non li hai già letti nel corso degli ultimi anni, i libri di Jane Austen?»

Il suo sguardo canzonatorio mi attraversò per un istante. Poi afferrò un lato della scatola di biscotti tirandola verso di sé, in modo che rimanesse a metà tra di noi, sulle ginocchia.

«Infatti, ho intenzione di ri-leggerli.» Puntualizzai strappandogli dalle mani la scatola che per un attimo oscillò rischiando di cadere a terra. «Ma a quanto pare tu preferisci non ascoltare mai quello che dico.»

«Sono assolutamente certo che tu li abbia letti, Rose.» Improvvisamente annuì e mi guardò negli occhi serio, sembrava davvero convinto. Tanto che mi complimentai con me stessa. Non sapevo come ma quel prepotente di Christian Warner, il mio ex fratellastro, stranamente mi credeva. «Hai letto i riassunti, trovati sicuramente in qualche manuale con un titolo del tipo *Tutti i classici della lettura inglese, riassunti schematici per ragazzine svogliate.* Oppure scritti meticolosamente da qualche tua compagna di scuola diligente, che avrai opportunamente corrotto in cambio di... chi lo sa, qualche cosmetico o magari un paio di scarpe...»

Quanto lo detestavo! Ma come diavolo faceva a sapere che era andata esattamente così? Io e Janet avevamo avuto i meravigliosi riassunti di gran parte dei libri da Louise Harris, una delle secchione della nostra classe. Con incluso lo schema dei personaggi e degli eventi principali. Per quanto riguardava alcuni romanzi di Jane Austen, Charles Dickens e George Eliot c'erano anche le mappe dei luoghi, disegnate da Louise. Poi avevamo diviso la spesa di alcuni manuali essenziali. Comunque in cambio avevamo offerto a Louise alcuni rossetti, una tonalità speciale di ombretto e soprattutto consigli di stile per attirare il ragazzo che le piaceva, Stan. Questa era la cosa a cui teneva di più, Louise non era in grado di uscire dalla sua parte di secchiona triste, sola e... poco attraente, diciamo. E il nostro patto aveva anche funzionato! Stan si era accorto di lei. E insomma, in seguito anche lui aveva approfittato del suo buon cuore e dei suoi fantastici riassunti. Però... avevano fatto amicizia, almeno! E Louise era felice, quindi tutto sommato la nostra era stata un'opera buona.

«Non è affatto vero! Stronzo!» Non mi restava altro da fare che negare l'evidenza, ovviamente. E mostrargli la mia espressione più indignata e offesa amalgamata a quella ferita e devastata.

«Non fare quella faccina infelice. Non mi compri più con quegli occhioni scuri da cucciolo addolorato.» Chris sospirò, sbadigliò e si stiracchiò sulla sedia. Poi tornò a incrociare le braccia, voltandosi verso di me. «Non puoi lasciare sempre agli altri il "lavoro sporco", Rose. Prima o poi troverai qualcuno che non sarà così debole da lasciarsi corrompere da te. E allora finirai davvero nei guai.»

«Prima o poi è un tempo indefinito, rompiscatole.» Imitai la sua posizione, incrociando le braccia al petto. Tirai su con il naso per ricacciare indietro le finte lacrime e gli rivolsi invece una smorfia. «Non è con il prima o poi che si domina il mondo e si ottengono risultati.»

Chris mi scrutò serio, ancora più di prima. Poi inaspettatamente scoppiò a ridermi in faccia.

«Perché tu vorresti dominare il mondo?» Continuò a ridere, sempre più forte, scuotendo la testa. «Ma per favore, non riesci nemmeno a dominare te stessa!»

«Come...» Non riuscivo a comprendere cosa intendesse con "dominare me stessa" ma non ebbi voglia di chiedere, sicura di ricevere l'ennesima risposta sprezzante da parte di quel saputello altezzoso.

«Non riesci nemmeno a trovare la forza di volontà necessaria per iniziare a leggere un libro.» Si strinse nelle spalle, evidentemente aveva intuito la mia domanda lasciata in sospeso. «Sei troppo pigra e ti trascini pigramente, giorno dopo giorno, divorando biscotti e ascoltando i tuoi cd mentre sbavi sui poster di quei cantanti. Nemmeno chi è troppo pigro e indolente domina il mondo, Rose.»

«Oh, vai al diavolo Chris! Non è affatto vero! E poi io non sbavo sulle foto di quei cantanti. Anzi, ti dirò... un giorno loro mi conosceranno e mi ameranno alla follia, perché io diventerò... una giornalista famosa, ecco! O una stella del cinema, magari!»

Evitai di dire la cantante perché non ero propriamente intonata. Alzai la voce, tanto che se ci fosse stato qualcuno nel cottage accanto al nostro mi avrebbe sentita. Ma non c'era nessuno, quindi non aveva importanza. Anche la stradina era deserta, quindi potevo urlargli contro quanto mi pareva. Almeno un aspetto positivo!

«Tu sei fuori, Rose! Matta da legare. E spiegami un po'…
perché mai dovrebbero amarti alla follia? Guarda che per
diventare giornalista bisogna studiare! E anche per fare
l'attrice. Un concetto che ti è del tutto estraneo, mi pare.
Ricordo ancora… qualche anno fa hai annunciato solennemente
di volerti iscrivere a medicina. Sarebbe stata la missione della
tua vita! Poi però ti sei resa conto che le ferite e il sangue ti
impressionavano e tutti quegli organi da studiare ti facevano
troppo schifo. Allora hai deciso di diventare una scienziata,
anzi no… la fisica era sicuramente la tua materia, novella
Einstein. Poi sei passata attraverso la fase dell'antropologia,
della pittura, della scultura… che altro?»

«Giornalista di moda, come ho appena cercato di spiegarti…
giornalista musicale, anche…» sbuffai prendendo un biscotto
dalla scatola e addentandolo con vigore. «Sono rimasta a quella
fase, se proprio vuoi saperlo! Comunque ho soltanto diciassette
anni, devo sperimentare per capire cosa mi piace davvero e
cosa no. Tutti i bambini cambiano idea spesso su ciò che
vogliono fare da grandi… I ragazzi, voglio dire. È normale,
Chris!»

«Questo è vero, ma tu non sperimenti soltanto. Tu… lo rendi
plateale! E cerchi di convincere tutti che hai sentito la chiamata
divina, che diventerai la più grande esperta in quel campo…»
Chris sbadigliò ancora e si sfregò gli occhi. «E continui a creare
liste su liste di tutto l'occorrente. Ricordo che tuo padre ti
aveva comprato tele, pennelli, aveva anche contattato uno dei
migliori maestri per farti prendere lezioni di pittura e poi… hai
iniziato a darti malata perché ti annoiavi mentre tentava di
spiegarti le basi del disegno e della pittura. Pretendevi di essere
già una novella Van Gogh. Io comunque lo so da sempre quello
che voglio fare.»

«Sì, certo. Da quando insieme a tua madre hai invaso la mia
famiglia!» Mi morsi le labbra, ma era troppo tardi. Forse non
avrei dovuto dirlo. Soprattutto non con quel tono. Notai che il
suo sguardo si adombrò per un istante e i suoi occhi divennero

di un verde più cupo. Tentai di rimediare rifilandogli una gomitata e ridacchiando gli infilai in bocca un biscotto. «Stai cascando dal sonno, grande architetto. Non ti fa bene svegliarti all'alba. Non hai il fisico!»

«In realtà sono qui solo per prendere alcuni documenti per tuo padre.» Chris si alzò dalla sedia. Temetti che fosse rimasto male per ciò che avevo detto, ma ormai non potevo più tornare indietro. «Ora li cerco e torno al castello. Magari prima mi preparo un caffè, in effetti ne ho bisogno.»

«Mmh...» Non trovai nulla con cui replicare. «Ci andrai anche nel pomeriggio a trovare quell'orribile mostro di pietra? Perché pensavo... forse potremmo fare un giro in macchina fino alla spiaggia di Bournemouth o da qualche altra parte, per me è lo stesso. Sto morendo di noia, qui. E non sono neanche ispirata per leggere...»

«Potresti venire anche tu al castello, Rose. Lì troveresti sicuramente l'ispirazione, l'hai visto il giardino?» Inclinò la testa, rivolgendomi un sorriso un po' forzato. «Secondo me è un luogo fantastico. Come questa zona, del resto. È tutta da scoprire.»

«No, per me è solo un mostro di pietra, peggio di Stonehenge. E detesto anche la zona. Ci sono solo alberi, boschi e quel che è peggio campi su campi... fino all'infinito e oltre... Ammassi di pietre e brughiera. Io lo chiamerei Heartstone, non Heathland! Grazie tante, ma preferisco Londra e Oxford Street! Quindi mi stai dicendo che non mi porterai al mare?»

«Tom è arrivato ieri e ha portato con sé anche la moglie e il figlio. Così oltre a chi cucina per te, avrai anche chi comandare a bacchetta come preferisci. Puoi chiedere a Teddy di scarrozzarti in giro e portarti sulla spiaggia. Sempre che non abbia del lavoro da fare, anche lui.»

Chris si voltò ancora verso di me, aprendo la porta per entrare nel cottage.

«Mmh…» In realtà non avevo nessuna voglia di farmi scarrozzare in giro e portare sulla spiaggia. L'avevo proposto a Chris solo per rimediare a quello che gli avevo detto poco prima. A volte non riuscivo a controllarmi e a tenere a freno la lingua. E poi io in giro da sola con Teddy, sulla spiaggia… no, assolutamente! Sarebbe potuto sembrare quello che non era affatto! Non volevo dare una brutta impressione. «No, mi è passata la voglia. Comunque Janet e Daisy stanno arrivando. Sicuramente si porteranno anche Freddie, Alan e Mike… Ci penseranno loro a portarmi un po' in giro!»

«Che meraviglia, sarete senza dubbio proprio un bel gruppetto di perditempo! Spero che non rovinerete l'atmosfera del luogo.»

Chris restò fermo sulla porta appoggiando la testa allo stipite e passandosi entrambe le mani sulla maglietta grigia sformata.

«Ti rendi conto di quanto sei arrogante e villano?» Chiusi la scatola di biscotti e la posai sulla sedia accanto, strinsi la mia lista di libri tra le mani e finsi di scrutarla attentamente. «Pensi che tutti siano stupidi e svogliati… Comunque non intelligenti e studiosi quanto te! Questa è presunzione bella e buona, Chris. Presunzione e arroganza!»

«Ah, buona questa! Potresti scrivere un romanzo e firmarti con lo pseudonimo Jane Austen. Nuovo libro, *Presunzione e arroganza*.» Si spostò di nuovo verso di me e mi strappò con un gesto deciso la lista dalle mani. «Allora… vediamo un po', hai deciso da quale comincerai, grande lettrice?»

«Io credo, Jane Austen. Ma…» Mi aveva presa in contropiede di nuovo. «Intanto ho iniziato questo…» Sollevai il volume di *Tess dei d'Urberville*.

«Sì, fai bene. Ha ragione Ivy, anche io ti suggerisco Thomas Hardy. Sei perfettamente in grado di affrontare le lunghe descrizioni.» Sorrise posandomi la mano sulla testa. «Qui c'è abbastanza materia grigia per riuscire a superarle, tutto sommato. Basta solo un po' d'impegno. Poi Hardy era proprio della zona… ed era un architetto.»

«Sì, lo so. Quindi se tu volessi diventare anche uno scrittore...» Stavo di nuovo lasciando fluttuare la fantasia. Nessuno era costretto a fare solo una determinata cosa, nella vita. A costruirsi un muro, un recinto intorno. «Va bene, comincerò proprio da Hardy! Poi voglio leggere anche quello che stai leggendo tu... che è...»

«*Via dalla pazza folla*. Effettivamente come titolo è proprio indicativo della situazione in cui ci troviamo.» Chris annuì passandosi una mano tra i capelli castani un po' scompigliati. Come risultato ottenne di scompigliarli ancora di più. «Almeno fino a quando la pazza folla deciderà di raggiungerci anche qui. Per ora ci sei solo tu...»

«Ah, ah... ti credi tanto divertente, rompiscatole? Comunque lo leggerò. E dopo leggerò tutta la letteratura inglese. Poi passerò a quella irlandese, francese... americana, russa, tedesca, italiana... spagnola... Impressionerò Ivy a tal punto che mi proporrà come aiuto bibliotecaria.» Mi sentivo rinvigorita, mentre una nuova dose di sano entusiasmo si impadroniva di me. Chris strinse lo sguardo, poi sollevò gli occhi al cielo e scosse la testa. «Perché, non mi credi?»

«Sì, certo. Eccola che ricomincia con le manie di grandezza...» Chris entrò nel cottage, ma alzò il tono e la sua voce mi raggiunse. «Impegnati ad arrivare alla fine di un libro, tanto per cominciare. Non solo di un cd delle tue boy band o di una rivista per adolescenti piena di test idioti... E non andare a cercare il riassunto su internet!»

«Oh, sei davvero uno stupido! Credi che non ne sia capace?» Mi diedi lo slancio per alzarmi e raggiungerlo, invece mi trattenni. Se l'avessi seguito l'avrebbe avuta vinta lui, ancora una volta. Non avrei fatto altro che confermare la sua convinzione di non essere in grado di concentrarmi su nulla. Mi appoggiai solo lateralmente e gli urlai dietro. «Se fai il caffè me ne porti una tazza, da bravo ex fratello?»

Ottenni da Chris un mugugno affermativo e aprii la prima pagina del libro. Dovevo ricominciare dal principio perché avevo già dimenticato quel poco che avevo tentato di leggere mentre pensavo ad altro. Arrivai all'introduzione, che decisi di saltare per tuffarmi nella storia vera e propria. Le introduzioni ai libri mi conciliavano il sonno in un modo incredibile, non mi sarebbe bastato un solo caffè! E solitamente erano scritte da sapientoni che mi facevano sentire una miserabile sciocchina. Per il momento mi restava poco altro da fare, quindi potevo dedicarmi attivamente alla lettura ed essere almeno in parte orgogliosa di me stessa.

Dovevo avere pazienza. Presto sarebbero arrivati Daisy, Janet e gli altri. Prima o poi. Al momento però ero sola. Chris non contava, Teddy ancora meno. E al momento io odiavo entrambi. No, non Chris e soprattutto non Teddy. Odiavo con tutta me stessa "presto" e "prima o poi", che non mi fornivano dettagli precisi sul giorno e sull'ora in cui qualcuno sarebbe finalmente arrivato a movimentare un po' le mie giornate a Heathland. Che per me restava ancora Heartstone, quel maledetto cuore di pietra.

CAPITOLO 5

Tra le altre cose, avevo anche preso la solenne decisione di smettere di isolarmi nel mio snobismo cittadino e iniziare a conoscere qualcuno del posto. Trovarmi qualche amica. Del resto, non eravamo così fuori dal mondo. Ci doveva pur essere qualche ragazza della mia età, lì intorno! Condivisi il mio stato d'animo con mio padre che decise di aiutarmi, per quanto gli era possibile.

La mia attenzione si riversò quindi su Sally Shinn, la figlia del custode del cuore di pietra. Del castello Desmond. Dovevo smettere di chiamarlo "cuore di pietra" o avrei rischiato di farlo anche in pubblico, con chi non avrei dovuto. Incredibile a dirsi, quell'ammasso di pietre aveva anche un custode che viveva nel minuscolo cottage a ridosso della collina. Era quasi più piccolo del nostro e le sue mura color mattone erano interamente rivestite d'edera. Somigliava quasi a una casetta delle fate, invece era abitata da esseri umani.

Sally era una ragazza carina, di aspetto dolce anche se un po' dimesso. Non era eccessivamente curata, non come Janet e Daisy. Non prestava attenzione ai dettagli come loro. Janet era bionda e prorompente, Daisy castana, magra, molto raffinata. Sally non era nemmeno come me. Io... non so esattamente com'ero io. Sapevo di essere apprezzata, ma non sapevo giudicarmi con obbiettività.

Comunque Sally era davvero bella, a modo suo. Di una bellezza semplice e genuina. Con gli occhi azzurri, le guance rosate, i capelli corvini che alla luce del sole sembravano più brillanti. Era però timida e un po' impacciata. Così presi una solenne decisione. Potevo aiutarla. Potevo migliorarla, renderla più sicura di sé, magari prestarle qualche mio vestito, insegnarle a truccarsi in modo da valorizzare il suo viso e provare qualche nuova acconciatura. Sarebbe stato il mio compito, la mia missione. Rendere Sally Shinn una ragazza davvero attraente e consapevole del suo aspetto. Crescendo con mia sorella Daisy, per cui l'aspetto fisico era una componente essenziale del suo fascino e della sua personalità, ero diventata bravissima in questo!

Sally inizialmente accolse la proposta con riserbo. Poi, appena entrate più in confidenza, accettò con entusiasmo.

«Quindi... tu credi davvero di potermi rendere un po' più... carina?» sospirò posandosi una mano sul petto, quasi in ansia per la mia risposta. Mi parve incredibile che ne dubitasse. Non tanto delle mie capacità in merito, quanto di se stessa, delle sue possibilità. «Cioè... più come te, Rose?»

«Ma certo, Sally! Io sono un'esperta. Sai, a Londra...» Non volevo farla restare male o sminuirla, ma effettivamente mi sembrava sempre più di trovarmi fuori dal mondo. Lei in particolare mi aveva dato questa impressione. Aveva la mia stessa età ma l'ingenuità di una bambina o poco più. Indossava un paio di pantaloni neri larghi, una maglietta di un colore indefinito e una felpa legata in vita. «A Londra è tutto molto diverso, anche le persone lo sono. Tra qualche giorno arriverà mia sorella con alcuni amici... ti garantisco che ci sarà da divertirsi!»

«Io sono stata a Londra pochissime volte, mio padre non ha mai tempo di portarmi. Sono andata con la scuola, ma...» Si interruppe, imbarazzata. «Mi sono quasi persa...»

«Sì, anche a me è capitato. Ti dirò, capita sempre a tutti.» Non era assolutamente vero, ma desideravo esprimerle la mia solidarietà. Preferii cambiare discorso. «Hai amici qui? Frequenti qualcuno? Un ragazzo?»

«No, io...» Sally si morse le labbra e sembrò meditare sulla risposta. «Sì, più o meno ci sono quelli con cui vado a scuola. Ma non ci vediamo mai fuori, solo in poche occasioni. Loro stanno più... più vicini alla città di me, non vogliono arrivare fino alla collina. Poi in inverno piove e fa davvero freddo, anzi spesso nevica… quindi… la strada non è molto percorribile…»

«Diventa quasi impraticabile, immagino» annuii convinta e provai un'immensa tristezza per lei.

Povera Sally, che pessima adolescenza stava trascorrendo. Isolata in quel mondo così fortemente ancorato al secolo precedente! Anzi, ancora più isolata degli altri ragazzi di Heathland.

«Sono contenta che sei arrivata tu, Rose! E hai voluto conoscermi.» Sally strinse le mani una nell'altra, poi le rilasciò per aggrapparsi al mio braccio. Quasi per fermarmi, come se potessi svanire da un momento all'altro. «Ho notato che sono arrivati anche due ragazzi, qualche giorno fa…»

«Ah, sì… intendi Chris e Teddy, suppongo. Ma no, non è il caso di sprecare tempo con loro. Ti consiglio di ignorarli proprio.» Arricciai il naso e scossi la testa. «Comunque ora ci sono io. Almeno per l'estate non sarai sola… Poi magari potremmo organizzarci, convincere tuo padre a lasciarti venire a trovarmi a Londra.»

«Io in realtà credevo…» Sally si grattò la fronte, con gesto nervoso. Poi prese a spostare il peso da un piede all'altro. «Credevo che ti fossi trasferita qui per sempre, con tuo padre.»

«Per… sempre…» Per sempre? Aveva voglia di scherzare? Mi sarei sparata un colpo, piuttosto! Anzi, ancora più platealmente mi sarei arrampicata fino in cima al cuore di pietra per poi lasciarmi cadere nel vuoto! «No, assolutamente no… sarà soltanto fino alla fine di agosto… Forse la prima settimana di settembre, non di più. Poi torneremo a Londra!»

«Mmh… scusami, Rose. È quello che ho sentito dire da mio padre.» Sally sospirò stringendosi nelle spalle. Proprio in quel momento riconobbi una figura avanzare sinuosa verso di noi. Un'odiata, cinica, malefica figura. Kathleen Burnett, la mia nemica, la mia rivale. La figlia del socio di papà. Ripresi ad ascoltare Sally che nel frattempo stava continuando a parlarmi, pur spostando lo sguardo su Kathleen per seguire la direzione del mio, verso l'ingresso del nostro cottage. «Insomma... papà diceva che tu ti trasferirai qui con tuo padre per sempre. O almeno fino al completamento del lavoro al castello. Per qualche anno, forse.»

«No, io no...» Decisi di rimuovere sia il pensiero sia l'idea terrificante. Mi rivolsi a Kathleen che ormai ci aveva raggiunte e che, malauguratamente, non potevo evitare. «Ciao, Kathleen.»

«Ciao, Rose.» Mi rivolse uno dei suoi sorrisetti perversi. Si vantava di avere uno sguardo da gattina, ammiccante e seducente. Io in certi momenti lo trovavo invece agghiacciante, come lo sguardo da bambina cattiva di un film dell'orrore. Quello era precisamente uno di quei momenti. «Ma come, non te l'ha ancora detto tuo padre? È intenzionato a trasferirsi qui per... per sempre, credo. Quindi a quanto pare finirai il liceo ad Heathland, mia cara. Che peccato, sarà una tristezza non averti con noi per l'ultimo anno e per il diploma! Ci mancherai tanto, Rose.»

CAPITOLO 6

«No, non puoi farmi questo!» Mi stavo impegnando per trattenere i singhiozzi, ma ero prossima alle lacrime. Stringevo tra le mani il libro che ero intenzionata a leggere, *Tess dei d'Urberville*, quasi per sfogare la rabbia che fino a quel momento ero stata costretta a reprimere. «Tutto ma non questo!»

Ero talmente sconvolta da non riuscire nemmeno a percepire le pacate repliche di mio padre. Repliche che confermavano comunque ciò che Sally aveva creduto di intuire e che Kathleen, con la sua abituale perfidia, aveva ribadito. Evidentemente tutti avevano capito, tranne me.

Non avrei cenato nonostante la cucina della moglie di Tom, che si era prodigata anche per noi preparando le patate e le sue polpette speciali, fosse eccellente. Mi si era completamente bloccato lo stomaco. Così ero rimasta lì, di fronte alla tavola apparecchiata, senza sapere se rintanarmi nella mia stanza oppure uscire di corsa per andare... Ecco, appunto. Per andare dove?

Presto si sarebbe fatto buio. E non avevo il conforto della mia città, del mio amato quartiere. Quell'angolo sperduto del mondo rendeva tristi e meno plateali anche le uscite di scena.

E comunque in camera... no, non potevo pensare che quella stanzetta al primo piano del cottage a cui mi stavo adattando con difficoltà restasse la mia camera... per quanto? Mi mancava la mia, quella vera... quella che si trovava nella nostra vera casa!

«Mi dispiace, Rose. Il lavoro qui mi prenderà più tempo di quanto avevo previsto e in ogni caso ho deciso che voglio seguirlo di persona costantemente, non affidarlo ad altri.» Papà appoggiò le mani allo schienale della sedia. Nonostante fosse dispiaciuto mi resi conto che era risoluto a portare avanti la sua iniziativa e non avrebbe cambiato idea. Abbassò per un istante gli occhi chiari, poi tornò a fissarli su di me. «Sono sicuro che amerai questo posto appena lo conoscerai meglio... Del resto siamo qui ancora da poco per...»

«Ma capisci che questo significa che sarò costretta a trascorrere qui l'ultimo anno di liceo? Perderò tutti i miei amici, la mia vita...» Scossi furiosamente la testa, mentre le prime lacrime iniziavano a solcarmi il viso. Le lasciai scorrere senza fare nulla per trattenerle. «Non posso perdere il mio mondo per rifugiarmi in questo buco di villaggio! Qui non c'è niente per me, papà! Niente!»

«Anche Simon Burnett resterà a Heathland per questo lavoro» replicò mio padre, cercando di mantenere la calma. «Io non posso lasciare, affidando tutta la gestione a lui... Conoscerai nuove persone, ti farai nuovi amici qui. Vedrai che sarà più semplice di quanto credi.»

«Ma Kathleen se ne starà tranquillamente a Londra, con sua madre!» Strinsi i pugni con talmente tanta forza da farmi male. No, non potevo accettarlo. Non lo avrei mai accettato. «Invece io sono condannata qui! Kathleen intanto a Londra riderà di me... tutti rideranno di me!»

«Rose, anche io preferirei che tua...»

Percepii, nel sospiro di mio padre, una sofferenza mescolata all'impotenza di non avere alternativa. Sapevo cosa stava per dire. Che sicuramente avrebbe preferito che mia madre si trovasse nelle vicinanze, per occuparsi di me. Non in giro per il mondo a tenere concerti.

«Potrei restare con Daisy. E poi comunque a casa... Insomma, papà, non sono una bambina!» Tentai di recuperare il controllo del respiro, mi sentivo ardere dal profondo e stavo quasi tremando di rabbia. «So occuparmi della casa. Poi comunque tornerà Alison... anche se non abiterà più con noi...»

Iniziavo a chiedermi se fosse davvero quella la verità. Mancavano pochi mesi al mio diciottesimo compleanno. Gestivo io la nostra casa di Chelsea, più di lui. Io e Alison, soprattutto. Imitando Alison avrei saputo cosa fare, cosa chiedere al nostro maggiordomo, ai domestici... Non sarei stata del tutto abbandonata. Davvero mio padre non si fidava di me? Credeva che mi sarei comportata male da sola? Sì, potevo ammetterlo, spesso avevo agito da ragazzina superficiale. Ma non gli avevo mai dato motivo di preoccuparsi seriamente per la mia condotta. A scuola non ero eccellente come Chris e nemmeno brava come Daisy, ma andavo abbastanza bene. Ero nella media e sapevo sempre cavarmela.

Mentre lui continuava a parlare, a espormi i vantaggi della vita in campagna, io scuotevo la testa, meccanicamente. Non volevo, non potevo più ascoltare. Finché disse qualcosa che richiamò la mia attenzione. E che confermò il mio dubbio. La situazione era più seria di quanto avevo creduto. Non era una scelta dettata solo dal desiderio di seguire il corso di un lavoro di persona, da vicino.

«Rose, purtroppo le cose non stanno andando molto bene ultimamente. Ho avuto delle spese e... gli ultimi affari non hanno avuto il successo che avevo sperato.» E quindi? Ora che aveva ottenuto tutta la mia attenzione, percepii il tono di voce di mio padre abbassarsi, sempre di più, sempre di più. Fino a rivelare la verità, quella che non avrei mai voluto sentire. Troppo sconvolgente perché io riuscissi ad accettarla. «Rischiamo di dover vendere la casa di Chelsea. Mi dispiace, Rose.»

Solo in quel momento, mentre incredula sollevavo lo sguardo su di lui, mi resi conto che Chris sostava in silenzio sulla porta che metteva in comunicazione il soggiorno con la scala che portava alle camere da letto. Mio padre, non sapendo più cosa aggiungere, si avviò proprio in quella direzione e oltrepassando Chris gli posò rapidamente una mano sulla spalla.

Io e Chris ci guardammo, forse per la prima volta da quando ci eravamo incontrati sei anni prima, seri e in silenzio.

«Hai sentito...» sospirai io, passandomi le mani sul viso. Non sapevo più se riprendere a piangere o mettermi a urlare. Ero tentata di fare entrambe le cose contemporaneamente, ma avevo la netta sensazione che sarebbe stato comunque inutile.

Chris annuì brevemente, chinando la testa e socchiudendo gli occhi. Qualcosa nella sua espressione mi indusse a comprendere che per lui non si trattava affatto di una novità. Anzi, cominciavo a mettere insieme i pezzi, a capire certe stranezze sia da parte sua sia di papà. Tutto quel soffermarsi sull'arte, sulla letteratura del luogo soprattutto... era una macchinazione per indurmi ad affezionarmi a Heathland e al Dorsetshire! Ero stata io a invitare la signorina Ivy per il tè, ma loro ne avevano opportunamente approfittato! Certo, il posto poteva anche risultarmi accettabile, magari anche gradevole... ma per un mese o due, non di più! Provavo simpatia per Ivy e Sally... ma non qui. Se poi fossero venute loro a Londra a trovarmi avrei potuto conservare l'amicizia, oppure scrivere, telefonare...

«Ovvio, tu sapevi già tutto chissà da quanto!» Manifestai con uno sguardo disgustato la mia disapprovazione. Scossi la testa, afflitta e frustrata. «Tutte quelle storie sulla lettura, sul paesaggio fantastico... I tuoi tentativi di sfidarmi, di tornare a controllare cosa stessi facendo con la scusa di prendere dei documenti per papà... Mi avete presa in giro! Era un complotto contro di me!»

«Rose, mi rendo conto che non sia facile per te. Però, cerca di capire...» Chris sospirò muovendosi rapidamente verso di me e abbassando la voce, dopo aver lanciato un'occhiata alla porta che conduceva alle camere, dove papà si era ritirato. «Non è facile nemmeno per lui, anzi... è addirittura peggio.»

«No, ne dubito!» Non mi curai di mantenere un tono tranquillo e pacato, gli urlai direttamente in faccia. Se con papà mi ero sforzata di restare calma, per quanto possibile, con Chris non ci riuscivo. Non avevo intenzione di trattenermi. «A voi non importa nulla di me, per voi sono solo una ragazzina stupida da spostare qua e là, dove vi fa comodo. E comunque tu... tu sei l'ultimo a dovermi dire cosa devo fare e cosa devo pensare! Io mi opporrò a tutto questo. Io non accetterò mai di restare a marcire qui! Mai! Non mi importa se venderà la casa di Chelsea... Io mi troverò un altro posto a Londra.»

«Non essere egoista, Rose...» Gli occhi verdi di Chris per un attimo si velarono di tristezza. Ma non mi importava. La mia rabbia necessitava di essere sfogata su qualcuno... e lui era il più disponibile allo scopo. «Questo lavoro è molto importante per tuo padre, per riuscire a recuperare credibilità. Porterà ottimi guadagni e non è detto che la casa di Chelsea dovrà essere venduta. Io credo che ci siano buone probabilità...»

«Io invece credo che se tua madre non avesse dissanguato papà con le sue spese sfrenate prima, poi con le sue assurde richieste di alimenti...» Non potevo più stare a sentire le scuse e le giustificazioni che continuava a rifilarmi. Le disprezzavo, tutte quante. E in quel momento disprezzavo anche lui, sempre così maturo, così condiscendente. Quindi gli rivolsi quelle parole, sapendo perfettamente che lo avrei colpito. In parte con la ferma intenzione di ferirlo, in parte perché non tolleravo la sua stabilità emotiva, la tranquillità con cui era sempre stato in grado di affrontare ogni problema, ogni imprevisto. Volevo coglierlo alla sprovvista, costringerlo a reagire, ad arrabbiarsi. Come ero arrabbiata io. «Siete stati la cosa peggiore che ci potesse capitare! E tu te ne stai ancora qui a dettare le tue regole, a ripetere che io sbaglio sempre! Ti detesto, Chris, non sai quanto!»

In conclusione mi resi conto di avere esagerato. Perché Chris non reagì, non si arrabbiò. Non mi rispose affatto, nemmeno una parola. Anzi, prese anche lui la porta. Ma quella d'uscita dal cottage. Mossi un passo per seguirlo, poi mi fermai. Mi girava la testa.

«Chris... torna qui, maledizione... Non ho finito!»

Con il libro tra le mani mi sedetti a tavola. Ma ero rimasta sola e di certo avevo meno fame di prima. Trovandomi in direzione della finestra mi accorsi che il cielo si stava oscurando. Potevo uscire e cercare di perdermi, come supremo atto di ribellione. Chris aveva ragione su una cosa, me ne rendevo conto. Ero un'egoista. Ed ero anche piuttosto viziata. Ma nulla di nuovo, lo ero sempre stata. Probabilmente ero stata educata per essere un'egoista viziata. Attirare l'attenzione su di me, sui miei drammi e le mie sofferenze era ciò che facevo da sempre, ciò che sapevo fare meglio. Come potevano pretendere che da un momento all'altro cessassi di essere ciò che ero sempre stata? Che improvvisamente dimostrassi un'accettazione e una rassegnazione che non facevano parte della Rose Storm che ero stata per diciassette anni di vita?

CAPITOLO 7

Non mi restava altro quindi che agire da perfetta egoista. Un tentativo come un altro per attirare l'attenzione, anche se avevo la sensazione che in quella particolare circostanza non avrebbe funzionato.

Non avevo idea di dove fosse andato Chris e in parte mi pentii per le parole che gli avevo rivolto. Il mio scopo era stato quello di farlo infuriare, di litigare con lui per obbligarlo a uno scontro… non di spingerlo ad andarsene! Attesi qualche minuto sperando in un suo ripensamento e ritorno. Poi uscii, nonostante il cielo fosse diventato sempre più grigio, tendente all'oscurità della sera. Eppure era ancora presto ed era estate. Ma quel luogo mi sembrava lugubre per natura, a qualunque ora del giorno e della notte. Come circondato e intriso di una nebbiolina perenne.

Camminai per un po', senza meta. Forse ero convinta che Chris mi avrebbe vista e seguita. Forse potevamo chiarire e io mi sarei sentita meno colpevole. Detestavo sentirmi colpevole. E lui lo sapeva fin troppo bene.

Continuai a camminare, raggiungendo il punto in cui la brughiera si infittiva e diventava più intensa, selvaggia. Da lì presi uno dei sentieri che conducevano al castello, senza avere idea di quale fosse il migliore. Lo avevo visto soltanto una volta da vicino, quando eravamo appena arrivati. E trovandolo un rudere orrendo e infinitamente triste non avevo più voluto ripetere l'esperienza.

Mi posai le mani lungo i fianchi, mentre procedevo. Così mi accorsi di avere il telefono infilato nella piccola borsa a tracolla che portavo sempre con me. Ero talmente sconvolta da essere convinta di averla lasciata al cottage.

Magari potevo chiamare Daisy. Mi chiedevo se lei fosse a conoscenza dell'idea di nostro padre di restare nel Dorset. Sicuramente non sapeva della possibile vendita della nostra casa di Chelsea, ne sarebbe rimasta sconvolta quanto me. E non sarebbe stata in grado di fingere, come Chris. Comunque, indipendentemente da sua madre, avevo ragione sul fatto che nostro padre considerasse Chris un figlio… tanto da confidare a lui i suoi problemi, prima che a noi. Sicuramente prima che a me!

Selezionai il numero con poca speranza, notando che ancora una volta non c'era campo, quindi non sarei riuscita a parlare con Daisy. Indifferente alla realtà dei fatti provai un'altra volta, poi un'altra ancora, mentre continuavo a camminare e proseguivo in direzione del castello. Forse avevo anche sbagliato sentiero, prendendo quello alberato. Ottimo, tra il buio e le fronde degli alberi che protendendosi adombravano la strada e oscuravano la vista, mi sentivo già Cappuccetto Rosso che rischiava da un momento all'altro di incontrare il lupo cattivo! Indifferente al pericolo, cominciai a percorrere il lieve pendio che procedendo in salita mi avrebbe condotto direttamente al cospetto del mostro di pietra.

Per un attimo ebbi l'impressione di udire un breve squillo all'altro capo del telefono. Ma poi la linea cadde, per sprofondare inesorabilmente nel silenzio più cupo. Colta da un moto di stizza gettai il telefono a terra. Mi presi le testa tra le mani e mi massaggiai le tempie. Avevo assoluta necessità di parlare con mia sorella, al più presto. Dovevamo escogitare un modo, un espediente… Forse per lei la situazione sarebbe stata diversa, ma io non sarei mai riuscita a rassegnarmi. Mai, per niente al mondo! Senza la mia casa di Chelsea non sarei stata mai più la stessa Rose!

Quindi una soluzione andava trovata a tutti i costi. Perché se avessimo lasciato gestire il problema a papà e a Chris… per loro non ci sarebbe stato proprio nulla da gestire, avevano già preso una decisione. Anche per me.

Restai ferma e chiusi gli occhi, poi mi voltai. Chris non mi aveva seguita. Forse se n'era andato davvero. Uscendo dal cottage ero talmente sconvolta che non avevo controllato se la sua macchina fosse parcheggiata dall'altro lato della strada o nei dintorni. Mi ritrovai improvvisamente circondata da un buio profondo. Mi girava la testa, a tal punto da non comprendere più da quale direzione ero arrivata e verso dove mi stavo dirigendo.

Mi sentivo in colpa nei confronti di papà. E anche con Chris avevo sbagliato questa volta. Lui non c'entrava nulla se sua madre era una stronza. Del resto anche la mia lo era, anche se in modo diverso. Una avida di soldi e posizione sociale, l'altra smaniosa di successo, di riconoscimenti professionali.

Avevo assoluto bisogno di parlare con qualcuno. O meglio di lamentarmi per la sorte avversa e di essere consolata. Ma restavo inesorabilmente isolata dal mondo, impossibilitata a raggiungere mia sorella, Janet, Alison. Che comunque era in viaggio di nozze, non sarebbe stato il caso di disturbarla anche lì.

Non mi restava altro da fare che tornare indietro, magari tentare di chiamare Daisy dal telefono del cottage. O forse era meglio pazientare e aspettare che arrivasse, parlarle di persona. Così non sarei rimasta qui a combattere da sola. Anche se la pazienza non era certo una delle mie doti migliori.

Strinsi gli occhi, fissando il mio telefono che giaceva ancora a terra. Se avessi compiuto lo stesso gesto in città, in una delle vie da me solitamente frequentate, lo avrei sicuramente rotto. Invece il terreno morbido di Heathland lo aveva protetto, salvaguardandolo dalla mia rabbia e forse da un danno irreparabile.

Mi chinai per raccoglierlo. Rigirandolo tra le mani mi accertai che funzionasse, proprio come prima. Anzi in realtà non funzionava, perché la ricezione restava completamente assente. Ma almeno non lo avevo distrutto.

Rialzandomi sobbalzai per la sorpresa, che si mutò rapidamente in sgomento. Restai poi in bilico tra il terrore e l'incanto. Tra una figura oscura, forse un demone, e un angelo di incomparabile bellezza. Tra i capelli chiari e leggermente ondulati che gli cadevano sulla fronte spiccavano due occhi azzurri intensi, seducenti, ma beffardi al tempo stesso, quasi diabolici. L'accenno di un sorriso gli incurvò le labbra all'insù, mentre io non sapevo ancora se muovermi verso di lui o fuggire via.

La sua voce mi distolse dall'esitazione. Era vibrante, intensa, un po' roca. Forse tutto questo e molto di più. Ma io non ero comunque in grado di definirla mentre mi rivolgeva quelle tre semplici parole.

«Ti sei persa?»

CAPITOLO 8

L'incontro era stato talmente improvviso e la circostanza talmente funesta che non ero riuscita a controllarmi. Chinandomi per raccogliere il telefono mi era caduto il libro che mi ero trascinata dietro. Lui lo aveva recuperato, rigirandoselo tra le mani prima di consegnarmelo.

«Interessante…» Inclinò leggermente il viso e il suo sorriso si fece più aperto, spontaneo. Meno programmato per sedurre una sventurata fanciulla, insomma. «Allora, ti sei persa?»

«No, non proprio.» Non sapevo come spiegare la mia presenza lì. Ma in fondo… perché avrei dovuto? Non ero assolutamente tenuta a farlo, non mi trovavo di certo in una proprietà privata! Non avevo ancora raggiunto il terreno che circondava il castello. «Stavo solo facendo un giro.»

«Capisco. Sei nuova, allora?»

Non sembrava intenzionato ad arrendersi. O forse ero io a non essere abituata a questo tipo di approccio. A Londra nessuno mi aveva mai fermata chiedendomi se mi fossi persa o se fossi nuova. Ognuno era sempre andato per la propria strada, nuova o vecchia non aveva importanza.

«Non proprio…» Mi accorsi di essermi ripetuta, quindi mi sforzai di aggiungere altro. «Cioè… sono qui da alcuni giorni, alcune settimane anzi, ma…» Probabilmente ci resterò più di quanto avevo sperato. Evitai la precisazione. Io stessa non avevo ancora accettato la realtà e non ne avrei discusso di certo con un estraneo.

«Ho capito, allora non conosci ancora bene la zona. Comunque, io mi chiamo Luke.» Fortunatamente non indagò oltre e mi porse la mano.

«Io sono Rose…» Strinsi la sua mano, poi mi ritrassi imbarazzata indicando il sentiero alle mie spalle. «Ora dovrei avviarmi verso casa, si sta facendo buio. Devo tornare al cottage...»

Era già buio. E io ero lì da sola, in mezzo alla boscaglia che proseguendo si infittiva sempre di più. E magari avevo incontrato uno psicopatico pericoloso. Mi sentivo sempre più Cappuccetto Rosso che si era imbattuta nel lupo.

«Se vuoi ti accompagno.»

Si incamminò senza attendere la mia risposta e voltandosi mi rivolse ancora quello sguardo. Invitante, incantatore, con qualcosa di demoniaco e angelico allo stesso tempo. Con le labbra lievemente sollevate da un lato in una specie di ghigno seducente. Sì, doveva per forza essere il lupo... travestito da bel ragazzo.

«Mmh...» Mi strinsi nelle spalle. Me l'ero cercata, non sembrava restarmi altra scelta. Sperando che mi accompagnasse davvero a casa. Ma forse dovevo essere meno prevenuta nei confronti degli sconosciuti. Da quando avevo perso fiducia nel genere umano? «Tu abiti in questa zona?»

«Sono solo di passaggio.»

Non avevo idea se questa affermazione equivalesse a una risposta alla mia domanda. Mi sfiorò appena la spalla, indicandomi il sentiero. Però forse era proprio come pensavo. Uno così non poteva vivere qui. Possedeva anche un'eleganza non comune. Indossava jeans e camicia, ma il taglio della sua giacca di pelle era moderno, cittadino. Ovvio che fosse capitato qui solo per caso.

Non riuscii a scoprire molto di lui, oltre al suo nome. Anche perché mi sentivo ancora profondamente a disagio con la modalità del nostro incontro. Quindi finì che Luke venne a sapere tutto o quasi su di me, che in quel momento avevo un disperato bisogno di sfogarmi con qualcuno, mentre io... nulla di lui.

Mi lasciò di fronte al cancelletto, salutandomi con un sorriso e un cenno del capo. Come se avesse compiuto la sua buona azione quotidiana, improvvisamente sembrò avere una gran fretta di allontanarsi. Mi arresi all'evidenza che non l'avrei mai più rivisto. Ma del resto ero oppressa da altri pensieri, al momento. Molto più cupi e devastanti.

Rientrata in casa, non trovai nessuno ad attendermi. Né mio padre né Chris. Salendo piano le scale mi accorsi che la luce filtrava dalla camera di papà, invece quella occupata da Chris era buia. Quindi se n'era andato, oppure era rientrato e se ne stava disteso con la luce spenta, forse si era addormentato. Però conoscendolo la prima opzione mi sembrava più probabile.

Mi era venuta un po' fame, ma non avevo nessuna voglia di mangiare da sola. Quindi decisi di sparecchiare e di riporre tutto il cibo in frigorifero. Con calma, sperando che nel frattempo papà uscisse dalla sua camera oppure Chris si decidesse a rientrare. Attesi invano. E non volevo cedere alla tentazione di essere io la prima a cercarli per tornare ad affrontare l'argomento. Ero io la vittima delle circostanze, non loro.

Il mattino seguente Chris non si presentò a colazione e con papà non ripresi il discorso del trasferimento a Heathland. Quasi come se non affrontandolo potessi rimuoverlo, lasciarlo scivolare via, lontano dalla mia mente. In realtà durante la notte avevo pensato fosse meglio attendere l'arrivo di Daisy per parlare sia del trasferimento sia della probabile vendita della casa di Chelsea. Con mia sorella accanto mi sarei sentita più forte, forse anche più compresa.

Decisi di uscire e andare a cercare Sally, per distrarmi. Del resto era l'unica amica che avevo a Heathland, o almeno qualcosa di vagamente simile. Comunque la conoscevo da pochissimi giorni, da quando avevo capito di non poterne più di restare completamente sola. E oltre a mio padre, a Chris e a qualche visita alla biblioteca per parlare un po' con Ivy, lì non avevo nessuno.

La trovai davanti al cancelletto di casa sua. Stava parlando con un ragazzo. Riuscii immediatamente a comprendere di chi si trattava, anche se era di spalle. Conoscevo bene quelle spalle ampie, quella capigliatura biondiccia e incredibilmente scompigliata. Avrei dovuto rimediare, anche a questo. Presto, prima che fosse troppo tardi.

«Ciao, Sally.» Mi posizionai accanto a lei, indifferente al fatto di aver interrotto la loro conversazione.

«Ciao!» Sally non se ne curò e mi rivolse un sorriso aperto, quasi radioso. «Lui è Teddy. Ma aspetta, forse lo conosci già perché se non sbaglio…»

Sally si morse le labbra fissando gli occhi chiari su Teddy, che si apprestava ad annuire imbarazzato, dopo essere arrossito.

«Certamente. Teddy è il figlio del giardiniere di fiducia di mio padre!» annuii raddrizzando le spalle e tentando di imprimere nelle mie parole una sorta di contegno, di superiorità. «Avrei bisogno di parlarti, Sally. Se vuoi possiamo fare un giro…»

Non espressi chiaramente il mio pensiero, ma fu piuttosto ovvio. Stavo aspettando impazientemente che finisse di sprecare il suo tempo con un tipo lento e un po' ignorante come Teddy Hart.

«Io… io devo andare al lavoro… Ci vediamo, magari… qui intorno…» Teddy balbettò, arretrò e contemporaneamente chinò il capo più volte. Che avesse timore e vergogna di me non era una novità. Se questa volta lo avevo proprio indotto a fuggire, tanto meglio.

«Va bene, ciao Teddy. Sono stata contenta di…» Sally sorrise e si strinse nelle spalle. Mentre stava ancora parlando lui si era già voltato, per poi correre via come se avesse un gran da fare. «…incontrarti. Simpatico… anche se un po' timido, direi. Molto carino, comunque.»

Rivolse a me le ultime parole. Io arricciai il naso e scossi la testa, decisa.

«Chi? Teddy, carino? No, direi proprio di no!» Alzai gli occhi al cielo con una smorfia sdegnata. «Sì, okay… fisicamente passabile, se ti piace il genere prestante e muscoloso. Ma è assurdamente lento, un po'… come dire…

indietro, con quell'espressione da tonto. Io ho in mente un altro per te. Decisamente tu puoi avere di meglio, Sally.»

«Un altro? E chi?» Sally si portò una mano sulle labbra per trattenere una risata. Evidentemente la curiosità aveva vinto sul mio giudizio negativo nei confronti di Teddy. Non lo aveva difeso, quindi l'attaccamento nei suoi confronti era ancora prematuro. Meglio così, l'avevo fermata in tempo.

«Allora, forse ti ho già spiegato che presto arriverà mia sorella Daisy… Con lei ci sarà il suo ragazzo, Alan.» Congiunsi le mani e mi preparai alla grande rivelazione. «E ci sarà anche Mike, il fratello di Alan. Ecco, lui è… secondo me lui è perfetto per te. Saranno qui a giorni.»

«Ah…» Sally non sembrò eccessivamente impressionata. Ovvio, non aveva ancora avuto la possibilità di vedere Mike, quindi non poteva nemmeno fare un confronto tra lui e Teddy. «Se lo dici tu. Ma Rose, tu… hai già un ragazzo?»

«Chi, io? No, assolutamente no.» Mi guardai intorno indecisa su dove andare. Non che ci fosse molta scelta. L'unica soluzione era dirigerci verso la piccola caffetteria accanto alla biblioteca. Non mi sembrava entusiasmante come luogo di ritrovo, ma… lì nessuno lo era a parer mio. Più tardi potevamo rintanarci nel cottage ad ascoltare i miei cd. «Ho deciso che l'amore non fa proprio per me. Io sto bene come sto, preferisco aiutare le amiche.»

Ci incamminammo e Sally mi seguì, attenta più alle mie parole che alla direzione che avevo preso.

«Ma vuoi davvero… restare sola?»

«Non si tratta di restare sola. Io ho tanti amici! Va bene, non qui a Heathland…» Era un brutto argomento questo. Proprio pessimo. E poi avevo deciso assolutamente di rimandarlo. Anzi, di rimuoverlo almeno fino all'arrivo di Daisy. E per rimuoverlo meglio avrei dovuto parlare, parlare e concentrare tutta la mia attenzione su altri argomenti. «Comunque, per quanto riguarda l'idea di trovarmi un ragazzo… Un po' ci avevo pensato, in passato. Ho anche provato a uscire con qualcuno. Ma niente da fare... nessuno supera il secondo appuntamento con me. Suppongo di essere troppo esigente, perché ho chiaro in mente il tipo che mi potrebbe piacere. Conosci i Boyzone, vero? Io sì. Cioè, nel senso... Ho la foto in camera, poi te lo faccio vedere. E comunque io ho deciso di fare qualcosa di davvero importante. Qualcosa di fondamentale, che cambierà la vita delle altre persone, forse anche dell'umanità in generale. Qualcosa che mi permetterà di passare alla storia. E per fare questo non posso perdere tempo con qualcosa di superfluo come i ragazzi e l'amore. Capisci cosa intendo, Sally?»

Sally si fermò e aggrottò la fronte e le sopracciglia allo stesso tempo. Più che aver capito sembrava confusa, in realtà.

«Sì, io... credo di sì. Oddio, quindi tu conosci i Boyzone? Ma... che cosa vorresti fare per l'umanità, Rose?»

«Mmh... questo non lo so ancora. Cioè, non nello specifico.» Ne avevo una vaga idea, ma desideravo che Sally mi prendesse sul serio. Mi seguiva, per il momento, seguiva soprattutto il mio fiume di parole e sembrava fidarsi di me a tal punto da pendere dalle mie labbra. Non volevo perdere l'influenza che stavo esercitando su di lei, ero convinta che avrebbe condotto a qualcosa di buono. «Potrei diventare un'artista, un'attrice o una ballerina. Oppure studiare medicina, specializzarmi, trovare qualche cura per malattie ancora incurabili... O magari potrei essere una scrittrice, una produttrice, una divulgatrice di... non so bene cosa... fitness, forse. Insomma, prima di tutto voglio diventare una donna importante, una che influenza gli altri e magari li guida nelle loro scelte. Tra qualche anno potrei anche essere eletta come la donna più influente della Gran Bretagna, in seguito dell'Europa... del mondo. Sai che esiste una classifica, vero? Quindi no... direi che l'amore non fa proprio per me. Sarebbe un intralcio al mio futuro, una perdita di tempo! Preferisco aiutare gli altri.»

CAPITOLO 9

Qualche altro giorno era trascorso e la situazione si era ridimensionata. Chris era tornato. Con lui tutto sembrava aver raggiunto una temporanea normalità. Io non gli avevo chiesto dove era stato e lui non mi aveva dato spiegazioni. Non sembrava nemmeno arrabbiato con me. Non più del solito. E non aveva raccontato tutte le mie cattiverie nei suoi confronti a papà, altrimenti sicuramente sarei stata rimproverata.

Avevo parlato nuovamente con Daisy, dal telefono del cottage. Sarebbe arrivata presto. Con Alan e Mike. A loro si sarebbero uniti anche Janet e Freddie, si erano già messi d'accordo. Meglio che arrivassero tutti insieme! Io ormai avevo smesso di tentare di quantificare il "presto". Più mi ostinavo a farlo più i giorni, le ore, i minuti, i secondi non passavano mai! Me li sentivo già tutti addosso come macigni.

Mi ero quindi concentrata sulla preparazione di una cena. Un po' ero stata obbligata, in realtà. Un'ala del castello al pian terreno, apparentemente, era ancora agibile e in condizioni discrete. Tanto che mio padre e il suo socio avevano deciso di organizzare una serata per incontrare ufficialmente il proprietario e discutere di affari. Quindi era a tutti gli effetti una cena di lavoro a cui io avrei volentieri rinunciato. Invece ero stata costretta ad aiutare Nora, la moglie di Tom, a preparare il grande evento. Lei si sarebbe occupata del cibo con l'aiuto di Ada, la madre di Sally. Io e Sally invece eravamo incaricate agli addobbi, la predisposizione della tavola e tutto il resto.

L'idea di rendere quel rudere il luogo ideale per una cena d'affari ma anche per una serata di svago, mi avviliva. Significava quasi arrendermi sempre più all'evidenza di essere costretta a restare. Mi era bastata un'occhiata all'ambiente che dovevo modificare e abbellire, per farmi una chiara idea di come lo avrei voluto rendere. Da un certo punto di vista potevo considerare l'incarico come una sfida alle mie doti artistiche. Il salone era talmente tetro e lugubre, con quelle mura tra il grigio e il marrone, da ispirare una malinconia profonda, quasi viscerale.

Ricevemmo un insperato aiuto da Chris e da Teddy, che avevano recuperato tra le altre cose anche degli antichi candelabri appartenenti alla famiglia Desmond. Io li trovai un po' eccessivi, esagerati per l'occasione, soprattutto in confronto al resto dell'ambiente. Ma in fondo non mi importava così tanto da dover far prevalere la mia ragione a tutti i costi. Sperai comunque che ci fosse anche un altro tipo di illuminazione, per non rendere la serata troppo macabra. Già mi immaginavo piatti e bicchieri che tremavano all'ingresso del fantasma di qualche antenato dei Desmond.

Avevamo tutto, o quasi. Tovaglia ricamata, tavola imbandita, anche se non era stato ancora comunicato il numero preciso dei partecipanti. Nora aveva fatto in modo che ci venisse consegnato il cibo puntualmente. Papà e Simon avevano pensato al vino e alle bevande e avevano assunto un paio di camerieri per servire a tavola.

Il luogo in sé non era poi così male come lo avevo giudicato all'inizio, dovevo ammetterlo. Dall'esterno sembrava uno dei tanti castelli in totale rovina, abbandonati nel corso dei secoli, che sono diffusi un po' in tutto il paese e non sono utilizzabili nemmeno per attrarre i visitatori. Chris mi aveva raccontato che aveva subito un incendio, anche se non di grave entità, circa cinquant'anni prima e che quella parte del castello era l'unica a non essere stata raggiunta dalle fiamme. Forse l'aspetto tetro era dovuto anche all'incendio che ne aveva annerito le superfici, sia la facciata sia l'interno. Che l'intera struttura avesse resistito e si reggesse ancora in piedi era un miracolo, secondo me. Come se il mostro di pietra possedesse una forza innata, intrinseca.

Questo Desmond Castle con cui avevamo a che fare era oltretutto di dimensioni medio piccole. Non riuscivo a comprendere perché i proprietari, dopo l'incendio, non avessero posto subito rimedio ai danni lasciandolo decadere fino al punto tale che non era più necessaria un'opera di manutenzione, ma quasi di ricostruzione totale. Conservava però in sé ancora un certo fascino, anche questo dovevo ammettere. Sebbene io non fossi affatto attratta da anticaglie del genere. Protendevo più, con tutte le mie forze, per il moderno e il comodo. Infatti in storia ero sempre andata piuttosto male, finché non avevo avuto la fantastica idea di corrompere e ammorbidire il severissimo professor Fowler trovandogli una fidanzata, che poi era diventata sua moglie. Per la verità esageravo un po' la mia versione dei fatti... non ero mai stata così calcolatrice.

«Quindi siamo pronti, a quanto pare.» Chris si avvicinò a me con un sorriso appena accennato, mi percorse con lo sguardo. Indossavo un abitino color lavanda tendente al rosa vivo, con la vita alta, morbido sui fianchi. Tra i capelli avevo un nastro dello stesso colore. «Sì, direi che sei presentabile.»

«Grazie tante! Io sono perfetta, come sempre!» Gli rivolsi una smorfia corrucciata. Lui si era messo addosso una camicia blu e i pantaloni neri. Aveva l'aria un po' meno trasandata del solito e miracolosamente aveva ricordato di pettinarsi. Sospirai guardandomi intorno, alla ricerca di Sally. La vidi varcare l'arcata che dava accesso al salone in cui avevamo organizzato la cena. «Comunque... cosa ne pensi di lei? Te la ricordi com'era prima? Ho fatto miracoli in così pochi giorni!»

Sally indossava un mio abito color verde pastello, più morbido sul petto perché era leggermente più prosperosa di me. Avevo tentato di prestarle anche un mio paio di scarpine col tacco ma il nostro numero non coincideva. Tra i capelli, che le avevo arricciato seguendo la sua ondulazione naturale, portava un cerchietto dello stesso colore del vestito.

«Sì, hai tentato di addobbarla per bene. Per fortuna non hai esagerato, altrimenti sarebbe sembrata un albero di Natale. Incredibile, l'hai anche truccata come te. Ha il tuo stesso rossetto sulle labbra, lo stesso sorrisetto finto. Sembra la tua fotocopia, ma con i boccoli neri e più formosa. Però devo ammettere che almeno lì c'è qualcosa da guardare...»

Ovviamente ero un'illusa se speravo di ricevere un complimento da Chris a proposito della raffinatezza con cui avevo vestito e truccato Sally. Del resto lui cosa poteva capire?

«Prendimi pure in giro, scimmione, ma io ho un talento innato in questo! Vista così non sembra più nemmeno la stessa ragazza! Tanto che io credo...» Ero talmente entusiasta del mio successo nel migliorare l'aspetto di Sally che dovetti trattenermi dal rivelargli i miei piani per il suo futuro amoroso. «Potrebbe avere chiunque, ne sono sicura.»

«Tu non iniziare a metterle in testa storie impossibili. Il vero talento che hai è quello di riempire la mente di sciocchezze alle poverette che stanno ad ascoltarti. E Sally sembra proprio essere la tua ultima conquista. Anzi, meglio definirla vittima...»

Chris incrociò le braccia sul petto e mi fissò severo, con quell'aria supponente da fratello maggiore che io avevo sempre trovato detestabile. In quel preciso istante mi parve anche più alto. Era come se lui fosse un gigante buono e saggio. E io una bambina stupida e ridicola.

«Puoi negarlo quanto vuoi, ma io ho un vero talento nel mettere insieme le persone! L'ho fatto anche con Alison e il professor Fowler, se ben ricordi.»

«Ah sì... ricordo soprattutto che sei stata irriducibile nel tentare di conseguire il tuo scopo. Tutto a tuo vantaggio, ovviamente.» Chris avvicinò le dita al mio fiocco con il chiaro intento di tirarlo e rovinarmi l'acconciatura, ma io mi ritrassi in tempo. «Oddio Rose, quel fiocco in testa ti dà troppo l'aria da bambola sadica dei film dell'orrore!»

«Non è affatto vero. Questa definizione si addice a Kathleen, non a me! Se la gente è felice, io sono felice. Mi piace compiere buone azioni...» annuii meccanicamente e più che una fatina buona in quel momento mi sentii davvero come una streghetta perfida, pronta a combinare dispetti. Soprattutto al mio pseudo fratello. Possibile che lui mi vedesse davvero esattamente come io vedevo Kathleen? «Comunque, l'ambientazione da film dell'orrore l'abbiamo, quindi... stai ben attento a non farmi arrabbiare!»

Notai che Sally si stava intrattenendo con Teddy all'ingresso, dove la luce elettrica passando attraverso l'arcata illuminava l'ambiente mantenendo però un'atmosfera naturale, quasi intima. Non riuscii a reprimere uno sguardo risentito.

«Tra qualche giorno arriveranno Daisy, Alan e Mike. E anche Janet e Freddie.» Espressi il mio pensiero come se fosse direttamente conseguente alla conversazione e allo scambio di sguardi a cui stavo assistendo, anche se da una distanza che non mi permetteva di udire cosa Sally e Teddy si stessero dicendo. E in realtà lo era, nella mia mente. Non potevo permetterlo. «Così finalmente inizierà il divertimento, anche in questo luogo desolato e sperduto del mondo.»

«Immagino che io, Sally e Teddy non siamo abbastanza divertenti per te.» Lo disse mantenendo un'espressione indifferente, come se non gli importasse la mia opinione nei suoi confronti. «Comunque presto riceverò anche io una visita.»

«E chi verrà a trovarti? Uno dei tuoi soliti amici snob e intellettuali disadattati? Magari uno che arriverà apposta per studiare il volo degli uccelli, già me lo vedo. Lo hai detto a papà? Dove lo metterai a dormire? Potreste anche costruirvi una casa sull'albero e trasferirvi lì...» sbuffai sollevando gli occhi e, dopo essermi ricomposta, mi mossi in direzione di Sally senza attendere la risposta di Chris.

Dovevo assolutamente fermarla, prima che la situazione degenerasse e diventasse irrecuperabile. Per fortuna Teddy era solo passato a sistemare l'impianto di illuminazione a cui avevano lavorato durante le settimane precedenti, non avrebbe partecipato alla cena.

«Starà comodamente nella mia stanza...» Chris mi rispose e si limitò a seguirmi senza approfondire la questione.

Così ci ritrovammo sotto l'arcata principale del salone, mentre papà e Simon si apprestavano a raggiungerci. Malauguratamente c'era anche quella stronza di Kathleen, fasciata in un abito azzurro e con i capelli raccolti. Vista così dimostrava davvero più dei suoi quasi diciotto anni. Mi resi conto che mi sarebbe piaciuto invitare anche Ivy, ma detestavo quel luogo a tal punto che non mi era sembrato di farle un grande favore costringendola a intervenire alla nostra cena.

Quindi non ci restava altro che aspettare il proprietario del castello, Sir Richard Desmond, che a quanto avevo saputo si sarebbe presentato con la moglie e il figlio. Soltanto durante l'attesa fui colta da uno strano sentore che qualcosa sarebbe cambiato da quella sera in poi. Socchiusi per un istante gli occhi, scuotendo lentamente la testa.

Quando li riaprii mi trovai di fronte quel sorriso un po' beffardo, gli occhi azzurri che mi scrutavano sarcastici. Il viso angelico ma l'aria arrogante e ammaliatrice di un diavolo. Era davvero lui, Luke. Riapparso come per magia. Pochi istanti, un giro di presentazioni e tutto divenne improvvisamente chiaro. Fin troppo, nella mia mente. Non era il fantasma di un antenato dei Desmond. E non era né un diavolo né un angelo. Il castello, quell'ammasso di rovine, era suo. O per essere più precisi di suo padre, Sir Richard Desmond. A causa loro io sarei stata costretta a restare a Heathland, cambiando la mia vita, il mio destino. Forse erano già cambiati. Forse, in un certo senso, mi ero arresa, stavo smettendo di lottare. E forse (solo forse!) per la prima volta stavo iniziando a pensare che tutto sommato il cambiamento non mi sarebbe dispiaciuto completamente.

CAPITOLO 10

Davvero non avrei mai immaginato che la conversazione a tavola sarebbe stata così attiva, quasi entusiasmante. Dopo aver discusso senza sosta con papà e Simon Burnett a proposito di affari, di progetti, di costi di restaurazione, Sir Richard Desmond aveva iniziato a raccontare la storia del castello appartenente ai suoi antenati. Così venni a sapere che era stato una fortezza qualche secolo prima e aveva difeso l'intero villaggio dalle invasioni. Vagando per quei luoghi si potevano ancora trovare tracce e memorie del passato, sepolcri, tradizioni, rovine di accampamenti.

Ascoltai distrattamente tutti i dettagli storici, ma ciò che risvegliò e catturò il mio più vivo interesse fu la parte in cui accennò alle rappresentazioni teatrali, un'antica tradizione della sua famiglia. Sir Richard ricordò che ogni anno, sul finire dell'estate e l'inizio dell'autunno, gli abitanti del castello deliziavano il villaggio e i dintorni con una rappresentazione teatrale. Mentre nella mia mente in pochi istanti si stavano creando innumerevoli fantasie a riguardo, cercai timidamente di informarmi sul tipo di rappresentazioni che venivano proposte. Sir Richard nominò prevalentemente Shakespeare, ma sul palco creato appositamente per il castello erano passati i più grandi autori e drammaturghi inglesi.

Da quel momento mi rianimai e prestai più attenzione alla conversazione e alle proposte di papà e di Simon riguardo alla ristrutturazione. Tanto che avrei voluto intervenire, consigliare che per prima cosa sistemassero quel palco utilizzato per le opere teatrali. Anche se non lo avevo mai visto. Anche se in effetti non sapevo nemmeno se esistesse ancora e in quale stato si trovasse. Già mi immaginavo nella parte di Ophelia, di lady Macbeth, di Desdemona, di... no, Giulietta non mi era mai

66

stata troppo simpatica. Ma soprattutto mi immaginavo immersa nella sceneggiatura e tra fantastici e sontuosi abiti di scena.

Intanto vagavo con lo sguardo, sperando di catturare negli occhi degli altri giovani del gruppo il mio stesso entusiasmo. Chris mangiava di gusto ed era attentissimo ai discorsi tecnici della restaurazione, ogni tanto interveniva chiedendo chiarimenti e gli adulti sembravano molto interessati alla sua opinione. Kathleen era più impegnata a non scomporsi troppo e a non abbuffarsi per non scoppiare nel vestito, oltre a cercare di apparire al meglio agli occhi della moglie di Sir Richard, Esther.

Spostai l'attenzione su Luke, seduto all'altro lato del tavolo anche se non direttamente di fronte a me, dopo aver tentato ostinatamente di evitarlo per tutta la cena. Nessuno di noi due aveva accennato al nostro primo incontro nel bosco. Colsi il suo sguardo su di me, audace e indagatore. Come se avesse compreso ciò che mi passava per la mente e si stesse divertendo un mondo a osservare i miei vani tentativi di far convergere il discorso sulla questione teatrale.

Speravo di ottenere il supporto di Sally, ma la ritrovai completamente distratta, immersa in un suo mondo in cui non consentiva l'accesso a nessuno, nemmeno a me. Forse la serata non rispondeva esattamente ai suoi interessi, in fondo non aveva tutti i torti. Magari non era abituata a cene così "formali". Però in quel momento avrei avuto bisogno di lei, del suo supporto per proporre la mia idea. Non che Sally potesse fare molto in proposito, se non offrirmi un sostegno morale.

«Sarebbe bellissimo riproporre uno spettacolo teatrale...»

Espressi il mio pensiero alzando il tono più del necessario. Forse senza volerlo... oppure volendolo, ma ero comunque convinta che nessuno dei presenti mi avrebbe ascoltato o prestato attenzione. Mi trovavo piuttosto lontana da Sir Richard e avevo bisogno che la mia voce arrivasse fino a lui. Per lo meno dovevo tentare.

Inaspettatamente mi ritrovai gli occhi di quasi tutti i partecipanti puntati addosso. Gli occhi di Luke Desmond, in particolare. Prima ancora di quelli di suo padre.

«Per me è un'ottima idea.» Increspò le labbra e mi rivolse il suo sorriso un po' storto, quasi canzonatorio, che avevo imparato a riconoscere. Giocherellò con la forchetta, poi la ripose sul bordo del piatto. «Si può fare.»

Mi accorsi che anche Sir Richard mi stava fissando. I suoi occhi azzurri erano gelidi, mi resi conto soltanto in quell'istante di quanto fossero incredibilmente simili a quelli del figlio per taglio e colore. Le sue labbra però si aprirono in un sorriso quasi caloroso.

«Le ultime rappresentazioni risalgono a quando io ero solo un bambino di quattro o cinque anni, prima dell'incendio...» annuì posando la mano su quella della moglie che lasciava vagare lo sguardo un po' smarrita tra il marito e il figlio, senza però scomporsi ulteriormente. Sir Richard si rivolse, per la prima volta, direttamente a me. «Sarebbe meraviglioso. Tu te ne intendi di teatro, mia cara?»

«Sì, abbastanza. Io ho una certa esperienza...»

Nei miei sogni, forse. Ma tutto sommato avevo partecipato a qualche piccola recita scolastica, avevo visto qualche rappresentazione in teatro e in televisione... Avevo anche visto tantissime volte *Shakespeare in Love*, insieme a Janet e Daisy. Fantastico quel film! Lo adoravo! Più o meno... sì, insomma carino. Forse troppo romantico, per i miei gusti.

«Allora è deciso!» Sir Richard congiunse le mani, intrecciò le dita e mi squadrò come se fossi divenuta ufficialmente parte del team di architetti incaricati di ridare nuova linfa vitale al suo castello. «Ti affido la direzione del progetto, Rose. Per qualunque necessità sono a tua disposizione.»

Quindi di nuovo tutti gli sguardi furono puntati su di me. Soddisfatti, perplessi, confusi... Papà si mostrava quasi orgoglioso della mia proposta. Lo compresi dal piccolo cenno che mi rivolse, impercettibile agli occhi degli estranei ma non ai miei. Anche Sally finalmente si decise a fissarmi, anche se manteneva ancora un'aria un po' spaesata. Kathleen invece sembrava rodersi il fegato per non aver avuto l'idea prima di me. Solo uno sguardo restava ostinatamente serio, come carico di taciti rimproveri. Rimproveri che in quel preciso istante era impossibilitato a esprimere ad alta voce. Quello di Chris. Del resto, da lui, che altro potevo aspettarmi? Non certo un incoraggiamento! Secondo la sua personale teoria ogni mia impresa finiva sempre per concludersi in disastro. Ma non questa volta! Questa volta gli avrei dimostrato che facevo sul serio!

Però, in fondo, cosa mi importava della sua opinione? Avevo ottenuto l'approvazione degli adulti. E di Luke Desmond, il primo a sostenere la mia iniziativa. Sicuramente gli avrei affidato il ruolo da protagonista, per ringraziarlo. Sì, se lo meritava davvero. E io... no, io non avrei fatto la primadonna, non in questa occasione. Io sarei stata al di sopra di tutte le parti.

Rimasi in silenzio, persa nelle mie riflessioni, mentre la cena si avviava alla conclusione e il discorso sulla ristrutturazione era tornato il principale argomento di conversazione. Mi comportai da brava ragazza, attenta ai dettagli architettonici che riguardavano il mostro in rovina... il Desmond Castle, anzi. Sì, perché quell'ammasso di pietre ormai nella mia immaginazione si era trasformato in un castello vero, con tanto di principe sexy e provocante. Sua maestà il principe Luke Desmond.

E inevitabilmente le immagini di quel film a cui avevo sempre rivolto un apprezzamento sommario e che avevo rivisto più volte solo per l'insistenza di Daisy e Janet, riemergevano di continuo davanti ai miei occhi. E già mi vedevo Luke nei panni dell'innamorato Shakespeare che interpretava Romeo... e io, nonostante non mi fosse mai piaciuta, fasciata nell'abito di Giulietta che mi comprimeva il petto, fremente tra le sue braccia. E gli esprimevo l'immensità del mio amore, della mia passione... per tutta la vita, fino alla morte. Anzi, per tutta l'eternità e oltre, in una storia che la nostra interpretazione avrebbe reso ancora più immortale.

CAPITOLO 11

«Allora, cosa ne pensi della mia idea?»

Appena terminata la cena mi avvicinai a Chris con un sorriso compiaciuto. Mi rendevo perfettamente conto che avrei avuto bisogno del suo aiuto. Non mi conveniva averlo come avversario, perché indubbiamente gli adulti lo tenevano in grande considerazione. Non solo mio padre, anche Simon e Sir Richard. Quindi avrei fatto meglio a ingraziarmelo, fin da subito.

«Cosa vuoi che ti dica, Rose?» Chris sbuffò stringendosi nelle spalle. «Sei tu la grande esperta di teatro, a quanto ho capito.»

«Sì... okay, forse ho esagerato un pochino ma... mi sembra un'idea carina. O no?»

Seguii con lo sguardo gli altri che abbandonavano la tavola dirigendosi verso il parco situato proprio di fronte al castello. Kathleen si stava avvicinando a Luke come una vipera strisciante pronta a circuire la sua preda. Come una tarantola... una medusa. Dovevo fermarla prima che posasse i suoi tentacoli su di lui, ma al momento era più importante ottenere l'appoggio e l'approvazione di Chris. Ne avevo bisogno. Almeno per prevenire qualche mio errore di valutazione nei confronti della nuova impresa. Il suo aiuto mi era assolutamente necessario. Subito dopo mi sarei dedicata a Luke.

«Hai già ottenuto abbastanza consensi, che te ne importa di cosa penso io?»

E ovviamente lui, come sempre, sembrava leggermi nel pensiero e impegnare tutte le sue forze per non accontentarmi.

«Se te lo sto chiedendo significa che mi importa, testone rompiscatole!» Posai le mani sui fianchi e sgranai gli occhi. «Allora, rispondimi! Cosa ne pensi della mia idea?»

«Non ti agitare tanto, Rose, o finirai per scoppiare in quel vestito.» Chris evidentemente si stava divertendo un mondo a tenermi sulle spine. Lo detestavo quando rifiutava di rispondermi mantenendo quel suo atteggiamento evasivo e canzonatorio! Come se fosse superiore a tutto e a tutti. A me, in particolare. «Ne riparleremo, ora vado a salutare e tolgo il disturbo perché sono impegnato.»

«Impegnato? È sera tardi ormai, come puoi essere impegnato? Impegnato dove?»

«Anche io ho una vita privata, Rose» sbuffò tirandomi il nastro che avevo quasi dimenticato di avere in testa. «Non tutto il mondo ruota intorno a te a tuo piacimento, bambolina perfida.»

Così da lui non avevo ottenuto proprio nulla! Quello stronzo sicuramente ci prendeva gusto a lasciarmi in sospeso e a tenermi sulle spine! Lo seguii con lo sguardo e lo vidi dirigersi verso papà, Simon, Sir Richard e sua moglie. La componente più adulta della nostra serata, insomma.

Non mi restò altro da fare che avvicinarmi a Sally che rischiava già di subire la nefasta influenza di Kathleen. Notai che Chris invece di andarsene immediatamente dopo aver salutato si stava trattenendo a chiacchierare con i "grandi". Conversazione da "grandi" a cui lui era ammesso. Anche Luke si era avvicinato a loro. Seguivo i suoi gesti e i suoi movimenti come ipnotizzata. Quel suo sguardo ammiccante, quasi provocatorio, il suo sopracciglio leggermente alzato e le labbra che disegnavano una sorta di ghigno seducente sul suo volto… Un atteggiamento che faceva parte della sua personalità, forse non lo usava soltanto con me. La consapevolezza mi provocò una fitta allo stomaco che tentai di annullare forzandomi per distogliere l'attenzione da lui.

«Quindi ti sei abituata all'idea di restare qui, Rose?» La voce di Kathleen mi richiamò a sé. Per un attimo mi sentii come se mi avessero risvegliata a forza da un sogno (forse non bellissimo, ma estremamente piacevole) per trascinarmi nella triste, desolante realtà.

«Sì, come no...» Avevo bisogno di cambiare argomento. Anzi, non avevo proprio voglia di parlarle. Ma ero a corto di buone idee da proporre in alternativa.

«Io tornerò a Londra tra qualche giorno, starò da mia madre.» Kathleen incrociò le braccia sul petto in un modo tale che tutto il suo seno, imbottitura compresa, rischiarono seriamente di fuoriuscire dal vestito. «Farò un provino per la televisione, il programma *Winning Girls*. Lo conosci, vero? Hanno aperto le selezioni e io ho ricevuto un invito. Sai che spesso hanno come ospiti cantanti e attori...»

«Ah, fantastico...» ingoiai un sapore acido, forse era la bile che mi stava scoppiando. Magari contornata anche da un po' di fegato amarissimo.

Avrei potuto uccidere per essere invitata, anche solo come pubblico, a *Winning Girls*. E Kathleen avrebbe fatto la selezione per essere una delle Girls. Sì, Kathleen era in serio pericolo di vita. Visualizzai la scena di me stessa che si inoltrava a notte fonda nel suo cottage dalla finestra, per poi scivolare verso la sua stanza e soffocarla con il cuscino. O magari sarebbe stato più semplice portarmi un pugnale... o una corda...

Chiusi gli occhi e poi li riaprii. Magari sbattendo le ciglia due o tre volte sarei riuscita ad allontanare il pensiero omicida. Chris tutto sommato aveva ragione. Vestita com'ero potevo davvero sembrare una bambolina omicida. Mi mancava solo un bel coltellaccio da cucina in mano e...

Spostai lo sguardo e mi accorsi che era sparito. Non stava più conversando con gli adulti. Proprio in quel momento Luke lasciò i suoi genitori, mio padre e Simon per muoversi verso di noi. Mentre io cercavo di assumere uno sguardo da brava ragazza archiviando quello da bambolina omicida, Kathleen si gonfiava sempre più nell'imitazione di un pavone dai fluenti capelli ramati e Sally se ne stava un passo indietro guardandosi intorno intimidita, alla ricerca di qualcosa o qualcuno di non identificato.

«La serata è stata di vostro gradimento, dolci fanciulle?»

Lo sguardo provocatorio era sempre lì, in agguato. Evidentemente avrei dovuto imparare al più presto ad averne a che fare senza avvampare o sentire il petto contorcersi in capriole e tripli salti mortali.

«Certo, davvero entusiasmante.» Kathleen prese la parola prima che io potessi riprendere a respirare. «Anche se io presto tornerò a Londra. Sai, ho un provino per *Winning Girls*. Non mi interessa poi molto, ma la persona da cui ho ricevuto l'invito ha insistito tanto e non ho potuto rifiutare...» sospirò stringendosi nelle spalle con aria di superiorità, come se la partecipazione al programma non rientrasse nei suoi piani ma lo facesse solo per far piacere a qualcuno.

«Capisco. Anche io sarò a Londra tra qualche giorno. Alcuni amici mi hanno invitato a una festa e visto che con l'impegno dell'università a Cambridge non ho molte occasioni per vederli...» Luke sorrise invitante in direzione di Kathleen che replicò stringendosi ancora più le braccia al petto per mettere in mostra il seno. In quel momento mi sentii spettatrice, insieme a Sally che però sembrava distratta e indifferente, di un rituale di corteggiamento. «Anzi, se sei a Londra potresti venire anche tu, se vuoi.»

Così Luke Desmond mi aveva rifilato il definitivo colpo di grazia. Invitare Kathleen a una festa a Londra mentre io sarei stata confinata a Heathland era una perfidia inaudita.

«Ma certo, mi farebbe un immenso piacere. Ti lascio il mio numero di telefono...»

E di taglia di reggiseno, già che ci sei! Mi spostai di un paio di passi, seguendo Sally. Senza nemmeno comprendere il motivo per cui si stesse spostando e in quale direzione. Per quanto mi riguardava quei due potevano anche trascorrere il resto della serata insieme... e della notte... e della vita, già che c'erano!

«Rose, ti dispiace se Teddy mi accompagna a casa?»

Sally mi puntò addosso gli occhioni azzurri e teneri. Teddy? Cosa diavolo c'entrava Teddy? Da dove era ricomparso? Eppure era lì, proprio di fronte a noi. Intimidito si passava la mano tra i capelli biondi. Perché era tornato? Per accompagnare Sally che abitava a pochi passi dal castello?

«Ah, Teddy... Che cosa?»

Avevano davvero tutti l'intenzione di accoppiarsi senza la mia approvazione? Cos'era? Un dispetto, un piano architettato contro di me?

«Sì, è tornato per controllare che l'impianto elettrico funzioni e per spegnere tutto all'interno della sala ora che la cena è terminata. Ci siamo accordati prima, io non vorrei fare troppo tardi...»

Nonostante il buio della sera e le luci soffuse del parco notai il rossore dipingersi sulle guance pallide di Sally. E va bene! Mi avevano colta tutti alla sprovvista. Ma che bravi! Era evidente che Sally mi stesse raccontando un sacco di storie con la scusa che Teddy era tornato per l'impianto elettrico. E io che mi ero convinta di aver avuto l'idea geniale del secolo proponendo di far tornare il teatro al Desmond Castle! Avevo una gran voglia di urlare ma mi trattenni. Sally e Teddy intanto mi fissavano come se dalla mia risposta dipendesse il futuro dell'umanità.

«Sì, certo. Andate...» Andate in pace. Andate e moltiplicatevi. Andate al diavolo, insomma. «Ci vediamo...» All'inferno! «Ci vediamo domani, magari.»

I miei due sudditi chinarono la testa e si ritirarono. Sollevai addirittura la mano, sentendomi una regina che concede una grazia. Una regina davvero troppo sfigata, però. "Controllare che l'impianto elettrico funzioni." Lo aveva controllato poco prima, perché avrebbe dovuto smettere di funzionare? E per spegnere c'erano papà e Simon. Tutte storie!

«Ehi...» Due occhi azzurri si posarono su di me, la testa leggermente piegata di lato. «A quanto pare io e te siamo rimasti soli, Rose.»

«Ah...» Per magia era scomparsa anche la Winning Girl del secolo?

«Kathleen è andata via con suo padre.» Luke si strinse nelle spalle. «I nostri invece sembrano ancora in piena conversazione, stanno rientrando al castello.»

«Se mio padre inizia a parlarne potrebbe tirare domani mattina senza accorgersene...» sospirai chiudendo gli occhi per un attimo. «Ama alla follia questi ammassi di pietre diroccati!»

Oddio, lo avevo detto davvero? Probabilmente avevo segnato la mia condanna definitiva con lui, ma tanto ormai che me ne importava? Si sarebbe visto a Londra con quella mantide di Kathleen. Ciò significava che tra me e lui era tutto finito... anche se non era ancora iniziato niente, in effetti.

«Anche mio padre!» Luke sembrò non badare al commento infelice su quello che era in fondo il suo castello di famiglia. «Non solo il nostro, ha proprio una passione per le rovine, pietre su pietre... ricostruirebbe anche Stonehenge se potesse!»

Mi sorrise per poi ridere più apertamente. Una risata invitante, contagiosa. Cercai di frenarmi ma ne rimasi avvinta, quasi rapita.

«Troverebbe sicuramente un alleato...» replicai tanto per intrattenere il discorso, mentre cercavo affannosamente qualcosa di più interessante da dire. Qualche idea. Sì, qualche idea che mi permettesse di attrarlo fatalmente a me e di strapparlo a Kathleen.

«Dovremo organizzarci per lo spettacolo, Rose. Ti ho offerto il mio aiuto e non mi tiro indietro.»

Luke trovò l'idea prima di me. Mi aveva davvero offerto il suo aiuto?

Improvvisamente, senza preavviso, si incamminò verso un angolo del parco che non avevo preso in considerazione poco prima. Lo seguii in silenzio.

«Se utilizziamo il portico principale, dove di solito mi pare si tenessero le rappresentazioni...» Si voltò verso di me, indicando il portico e poi tutto lo spazio circostante. «Potremo illuminare l'intera zona, in modo da estendere i festeggiamenti al parco e ospitare più spettatori. Certo, dovremo organizzarci anche in caso di maltempo, ma non mi sembra un problema insormontabile.»

«Festeggiamenti...» ripetei in uno stato quasi ipnotico, indotto dalle sue parole. «Sì... e dovremo anche decidere quale opera mettere in scena...»

«Suppongo che questo sia essenziale» annuì convinto con un sorriso che sorgendo improvviso gli illuminò il volto, nonostante ci trovassimo nella semioscurità. «Voglio proprio vedere se riuscirai a sorprendermi, Rose.»

Raggiungemmo un angolo un po' più oscuro del parco. Solo in quel momento mi resi conto che da una delle piante scendeva un'altalena. Formata da corde intrecciate, all'apparenza sottili ma allo stesso tempo resistenti. Fui tentata di andare a sedermi sopra e chiedere a Luke di spingermi. Ma stranamente mi parve una cosa troppo intima, una richiesta sproporzionata al nostro grado di conoscenza. Qualcosa che avrebbe creato un legame. Eppure non era certo nulla di particolare, però...

Distolsi lo sguardo, per non focalizzarlo troppo sull'altalena. Mi venne in mente la scena di un film, o forse un dipinto. Un'eterea fanciulla che si lasciava cullare leggiadra, sognante...

Voltai le spalle decisa, mettendomi proprio di fronte a Luke.

«Domani. Domani ne parleremo. E ti sorprenderò a tal punto da farti dimenticare la tua festa a Londra!»

E Kathleen Burnett a Londra, soprattutto!

«Perfetto, Rose. Allora ci conto.»

CAPITOLO 12

Gli avevo lanciato una sfida. Ne ero consapevole. E lui l'aveva accolta. Sembrava non aspettare altro, come se fosse stato lui stesso l'artefice di tutto. Mi resi conto che era stato proprio Luke a mettermi in quella situazione. Heathland contro Londra. Io contro Kathleen. Il problema vero era che non sapevo assolutamente come mettere in atto il mio proposito. Temevo fortemente che non ci fosse proprio competizione e che fossimo sconfitti in partenza, Heathland e io.

E in verità io stessa non ero del tutto partecipe a questa competizione. Non c'era sfida, insomma. Io ero la prima a voler tornare a Londra a tutti i costi! A casa mia. Nel mio mondo. Nell'ambiente a cui appartenevo davvero. Mi rendevo conto che qualcosa stava cambiando, ma una parte di me si ribellava ancora. Anche se era sempre più piccola, inconcludente, priva di energia. La scenata che avevo fatto a mio padre e a Chris quando avevo saputo del proposito di restare a Heathland a tempo indeterminato sembrava lontanissima ormai.

Fissai la colazione come se quella tazza di latte e cereali contenesse tutte le risposte riguardanti il mio destino. Alison aveva promesso di trascorrere qualche giorno a Heathland, dopo il viaggio di nozze. Poi saremmo tornati tutti a casa, a Londra. La verità invece era ben diversa. Tutti sarebbero tornati a casa, Alison con suo marito, Daisy, Janet e i loro ragazzi. Io invece sarei rimasta e avrei iniziato la scuola nel bel mezzo del "cuore di pietra".

L'unica alternativa che conoscevo era la ribellione. Far sentire papà profondamente colpevole. Litigare e sfogare il mio pessimo umore su Chris, il mio capro espiatorio preferito, colui su cui esternavo la mia rabbia da quando era entrato nella mia vita. Tutto sommato ero fortunata ad averlo. Non avrei potuto trattare altri come trattavo lui senza ripercussioni.

Restavo in sospeso tra collera, frustrazione e senso di colpa nei confronti di papà. Come se mi avesse messa in trappola. In gabbia, in una segreta del castello. Immaginai una torre altissima, in cui ero rinchiusa come la principessa di una fiaba. E lasciavo scivolare i miei capelli giù dalla finestrella. Che diventavano sempre più lunghi, sempre più lunghi... fino a raggiungere lui. Il mio principe salvatore, che dal suo destriero sollevava lo sguardo verso di me. I suoi occhi azzurrissimi erano dolci, intensi, appassionati... e con le sue labbra carnose, sensuali mi diceva...

«Sveglia, sveglia dormigliona!» Sobbalzai allo schiocco di dita ripetuto a pochi millimetri dal mio naso. «Vuoi finire con la testa nella tazza del latte?»

Sbuffai sollevando gli occhi su di lui. Effettivamente la mia colazione era ancora intatta di fronte a me. Non avevo ancora fatto la doccia e indossavo la maglietta enorme che utilizzavo come pigiama.

«Ah, sei tu...» E chi altro poteva essere? Non mi trattenni e gli sbadigliai in faccia. Chris mi aveva appena rovinato uno splendido sogno a occhi aperti. Per quel giorno non l'avrei perdonato. «Papà è già uscito?»

«Certo, è già andato al lavoro.»

Stranamente non aggiunse altro. Nessun rimprovero, nessuna considerazione sul mio stato di sonnolenza perenne.

«Tu invece... che fine hai fatto ieri sera?»

Mi decisi a immergere il cucchiaio nella tazza di latte e cereali che avevo di fronte.

«Sono andato alla stazione a prendere la persona che è venuta a trovarmi.» Chris si alzò per andare a prendere una tazza. Due, anzi. E le dispose all'altro lato del tavolo. «Sta ancora dormendo, abbiamo fatto tardi.»

«E chi sarebbe?» Lasciai ricadere il cucchiaio nella tazza, non avevo molta fame. Però dovevo sforzarmi, avevo bisogno di energia per affrontare la giornata. «Un altro appassionato di macerie?»

Non avevo bisogno di qualcun altro che mi facesse apparire superficiale e ignorante. Chris era più che sufficiente.

«Temo proprio di sì, Rose. E comunque non è...» Chris si interruppe e staccò lo sguardo da me per rivolgerlo verso qualcuno che evidentemente era entrato nel soggiorno, dalla porta alle mie spalle. «Buongiorno. Dormito bene?»

«Sì, benissimo. Grazie, Chris.»

Non avevo bisogno di voltarmi per comprendere che la voce alle mie spalle non apparteneva a un essere umano di sesso maschile.

Mi voltai di scatto e ritrovandomela di fronte ne ebbi la conferma. Capelli castani appena sopra le spalle, occhi ancora un po' assonnati, magra. Carina, se piace il genere, ma un po' anonima. Indossava una maglietta di un viola smunto che arrivava sopra al ginocchio, con su scritto "I know what you did last summer". Io invece mi stavo chiedendo cosa diavolo avesse fatto la notte precedente nella stanza di mio fratello... ex fratello... fratellastro.

«Ciao, io sono Lisa.»

La ragazza mi rivolse un sorrisetto amabile e fece un passo verso di me, porgendomi la mano. La strinsi controvoglia, socchiudendo contemporaneamente gli occhi su di lei.

«Rose...» pronunciai il mio nome in un sospiro ancora più svogliato.

«Vuoi fare colazione?» Chris la invitò con un cenno a sedersi a tavola con noi. «Dormivi così bene che non ho voluto svegliarti.»

«Sì, grazie. Ma prima vorrei fare la doccia...»

Chris annuì e io la vidi sparire dalla stessa porta da cui era comparsa.

Incominciai a contare mentalmente. Cinque, quattro, tre, due… Il tempo che quella Lisa avrebbe impiegato per arrivare alla porta del bagno, aprirla, entrare e…

«Che diavolo combini, Chris!»

Gli puntai addosso uno sguardo inferocito. Tentata quasi di rovesciargli in testa la mia colazione ormai fredda. I cereali avevano perso del tutto consistenza e sembravano molluschi annegati nel latte.

Chris aggrottò la fronte confuso. Non gli concessi il tempo di replicare.

«Come ti sei permesso di portarti una ragazza in camera nel nostro cottage?» Urlavo in silenzio per mantenere il controllo. Nel senso che avevo un tono rabbioso e avevo alzato la voce, ma facevo attenzione che non arrivasse nelle altre stanze e all'esterno. L'effetto fu quello di un rantolo roco che mi irritò la gola, peggio che se avessi gridato a pieni polmoni. «Papà lo sa? Non posso credere che tu abbia fatto una cosa del genere!»

«Certo che lo sa! Mi ha dato lui il permesso di ospitare Lisa.» Chris replicò utilizzando il mio stesso tono di voce. Sgranò gli occhi verdi su di me, perplesso.

«Bene, perfetto! Allora anche io stanotte mi porterò un ragazzo in camera, voglio proprio vedere se papà non avrà nulla da dire!»

Incrociai le braccia spingendo la schiena indietro, verso la spalliera della sedia. Per poco non mi sbilanciai, mi trattenni al tavolo per non cadere.

«Ovviamente avrà qualcosa da dire, Rose. Tu sei la sua piccolina, la sua dolce, innocente figliola…» Chris si riempì la tazza di cereali, poi ci versò sopra il latte che aveva riscaldato. «Un ragazzo in camera non ti sarà mai permesso, almeno per i prossimi… trent'anni, diciamo!»

«Lo sai cosa sei? Tu e anche papà… siete dei maschilisti! Con una visione maschilista e antiquata e… non è per nulla corretto…»

Chris annuì serio portandosi alla bocca un cucchiaio di cereali che masticò lentamente. Poi scoppiò a ridermi in faccia e io solo in quel preciso istante compresi che mi stava prendendo in giro.

«Hai finito di fare la moralista, Rose? Sbaglio o Daisy e la tua amica Janet stanno per arrivare con ragazzi al seguito e...» Tornò a ridere, ancora più forte, scuotendo la testa contemporaneamente. «Cosa farai? Metterai una barriera di separazione perché la notte dormano in stanze separate. Oddio, pensandoci bene ti ci vedrei pure...»

In realtà non ci avevo pensato. Non ero stata nemmeno minimamente sfiorata dal pensiero. Sapevo bene che Daisy, quando non stava a casa con noi, conviveva con Alan da... da quando aveva iniziato l'università, probabilmente. Quindi... quindi non comprendevo cosa mi fosse scattato vedendo quella Lisa sbucare dalla porta che conduceva alle tre stanze del cottage, al piano superiore. Se non aveva dormito nella mia stanza e in quella di papà, ovviamente era stata con Chris. A meno che Chris avesse dormito sul divano del soggiorno. Inevitabilmente lanciai uno sguardo proprio in quella direzione. Quando me ne resi conto era già troppo tardi.

«Ti lascerò con l'angoscioso dubbio, Rose. Avrò dormito sul divano come un angioletto o avrò trascorso una notte di fuoco e passione a una parete di distanza da te?»

«Imbecille!» Mi allungai per tirargli un calcio sotto al tavolo ma lui fu veloce a scansarsi. Non trovando nulla di meglio gli lanciai addosso l'intera scatola di cereali.

«Certi istinti violenti non si addicono a una dolce fanciulla, Rose. Cerca di controllarti.»

«Vai all'inferno, stronzo!» sbuffai passandomi le mani sul viso. Mi sentivo stanchissima. Come se non avessi dormito affatto. «Non sarò mai una dolce fanciulla, te lo puoi scordare. Comunque sono troppo impegnata per cercare di esserlo.»

«Oh, sì immagino. Hai tanto da fare tu.»

«Devo organizzare uno spettacolo, se ti ricordi. Sempre che la notte appena trascorsa non ti abbia annebbiato del tutto le cellule cerebrali.» Mi tirai i capelli tutti da una parte e iniziai a intrecciarli freneticamente sulla spalla. «Mi hanno affidato questo incarico, non ho alternativa ormai.»

«Più che avertelo affidato te lo sei presa tu di tua spontanea volontà.» Chris dalla scatola affondò altri cereali nella sua tazza. «Non cercare di confondermi i ricordi, mostriciattolo. Ricordo perfettamente quella scena da prima donna della serata.»

«Mmh... ormai è fatta. Si aspettano tutti qualcosa da me. Qualcosa di grandioso, che sia al livello del passato... quindi...»

«Organizzare uno spettacolo dal nulla non è un gioco. Non il tipo di spettacolo che vorrebbe Sir Desmond e che tu hai lasciato intendere di saper gestire. Ammetti di non essere preparata, oppure ridimensiona le aspettative.»

Certo, era semplice per lui. Ammettere di non essere preparata? Neanche per idea! Dovevo fare in modo di essere preparata, a qualsiasi costo!

«Non posso. E non voglio. Kathleen riderebbe di me fino alla fine dei suoi giorni!» Ero nei guai. Lo sapevo. E le parole di Chris ne erano la conferma. Oltretutto se fosse stato impegnato con la ragazza che si trovava al momento sotto la doccia non avrebbe avuto tempo e pazienza per aiutare me! Così Luke se ne sarebbe andato a Londra, con Kathleen. E lì sarebbe rimasto, tra feste e divertimenti. Mentre io... No, non era proprio ammissibile! «Insomma, non può averla vinta lei. Non le consentirò di prendersi gioco di me e farmi fare la figura della stupida.»

«Siete di nuovo in competizione, vero? Per quel ragazzo questa volta.»

«Quale ragazzo?»

«Quale ragazzo?» Chris imitò la mia voce rendendola inverosimilmente stridula. «Sir Desmond junior, santarellina.

Ieri sera avete fatto la gara a chi attirava la sua attenzione. Avete già scommesso su chi di voi due sarà la prossima Lady Desmond, per caso?»

«Non dire cretinate! Luke è solo… sì, è piuttosto carino.» Sospirai profondamente mordendomi le labbra. «E va bene, molto carino. Non trovi che somigli un po' a Ronan Keating quando sorride?»

«A chi?»

«A uno dei Boyzone. Ma insomma, lo sai chi è! Non fare il finto tonto, Chris. Mi hai anche promesso di accompagnarmi al concerto a Londra e convincere papà…» Sì, esattamente sei mesi prima. Una promessa che avrei preteso rispettasse al più presto.

«Mi avrai sicuramente estorto la promessa con l'inganno.»

«Comunque, tornando allo spettacolo… tu mi devi aiutare. So che c'è questa… come si chiama, Lisa. Ma tu sei mio fratello, non mi puoi abbandonare in questo momento di bisogno!»

«Sì, mi rendo perfettamente conto.» Chris si stirò e si portò le braccia incrociate dietro alla testa. «Io sono sempre tuo fratello in base alla tua convenienza, stronzetta. Ma questa volta dovrai sbrigartela da sola. Ti dovrai arrangiare se vuoi tenerti il ragazzo, piccola Rose. Oppure quella mantide di Kathleen… te lo porterà via e lo imprigionerà tra i suoi tentacoli.» Appoggiò poi i gomiti sul tavolo allungandosi verso di me, stringendo forte un pugno a poca distanza dal mio viso. Con uno sguardo e un atteggiamento quasi teatrale. «Lo stritolerà così e per te non resterà più niente, non ti lascerà nemmeno le ossa. Addio, futura Lady Desmond.»

«Mmh… non male come interpretazione. Tu avrai la parte del cattivo, Chris. Ti si addice, rompiscatole!»

CAPITOLO 13

In qualche modo la situazione andava risolta al più presto. O almeno bisognava iniziare a lavorare al più presto. Che tradotto significava che avrei dovuto trovare qualcuno che lavorasse per me. Mi era chiaro che Chris mi aveva presa in giro e molto probabilmente non mi sarebbe stato di alcun aiuto. Nemmeno sotto costrizione o minaccia, questa volta. Era troppo impegnato a portarsi in giro quella Lisa che, emersa dalla doccia, si era presentata a noi in tutto il suo splendore. Sì insomma, vestita con jeans e maglietta, con un trucco lieve ma passabilmente graziosa.

Andando a eliminazione l'unica persona nei paraggi che mi sembrava sufficientemente preparata e competente poteva essere solo Ivy. Sally sicuramente ne sapeva ancora meno di me. Quindi evitai di cercarla e mi rintanai in biblioteca. Oltretutto in parte ce l'avevo con lei per avermi abbandonata la sera prima andandosene via con Teddy. Teddy non era il ragazzo adatto a Sally, glielo avevo ripetuto più volte. E appena arrivato Mike se ne sarebbe resa conto anche lei.

Mi accomodai a un tavolo della biblioteca attendendo la comparsa di Ivy. Intanto su un foglio diviso a metà da una riga tracciata a penna avevo iniziato a scrivere una specie di scaletta dei personaggi, o meglio degli attori che speravo sarebbero stati a disposizione per interpretare i personaggi.

Come personaggi femminili potevo avere Sally, Janet, Daisy... la stessa Ivy, magari. Però avevo bisogno di lei in regia. Alison purtroppo non avrebbe fatto in tempo. Peccato perché lei e il professor Fowler sarebbero stati ottimi interpreti. E poi... Lisa. No, assolutamente. Quella Lisa no, non mi sembrava il tipo adatto. Però forse avrei dovuto chiederle comunque di partecipare, solo per cortesia. Altrimenti da Chris non avrei avuto proprio nemmeno il minimo aiuto. Certo, potevo farne anche a meno. Di lui e del suo aiuto.

Altra nota dolente: Kathleen. Sarei stata costretta a chiederle se desiderava una parte nello spettacolo. Augurandomi che rifiutasse o si trattenesse a Londra a fare la Winning Girl. Preferivo non pensarci. La sola idea mi indisponeva tremendamente. Anche perché conoscendola non si sarebbe mai accontentata di un ruolo secondario.

Passai ai personaggi maschili per non cadere in depressione. Luke, ovviamente. Poi Alan, Mike... Freddie, per forza se volevo avere Janet. Teddy... non necessariamente, giusto come tappabuchi nel caso avessimo avuto qualche personaggio minore mancante. Chris... no Chris no! Chris mi sarebbe servito come... come punchball su cui sfogare il mio isterismo durante la preparazione dello spettacolo. Quindi non potevo tenerlo impegnato nella recitazione.

Ora non restava altro che decidere lo spettacolo. Quando avevo lanciato la proposta non ero consapevole del fatto che sarei stata io a scegliere. Non da sola, almeno.

Sollevai lo sguardo, sospirando afflitta. Individuai Ivy che stava entrando dalla porta principale dirigendosi verso il bancone all'ingresso. Sorrisi facendole un cenno con la mano.

Intanto continuavo a prendere nota incessantemente di tutte le idee che fluttuavano ed emergevano nella mia mente. *Sogno di una notte di mezza estate* mi sembrava banale oltre che troppo abusato. Mi chiedevo quanti altri sogni di mezza estate fossero stati recitati al Desmond Castle. Meglio non sfidare la fortuna entrando in competizione con una versione migliore di quella che sarei stata in grado di proporre io. *La dodicesima notte...* No, troppo complicato. Forse meglio *Amleto, Otello, Macbeth...* Però la soluzione più semplice, anche se decisamente troppo scontata, poteva davvero essere solo *Romeo e Giulietta.* Conoscevo la storia, almeno, in modo meno sommario rispetto alle altre opere di Shakespeare. E oltre a me sicuramente la conoscevano tutti gli altri.

Condivisi i miei dubbi e le mie perplessità con Ivy, appena mi raggiunse.

«Io vedrei bene Sally come Giulietta.» Disposi tutti i fogli con le mie note al centro del tavolo, in modo che Ivy potesse leggere. «Mi sembra che abbia il fisico adatto, ha anche una bella voce.»

«Sì, potrebbe essere. Anche se non conosco ancora tua sorella e la tua amica, quindi non potrei fare un confronto.» Ivy percorse con lo sguardo i nomi che avevo scritto sul foglio. Per il momento il cast femminile era ridotto a tre componenti, avevo volontariamente escluso Lisa e Kathleen. «Il tuo nome non è segnato, Rose. Tu non hai intenzione di recitare?»

«No, io ho proposto di riprendere le rappresentazioni al castello. Quindi mi occuperò dell'organizzazione. Avrò già abbastanza da fare…» sospirai stringendomi nelle spalle.

«Manca anche Chris nel tuo elenco, lui non è disponibile?»

«No, io non credo proprio che lui…» Non sapevo bene come esprime la mia disapprovazione nei confronti della partecipazione di Chris. Forse una parte di me desiderava punirlo per aver portato nel cottage quella sua amica… ragazza… Lisa, insomma. In realtà non comprendevo nemmeno io il motivo. Mi infastidiva e basta, mi irritava. Come se mi sentissi defraudata delle sue attenzioni. Che poi attenzioni non erano, ma continui battibecchi. «Io credo che Mike potrebbe fare Romeo. O magari Luke, forse toccherebbe a lui il ruolo da protagonista.» Cambiai rapidamente argomento per impedire l'emergere di sensazioni spiacevoli nei confronti di Chris.

«Dovresti riunire tutti appena possibile. Così saprai chi è disposto a partecipare e potrai iniziare a distribuire le parti. Nel caso mancasse qualcuno potrei tentare di convincere qualche ragazzo di Heathland per ruoli secondari o marginali.»

La disponibilità di Ivy nei miei confronti mi tolse una gran peso dal cuore. Avevo disperatamente bisogno di condividere la responsabilità con qualcuno, anche se mi rendevo conto di essere stata io stessa a cercarmela. Nessuno mi aveva costretta.

Lasciai comunque la biblioteca sentendomi più serena e soddisfatta. Avrei perdonato Sally per l'abbandono della sera precedente e le avrei proposto di interpretare Giulietta. Sicuramente ne sarebbe stata entusiasta. Davvero però stava diventando fondamentale che Daisy e gli altri arrivassero presto! Con Mike come Romeo tutto si sarebbe sistemato nel migliore dei modi e io ancora una volta avrei mostrato il mio innato talento come regina di cuori. Chissà, forse nel mio destino ci sarebbe stata l'apertura di un'agenzia matrimoniale. Magari proprio a Heathland, dove io sarei stata la signora del castello. Una vera regina. Mi immaginai migliaia di visitatori arrivare da ogni parte del mondo solo per rivolgersi a me nel disperato tentativo di trovare la persona giusta e io... sarei stata celebre, la più affermata nel mio campo. Mi bastava solo trovare il nome adatto e...

Oltrepassai il cancelletto del cottage sforzandomi di rimuovere i sogni di gloria, almeno temporaneamente. Dovevo concentrarmi solo sullo spettacolo, al momento.

Entrando trovai Chris, intento a sistemare una serie di documenti in raccoglitori di diverso colore.

«Ho scelto quale spettacolo portare in scena!» Non mi importava molto di ciò che stava facendo, decisi comunque di distoglierlo e turbare la sua concentrazione. «Ci è voluto un po' per decidere, ma sono andata in biblioteca e alla fine ci sono riuscita. Ivy mi ha aiutata. Sei il primo a saperlo, non l'ho ancora detto nemmeno a Sally che sarà la protagonista.»

«Allora? Sputa il rospo visto che non vedi l'ora di dirmelo anche se non mi interessa.»

Chris appoggiò i gomiti sul tavolo e posò il viso sui palmi delle mani. Socchiuse gli occhi con espressione assorta anche se dal suo sguardo trapelava una certa stanchezza.

«*Romeo e Giulietta*!» esclamai entusiasta andando a sedermi sul tavolo con un balzo, tra le sue scartoffie.

«Molto rumore per nulla, insomma…» Chris sollevò gli occhi e mi sbadigliò in faccia, senza riguardo.

«No! *Romeo e Giulietta*!» inclinai la testa, meditando su ciò che aveva appena detto. «Però in effetti anche *Molto rumore per nulla* non è male! Non ci avevo pensato, forse dovremmo considerare i personaggi e…»

«Non intendevo la commedia, Rose. Ti stavo prendendo in giro!» Chris decise di avere bisogno di un foglio che si trovava proprio sotto il mio sedere e mi pizzicò, solo per il gusto di farmi muovere. «Volevo dire… hai fatto tanta confusione, come se dovessi rivelare chissà cosa e poi te ne esci con qualcosa di scontato come *Romeo e Giulietta*? Hai avuto bisogno di rinchiuderti in biblioteca a meditare per trovare un'idea tanto originale?»

«Ma è mai possibile che tu mi contraddica sempre!»

Incrociai le braccia e invece di alzarmi mi spostai ancora più verso di lui. Al centro del tavolo e sulle sue carte.

«Non ti sto contraddicendo. Ho solo detto che è una scelta davvero molto banale. Contraddire significa contestare e oppormi alla tua scelta. Io ne sto prendendo atto, invece.» Chris si appoggiò allo schienale della sedia, stirandosi e puntandomi gli occhi addosso. «Hai detto che sarà Sally la protagonista. Quindi non farai tu Giulietta? Questa sì che è la vera sorpresa!»

«Sei sempre il solito stronzo saputello! Comunque no… io farò la regista! E poi credo che Sally sia fisicamente più adatta. Ha anche il viso più… mmh… più tragico del mio…»

«Non mi sembra un gran complimento, comunque… Però sì, effettivamente tu saresti abbastanza ridicola come Giulietta. Saresti capacissima di passare sul cadavere di Romeo per andare a fare shopping o incontrare il tuo cantante preferito.»

Respirai profondamente. Il suo intento era offendermi? Ovviamente. Ma dovevo ammettere, almeno con me stessa, che la sua affermazione non era poi così lontana dalla realtà.

«Se tu facessi Romeo, sicuramente!» Mi mossi per saltare giù dal tavolo. «Ora devo mettermi al lavoro.»

«Ecco, brava. Lavora in silenzio e se possibile con il sedere lontano dai documenti di tuo padre che sto sistemando.»

«Comunque *Romeo e Giulietta* è un'opera che tutti conoscono, solo per questo l'ho scelta! Ne avevo considerate anche altre, sai? Però poi alla fine ho pensato a Sally e a...» E meglio tacere e tenermi i miei piani diabolici per me!

«Fai attenzione o i tuoi doppi fini ti si ritorceranno contro, grande regista.» Arricciò il naso, aggrottando la fronte. «Avresti potuto inventarti qualcosa di nuovo e originale. Come drammatizzare un romanzo e portarlo in scena.»

«Tu seriamente credi che io sia in grado di fare una cosa del genere?» Mi sopravvalutava, per una volta. Ma mi stava davvero sopravvalutando oltre le mie possibilità. Ci avevo provato con le fiabe, ma un romanzo era tutta un'altra storia. «E poi dove lo trovo il tempo, secondo te?»

«Non saprei, era solo il consiglio per qualcosa di nuovo e diverso dal solito.»

«Mmh... potrei pensarci, magari per la prossima volta...» In realtà non era affatto una pessima idea. Tutt'altro. Ma quale romanzo? Certo, se lui mi avesse dato una mano... «Se tu volessi...»

Un rumore alla porta interruppe la mia richiesta sul nascere. Era tornata. Non mi ero nemmeno accorta della sua assenza, perché avevo completamente rimosso la sua presenza. Lisa. Ero stata troppo presa dallo spettacolo per ricordarmi di lei.

Mi salutò con un sorriso e si posizionò alle spalle di Chris, abbracciandolo da dietro. Lui sollevò la testa per incontrare il suo sguardo e le accarezzò il braccio con le dita.

Improvvisamente non sapevo più cosa dire. Mi sentivo in imbarazzo, a disagio. Anzi, mi sentivo di troppo. Eppure era il mio cottage, non il loro! Cioè l'avevo sempre disprezzato quel cottage a Heathland e in realtà non era proprio mio, però...

Accennai un sorrisetto forzato e mi ritirai nella mia stanza con una scusa. Lasciai cadere i fogli con i personaggi dello spettacolo sulla scrivania, afferrai *Tess dei d'Urberville* e mi buttai sul letto. Avrei atteso lì il ritorno di papà per il pranzo. Non avevo voglia di fare conversazione con Lisa. Ancora meno avevo voglia di permettere a Chris di prendermi in giro come sua abitudine e sminuirmi di fronte a lei. Avevo già abbastanza problemi. Un'estranea per casa era l'ultima cosa di cui avevo bisogno!

CAPITOLO 14

«*Romeo e Giulietta* non è male. Classico, conosciuto da tutti…»

Per fortuna almeno papà mi capiva e approvava la mia scelta. Al suo arrivo per la pausa pranzo ero riemersa dalla mia stanza e lo avevo reso partecipe della grande decisione.

«Potresti avere anche tu una parte, Ned.» Credevo che quella di Chris fosse una battuta, invece lo sguardo che stava rivolgendo a papà era serio. Non scherzava. «So che hai recitato durante l'università.»

Chris lo sapeva. E io no. Forse se lo stava inventando. Pensai che mio padre lo smentisse, invece annuì confermando.

«Solo una piccola parte in *Amleto*, al secondo anno. Per sostituire un ragazzo che si era infortunato qualche settimana prima. Per lo più io ho collaborato all'allestimento di alcuni spettacoli, alla scenografia… e distribuivo i volantini pubblicitari.»

«Io non ne sapevo nulla.» Appoggiai le posate al lato del piatto e guardai entrambi, imbronciata. Come se mi avessero volutamente tenuto nascosto un grande segreto.

«Non è stato davvero nulla. Solo pochi mesi…» Papà tentò inutilmente di giustificarsi. La verità era che non mi infastidiva il fatto che non me l'avesse detto. Ma che Chris ne fosse a conoscenza e io no.

«Ne stavamo parlando ieri, durante il controllo dello spazio e della struttura che utilizzavano per le rappresentazioni. L'ho appena saputo anche io, Rose.»

In qualche modo Chris mi aveva letto nel pensiero, di nuovo. Accennai un sorriso e annuii. Nonostante tutto mi sentivo esclusa. Dal rapporto che si era instaurato tra mio padre e Chris. E anche dalla relazione tra Chris e la sua ragazza, amica, qualunque cosa fosse Lisa per lui. Non mi ero mai sentita così palesemente tagliata fuori. Così sola. Così inadeguata e anche un po' sciocca.

Per fortuna un messaggio di Daisy, poco più tardi, mi comunicò che il periodo di isolamento che avevo vissuto, quella sorta di esilio totale dal mio mondo cittadino e dalle persone che frequentavo abitualmente, stava per finire.

Tanto che quando me li ritrovai di fronte, la mattina seguente, non mi sembrò vero. Improvvisamente non ero più sola, ma parte del mio mondo era approdato a Heathland. Mi resi stranamente conto che avevo smesso di chiamarlo ossessivamente Heartstone, cuore di pietra. Non riuscivo a rammentare da quando esattamente. Ma del resto non aveva alcuna importanza.

Con Daisy era arrivato Alan, naturalmente. E con mia estrema gioia anche Mike, la cui presenza era stata in dubbio fino all'ultimo. Lo accolsi quasi come si riceve una grande star che aveva finalmente confermato la sua partecipazione a un evento. Lui sorrise compiaciuto passandosi una mano tra i capelli chiari e corti. Non potevo ancora rivelargli che la mia gioia per la sua presenza era dovuta ai progetti che avevo fatto su di lui e sulla sua futura vita sentimentale con la mia nuova amica Sally.

Janet, tanto per cambiare, aveva litigato con Freddie. Avevano iniziato a discutere prima della partenza da Londra, proseguendo poi per tutto il viaggio in macchina. E non avevano ancora finito.

«Io non sono sicuro di voler restare se iniziamo così!» Freddie sembrava più rinsecchito e collerico del solito. Nel suo viso scarno gli occhietti da falco erano ancora più evidenti. Secondo quale logica una bellezza bionda e prorompente come Janet lo trovasse sexy e affascinante era puro mistero. Eppure a modo loro si amavano, di questo ero certa. Molto a modo loro.

«Ah, figurati io! Se pensi che stanotte starò con te... scordatelo! Mi hai già stressata abbastanza!» Janet sembrava quasi sul punto di aggredirlo, sollevarlo di peso e lanciarlo dall'altra parte del pianeta. Gli voltò le spalle per rivolgersi a me. «E tu cosa mi racconti? Qualche novità interessante? Da ciò che ho visto qui intorno ne dubito! Rose... ma da quando non ti lavi i capelli? Quella coda ti sta malissimo! Ma sei anche ingrassata...» Si allontanò di qualche passo per squadrarmi meglio. «Oddio, che fianchi!»

«Mmh...»

Mi interrogai se ci fosse modo di rispedire tutti quanti al mittente. Anche Daisy e Alan stavano incominciando a guardarsi intorno e, nonostante entrambi tentassero di mascherare i loro veri sentimenti con sorrisetti forzati, non riuscivano a celare l'espressione un po' schifata. No, in realtà più che schifata era perplessa, come se si sentissero fuori luogo. Il che era comprensibile, io stessa mi ero sentita allo stesso modo fino a poco tempo prima. Per fortuna Daisy aveva espressamente dichiarato di adorare la campagna, quando ero io a lamentarmi! Ma ovviamente è sempre facile adorare la campagna quando si sta in città.

Forse dovevano solo farci l'abitudine, come me. Ora la cosa più importante era chiamare Sally, presentarla a tutti, in particolare a Mike. E renderli partecipi del mio progetto teatrale in cui, a loro insaputa, erano stati coinvolti ancora prima che arrivassero. Magari gli animi si sarebbero calmati, almeno così speravo.

Pensai che fosse meglio rendere partecipe prima la componente femminile del gruppo. Ero consapevole del fatto che il rapporto tra comune essere umano di sesso maschile e teatro spesso non fosse idilliaca, a meno che esistesse già una reale e spontanea propensione alla recitazione. Ne approfittai mentre i ragazzi scaricavano i bagagli nel cottage attiguo al nostro. Nel frattempo era arrivata anche Sally, ma non avevo ancora avuto l'occasione di presentarla ufficialmente a Mike. I ragazzi avevano lanciato verso di noi un'occhiata distratta. Non aveva importanza, avrei rimediato al più presto.

«Tu… ti illudi davvero di convincere quei tre cavernicoli a recitare Shakespeare? Sei una povera illusa, Rose. Lasciatelo dire.» Janet non ebbe mezzi termini a espormi il suo pensiero.

«Ma insomma, Jan… abbiamo fatto tutti un po' di teatro a scuola…» Io no, in realtà. Sonnecchiavo durante le poche lezioni di drammaturgia che avevo seguito. «È una cosa comune. Shakespeare è il padre della lingua inglese, il caposaldo della letteratura e noi…»

Non ero certa che lo definissero davvero così, ma ormai mi ero lanciata e non potevo arrestare il mio fervore. Era una questione di vita o di morte. Anzi, la questione vera e propria era prendermi Luke Desmond oppure cederlo a Kathleen e dichiararmi sconfitta. Quindi non potevo arrendermi senza lottare. Li avrei convinti e basta.

«Concordo con Janet. Però, se sei pronta ad affrontare una missione impossibile…» Daisy sbuffò incrociando le braccia, poi abbassò il viso per rassettare la camicetta un po' sgualcita. «E non si tratta solo di convincerli, ma di farli recitare decentemente, organizzare tutto quanto… Nessuno di noi è un esperto. Questa volta ti sei davvero buttata in un'impresa più grande di te, Rose.»

Daisy si sbagliava. Non solo questa volta. La differenza era che questa volta la mia impresa avrebbe necessariamente coinvolto altre persone.

«Di cosa state parlando, ragazze?» Il primo a raggiungerci fu Mike. Passò lo sguardo sulle altre per poi fissarlo su di me. «Sembri preoccupata, Rose. Qualcosa non va?»

Era il momento! Dovevo presentarlo a Sally, sembrava non averla nemmeno notata. Però prima era meglio esporre anche a lui il mio progetto e convincerlo.

«Rose pensava di…» Daisy iniziò a parlare ma io la interruppi sovrapponendo la mia voce alla sua.

«Un tempo al castello si tenevano delle rappresentazioni teatrali. E io ho pensato che fosse una buona idea tentare di riproporne una...» Nel tempo che impiegai a formulare la frase anche Alan e Freddie ci avevano raggiunti.

«Sì, una buona idea. Io intanto credo di aver bisogno di un caffè, sto crollando.» Alan sospirò, stringendosi nelle spalle. Aveva l'aria decisamente stanca. Probabilmente non aveva nemmeno capito quello che avevo appena detto.

«Sarà l'aria di campagna, anche a me sta venendo sonno.» Daisy sbadigliò passandosi le mani sul viso. Poi mi lanciò un'occhiata eloquente. Nessuno dei ragazzi evidentemente aveva afferrato il loro coinvolgimento nella rappresentazione teatrale di cui avevo parlato.

Altro che grandi attori! Probabilmente l'unica aspirazione di mia sorella e dei miei amici al momento era quella di tornarsene a Londra al più presto!

Tanto valeva parlare in modo chiaro e diretto, senza girarci troppo intorno. Avevo la netta sensazione che altrimenti non ci sarebbero mai arrivati da soli.

«Ho bisogno di voi, ragazzi. Ho bisogno che recitiate nella tragedia che ho scelto. Più tardi magari potremo discutere sulle parti da assegnare, così...»

«Ma dico, stai scherzando vero, Rose?» Freddie mi posò una mano sulla spalla premendo leggermente e fissandomi negli occhi, per poi scoppiare a ridere fragorosamente. «Sì, deve per forza essere uno scherzo. Non puoi essere seria. La campagna ti sta facendo davvero male.»

«Insomma Rose, siamo qui per riposare non per sottoporci ai lavori forzati. E poi recitare, dai... non siamo più alle superiori!» Alan non perse l'occasione di rincarare la dose. Oltretutto parlava soprattutto di se stesso, Daisy e Mike. Io, Janet e Freddie eravamo ancora alle superiori! E in ogni caso non era una scusa valida! Comunque, nel mio personale gioco delle coppie lui e Freddie stavano perdendo punti, scivolando inesorabilmente verso il basso nella mia graduatoria di preferenze.

Scrollai nervosamente la spalla per fare in modo che Freddie abbandonasse la presa. Ora anche io avrei voluto lanciarlo di peso su un altro pianeta. Non solo Janet.

«Mai stata così seria in vita mia, ragazzi! Io penserò a tutto il resto… regia, scenografia, costumi…»

Era un "io" molto ipotetico. Un io che presupponeva un "noi". Nel mio io comprendevo Chris per quanto riguardava regia e scenografia, forse anche papà. Ivy sicuramente, che sembrava intendersene più di chiunque altro. E magari Ada, la madre di Sally che lavorava come sarta. Sally mi aveva accennato al fatto che ci avrebbe dato volentieri una mano con i costumi, per quanto le era possibile. Quindi il mio in pratica era una specie di plurale maiestatis… al contrario. Non ero comunque riuscita a controllare l'irritazione nella mia voce a causa dello scarso entusiasmo di Daisy e Janet e del sarcasmo da parte dei ragazzi.

«Io invece non la trovo affatto male come idea. Non l'avevamo considerata nemmeno come ipotesi, ma almeno sarà qualcosa di un po' diverso dal solito!» Mike si strinse nelle spalle e poi increspò le labbra. Ciò gli conferì un'aria quasi seducente. Non riuscii a evitare di voltare leggermente lo sguardo per controllare l'impressione che stava facendo a Sally. «Poi comunque non ci impegnerà tutto il giorno come un lavoro. Vero, Rose? Soltanto qualche ora. Secondo me sarà divertente, molto da anteguerra, quando i ragazzi non avevano altro divertimento oltre a quello di recitare in un'opera teatrale…»

«Ecco, Mike ha colto lo spirito giusto!» esclamai entusiasta. Lo avrei abbracciato ma mi trattenni. Dovevo proseguire nella mia opera di convincimento, senza distrarmi. Non avevo ancora ottenuto il consenso unanime di cui avevo bisogno. «Possiamo provare, almeno. Se poi non vi piacerà…»

Ecco, questa era la strada giusta. Concedere una via d'uscita, non farli sentire obbligati. Anche se poi, ma questo non lo avrei mai rivelato, li avrei costretti con le buone o con le cattive. Facendoli sentire moralmente in colpa se avessero osato abbandonarmi.

A questo punto non mi restava altro da fare che spingere Mike in direzione di Sally, che era rimasta in disparte, come intimidita dalla presenza di nuove persone.

«Anche Sally sarà dei nostri.» La richiamai con un cenno del capo e la vidi arrossire. Ebbi la netta impressione che i suoi occhi si posassero proprio su Mike e che lui ricambiasse lo sguardo in modo intenso e virile. Come di uno pronto a lanciarsi alla conquista. Benissimo, avevo già trovato i miei protagonisti! «Comunque, ho scelto una tragedia davvero conosciuta a tutti. Anche a chi non ha mai messo piede in un teatro. Sono sicura che non sarà così complicato metterla in scena. Shakespeare, *Romeo e Giulietta*.»

CAPITOLO 15

Era necessario che io iniziassi ad alzarmi presto, anche se per me era uno sforzo immane. Prima di tutti gli altri, se volevo dirigere i lavori e farmi prendere seriamente. Il fatto che Mike mi avesse sostenuta nell'opera di convincimento degli altri era stata una fortuna insperata. Forse non ce l'avrei fatta altrimenti, perché Daisy e Janet invece che essermi d'aiuto si erano dimostrate per lo più stizzose, snob e svogliate. Non le ricordavo così, mi sentivo quasi delusa dal loro atteggiamento. Senza quasi.

«Per fortuna a Mike l'idea è piaciuta.» Avevo incrociato papà a colazione, cosa che non era mai accaduta da quando eravamo arrivati a Heathland. Dormire la mattina, quando non ero costretta a svegliarmi per andare a scuola, era quasi un dovere imprescindibile per me, una legge. «Quindi ora non mi resta che organizzare il tutto…»

E sì, stavo nuovamente usando il plurale maiestatis al contrario. Puntai su papà il mio sguardo tenero da cucciolo smarrito.

«Bene, sono davvero contento per te Rose. Sono sicuro che vi divertirete.» Papà sorseggiò il suo caffè senza cogliere la mia tacita richiesta d'aiuto.

«Mmh… in realtà io stavo pensando…»

«Non ci credo! Tu non puoi essere già sveglia alle sette del mattino! Sei una visione, vero?» Chris entrò in soggiorno e sgranò gli occhi. «Pensavo avessi fatto tardi con il tuo gruppetto mondano…»

«Abbiamo fatto tardi, infatti. Siamo andati a fare un giro sulla costa. Poi gli altri volevano andare in un locale, io invece mi sono fatta riportare a casa.» Anche perché Sally aveva rifiutato l'invito, forse non conoscendoli ancora bene si sentiva a disagio. E io non volevo abbandonarla del tutto. «Quindi in realtà, loro hanno fatto tardi. Non io. Anche perché io...» sospirai, riproponendo gli occhioni da cucciolo smarrito. Su Chris ormai dubitavo fortemente che facessero effetto... ma potevo sempre tentare.

«Non sei più abituata alla vita mondana? Forse ti sei assuefatta alla vita di campagna.»

Chris trattenne uno sbadiglio e si concentrò sulla colazione, mentre papà si alzò per andare ad aprire la porta. Sentii due voci maschili provenire dall'esterno e riconobbi quella di Tom. Gli occhioni supplichevoli non stavano funzionando affatto, tutta energia sprecata! Dovevo adottare un'altra tattica, allora.

«Mmh... forse...» Dovevo trovare il modo di obbligare Chris ad aiutarmi. Magari suscitare in lui pietà, compassione... No, Chris non provava mai pietà! Non per me, almeno. Era uno stronzo, cinico e senza cuore. «Sì, forse la campagna sta cambiando la mia percezione della vita, del mondo, delle persone... Mi sembra di non essere nemmeno più la stessa.»

Di cosa diavolo stavo blaterando? Nemmeno io lo sapevo. Avevo solo la netta sensazione di arrampicarmi sugli specchi. Ma da un momento all'altro sarei potuta scivolare giù, sbattendo il sedere a terra.

Chris annuì comprensivo e socchiuse leggermente gli occhi. Mi rivolse uno sguardo quasi intenerito. Forse in fondo potevo riuscirci, ci stava cascando. Non me lo sarei mai aspettata che funzionasse con lui, invece stava cadendo dritto nella mia rete.

«Arriva al punto, Rose. Confessa, hai assunto droghe pesanti la scorsa notte?» Chris si morse le labbra trattenendo una risata. «O hai già iniziato a recitare? Mi sembrava di aver capito che volessi fare la regista tu.»

Maledetto. Mi aveva presa in giro! Trattenni a stento l'ira che sentivo crescere nel petto. Non avrei ottenuto nulla da lui. Nulla! Solo rimproveri e derisioni.

Respirai profondamente evitando di alzare la voce, papà era troppo vicino.

«Tu lo sai che sei e resterai sempre uno stronzo, vero Chris?» Mi guardai intorno puntando gli occhi verso la porta che conduceva al piano superiore. «Vorrei proprio dire due paroline alla tua ragazza, dovrebbe sapere con chi ha a che fare!»

«Sì, forse dovrebbe saperlo.» Chris annuì senza la minima preoccupazione a riguardo. «Ma in un altro momento, perché ora non la troverai qui. È tornata a Londra ieri sera.»

«Ah, perfetto. Allora deve averlo capito da sola, visto che ti ha già mollato!» Non riuscii a trattenere una nota di entusiasmo nella voce. In realtà non mi sforzai minimamente. «Te lo sei meritato! Anzi, ti dirò... se farai il bravo proverò a mettere in pratica la mia arte per cercare la ragazza adatta a te. Magari dall'altra parte del mondo. O su un altro pianeta, ancora meglio!»

«Sono in grado di trovarmi ragazze da solo, grazie. Comunque la permanenza di Lisa era puramente professionale e di studio. Le interessava la zona, vedere il castello...» Trovai l'espressione di superiorità che mi rivolse profondamente irritante. «Non tutti hanno sempre e solo lo shopping e le relazioni sentimentali in mente.»

«Ah, capisco. Era per motivi puramente professionali e di studio che ti palpeggiava continuamente e ti si strofinava addosso?» Mi alzai e spostandomi dietro la mia sedia imitai gli sguardi e il modo in cui Lisa aveva abbracciato Chris da dietro. «O forse ci sai fare talmente poco che la ragazza ha abbandonato il campo, in cerca di un altro "castello"... poveretta! Non l'hai soddisfatta come avresti dovuto.»

«Oh sì, certo. Ma se quando hai scoperto che dormiva nella mia stanza per poco non mi hai fatto una scenata isterica! Anzi, sembrava di essere tornati nel medioevo... in un convento di clausura, santa Rose...»

In effetti non potevo dargli torto. Non del tutto. Ma gli avrei dato torto comunque. Per abitudine. E perché da quando era entrato nella mia vita, dare torto a Christian Warner faceva parte delle mie abitudini ormai consolidate da anni. Anche quando aveva ragione. Le rare volte in cui aveva ragione.

«Come procede la tua conquista del castello?» Chris riprese il discorso puntandomi addosso gli occhi verdi. Io sbuffai tornando a sedermi, pessimo argomento anche questo. «Tra te e Kathleen è ancora guerra aperta per diventare la prossima lady Desmond?»

«Non mi preoccupa affatto la sfida... Kathleen è tornata a Londra.» E la notizia mi aveva riempita di gioia. Non perché temessi la competizione, anzi. Ma non averla intorno era comunque un sollievo, anche perché in un ambiente così circoscritto sarebbe stato alquanto complicato riuscire a evitarla. «E qui non mi sembra di avere altre rivali. Poi Luke sta dalla mia parte per quanto riguarda lo spettacolo. Comunque c'era stato un incontro precedente, avevamo già legato prima...»

Decisi di non rivelare oltre. Non aveva senso raccontare a Chris tutta la mia storia con Luke. Sì, insomma l'inizio della storia, l'incontro fatale. Anche perché lui non mi raccontava mai nulla delle sue relazioni. Non che io ne volessi sapere, anzi...

«Forse qui no, non hai rivali. Ma tu sai dove si trova Luke in questo preciso istante?»

No, io non lo sapevo. Perché Chris mi scrutava con la sua aria sarcastica, come se invece sapesse molto più di me su Luke e la sua vita privata? Evitai di rispondere che probabilmente Luke era lì a Heathland, nella residenza dei Desmond. Una grande villa che il padre di Sir Richard aveva fatto costruire dopo l'incendio al castello, da quel che avevo capito. E che stava ancora dormendo nel suo letto visto che erano le sette del mattino. Aveva una vaga idea di andare a Londra, ma io ero riuscita a trattenerlo. Quindi era decisamente più interessato a me che a Kathleen.

«Perché non me lo dici tu, visto che a quanto pare sai tutto di tutti?»

«Se ci tieni, ti accontento subito.» Chris annuì con espressione ancora più sadica, trattenne gli occhi nei miei, afferrò uno dei muffin al cioccolato posati sul piatto in centro al tavolo e gli diede un gran morso. «Il tuo bel principe azzurro ha lasciato il castello per andare a divertirsi a Londra. Feste, cocktail party, club privati in cui le ragazzine di diciassette anni non sono ammesse... hai presente?»

«Stai mentendo!»

Gli avrei lanciato contro tutti i muffin rimasti sul piatto, considerato il gusto che provava a ingurgitare il primo che aveva preso. Uno dopo l'altro, come una scarica di missili! O forse il suo vero unico gusto era gettarmi addosso quella rivelazione riguardo a Luke, solo per il piacere di ferire me e il mio orgoglio.

«Per niente! Prova a chiederlo a suo padre. Sir Richard ne stava parlando proprio ieri al castello. Possiedono una residenza anche a Londra, zona di Richmond. E Luke ora si trova là... solo. O magari in compagnia della tua amica Kathleen.»

Mi sentii avvampare, fino alla radice dei capelli.

«Io ti odio, Chris! Lo sai quanto ti odio? No, non lo sai. Nemmeno te lo immagini! Sei un piccolo, lurido, viscido verme... E sono sicura che menti! Menti spudoratamente!»

«Puoi chiedere a tuo padre, se vuoi. C'era anche lui quando Sir Richard ci ha raccontato della residenza di Richmond dove ora si trova Luke.» Chris arricciò il naso con aria indifesa. Sembrava colpito dalle mie parole di disprezzo, ma l'ironia nel suo sguardo persisteva indenne. «Il discorso è saltato fuori proprio perché avrebbe intenzione di effettuare una piccola restaurazione di un'ala di quella casa ora inutilizzata...»

«Mmh… allora può essere andato… per motivi di studio… o appunto per la casa…»

Nonostante lo sforzo per evitarlo, per tentare di giustificare la partenza di Luke, la voce mi uscì spezzata dalla delusione. Credevo di piacergli. Credevo che fosse una di quelle storie in cui i protagonisti stravolgono completamente la propria vita per stare insieme alla persona che ha colpito il loro cuore. Oddio… non che io fossi disposta o determinata a farlo, per Luke Desmond. Però… poteva essere la classica storia da film romantico! Invece ora per colpa sua, che nonostante tutto aveva preferito recarsi a Londra dove si trovava Kathleen invece di restare a Heathland dove mi trovavo io, non lo sarebbe più stato!

Mi alzai di scatto. Non avevo più nessuna voglia di restare a discutere con Chris. Ogni volta non faceva altro che approfittarne per ferirmi, per farmi sentire una stupida ingenua. E spesso ci riusciva davvero bene, mi costava ammetterlo!

«Su, non ti arrabbiare. Magari tornerà presto.» Il suo tono, ora conciliante e comprensivo, mi fece infuriare ancora di più di quando era deliberatamente stronzo. «Probabile che sia andato davvero per problemi riguardanti la casa… Poi quello che ho detto riguardo a feste, cocktail party e club privati… Scherzavo, Rose. Non è detto che ci vada, non a tutti piacciono.»

«Già… e non è nemmeno detto che si incontri con Kathleen a Londra. Anche perché uno come Luke potrebbe avere milioni di ragazze, a Londra, qui… ovunque. Ovviamente non esistiamo solo io e Kath. Oddio!» Un pensiero si insinuò nella mia mente, fulmineo. Puntai accusatoria l'indice contro Chris. «Non sarà stata la tua Lisa a rapirmi Luke! Questo spiegherebbe perché ti abbia mollato così, su due piedi. Anche lei per tornare a Londra!»

Chris trattenne il fiato, sgranò gli occhi e si portò una mano sul petto.

«Rose... così mi uccidi! Come ho fatto a non pensarci? La mia Lisa... con Luke!»

Posò il braccio sul tavolo, poi vi appoggiò la fronte nascondendo il viso, scosso da un tremito. Quando tornò a guardarmi ridacchiando ebbi la conferma che era stata tutta una sceneggiata, ma questa volta me l'aspettavo.

«Io riderei poco, se fossi in te.» Serissima, ondeggiai le dita di entrambe le mani verso di lui. «Non ti senti già qualcosa crescere in testa? Qualcosa che somiglia a un paio di corna?»

Chris si passò automaticamente le mani tra i capelli, stringendosi nelle spalle con una smorfia.

«Sinceramente no, stronzetta. Quella insicura qui sei tu, non io.»

Sbuffai e inconsapevolmente anche io mi passai le mani tra i capelli. Mi rendevo conto che la scelta di Luke di non restare non dipendeva certo da Chris. E nemmeno da Kathleen o da Lisa. Forse, come diceva Chris, da suo padre o dalla casa a Richmond. Ma restava comunque una sua scelta, di nessun altro.

«Non essere pessimista, potresti essere davvero tu la prescelta.» Chris corrugò lievemente la fronte. Voleva mostrarsi incoraggiante, senza però riuscire davvero a esserlo. «Cosa farai ora con lo spettacolo? Manderai tutto a monte?»

«Ovviamente no! Ormai ho detto che lo avrei organizzato... e in ogni caso la mia decisione non dipende da Luke. Nemmeno quando ho proposto l'idea dipendeva da lui.» Mi appoggiai con le mani al tavolo, inclinando il viso. «Ho coinvolto Daisy e gli altri, poi c'è anche Sally... e ho chiesto aiuto ad Ivy. Ormai ci sono troppe persone coinvolte, non posso pensare solo a me stessa.»

«Brava, Rose. Atteggiamento molto maturo.»

Chris si alzò e iniziò a sparecchiare, raccogliendo le tazze e i piatti per la colazione.

«Mmh... vedi, una volta tanto...» sospirai e decisi di dargli una mano, lo seguii verso la cucina mettendo il succo d'arancia nel frigorifero e i cerali nella credenza. «Poi ormai credo sia scattata la scintilla tra Mike e Sally, quindi non posso annullare tutto. Almeno per loro devo portare avanti il progetto... Recitando come Romeo e Giulietta saranno ancora più incoraggiati a...»

«Ho appena finito di parlare di atteggiamento maturo!» Chris, che stava iniziando a lavare le tazze, si voltò verso di me scuotendo la testa. «Ritiro immediatamente quello che ho detto!»

«Sì, e poi ci sarebbe anche Janet a cui pensare! Freddie secondo me non è assolutamente adatto a lei.» Invece di prendermela, questa volta decisi di sfidare Chris apertamente, insistendo sui miei propositi. Mi avvicinai a lui seria, con espressione davvero convinta. «E anche Ivy... una così bella donna non dovrebbe stare sola. Ovviamente andrebbe un po' restaurata. Tranquillo che un giorno arriverà anche il tuo turno... anche se in questo caso temo che un semplice restauro non sia sufficiente. Ora però la mia priorità sono Sally e Mike, quindi...»

«Tu fai tanti piani sulla vita degli altri, senza neanche renderti conto di ciò che hai sotto gli occhi, Rose.»

Increspò le labbra scrutando il mio viso in un modo insolito. A tal punto che per un attimo mi apparve completamente diverso, non più lo stesso Christian Warner che avevo conosciuto negli ultimi sei anni della mia vita. Un altro. Qualcuno che io non conoscevo ancora.

«Che cosa... vuoi dire?» Trattenni gli occhi nei suoi. Di cosa stava parlando? E di cosa stavamo parlando prima? Improvvisamente mi sembrava di avere uno strano, inspiegabile e ingiustificato vuoto di memoria. «Io non credevo... non credo... cioè, io...»

«Davvero non ti sei resa conto di niente in questi giorni?» Chris si appoggiò con le mani al lavandino, restando però voltato verso di me. «Forse puoi tentare di indirizzare i sentimenti delle persone, ma non puoi gestirli o comandarli.

106

Magari ci riesci con i tuoi, scegliendo chi ritieni più opportuno per te stessa. Ma per quanto riguarda qualcun altro... se è nato qualcosa, non potrai fermarlo.»

«Cosa stai cercando di dirmi, Chris?» Insomma... di cosa stava parlando? Non poteva essere che... no, no. Assurdo anche solo pensarlo. Allora perché... perché diavolo ci stavo pensando? No, non aveva senso. Intanto continuava a osservarmi, in silenzio. E io avrei voluto aggiungere altro ma non riuscivo. Per distogliere lo sguardo dal suo viso, dai suoi occhi, lo focalizzai sul disegno sulla sua maglietta grigia. Era come una sorta di curiosa astronave, oppure una forma astratta di... ma che importanza aveva? Oh cielo, non poteva essere! «Tu... intendi dire che tu...»

«Ma no, non io! Intendo dire Teddy.» Chris sbuffò sdegnato e si rigirò per proseguire la sua opera di lavaggio tazze e piattini. «Allora sei proprio cieca, Rose.»

«Ma da quando? Cioè Teddy prova qualcosa... per me?»

Era serio? O mi stava prendendo di nuovo in giro. Teddy? Io e Teddy? Per questo aveva tentato di convincermi ad andare sulla spiaggia insieme a lui! Stava cercando di aiutare Teddy!

«Cieca ed egocentrica! Chi sta parlando di te?»

Mentre io permanevo nella fase di balbettio convulso, Chris aveva lavato, asciugato e messo via tutto. Mi sentivo una bambina. Inutile e incapace. E una cretina, anche. Maledetto il momento in cui avevamo parlato di me. E di lui. Proprio da allora ero entrata in confusione! Era decisamente meglio continuare a concentrarmi sugli altri. Ma in effetti stavamo parlando di...

«Per la cronaca mi riferivo a Sally e Teddy, comunque» precisò Chris, risvegliandomi dal mio assurdo sogno a occhi aperti.

«Ah... Sally...» Sally e Teddy? No, secondo me si sbagliava di grosso. Mi sforzai di recuperare la lucidità fisica e mentale per riuscire a ribattere, come sempre. «No, assolutamente. Teddy non è il tipo adatto a Sally. Troppo lento, goffo… non fa per lei. Sally ha bisogno di qualcuno più attraente, sofisticato, brillante… uno come Mike, insomma!»

«E se a lei invece piacesse Teddy?»

«Non insistere, Chris. A Sally non piace Teddy!» Incrociai le braccia muovendo un passo verso di lui. «Gli ha parlato solo per cortesia. Io parlo con un sacco di gente, solo per cortesia…»

«Questo lo dici tu. Io intanto so che Teddy è molto interessato a Sally. E tu oltre a cieca sei anche un po' snob intestardendoti sul fatto che la tua amica non sia interessata quando i fatti dimostrano il contrario.»

Chris imitò il mio gesto? Voleva la guerra? E poi non ero io quella fissata con la vita sentimentale… degli altri?

«Ah, io sarei testarda? E allora tu? Il fatto che tu vada così d'accordo con Teddy non significa che lui debba avere la ragazza! Che guarda caso è anche mia amica… quindi io la scoraggerò sicuramente a prendere una tale decisione. Mike è meglio da ogni punto di vista. Sei tu cieco a non ammetterlo!»

«Se è tanto meglio da ogni punto di vista perché non te lo pigli tu?» Decisamente Christian Warner voleva la guerra. Una delle innumerevoli che avevamo scatenato nel corso degli anni. «Ah, già dimenticavo… tu punti al "castello". Che fino a poco tempo fa era solo un ammasso di rovine, ora invece si è rivelato di gran lunga più interessante. Vero?»

«Stronzo! E rompiscatole!»

Strinsi i pugni, meditando nel frattempo su come vendicarmi. Rompergli qualcosa in testa? Prenderlo a pugni?

«Sto notando che il tuo repertorio di insulti nei miei confronti si è un po' arrugginito ultimamente. Stai ancorata su quelli vecchi, non crei mai nulla di nuovo e originale!» Chris scosse la testa e rise passandosi una mano tra i capelli e scompigliandoli di proposito. «Ora ti vedo che vorresti picchiarmi ma temi le conseguenze.»

«Ma no, una vera signora non si abbassa a tanto. Ti propongo un patto, invece.»

«Ti ascolto.»

«Se avrai ragione tu... su Sally e Teddy, intendo... io farò qualcosa per te, puoi scegliere tu cosa. Se invece avrò ragione io... se Sally e Mike si metteranno insieme, tu mi aiuterai a organizzare uno spettacolo grandioso, anzi ubbidirai a tutti i miei ordini. Tutti, proprio tutti!»

Perfetto! Avrei vinto io, ne ero certa! E conoscendolo Chris era troppo orgoglioso per rifiutare.

«Diventerei il tuo schiavetto personale, insomma.» Inaspettatamente socchiuse gli occhi per un istante e scosse la testa. Stava rifiutando la mia sfida? Non era da lui! «Però non abbiamo stabilito cosa tu dovrai fare per me se vincerò io...»

«Qualunque cosa mi sta bene! Tanto non vincerai!»

«Quindi tu, mostriciattolo, accetteresti qualunque mia richiesta se ho capito bene?»

Mi lanciò una delle sue tipiche occhiate perfide. In questo caso si sarebbe rivelata del tutto inutile, non aveva alcuna possibilità di vincere.

«Hai capito bene.»

«E sei sicura di non voler sapere cosa vorrò da te?»

La mia immaginazione, inevitabilmente, stava iniziando a scatenarsi dipingendosi di fronte tutti gli scenari più subdoli e crudeli, degni di Chris Warner. Ma, anche se internamente stavo morendo di curiosità, esternamente volevo a tutti i costi mantenere il mio contegno, restare fredda e distaccata. Una vera signora.

«Sicurissima!»

«Perfetto, Rose.» Mi porse la mano, che io strinsi un po' restia. «Allora abbiamo un patto.»

CAPITOLO 16

Avevo selezionato tutte le parti dello spettacolo. In realtà un grande aiuto mi era arrivato da Ivy, che mi aveva descritto tutti i personaggi, caratteri e risvolti sulla scena. Stavo iniziando anche a farmi un'idea su quali parti assegnare e a chi, oltre ai due protagonisti. Trascorsa la mattinata in biblioteca, ero pronta ad affrontare il resto del mondo. Per essere più precisa, gli altri.

Li raggiunsi verso mezzogiorno nel loro cottage. Daisy mi aprì la porta assonnata, si erano appena svegliati e stavano facendo colazione. Incredibile pensare che io, nel frattempo, avevo già lavorato così alacremente. E che fossi così sveglia, in confronto a loro!

Ma almeno, trovandomeli così addormentati, avrei avuto la possibilità di esporre le mie idee senza riscontrare troppi contrasti e opposizioni. Avrebbero avuto scarsa lucidità mentale, di azione, movimento e probabilmente anche parola. Quindi si sarebbero ritrovati ad acconsentire senza nemmeno avere il tempo di riflettere. Una volta accettate le parti non si sarebbero più tirati indietro.

Ero assolutamente convinta di assegnare le parti di Romeo e Giulietta a Mike e Sally. La "scusante" era che Mike aveva accolto per primo favorevolmente la mia idea. In realtà il primo era stato Luke e sarebbe stato anche più sensato affidare a lui la parte di Romeo, era il discendente del proprietario del castello. Ma non rientrava nel mio personale programma di ricerca anime gemelle. Non con Sally, almeno. E poi non si trovava momentaneamente a Heathland, di conseguenza non avrebbe avuto nulla da obiettare.

«Quindi… io dovrei fare la madre di Giulietta?» Daisy mi rivolse un'occhiata che rasentava il disgusto. Nonostante fosse poco sveglia non c'era modo di proporre la mia scelta diversamente o lasciar intendere altro. La madre di Giulietta restava comunque la madre di Giulietta, non potevo trasformarla nella sorella o nella cugina ultrasexy.

«Mmh… purtroppo i personaggi femminili non sono molti oltre a Giulietta…» E non mi sembrava il caso di proporre a Daisy e Janet di interpretare un personaggio maschile. Mi avrebbero cavato direttamente gli occhi.

«E io… la nutrice di Giulietta!» La voce stridula di Janet, seduta accanto a me, mi colpì il timpano con forza.

Per quanto riguardava invece i ragazzi sembravano abbastanza convinti. Anche se la loro appariva più che altro un tipo di convinzione che rasentava l'indifferenza. Non avevano particolari preferenze, un personaggio valeva l'altro. Soltanto Mike, che avevo scelto per interpretare Romeo, mostrava una palese soddisfazione. Avevo solo notato una certa perplessità da parte sua quando avevo nominato Sally come Giulietta. Forse non voleva mostrarsi troppo entusiasta, anche per non farlo notare agli altri. Era del tutto comprensibile.

«Allora, come stavo dicendo…» estrassi dalla mia borsa il volume di *Romeo e Giulietta* che avevo preso in prestito in biblioteca e inserii il foglio su cui avevo scritto i nomi dei personaggi. «Mike farà Romeo… Alan potrà essere Mercuzio, Freddie… frate Lorenzo. Poi ci sarà anche Luke Desmond che potrà interpretare Tebaldo… Di personaggi maschili ce ne sarebbero molti, in effetti. Credo che Ivy tenterà di convincere qualche ragazzo del villaggio…»

«Mah… io resto scettica come madre di Giulietta…» Daisy aggrottò la fronte con espressione infelice. «Comunque… per quanto riguarda i ragazzi non ci sono anche Chris e Teddy?»

«A Chris non importa nulla!» Mi sentii quasi accusata personalmente. Come se fosse stata una mia scelta escluderli. In realtà forse in parte lo era, però era vero che Chris si era dimostrato indifferente, anzi quasi ostile alla mia idea. O forse ero proprio io a non volergli assegnare nessuna parte nello spettacolo. E per quanto riguardava Teddy... non lo ritenevo in grado. Certo, non era una sua colpa. Però sicuramente se lo avessi costretto a interpretare uno dei personaggi, anche minori, lo avrei messo in difficoltà e gli avrei causato imbarazzo perché non sarebbe mai stato al passo con tutti gli altri. «Teddy potrà aiutarci a spostare la scenografia e con altri lavori manuali...»

Nonostante lo scetticismo generale riuscii a convincerli. Lo sapevo che di prima mattina li avrei colti impreparati a reagire e a opporsi! Sì, va bene... era mezzogiorno. Ma per loro era da considerarsi prima mattina. Probabilmente la soluzione migliore sarebbe stata quella di impegnarli con le prove durante il pomeriggio per trovarli almeno relativamente capaci di intendere e di volere. Questo avrebbe comportato anche trattenerli a Heathland per il tempo necessario alla preparazione dello spettacolo. Mi resi conto che al momento era meglio evitare il discorso per non farli scappare subito inorriditi.

«Sei sicura che non sia meglio cambiare spettacolo?» La domanda di Janet fece crollare in un istante tutti i miei sogni di gloria e di successo.

«Ne ho considerati anche altri, però... questo è quello che sicuramente conosciamo tutti...»

Mi rendevo conto che le parti che avevo affidato a Janet e Daisy non soddisfacevano pienamente il loro ego e la loro vanità femminile. Io stessa non ne sarei stata entusiasta, però... non vedevo altra scelta. L'unica era cambiare tragedia. Oppure scegliere una commedia. Ma *Romeo e Giulietta* mi sembrava la scelta più semplice. Forse mi sbagliavo, ma dovevo purtroppo fare i conti con la mia inesperienza che avevo opportunamente nascosto e negato di fronte a Sir Richard e a tutti gli altri quando avevo proposto di riportare il teatro al castello.

«Io credo di essere più adatta come Giulietta, invece di quella... come si chiama?» Janet sbuffò imbronciata e incrociò le braccia. «Poi lo sanno tutti che Giulietta è bionda!»

«Io non ricordo che sia mai stata bionda...» ridacchiò Freddie, lanciandole un'occhiata ironica. Per il semplice gusto di contraddirla, ovviamente. «A me è sempre parsa bruna, esile e delicata, non bionda e con due tette così!»

«Perché non mettiamo in scena una fiaba… sarebbe più semplice!» La proposta di Daisy non era da scartare, ma ci sarebbe stato il problema di scrivere la sceneggiatura teatrale della fiaba. «Lo avevamo fatto da piccole, era stato uno spettacolo carino.»

«Sì, mi ricordo. Ma Alison ci aveva aiutate in tutto… e io adesso… Insomma non ne abbiamo nemmeno il tempo.»

Coloro che avevo atteso con impazienza ora mi stavano mettendo in difficoltà. Mi resi conto che sarebbe stato meglio chiedere ad Ivy di trovare ragazzi del villaggio disposti a confrontarsi con la recitazione, piuttosto che tentare di coinvolgere i miei amici cittadini. Possibile che Janet fosse così egocentrica e testarda? E possibile che io in poche settimane avessi dimenticato componenti così essenziali del suo carattere? Forse perché… perché quelle stesse componenti avevano fatto parte anche di me? Facevano ancora parte di me?

«Sally avrà la parte di Giulietta. È stato deciso prima del vostro arrivo e ora è troppo tardi per cambiare, quindi…» In realtà io avevo deciso. E non era tardi per cambiare perché non avevamo ancora combinato nulla. Ma non aveva importanza. Non avrei cambiato idea e non ero intenzionata a subire pressioni. «Comunque… io ora ho da fare, vi aspetto per pranzo. Così nel pomeriggio potremo continuare a discutere e iniziare le prove, magari.»

Il pranzo sarebbe stato effettivamente tra meno di un'ora. Ma non aveva importanza, non avevo più voglia di perdere tempo prezioso con loro. Inaspettatamente chi mi stava creando più difficoltà non erano i ragazzi ma Janet e Daisy. Vanità femminile… ero stata un'ingenua, avrei dovuto immaginarlo!

Non potevo prendere in considerazione Chris come attore. Avevo troppo bisogno di lui. E con la nostra piccola scommessa ero ormai certa che avrei ottenuto il suo aiuto, lo avrei vinto anzi! Se lo avessi impegnato come attore invece avrebbe trascorso troppo tempo in scena. Per quanto riguardava Teddy… inutile proporlo, non sarebbe comunque stato interessato.

Mi resi conto di quanto fosse difficile mettere d'accordo tutti. Forse avrei potuto contare sull'aiuto di Ivy, così calma e pacata. Io mi stavo trattenendo per non scoppiare e per non mandare tutto al diavolo. Aspiranti attori e spettacolo. Perché… perché mai avevo lanciato una proposta così assurda? Potevo immaginare che sarebbe ricaduta tutta sulle mie spalle!

Mi diressi decisa verso la biblioteca. Invitare Ivy a pranzo e sperare che fosse libera. Questa sarebbe stata la mia prossima mossa. Ivy era la mia unica speranza di non impazzire. Dovevo a tutti i costi evitare la tentazione di mandare tutto a monte e rispedire i miei carissimi, fidati amici direttamente da dove erano arrivati.

CAPITOLO 17

Non mi ero sbagliata, almeno per una volta. In qualche modo Ivy era riuscita nella missione che per me era stata impossibile. Li aveva persuasi. Avevano finalmente compreso che l'importante era la buona riuscita dello spettacolo, non le parti che avrebbero interpretato. Suggerendo poi di richiedere una piccola offerta agli spettatori da devolvere in beneficenza alla scuola e alla biblioteca del villaggio li aveva conquistati definitivamente, convincendoli che sarebbero stati parte di qualcosa di buono, giusto e onorevole. Perché non ci avevo pensato anche io?

Ero riuscita a ottenere anche la partecipazione di Teddy, quando era passato ad avvisare che sua madre ci avrebbe portato il pranzo che aveva preparato appositamente per noi.

«Quindi, tu saresti disponibile ad aiutarmi a gestire la parte pratica dello spettacolo?» sorrisi amabilmente, bloccandolo fuori dal cottage prima che scappasse via. Sapevo che avere a che fare con troppe persone tutte insieme lo metteva a disagio. Persone come i miei amici, soprattutto. Come me, in parte. Con Chris al contrario non aveva mai avuto alcun problema. «Si tratterebbe più che altro di muovere la scenografia a ogni cambio di scena... magari spostare qualche mobile, aprire e chiudere i tendoni. Dobbiamo ancora recuperare tutto, ma credo ci sia del materiale che possiamo utilizzare. Sir Richard ci aiuterà a trovare tutto ciò che ci serve.»

«Sì... sì... certo, Rose. Io... sì... se posso aiutare...» Teddy ricambiò il sorriso, ma abbassò lo sguardo intimidito. Nel frattempo continuava a spostare il peso da un piede all'altro. «Mmh... io allora... vado...»

115

«Certo, Teddy. Grazie infinite per la tua disponibilità.» Unii sorrisetto amabile a strizzatina d'occhio, ottenendo l'effetto di metterlo ancora più in imbarazzo e farlo arrossire. «Sei davvero gentile.»

«E tu sei un piccolo mostro di egoismo, Rose.» Percepii la sua voce alle spalle ma non mi voltai. Possibile che fosse ovunque? E soprattutto sempre quando mi comportavo in modo discutibile? Cos'era? La voce della mia coscienza? Il mio grillo parlante? «Hai volutamente soggiogato quel povero ragazzo con quell'atteggiamento provocante. Non era il caso di flirtare così spudoratamente con lui, ti avrebbe ubbidito comunque.»

«Al contrario di te, immagino.» Mi voltai di scatto con le braccia incrociate al petto, poi gli diedi una leggera spinta indietro. «Che però stai sempre a spiarmi. E poi chi lo sa...» Non ci avevo pensato, ma in effetti... «La mia potrebbe benissimo essere una tattica per avere la certezza assoluta di vincere la nostra sfida.»

«Ho capito bene? Vorresti attrarre l'attenzione di Teddy su te stessa, per distoglierlo da Sally?» L'espressione di Chris da scettica divenne incredula. Poi mutò nuovamente e rimase straordinariamente sospesa a metà tra il disgustato e il sarcastico. «Non funzionerà mai, tesorino. Teddy può essere timido e impacciato... ma non è di certo stupido!»

«Quindi vorresti dire che solo uno stupido...»

«Abboccherebbe alla tua rete perdendo la testa per i tuoi occhioni languidi? Sì, è esattamente quello che sto dicendo.»

Mi dovevo offendere? Non ne ero certa. Forse stava scherzando, forse no. Forse era tremendamente serio. Ma mi colpì. Anche se non mi importava di Teddy e del fatto che avrebbe preferito Sally a me.

«Mmh... comunque... resta la tua opinione...»

Non era detto che altri ragazzi avessero di me la stessa opinione poco lusinghiera che aveva Chris. Però non potevo negare di esserci rimasta male. E io avevo sempre detestato restarci male e non avere modo di controbattere, di difendermi… di averla vinta, insomma.

«Certo, resta la mia opinione. Al mondo ci dovrà pur essere qualcuno che ti trova vagamente interessante.»

«Mmh…»

Questa sua affermazione mi colpì in modo ancora più aspro della precedente. Sì, qualcuno magari mi avrebbe trovata interessante. Del resto mi era già capitato in passato. Ma lui… la sua opinione su di me, qual era esattamente?

«Rose… smettila di intestardirti per avere il controllo delle situazioni e delle persone. Ti rendi davvero fastidiosa quando fai così. E lo fai quasi sempre, con tutti.» Ma cosa stava dicendo? Non era vero! Chris inclinò lo sguardo e mi guardò negli occhi. Serio, questa volta. Fin troppo serio. «L'hai fatto con Teddy, ora. E anche con Ivy, sfruttandola per i tuoi scopi. Lo fai anche con tuo padre, spesso.»

«Non è vero…» Inevitabilmente i miei occhi iniziarono a pungere, come se spilli gelidi si fossero inseriti all'improvviso senza che me ne rendessi conto. Abbassai leggermente lo sguardo. «Perché… perché ce l'hai sempre con me, Chris? Io…»

«Perché ti dico la verità e non ti piace? Questo mi stai chiedendo? Perché io oso dirtela… altri invece no. Tu imponi la tua volontà e non accetti un no come risposta. C'è gente troppo educata per fartelo presente.»

«Tu invece no. Tu non sei educato, tu sei uno stronzo rompiscatole! E lo sei sempre!»

Mi morsi le labbra e puntai lo sguardo su di lui, infuriata. La sensazione di spilli negli occhi stava passando, fortunatamente. Sostituita da un'altra sensazione. Anzi, da una gran voglia di prenderlo a calci!

«Lo so. Per questo non mi lascio soggiogare e intimidire da te. E non sono neanche troppo gentile nei tuoi confronti, per cui non mi compri con le tue moine da cara e dolce ragazzina.» Inaspettatamente Chris mi tirò una ciocca di capelli e sorrise.

Una sensazione strana si impadronì di me, come un tuffo al cuore che non sapevo come interpretare. Per un attimo non seppi se ricambiare il sorriso o mettermi a piangere. Poi il suo sguardo oltrepassò la mia testa, si rabbuiò per un attimo per poi tornare a fissarmi. «Ricomponiti, sirena ammaliatrice. A quanto pare il tuo principe è tornato ed è in avvicinamento…»

«Eh? Cosa?»

Lo scrutai confusa. Di cosa stava parlando ora? Era impazzito? Poi compresi… Intendeva…

«Rose!»

Voltandomi mi ritrovai Luke a pochi passi, all'ingresso del cancelletto.

«Luke...» Buttai la ciocca di capelli che Chris mi aveva tirato dietro le spalle e lo raggiunsi. «Sei tornato, sono davvero contenta!»

Lo avevo percepito. Avevo percepito il suo arrivo! Incredibile. Ci doveva essere una connessione tra noi, una specie di legame indissolubile. Forse eravamo anime gemelle destinate a rincorrersi nei secoli fino a trovarsi e ad amarsi per sempre! I suoi occhi azzurri furono su di me, sul mio viso. Scrutava attentamente ogni mio gesto e mi parve che non riuscisse a distogliere l'attenzione dalle mie labbra.

Ecco, in questo modo ero stata vendicata! Prima di quanto mi aspettassi. Così Chris poteva avere l'evidente dimostrazione che qualcuno mi trovava interessante! Luke Desmond per la precisione, non uno qualunque!

«Vi ho interrotti?» Lo sguardo di Luke si spostò da me a Chris, che sostava appoggiato alla porta del cottage, per poi tornare a me. «Mi sembra che stavate discutendo di qualcosa di importante.»

«Oh, no assolutamente.» Mi voltai lanciando a Chris un sorrisetto d'intesa, in modo tale che comprendesse che anche questa volta avevo vinto io. Ottenni da lui una smorfia come risposta. «Nulla di importante. Solo una delle mie solite liti con quel rompiscatole di mio fratello!»

CAPITOLO 18

Il ritorno di Luke aveva straordinariamente accelerato la preparazione dello spettacolo. Ovviamente lui conosceva il castello e dintorni molto meglio di me. E conosceva meglio anche suo padre, Sir Richard. Per cui aveva il coraggio di chiedere tutto ciò di cui potevamo avere bisogno per allestire la nostra rappresentazione teatrale.

Il palco improvvisato, che dava direttamente sul giardino principale del castello, era stato sistemato e allestito in modo tale da essere immediatamente disponibile per le prove. Papà aveva fatto in modo che si avvicinasse il più possibile a quello descritto da Sir Richard nei suoi ricordi d'infanzia. Luke era riuscito a recuperare anche antiche immagini del castello che avevano conservato negli archivi, in cui il palco e i drappeggi erano pronti per una rappresentazione. Tutto ciò mi infondeva entusiasmo ma anche una certa ansia, perché mi rendevo conto che se le cose non fossero andate bene mi avrebbero ritenuta responsabile.

Ivy ci aveva fatto avere le fotocopie del copione, in modo che fosse disponibile a tutti. Così avevamo incominciato a provare le scene iniziali. Io sostituivo gli attori non ancora disponibili, leggendo la loro parte. Nonostante la mia inesperienza fui costretta ad ammettere che l'esito era piuttosto terrificante. Non osavo immaginare cosa avrebbe potuto pensare un professionista o un assiduo frequentatore di spettacoli teatrali.

Mi resi conto che forse sarebbe stato meglio tagliare alcune scene che coinvolgevano personaggi secondari. Erano decisamente troppi e noi non avevamo tutto quel tempo a disposizione. In realtà temevo che i personaggi principali si defilassero per la noia dell'attesa, nel frattempo. Quindi ritenni

119

opportuno concentrarci sulle scene principali, cercando comunque di mantenere intatto il senso della storia. La mia proposta venne accettata immediatamente. Ma la triste verità era che non avevo idea di cosa tenere e cosa tagliare. Muovevo i miei primi passi come regista senza esperienza alcuna, guidata esclusivamente dall'incoscienza e da uno slancio che ormai mi stava abbandonando ogni minuto di più.

Avrei avuto seriamente bisogno di qualcuno che mi dicesse cosa fare. Però nessuno era sufficientemente preparato ad aiutarmi. Forse soltanto Ivy, ma a quel punto io sarei stata costretta ad ammettere la mia totale inettitudine oltre a confessare di essermi vantata di una preparazione che non possedevo affatto.

Avevo preso una sedia e me ne stavo seduta da sola sul fondo del nostro teatro improvvisato, per avere una visione d'insieme del palco ed essere più concentrata. Almeno questa era stata la scusa per appartarmi. In realtà preferivo disperarmi e lasciarmi prendere dallo sconforto in tutta tranquillità.

«Mmh… dovreste essere un po' più convincenti…» suggerii con un tono di voce afflitto. Un po' tanto…

Sospirai sollevando gli occhi su Mike e Alan che interpretavano Romeo e Mercuzio. Con loro c'era anche un ragazzo di nome Ben che aveva accettato la parte di Benvolio. Avevo evitato di sottolineare il disastro epocale che erano state Janet, Daisy e Sally nei ruoli della nutrice, la madre di Giulietta e Giulietta. In confronto a loro i ragazzi erano degli attori professionisti. Nulla mi toglieva dalla mente che Janet e Daisy si stessero impegnando poco perché insoddisfatte della parte che avevo affidato loro. Sembravano più concentrate sul loro aspetto che sulla recitazione. Quindi, inevitabilmente, anche l'interpretazione di Sally ne subiva le conseguenze. Ed essendo all'inizio nessuno aveva ancora imparato le battute a memoria.

«Sei ancora sicura di voler portare avanti questa cosa?» La domanda di Janet non era incoraggiante.

"Cosa", l'aveva chiamata. Non avrei mai creduto che avesse così scarsa considerazione di un progetto a cui io tenevo tanto. Mi sentivo avvilita e delusa. Da lei, da Daisy... da tutti.

A questo punto quasi preferivo l'atteggiamento di Chris che almeno mi attaccava direttamente, senza mezzi termini. Le feci cenno con la mano di abbassare il tono di voce, per non disturbare le prove e distrarre gli attori che erano già abbastanza distratti. Per dare il buon esempio sussurrai appena.

«Il problema è questa "cosa" come la chiami tu... oppure il fatto che vuoi a tutti i costi una parte che ho affidato a un'altra?»

Forse non avrei dovuto dirlo. E nemmeno sussurrarlo. Ma ormai avevo espresso chiaramente il mio pensiero. Janet si stava dimostrando una ragazzina viziata. Daisy si stava impegnando per essere un po' più matura ma con scarsi risultati. Il mio morale e il mio entusiasmo stavano decisamente crollando. Tanto che non osavo nemmeno proporre di provare la scena principale, quella tra Romeo e Giulietta al balcone. Al momento non lo avevamo un balcone e nemmeno qualcosa di somigliante, ma papà aveva promesso di procurarcelo. Temevo l'esito fallimentare della prova, che avrebbe messo ancora più in evidenza la mia scelta sbagliata.

Janet rispose alla mia domanda mettendomi il muso.

«Non si tratta di volere la parte di Giulietta. Se l'avessi interpretata tu non avrei avuto nulla da dire.»

«Si può sapere che male ti ha fatto la povera Sally?»

Mi voltai verso di lei, sospirando profondamente.

«Nessuno, però... sì insomma, è goffa e poco raffinata, ecco. Sembra che tu la voglia mettere in mostra per farle un favore, non perché credi che sia adatta alla parte.»

Janet puntò gli occhi azzurri su di me. Quando mi guardava così sapevo che non ammetteva repliche. Io però avrei avuto qualcosa da replicare... anche se in fondo ero costretta ad ammettere, almeno con me stessa, che nelle sue parole c'era qualcosa di vero.

«A me sembra...» Ecco, era giunto il momento di spiegare uno dei motivi della mia scelta. Sicuramente, conoscendo la mia intenzione principale, avrebbe finalmente approvato la mia decisione. «Cioè, io ho pensato che con Mike... starebbe proprio bene.»

«Intendi come Romeo e Giulietta?» Janet mi pose la domanda, ma dallo sguardo che mi rivolse mi fu chiaro che aveva pienamente compreso il mio obbiettivo.

«Mmh... non solo...» Tentai di non sbilanciarmi troppo. Preferivo che arrivasse da sola alla conclusione.

«Non sono assolutamente convinta che sia una buona idea. Sono troppo diversi. Sia come Romeo e Giulietta... sia come Mike e Sally. Anzi, se posso dire la mia... come Mike e Sally sono anche peggio.»

Così entrambe le mie idee erano state palesemente bocciate dalla mia migliore amica. Ma quella che mi pesava di più era la stroncatura riguardante la vita reale della coppia che stavo contribuendo a creare.

«Insomma, Rose... quei due non hanno nulla in comune. Lui è un ragazzo di città, audace, sfrontato, benestante e come ti ho detto già altre volte troppo ostentatamente figo. Consapevole di esserlo. Lei è carina ma è una ragazza di campagna... timida, dolce a modo suo... troppo ingenua e legata al suo ambiente, secondo me. Lui la fa sentire a disagio con quell'atteggiamento indisponente da superuomo.» Janet non perse l'occasione di infierire.

«Ma non capisci, Janet... appunto perché sono così diversi! Lo so che non hai una grande simpatia per Mike, però...» Non ero disposta a cedere. Avevo avuto ragione su Alison e John Fowler. E l'avrei avuta anche su Sally e Mike. Non persi occasione di rammentarlo a Janet. «Anche Alison e John Fowler sono diversi... per non parlare di te e Freddie! Eppure...»

«No, non capisci. Non è la stessa cosa. E non vale la teoria che gli opposti si attraggono. Qui secondo me si respingono e basta.» Janet alzò gli occhi al cielo e sbuffò con l'aria di una ragazzina infastidita e frustrata. «Poi, se vuoi la verità... ti dirò quello che penso, una volta per tutte. Mike mi sembra più interessato a te che a Sally o ad altre ragazze. Un po' l'ho sempre pensato, ma ora... che motivo avrebbe avuto per venire a rintanarsi in questo buco di villaggio? Per quanto riguarda Freddie e Alan almeno avevano la scusa di accompagnare me e Daisy. Ma Mike... poteva andare ovunque, con una compagnia migliore. Invece ha deciso di seguire noi. Perché? Perché qui ci sei tu. Ovvio!»

No. Non era assolutamente ovvio. E la verità di Janet non mi piaceva affatto! Mi ribellai all'idea con tutte le mie forze.

«Secondo me ti sbagli, Jan. E ti sbagli proprio di grosso! Io e Mike ci conosciamo da una vita...» Tentai un rapido calcolo mentale, ma l'assurdità della supposizione di Janet mi aveva colta talmente in contropiede da lasciarmi matematicamente impreparata. Passai al conteggio degli anni sulle dita delle mani. «Daisy frequenta Alan dal liceo, anche se prima non stavano insieme. Quindi lei e Alan avevano quattordici anni, io dieci... e Mike, dodici circa. No, Janet. La tua è un'idea ridicola!»

«Non essere assurda, Rose. Anche se vi foste incontrati la prima volta nella culla, ciò non impedirebbe...»

Bloccai il tentativo di Janet di riprendere il discorso.

«Insomma Jan, è il fratello del ragazzo di Daisy! Non sarebbe nemmeno... etico!»

Avevo davvero detto "etico"? In realtà non conoscevo nemmeno bene il significato del termine, ma volevo apparire sufficientemente scandalizzata alla possibilità di una storia tra me e Mike.

«Va bene, non insisto. Se ne sei convinta tu...» Janet sbadigliò e focalizzò lo sguardo sul palco, dove le scene si stavano ripetendo sempre più svogliatamente, senza sentimento né enfasi. Accennò con il viso in direzione di Luke nelle vesti di Tebaldo. «Sicura di non essere così ostinata solo perché sei interessata al piccolo principe?»

Aggrottai la fronte, offesa. Aveva davvero chiamato Luke "piccolo principe"? Non somigliava per nulla a quel biondino della storia che venerava la sua rosa. Che io mi chiamassi Rose era un dettaglio secondario su cui probabilmente Janet non si era soffermata.

«Figurati, non sono nemmeno sicura se fra me e lui potrà mai esserci qualcosa!» Era quello che desideravo ardentemente, ma evitai di dirlo. Sentivo di non potermi fidare di nessuno al momento, nemmeno di lei. «Credo che... si sia visto con Kathleen a Londra, anche se non ne sono sicura. Insomma, avevano programmato di incontrarsi, poi non so esattamente cosa sia successo.»

«Potrebbe essere solo un caso. Non è detto che si siano davvero visti. E anche se fosse successo non è detto che tra loro ci sia stato qualcosa.» La visione di Janet era sempre ottimista. Almeno da questo punto di vista potevo sempre contare su di lei. «In ogni caso... Freddie resta qui per me, Alan per Daisy... ma Mike?»

Come non detto! Era tornata all'argomento che io avrei davvero voluto ignorare. Si era intestardita o era una vera e propria congiura contro di me?

«Hai intenzione di convincermi, a quanto vedo. Ma non ci riuscirai. Non capisco perché ti sei fissata così proprio ora...»

«Se vuoi la verità... è stato Freddie a farmelo notare.»

Ecco, lo immaginavo. Allora era davvero una congiura contro di me. Oppure la solita ostinazione di Freddie McGregor ad avere ragione a tutti i costi. A questo punto sarebbe stato inutile proporre la teoria che Mike era stato richiamato a Heathland da un destino superiore, un legame inscindibile che lo avrebbe riunito a Sally.

«E tu, nonostante tutto, stai sempre dalla parte di Freddie.»

Le rivolsi un'occhiata indispettita, poi tornai a fissare il palco. Forse era giunto il momento che io intervenissi e mi comportassi da vera regista, ristabilendo l'ordine. Anche se nemmeno io mi stavo dimostrando all'altezza del mio ruolo, questo ormai era assodato ed evidente a tutti, purtroppo.

«Non è vero, però...» Janet seguì la direzione del mio sguardo per poi accennare all'angolo sinistro del palco. Così scorsi Chris, che stava fissando la scena con aria palesemente inorridita. «Perché non chiedi a lui di interpretare una parte? Continua a girare intorno e sinceramente... anche la sua presenza sta diventando sospetta.»

«Oh, Jan insomma! Ti sei iscritta a un corso per diventare detective? La presenza di Chris sospetta? La missione di Chris è mostrare la sua costante superiorità su tutto e tutti e in questo non c'è proprio nulla di sospetto! È sempre stato così!» Però c'era anche un'altra verità su di lui. Una verità che io stessa avevo contribuito a creare. «A parte questo... io credo che si sia convinto di dover saldare una specie di debito con mio padre. Forse è anche colpa mia, gliel'ho rinfacciato così tante volte che alla fine si è davvero convinto. Probabilmente se fosse libero se ne andrebbe immediatamente.»

Mi alzai di scatto, stirandomi. Era chiaro che non potevo più trattenermi in un angolo per osservare le scene a distanza, il dramma nel dramma. Perché la vera tragedia consisteva nella recitazione degli attori che avevo scelto più che nella storia d'amore sventurata di Romeo e Giulietta. Dovevo intervenire e dare indicazioni. Anche se non sapevo ancora come e quali.

«Secondo me ti sbagli. Io credo che si sia affezionato a voi...» Janet si alzò e mi seguì verso il palcoscenico.

«Chi, Chris?» Camminando mi voltai verso di lei, con espressione scettica. «Ma figurati! Non credo che sia in grado di affezionarsi a qualcuno...»

«Rose...» Janet sgranò gli occhi e si morse le labbra. Ma io non afferrai il messaggio.

«Del resto non fa nemmeno parte della famiglia, è una presenza del tutto inutile. Un peso di cui non riusciamo a sbarazzarci! Ce lo dobbiamo tenere!» ridacchiai voltandomi e finalmente compresi i maldestri tentativi di Janet di fermarmi.

Chris era proprio di fronte a me. Reggeva in mano un piattino con una fetta di torta e una spremuta d'arancia.

«La madre di Sally mi ha chiesto di portarvi qualcosa per la merenda…» Così mi ritrovai in mano entrambe le cose. «Ho pensato che avessi bisogno di una pausa, ma… ora me ne vado. Ce n'è anche per te, Janet. Dietro al palco, gli altri sono già lì.»

Janet annuì con un sorriso imbarazzato. E molto opportunamente filò via, lasciandomi sola con lui a subire le conseguenze delle mie parole.

«Chris… io non parlavo sul serio… Cioè, non intendevo…»

«Certo che intendevi, Rose. Tu intendi sempre quello che dici.»

Chris si strinse nelle spalle e stranamente si rifiutò di incontrare il mio sguardo. Non era da lui, sempre pronto a sfidarmi, a rimproverarmi.

«Mmh… andiamo a mangiare la torta. Sembra davvero buona…» Fissai la fetta di torta alla panna, ricoperta di fragole, che avevo in mano. Come se contenesse la soluzione a tutti i problemi che avevo causato negli ultimi giorni. «Prima che i ragazzi ci si avventino sopra e la finiscano tutta…»

«Sì, per questo ti ho salvato una fetta…» Chris corrugò la fronte e annuì distrattamente. «Io devo andare, ho da fare adesso.»

Mi girò le spalle e io compresi che non c'era nulla che potessi dire o fare per trattenerlo. Quello che avevo detto era vero. In parte lo sentivo davvero. Chris aveva ragione affermando che intendevo sempre quello che dicevo. Però faceva anche parte del tipo di rapporto che avevamo instaurato. Chris mi infastidiva ed era un peso per me. Perché mi obbligava costantemente a fare i conti con me stessa e non sempre mi piaceva. Però ne avevo anche bisogno. Ero certa che se lui mi avesse aiutata con la gestione dello spettacolo sarei riuscita a mettere d'accordo tutti più facilmente, a farli impegnare nella recitazione e a creare qualcosa di apprezzabile. Non con Janet. Non con Daisy. E nemmeno con Luke. Chris era un peso per me, su questo non avevo dubbi. Ma un peso di cui io stessa ero la prima a non volermi sbarazzare.

CAPITOLO 19

Si era offeso, questo era chiaro. Perché altrimenti mi avrebbe risposto con la sua abituale supponenza. Avremmo litigato, come accadeva da sempre. Quindi iniziai a temere che decidesse di andarsene, indicando me come la colpevole se papà gliene avesse chiesto il motivo.

Invece trascorse qualche giorno senza alcun cambiamento. Chris aveva iniziato sapientemente a evitarmi, mentre l'atteggiamento di papà nei miei confronti era rimasto lo stesso. Da ciò dedussi che non gli aveva detto nulla contro di me. Chris lavorava insieme a lui costantemente, quasi con accanimento, senza sosta. Il suo unico interesse era diventato il castello e la realizzazione del progetto che avevano messo a punto per esaudire le richieste di Sir Richard. Per questo si svegliava all'alba, addirittura prima di papà. O forse era solo un espediente per evitarmi. Perché anche io avevo tentato di svegliarmi presto, ma quando percepiva la mia presenza in cucina si impegnava ancora di più per schivarmi. In un modo o nell'altro era riuscito a non ritrovarsi più da solo con me. Così mi impediva di parlargli, di giustificare le mie parole… o di tentare di scusarmi per ciò che aveva sentito.

Intanto la preparazione dello spettacolo procedeva. Avevo l'impressione che la recitazione dei ragazzi stesse gradualmente e miracolosamente migliorando. Forse perché stavano imparando parte delle battute a memoria. Ma soprattutto per il provvidenziale intervento di Ivy che li stava aiutando a muoversi in modo più disinvolto sul palco e a impostare la voce. La vera regista dello spettacolo era indubbiamente lei, non io. Io ero ormai diventata una presenza inutile, una comparsa senza nemmeno battute o presenza sulla scena. Ero completamente assente. Posizionata nel mio angolino, con la sedia da regista fallita. Come se mi nascondessi per spiare, in disparte, i progressi degli altri senza esserne coinvolta.

«Hai visto la mia scena con Mike? È venuta davvero bene questa volta!» Sally mi aveva raggiunta e, afferrata una sedia, si sedette accanto a me.

«Sì, molto bene» concordai senza entusiasmo.

Non li avevo nemmeno visti e sicuramente non li avevo ascoltati. Eppure l'idea di loro due insieme mi aveva entusiasmata tanto fino a qualche giorno prima.

Mi stavo trascinando ormai, giorno dopo giorno. Mi svegliavo per inerzia, sentendomi stanchissima, sicuramente molto più stanca di quando ero andata a dormire. Oltretutto Luke si era assentato di nuovo, sarebbe andato a Londra solo per un giorno o due mi aveva assicurato. Per il ruolo di Tebaldo avevamo così trovato un sostituto momentaneo. E non potevo neanche accusare Luke di prendere lo spettacolo poco seriamente, quando ero io la prima ad averlo abbandonato. Non fisicamente forse, perché ero ancora lì. Ma mentalmente ero lontana. Molto più lontana di Luke che si trovava a Londra.

«Io... credo che abbiamo trovato la sintonia giusta...» si sbilanciò Sally, voltando il viso verso di me per cercare di incrociare il mio sguardo.

«Sì, davvero. L'ho notato anche io!»

Mi sentivo ingiusta nei suoi confronti. Ero stata proprio io a spingerla verso Mike, ancora prima che arrivasse a Heathland. E ora che forse qualcosa tra loro stava nascendo davvero, al di là della loro interpretazione di Romeo e Giulietta, sembrava quasi che io la stessi trascurando. Anche se, ovviamente, non c'era molto che potessi fare. Se la storia tra loro stava iniziando o procedendo per il meglio il mio intervento non sarebbe più stato necessario.

Aggrottai la fronte, come colta da un pensiero improvviso. O meglio, un ricordo. La sfida che avevo lanciato a Chris! Quella riguardante Sally, Mike e Teddy... valeva ancora? Sarebbe stato disposto a concedermi la vittoria e a rispettare il patto che avevamo stipulato?

Decisi di approfittare della serata. I ragazzi avevano organizzato un'uscita. Freddie aveva saputo di una festa che si sarebbe tenuta sulla spiaggia di Bournemouth, Janet e Daisy avevano insistito per andarci. Durante l'intervallo per il pranzo Daisy aveva invitato anche Chris che aveva accolto la proposta con scarso entusiasmo. Papà però lo aveva convinto ad accettare. Così io avrei avuto l'opportunità di parlargli e di fare in modo che tra noi tutto tornasse come prima. Che tornassimo a litigare come prima, insomma, senza che lui mi opponesse costantemente quel silenzio gelido.

Intanto nel corso della giornata, mentre gli altri erano impegnati nel ripassare la loro parte e io fingevo di assecondare i consigli della madre di Sally a proposito dei costumi, stavo meditando grandi piani per la serata. I ragazzi erano arrivati con due macchine, quella di Freddie e quella di Alan. Quindi dovevo semplicemente fare in modo che Sally e Mike finissero insieme, magari con Daisy e Alan. Io e Chris saremmo così rimasti sull'auto di Freddie e Janet. O viceversa, non aveva molta importanza. Del resto, anche se poteva apparire logico che Sally viaggiasse con me, non avrebbe avuto molto senso che Mike e Chris stessero insieme.

Mi rendevo conto che più che una tranquilla serata tra amici sulla spiaggia, sembrava che stessi programmando una missione intergalattica. Ma forse sarebbe stata l'occasione giusta perché Sally si mettesse "ufficialmente" con Mike e io riprendessi a parlare con Chris, dimostrandogli di aver vinto la nostra scommessa.

Finalmente si stava avvicinando la sera. Le ore dopo pranzo sembravano davvero non passare mai quel giorno! Ci ritrovammo per cena e poi pronti per partire. Tutto stava procedendo secondo il mio piano. Indossai per l'occasione il mio abitino celeste, stretto in vita e aderente anche sui fianchi.

Non mi importava molto di essere provocante, ma si trattava pur sempre di una festa sulla spiaggia.

L'appuntamento per la partenza era di fronte al cancelletto del nostro cottage. Mancava soltanto Sally, ormai. Si presentò puntuale, con un vestito leggermente scollato ma non troppo corto e truccata come io stessa le avevo insegnato. Ottimo, ormai dovevo soltanto fare in modo che Sally restasse con Mike. Già si era avvicinata a lui di sua spontanea volontà, quindi la mia missione era quasi terminata.

C'eravamo tutti. Anche Chris che, appoggiato alla staccionata, stava discutendo con Freddie. Mentre ci stavamo avviando verso le macchine, intercettai il suo sguardo. Lo vidi accennare un sorriso, non nella mia direzione, ma in generale, comprendendo tutti.

«Vi auguro una buona serata, ragazzi. Divertitevi.»

Così dicendo si mosse per rientrare. Che cosa? Voleva forse dire che...

«Ma come? Tu non vieni, Chris?» Daisy gli rivolse la domanda prima che io portassi a compimento il mio pensiero in proposito.

«No, mi dispiace. Oggi è stata una giornata intensa, abbiamo lavorato molto e... sono davvero stanchissimo, penso di andare a dormire presto. Sarà per la prossima volta.»

Sollevò la mano in cenno di saluto e non attese ulteriori commenti da parte nostra. Del resto gli altri accettarono la sua giustificazione senza ribadire o irritarsi. Non avrebbero comunque avuto motivo per farlo. Aveva semplicemente cambiato idea. Non era un dramma. Non per loro, almeno!

Invece per me... maledizione! Come aveva potuto cambiare idea così e stravolgere il mio piano? Anche perché in questo modo mi avrebbe lasciata sola! Fui fortemente tentata di lasciar perdere tutto, dire che non avevo nessuna voglia di uscire e restarmene a casa. Ma sarebbe sembrato alquanto sospetto. Quindi non mi restava alternativa. Almeno mi sarebbe rimasta la consolazione di vedere Sally e Mike finalmente insieme.

Finalmente per modo di dire... si conoscevano solo da poco più di una settimana, in realtà.

Mi allontanai il più possibile da Sally e le lanciai uno sguardo d'intesa perché comprendesse e facesse altrettanto. A questo punto era necessario che non si aggrappasse a me come spesso faceva, ma restasse in macchina con Mike. Almeno questa parte del piano funzionò. Sally finì sul sedile posteriore con Mike, sull'auto di Alan. Io mi ritrovai sconsolata e infelice insieme a Freddie e Janet. Mi sentivo delusa e immensamente triste. Chris, nel suo proposito di non perdonarmi, non mi stava proprio concedendo tregua.

Raggiungemmo Bournemouth molto prima che me ne rendessi conto. In macchina ero intervenuta nei discorsi di Janet e Freddie rispondendo a monosillabi. Scendendo mi resi conto che quella sera avrei avuto voglia di qualunque cosa, tranne che di una serata sulla spiaggia, tra musica, risate e danze. Tanto che avrei preferito essermi portata dietro un libro per appartarmi a leggere.

Scesi dalle macchine ci dirigemmo verso la spiaggia, dove la gente si stava gradualmente ammassando intorno a una sorta di discopub improvvisato. Non avevo nessuna voglia di ballare. Desideravo soltanto trovare un angolo in cui sedermi e restare tranquilla, concedendo agli altri qualche ora di sano divertimento. Tutto sommato io avevo imposto di mettere in scena uno spettacolo e loro mi avevano ubbidito, stavano facendo del loro meglio. Io invece... continuavo a sentirmi delusa e insoddisfatta. Come regista mi ero rivelata una frana, Luke se n'era andato di nuovo a Londra senza rivelarmi il motivo e non riuscivo a risolvere il problema che avevo con Chris.

«Ehi...» Janet mi raggiunse, mentre mi stavo gradualmente spostando verso un angolo meno affollato. Gli altri avevano raggiunto il bar alla ricerca di qualcosa da bere. «Si può sapere che ti prende? Stasera sembra che ti sia caduto il mondo addosso!»

«Sono solo un po' stanca...» sospirai stringendomi nelle spalle. «Capita.»

«Eh sì, lo vedo. Capita e a quanto pare è contagiosa questa stanchezza.» Janet annuì con aria falsamente comprensiva.

«Ma no, ho solo mal di testa e...»

«Non hai ancora fatto pace con Chris?»

Ecco, era arrivata decisamente al punto. Ovvio, per lei non era tanto difficile visto che aveva assistito alla scena.

«No...» fui costretta ad ammetterlo. «Io pensavo che questa sera, insomma...»

«Parlagli direttamente. Non credo sia tanto complicato, vivete sotto lo stesso tetto al momento.» Certo, per lei era tutto molto semplice. Semplicissimo. «Non fare tanto la difficile, Rose. Chiedigli scusa, digli che ti dispiace. Insomma, non ti devo insegnare io come ottenere quello che vuoi dalle persone. Da Chris in modo particolare!»

«Bé, Chris è molto più difficile delle altre persone...» sbuffai e le feci cenno di tacere vedendo Mike e Freddie avvicinarsi a noi dal bar, reggendo due bicchieri a testa.

Ringraziai Mike che mi stava porgendo la bibita che aveva preso al bar. Mi guardai intorno alla ricerca di Sally mentre Freddie e Janet si allontanavano in direzione della pista da ballo.

«Andiamo a ballare?» Mike mi sorrise accarezzandomi il braccio.

«Io... no, al momento ho sete e...» E volevo restare sola. E lui doveva raggiungere Sally e stare insieme a lei, non perdere tempo prezioso con me. «Dovrei fare una telefonata, se non ti dispiace.»

Mike comprese e si allontanò. Per un istante fui davvero tentata di fare davvero quella telefonata o magari di inviare un messaggio. Ma sarebbe stato assurdo e ridicolo. Telefonare a Chris. Per dirgli cosa? Potevo benissimo parlargli di persona. Poi il telefono a Heathland creava sempre problemi. E io davvero avrei preferito appartarmi a leggere piuttosto che

133

restare lì, in mezzo a quella folla che per me stava diventando sempre più opprimente. E pensare che avevo sempre adorato le feste affollate, ballare, bere, divertirmi… Ora invece, con tutta quella gente intorno, mi sentivo sempre più immensamente sola.

CAPITOLO 20

Il viaggio di ritorno da Bournemouth aveva avuto risvolti imprevisti. Per me decisamente peggiori di quelli riscontrati durante l'andata a causa di Chris e della sua mancata partecipazione.

Con la scusa di aver bevuto troppo alcool, Alan lasciò la guida della sua auto a Mike. E stranamente, almeno per me, Alan e Daisy finirono in macchina con Freddie e Janet. Io e Sally insieme a Mike. Tentando di riprendere il controllo della situazione, che ormai mi era del tutto sfuggita di mano, riuscii almeno a fare in modo che Sally finisse seduta sul sedile anteriore, accanto a Mike.

Mi sentivo stordita e mi girava la testa come se avessi bevuto fiumi di vodka, tequila, whisky... tutta roba che a diciassette anni non mi sarebbe stato concesso bere, insomma! Invece mi era bastata solo la coca cola che Mike mi aveva portato per trascorrere il resto della serata immusonita nell'angolo che avevo scelto, allontanando con uno sguardo minaccioso chiunque tentasse timidamente di avvicinarsi a me.

Comunque non mi resi conto, inoltrandoci a Heathland, che Mike aveva preso la direzione della collina e quindi della casa di Sally. Forse era assolutamente logico accompagnare prima lei, per poi dirigerci verso i nostri cottage, attigui l'uno all'altro. Assolutamente logico ma scarsamente romantico. Nel corso della serata, in concomitanza con l'accrescersi del mio malumore, avevo perso di vista la nascente storia d'amore tra Mike e Sally. Probabile che non volessero ancora manifestarsi pubblicamente, per cui non rimaneva altro che rispettare la loro decisione.

«Buonanotte, ragazzi. Grazie per la serata.» Sally, di fronte a casa sua, si era voltata verso di me con un sorriso. «Ci vediamo domani, Rose.»

«Ah sì, buonanotte.» La salutai meccanicamente, senza particolare entusiasmo.

Mike, da perfetto gentiluomo, era repentinamente sceso dalla macchina per aprirle la portiera e accompagnarla di fronte alla porta di casa. Mi girai di spalle e contemporaneamente mi posai una mano sugli occhi spostandomi sul sedile anteriore. Forse si stavano baciando e non era corretto che io assistessi alla scena.

«Rose... hai ancora mal di testa?»

Mi ritrovai il viso preoccupato di Mike a pochi centimetri. Non mi ero nemmeno accorta che fosse già risalito in macchina.

«Ah... mmh... sì, molto male.» Tolsi la mano dagli occhi e la posai sulla fronte. «Ho bisogno di dormire, credo.»

«Sì, capisco...»

Capiva ma non si decideva ad avviare e a portarmi a casa. Chiusi gli occhi in attesa. Avevo davvero voglia di dormire. Anzi, di riflettere sui miei prossimi passi. Non reggevo più la situazione con Chris, dovevo cercare di comprendere le intenzioni di Luke e nel caso smettere di illudermi che potesse innamorarsi follemente di me... Poi organizzarmi con Ivy, non potevo buttare tutta la responsabilità e il lavoro dello spettacolo su di lei. Non sarebbe stato corretto, da parte mia.

Finalmente Mike si decise a mettere in moto. Non vedevo l'ora di stendermi nel mio letto e provare a rilassarmi un po'. In realtà non avevo neanche sonno. Erano già quasi le tre, avrei potuto restare sveglia e attendere Chris al varco, tendergli un agguato. Come un predatore pronto a scagliarsi sulla preda. Aveva sempre l'abitudine di svegliarsi all'alba.

«Rose...»

La voce di Mike mi richiamò. Forse eravamo arrivati e voleva avvisarmi di scendere. Aprii gli occhi per voltarmi verso di lui e ringraziarlo, ma mentre mi giravo non riconobbi la strada del cottage. Guardando fuori dal finestrino mi accorsi che non c'era nemmeno il cottage, in effetti. Mike si era perso? Ma com'era possibile? Sperai che non contasse su di me per ritrovare la strada di casa perché così, a occhio e croce, l'unica mia certezza era che non avevo la più pallida idea di dove ci trovassimo.

«Se mi vuoi dire che ti sei perso...» sbuffai sforzandomi di trattenere l'irritazione.

«Cosa? No, no... non ti preoccupare, non mi sono perso.» Il tono tranquillo di Mike mi risollevò l'umore. «Volevo solo parlarti, Rose.»

E non poteva scegliere un altro momento? Magari durante la colazione o prima delle prove?

«Mmh...» annuii, trattenendo uno sbadiglio. Poteva essere importante, dal suo punto di vista. Magari aveva a che fare con lo spettacolo. Non volevo essere la solita maleducata. Avevo già abbastanza problemi con troppe persone per aggiungere anche lui alla lista. Era il protagonista, oltretutto!

«Ecco, io volevo dirti che... Credo tu abbia capito, Rose.»

Mike inclinò leggermente il capo, appoggiando la tempia al sedile mentre fissava lo sguardo su di me. Notai che i suoi occhi chiari erano sempre più vicini al mio viso. Sempre di più, sempre di più... Forse era soltanto un'impressione. Però non avevo bevuto nulla di alcolico e non avevo assunto droghe che io sapessi, quindi le mie allucinazioni non erano nemmeno parzialmente giustificate.

Comunque... che cosa dovevo aver capito?

«Ho capito...»

Lasciai la frase in sospeso, solo per concedergli il tempo di terminarla. Invece Mike impiegò quel breve intervallo per posare le labbra sulle mie e accarezzarmi il fianco con la mano.

Non stava accadendo davvero? Stavo sognando? Era realmente Mike? Cosa dovevo aver capito, io?

«Ma che diavolo...» Gli posai le mani sul petto per respingerlo indietro. Impiegai talmente tanta forza da farlo sbattere contro l'interno della sua portiera. «Ma dico... sei impazzito? Hai bevuto?»

Se aveva bevuto non mi sembrava avesse esagerato. Altrimenti non avrebbe mai guidato al posto di Alan. E poi io lo avevo già visto altre volte moderatamente ubriaco e non mi sembrava affatto lo fosse, questa volta.

«No, Rose. Ma mi sembrava fosse abbastanza chiaro. Credevo avessi capito che sono qui per te.»

Per me? Per me in che senso? Oddio, no. Scossi la testa, meccanicamente. No, no, no. Janet non poteva avere ragione! Anzi, era stato Freddie a notarlo. Così mi aveva detto Janet. Quindi quello sciocco di Freddie, con il suo assurdo intuito maschile, non poteva avere ragione. E io... io non potevo avere torto su tutta la linea!

«Ma, io... Sally... io non...»

Improvvisamente stavo balbettando. Balbettavo di sconforto misto a rabbia. Che diavolo stava combinando Mike? Io mi ero sempre fidata! Perché doveva essere un'immensa delusione anche lui?

«Scusami, forse sono stato troppo impulsivo. Ma... cosa c'entra Sally?»

«Io credevo che tu e Sally...»

Non proseguii. A questo punto poteva arrivarci anche da solo. Anche perché io non riuscivo più nemmeno a trovare le parole per esprimere il mio disappunto.

«Io con Sally? No, ma figurati! La conosco appena...» Mike sorrise percorrendosi la testa con una mano che trattenne per un attimo tra i capelli corti. «Forse lo hai pensato perché ci hai scelti come Romeo e Giulietta? Ma no, assolutamente no. Sally non mi piace proprio, non è il mio tipo. Se mi sto impegnando nello spettacolo è solo perché so che tu ci tieni tanto.»

«Ma lei è... Sally è... tanto carina...» Oltre al balbettio stava iniziando a tremarmi la voce. Avevo voglia di piangere.

«Rose… Rose, ascoltami. Sarà carina, ma davvero non mi interessa Sally.» Mike mi afferrò le mani, trattenendole nelle sue. «A me interessi tu. Solo tu, già da un po'. Aspettavo solo l'occasione giusta per dirtelo. E ora credo di aver capito che anche tu provi lo stesso…»

Oh no, no, no! Stava interpretando il tremito e il balbettio in un modo totalmente sbagliato. Non era emozione e sentimento… era furia repressa, maledizione!

Dovevo farlo smettere, fermarlo prima che esagerasse. Prima che dicesse troppo e non potessimo più tornare indietro. Ma forse… aveva già detto troppo!

«No, Mike! No! Hai sbagliato tutto! Io volevo che tu ti mettessi con Sally, per questo ti ho dato la parte di Romeo!» I suoi occhi sgranati su di me mi comunicarono che forse stava iniziando a capire, finalmente. Capire che aveva frainteso le mie intenzioni. Un fraintendimento colossale! «Come puoi pensare che io abbia quel tipo di sentimenti per te? Dopo tutto questo tempo? Ti conosco fin da bambina, da prima che Daisy e Alan si mettessero insieme! Accidenti, Mike. È come se fossi mio fratello!»

A questo punto gli occhi di Mike, sgranati su di me, diventarono gelidi, quasi sprezzanti. Come se io lo avessi volontariamente e crudelmente illuso e poi scaricato. In ogni caso ci ero riuscita. Avevo raggiunto il mio scopo. Lo avevo fermato.

CAPITOLO 21

Potevo così dire addio allo spettacolo e ai miei sogni (che forse si stavano trasformando in incubi) di gloria. Mike si era eclissato da qualche parte, lontano da me. Non lo avevo incrociato né a colazione né a pranzo. Semplicemente non si trovava più nei dintorni. Sparito, volatilizzato. Oppure aveva aderito al club di quelli che preferivano evitarmi. Che in realtà fino a quel momento era stato composto solo da Chris, ma andando avanti di questo passo avrei avuto difficoltà a trovare una persona a Heathland che accettasse di scambiare una parola con me. Perché avrei dovuto spiegare la situazione a Sally, prima o poi. Anzi, a questo punto prima sicuramente. Accidenti anche a Sally!

Dopo le mie dolci parole fraterne nei suoi confronti, Mike aveva ritrovato il sentiero per il cottage e mi aveva depositata lì davanti come un pacco, senza nemmeno aprirmi la portiera della macchina. Il gentiluomo in lui si era decisamente assopito, al mio rifiuto. Evidentemente aveva tentato di appartarsi con me per non rischiare che mio padre si svegliasse in piena notte e ci sorprendesse sul più bello.

«Perché non mi hai detto niente?» Dovevo pur prendermela con qualcuno, oltre che con me stessa. Era arrivato il turno di mia sorella che era venuta ad avvisarmi che le prove per quel giorno sarebbero state sospese. Evidentemente la fuga di Romeo aveva scatenato una reazione a catena nel gruppo. «Se sapevi qualcosa avresti dovuto avvisarmi.»

«Lo sospettavo, ma… Rose, non credevo che ci provasse davvero con te!» Daisy sembrava sorpresa dagli eventi della nottata precedente, ma non eccessivamente sconvolta. «Quando poi Alan ha voluto lasciargli la macchina e mi ha chiesto di salire con Janet e Freddie ho intuito… però ormai non potevo più avvisarti.»

«Mmh…»

Tutte scuse, certo! Se era d'accordo con Alan non me lo avrebbe detto comunque. Anche se lo avesse saputo prima. Però poteva almeno immaginare che non ci sarei mai stata con Mike!

Tanto che importava a lei? Le prove e lo spettacolo erano compromessi e ci avrei dovuto pensare io. Anche la mia amicizia con Sally era compromessa. Intanto la scusa ufficiale era che le prove per la giornata erano sospese perché avevamo fatto troppo tardi alla festa sulla spiaggia. La verità ufficiosa invece era che avevamo perso Romeo ed eravamo sulla buona strada per perdere anche Giulietta.

«Comunque, stai tranquilla. Gli parlerò io e tutto tornerà come prima.» Daisy mi strizzò l'occhio, pizzicandomi teneramente la guancia.

Prima. Ma prima quando?

«Pensi che vorrà ancora fare Romeo?»

Il mio sano egoismo mi spinse a considerare gli effetti collaterali pratici del mio rifiuto più che i sentimenti feriti del mio pretendente denominato fratello.

«Forse chiedi troppo. Credo converrà trovare un altro Romeo.»

«Certo, come se avessi l'imbarazzo della scelta e tempo a volontà!»

Ero terribilmente egoista, me ne rendevo conto. Preferii non infierire per non mettere Daisy in una posizione scomoda. A questo punto mi restava un'unica opzione valida e sensata. Luke Desmond. Del resto il ruolo di Romeo sarebbe dovuto spettare a lui di diritto, come figlio del proprietario di Desmond Castle. Tanto ormai Ben si era inserito alla perfezione nel ruolo di Tebaldo. E comunque, Luke Desmond come Romeo era l'ideale. Sempre che si decidesse a tornare a Heathland. E soprattutto a restarci.

Decisi solennemente di isolarmi per quel giorno. Oltre a tutti gli altri non ero dell'umore adatto per confrontarmi con Sally, per cui avevo mandato Teddy ad avvisarla che avremmo saltato le prove fornendole la scusa ufficiale. Tornati troppo tardi dalla festa, bevuto troppo alcool.

Mi rifugiai su una delle sedie a dondolo nel giardinetto del cottage con il libro che avevo iniziato e di cui avevo sospeso la lettura. Mi sentivo sfinita, demoralizzata e infinitamente triste. A tal punto da indossare pantaloni della tuta e felpa e rannicchiarmi con una coperta sulle gambe. Mi stavo sforzando seriamente per concentrarmi nella lettura.

«Non è che per caso hai bisogno anche di un cappello, guanti, sciarpa di lana in pieno agosto?»

Il suono della sua voce mi sembrò irreale. Invece era davvero lui, appoggiato allo stipite della porta. Sollevai il viso, mi fissava con quel suo sguardo canzonatorio in cui gli occhi verdi risaltavano ironici, divertiti.

«Sì, potrei averne bisogno. Ho i brividi e magari la febbre alta.»

Gli rivolsi un'occhiata supplichevole. Avevo una gran voglia di piangere. All'improvviso era tornato a parlarmi? Cioè a parlarmi come aveva sempre fatto? Il solito Chris Warner?

«Non sarai più abituata a certe nottate...» increspò le labbra sedendosi sulla sedia a dondolo accanto alla mia.

Mi accorsi solo in quel momento che aveva tra le mani una scatola di biscotti al cioccolato.

«Hai fatto proprio male a restare a casa. È stata una notte intensa, senza dubbio.»

Gli diedi appena il tempo di aprire la scatola e afferrai una manciata di biscotti.

«Sì, lo immagino. La tua vita sentimentale ha avuto un'impennata da quel che ho sentito.»

Mi diede un colpetto sulla mano, prese un biscotto e lo addentò con vigore.

«Ah, perfetto. Lo sai anche tu...» sbuffai e chiusi gli occhi lasciando cadere la testa all'indietro.

«Che ci vuoi fare. È un piccolo villaggio, la gente parla...» Stava compiendo enormi sforzi per non ridermi in faccia, era chiaro. E se era arrivato a sospendere il gelo che era calato tra noi per riprendere a parlarmi significava che si stava divertendo un mondo, alle mie spalle. «So che hai fatto fuori Romeo prima del tempo. Sei stata davvero perfida, Rose.»

«A breve sarà Giulietta a far fuori me.» Scossi la testa, sconsolata. «Tutti mi odieranno e io resterò sola.»

«A quanto vedo lo sei già. Sola.»

Grandioso! Quanto lo entusiasmava sottolineare l'ovvio!

«Intanto tu sei qui...»

«Sì, vero...» annuì, addentando un altro biscotto. «Ma sono qui soltanto per riscuotere il mio premio.»

«Premio?»

Di cosa stava parlando? Forse si stava solo divertendo ancora di più a confondermi.

«Avevamo fatto un patto, se ben ricordi. Tu avevi la certezza assoluta che Sally e Mike si sarebbero messi insieme e...» Gesticolò in modo allusivo. «Grande amore, anime gemelle e predestinate... destinate a incontrarsi... Quale altra sciocchezza ti eri inventata? Ho un vuoto di memoria... ma insomma tutta roba così, all'incirca.»

Lo avrei preso a botte per farglielo passare a forza, il vuoto di memoria. Anzi, lo avrei picchiato fino a fargli dimenticare chi fosse!

«Sei uno stronzo!» Su questo non avevo dubbi. «Sempre il solito stronzo!»

«Certo, sempre. Ma uno stronzo a cui avevi lanciato una sfida ben precisa.»

«Aspetta un attimo...» Mi attirai le ginocchia al petto e vi appoggiai sopra la fronte, girandomi però verso di lui. «Non tentare di fregarmi sfruttando il mio momento di debolezza. Avevamo detto... cioè io avevo scommesso che Mike si

143

sarebbe messo con Sally... però tu avevi detto che sarebbe stato Teddy a mettersi con lei! Quindi la sfida non può essere considerata vinta, ancora. Io ho perso, ma tu non hai vinto. Ecco!»

«A quanto pare non soffri così tanto se sei sempre pronta a ribattere, subdola manipolatrice.» Chris corrugò la fronte, indispettito.

«Sto soffrendo, certo. Ma non ho lasciato il cervello sulla pista da ballo ieri sera.» Lo fissai seria, per poi fargli la linguaccia. «Ho solo perso una battaglia, non la guerra.»

«Non credo che sia una frase adatta alla tua situazione, Rose.»

«Non me ne frega niente, rompiscatole. E non metterti a fare l'intelligentone con me, sai che non funziona.»

Nonostante tentassi di scherzare e riderci sopra e approfittassi della riappacificazione con Chris, mi sentivo veramente afflitta. Ma almeno il rapporto con Chris era tornano nella norma e questo mi sollevava da un grande peso.

«Possibile che non mi fossi accorta...» Mi impegnai per tornare seria. E rivolgergli quindi una domanda seria, sperando che mi rispondesse senza prendermi in giro. «Voglio dire... possibile che non mi sia mai resa conto che Mike aveva quelle intenzioni con me?»

«Se la smettessi di voler controllare tutto e tutti forse ti accorgeresti di cose che invece ti sfuggono.» Improvvisamente si sollevò, afferrò i braccioli della mia sedia a dondolo e la voltò, in modo che fosse direttamente rivolta verso di lui. Mi aggrappai alle sue braccia, per non scivolare. Mi guardava negli occhi con espressione severa. Non era la prima volta che subivo un rimprovero da parte sua. Ma sentivo che questa era diversa da tutte le altre. Questa non avrebbe ammesso repliche da parte mia. «Rose, ascoltami bene. Gli esseri umani hanno sentimenti. Non sono burattini da manovrare nel tuo teatrino personale. Non funziona così, perché poi... rischi di ferirli, anche senza volerlo. Mike provava qualcosa per te e non te ne sei accorta.

Hai illuso Sally di piacere a Mike e ora in qualche modo dovrai dirle la verità. E magari lei ti terrà a distanza, potresti anche perdere la sua amicizia. Quindi ferendo gli altri rischi di restare ferita tu stessa.»

«Mmh...»

Aveva ragione. Spesso Chris aveva ragione. Ma questa volta più delle altre. Io lo sentivo già da prima che iniziasse, per questo non sapevo cosa rispondergli.

«Fine del discorso serio e adulto, mostriciattolo. Torno al lavoro, Ned mi sta aspettando.» Chris si alzò di slancio dalla sedia e si avviò deciso verso il cancelletto del cottage. Poi si voltò nuovamente verso di me, ridacchiando. «Però la nostra scommessa è ancora valida. Non ti illudere che me ne dimentichi o che mi impietosisca per la tua situazione.»

«Chris...» Io, al contrario, lo fissai seria. Stranamente non avevo voglia di rispondergli per le rime o averla vinta. «Io... ti ho ferito?»

Scorsi il suo sguardo incupirsi, anche se solo per un attimo. Chinò la testa, come se stesse meditando una risposta adeguata alla serietà della mia domanda. Lo conoscevo abbastanza da sapere che non lo avrebbe mai ammesso. Ma quell'istante mi fu sufficiente per comprendere che era vero. Lo avevo ferito. E ora lo avevo colto impreparato a rispondermi in proposito.

«No, Rose. È stato solo divertente vederti in difficoltà...» Si strinse nelle spalle con aria noncurante. «Ora vado davvero, il castello chiama! Tu non combinare altri guai nel tuo Rostormshire.»

«Nel mio cosa?»

Arricciai il naso, perplessa. Cosa diavolo si stava inventando?

«Con i guai che crei, ti meriti una contea tutta tua.» Richiuse il cancelletto e rise di gusto. «Attenta a non indispettire troppo i tuoi sudditi.»

«Che idiota! Farò la brava, almeno per oggi.» Sollevai le mani in segno di resa, mostrandogli il libro che avevo intenzione di riprendere a leggere. *Tess dei d'Urberville*. «Sto qui con Tess. Domani mi metterò alla ricerca di un altro Romeo, quindi i guai sono solo rimandati.»

«Non contare su di me... non sarò il tuo Romeo di scorta!» puntualizzò deciso, mentre si allontanava. In realtà il pensiero non mi aveva nemmeno sfiorata.

«Non te lo chiederei mai per il semplice motivo che tu non sei inglese doc! Oh, dimenticavo... non sei proprio inglese!»

«Nemmeno tu sei inglese doc, se è per questo!» Si rigirò nuovamente, con uno sguardo di sfida. «O sbaglio?»

«Io...»

Aveva ragione. Maledetto, possibile che mi prendesse sempre in contropiede?

«È un dato di fatto, Rose.» Scosse la testa, poi si voltò sollevando una mano in cenno di saluto. «Ma ti rivelo un grande segreto, mostriciattolo. Nemmeno Romeo e Giulietta lo erano.»

CAPITOLO 22

L'idea di dover affrontare Sally e perdere la sua amicizia mi aveva terrorizzata. Invece non ci era rimasta troppo male. Forse aveva già intuito qualcosa. Se la voce era arrivata a Chris, probabile che avesse raggiunto anche lei. O forse teneva più a me che a una possibile storia con Mike. E del resto a me lui non interessava da quel punto di vista e non avevo mai sospettato nulla. Altrimenti certamente non avrei mai permesso che Sally si illudesse.

«Non ti preoccupare per me, Rose.» Sally mi sorrise quando mi presentai a casa sua per il tè, il giorno seguente alla sospensione delle prove e alla mia pausa di riflessione. «Mike è carino, ma non ci pensavo troppo. Comunque non credo sia il tipo adatto a me…»

«Ne sono contenta…» sospirai, notevolmente più rilassata. Mi ero tolta un peso. «Meglio così, però mi dispiace essermi sbagliata. Comunque Mike non sarà più Romeo, ho intenzione di proporre il ruolo a Luke appena sarà di nuovo qui.»

La buona notizia, se così si poteva definire, era che avevo saputo da papà che Luke sarebbe stato di ritorno entro un paio di giorni. Così aveva affermato Sir Richard, almeno.

Per il resto, decisi di arrendermi all'evidenza. Era chiaro che di relazioni sentimentali io non ne capissi proprio nulla. Evidentemente l'incontro tra Alison e il professor Fowler era stato determinato dal destino oppure da una loro decisione ben precisa, non dal mio intervento. Un caso quindi, una fortunata coincidenza per nulla riconducibile a me. Quindi non potevo più pretenderne il merito.

Così era anche probabile che Freddie fosse davvero il ragazzo giusto per Janet. Nonostante a me non piacesse insieme alla mia migliore amica e mi fossi attivata per trovarle qualcuno che ritenevo più adatto. Nonostante continuassero a litigare furiosamente e a minacciare di lasciarsi per poi fare pace.

E, nella mia tardiva presa di coscienza, mi resi conto che avrei dovuto scusarmi anche con Ivy. Avevo subdolamente scaricato tutto l'impegno dello spettacolo su di lei, quando era stata una mia idea fin dal principio. Per cui la tappa successiva, dopo l'incontro con Sally, fu la biblioteca. Speravo di trovarla ancora lì, poco prima della chiusura. Intanto dovevo anche impegnarmi per annullare completamente il progetto che avevo su di lei e che non avevo ancora osato confessare a nessuno. Chris aveva ragione, anche se mi costava ammetterlo. Non potevo più trattare le persone come burattini. In realtà non mi ero nemmeno resa conto di averlo fatto. Però era evidente che con Sally e Mike avevo sbagliato tutto e non potevo permettere che accadesse di nuovo a causa della mia leggerezza.

«Ciao, Ivy.»

Fui lieta di trovarla tra gli scaffali, intenta a sistemare dei volumi che avevano appena consegnato. Lo sapeva anche lei? Non ne ero certa, speravo di no. Chiaramente aveva saputo che le prove erano state sospese. Daisy mi aveva detto di aver avvisato tutti, quindi…

«Ciao, Rose. Sono contenta di vederti.» Ivy si voltò verso di me con un sorriso, trattenendo alcuni libri tra le mani. Gli occhi azzurri, dietro gli occhiali, mi apparvero più luminosi di quanto ricordassi. «Stai un po' meglio?»

«Sì, grazie.» Non sapevo che altro aggiungere. Chi aveva detto ad Ivy che non mi sentivo bene? Forse era stata Daisy, oppure lo aveva dedotto lei stessa a causa della sospensione delle prove. In ogni caso temevo che la verità, o una parte di essa, prima o poi sarebbe saltata fuori. «Io… ho combinato un guaio…»

"Combinato un guaio" era un eufemismo, giusto per prendere la vicenda alla lontana. Avevo rischiato litigi e incomprensioni a causa della mia stupidità!

«Tutto si sistemerà, Rose.» Ivy posò la mano sulla mia spalla e l'accarezzò con dolcezza. «Non ti preoccupare. Sono certa che non è così grave.»

Quindi sapeva cosa avevo combinato? Non ne ero del tutto sicura.

«Cosa dovrei fare?»

Volevo provare a capire fino a che punto ne era a conoscenza, prima di iniziare a vergognarmi completamente di me stessa.

«Prova a non fare nulla, insomma non cercare di forzare gli eventi.»

Ivy mi sorrise amabilmente, poi si voltò alla ricerca del punto in cui inserire gli ultimi libri che doveva riporre.

«Magari penserò un po' a me stessa, visto che gli altri non sembrano proprio aver bisogno dei mio aiuto.» Ricambiai il sorriso per poi seguire attentamente i suoi movimenti. «Anzi, direi che se la cavano piuttosto bene senza di me.»

«Stavo pensando di darti un nuovo libro da leggere.»

Ivy voltò lo sguardo verso di me per un breve istante, con un'aria quasi di sfida. Una sfida che purtroppo non ero certa di poter accogliere.

«Purtroppo sono rimasta indietro... non sono ancora riuscita a finire *Tess*...»

Mi stavo affannando per trovare giustificazioni che non avevo. Troppo impegnata con lo spettacolo? Non così tanto, considerato il fatto che non recitavo e avevo affidato quasi tutta la regia a lei. La scenografia sarebbe stata fornita da Sir Richard e agli abiti avrebbe pensato Ada, la madre di Sally. Ero stata troppo impegnata a tentare di gestire la vita degli altri, questo sì. E a litigare con Chris, senza sapere poi come rimettere a posto le cose con lui.

«Non ha importanza, potrai leggerlo appena avrai finito con lo spettacolo o quando vorrai. La lettura implica tranquillità e pace, non tensione e fretta. O almeno così dovrebbe essere, secondo me.»

«Mmh...» annuii, riconoscente. Era chiaro che Ivy conoscesse le mie colpe. E ormai ai suoi occhi erano evidenti anche i miei limiti, come lettrice. Però aveva la dolcezza e la sensibilità di non metterli in luce e di non farmene vergognare troppo. «Cercherò di gestire meglio il mio tempo, da ora in poi. E da domani mi impegnerò di più per lo spettacolo. Da bambine io e Daisy avevamo sceneggiato una fiaba. Sono andata avanti a scrivere sceneggiature teatrali di fiabe, negli anni successivi. Ultimamente ho smesso, perché comunque...»

Mi strinsi nelle spalle con noncuranza. Mi sembrava una cosa davvero stupida da dire, ma ormai l'avevo detta. Forse volevo soltanto sottolineare il fatto che non ero così totalmente inesperta di teatro come poteva sembrare. Qualcosa sapevo. Anche se poco e comunque non sufficiente al progetto che avevo intrapreso.

«Mi sembra un'idea molto bella. Mi piacerebbe leggere quello che hai scritto.»

E mai avrei creduto che Ivy potesse essere interessata alle mie stupide fiabe, tanto da volerle leggere.

«Devo aver salvato qualcosa nel mio computer... se proprio vuoi...»

Quasi sicuramente lo aveva detto tanto per dire, per essere gentile. Ivy era sempre gentile con tutti.

«Sì, certo. Vorrei davvero leggerle, Rose. Quindi aspetto le tue sceneggiature entro i prossimi giorni. Ci conto.»

CAPITOLO 23

Luke era tornato. E, almeno nei miei sogni più sfrenati, tutto si sarebbe risolto a breve e nel migliore dei modi.

In poche parole gli avevo spiegato ciò che era accaduto. Non nei dettagli, ovviamente. Insomma, l'avevo reso partecipe del fatto che Mike, per sopraggiunti impegni non ben specificati, era impossibilitato a portare avanti il ruolo di Romeo nello spettacolo. Non mi andava di dirgli che io lo avevo respinto in malo modo e che ora il nostro protagonista principale ce l'aveva a morte con me. Forse qualcuno glielo avrebbe raccontato. Oppure lo avrebbe scoperto comunque. O magari, in seguito, quando saremmo diventati più "intimi" glielo avrei rivelato io stessa. Già mi immaginavo la devastante confessione, con lui che mi stringeva forte sul suo petto per consolare il mio dolore.

Non gli avevo mentito del tutto. Avevo soltanto omesso la verità più imbarazzante. Perché un'altra verità era che non volevo che Luke credesse che io fossi il tipo di ragazza snob e altezzosa che respingeva chiunque, a prescindere. Sì, forse un po' snob lo ero. E anche altezzosa, ogni tanto. Ma se Mike non aveva avuto successo con me, non significava che... Ecco, non volevo dirlo esplicitamente o farglielo capire, ma non significava che avrei respinto anche lui. Anzi. Luke poteva benissimo farsi avanti. Se dovevo essere proprio onesta con me stessa non aspettavo altro!

Quindi, senza indagare troppo sulle motivazioni del cambio di ruoli, Luke aveva accettato la mia proposta di interpretare Romeo. Sally, come stabilito, sarebbe rimasta Giulietta. Io, da brava ragazza, mi sarei impegnata come regista. Sempre con l'aiuto e i consigli di Ivy.

La questione dei sopraggiunti impegni non era del tutto una bugia perché Mike se n'era effettivamente andato da Heathland. E avevo la sensazione che Daisy e Janet si trattenessero con i rispettivi ragazzi solo per indulgenza mista a pietà nei miei confronti.

Per fortuna la mia amicizia con Sally si stava mantenendo solida e andava oltre l'incomprensione causata da uno scellerato ragazzo. Anche con Chris avevo raggiunto un periodo di relativa tregua. Che nel nostro caso significava discutere e insultarci più o meno quotidianamente a ogni incontro per colazione, pranzo, cena, merenda...

In qualche modo aveva anche iniziato a dare una mano per lo spettacolo, senza più rammentarmi la nostra sfida. Forse perché comunque non poteva dirsi conclusa. Io avevo perso, questo era evidente. Ma lui non aveva vinto. Sally, come io avevo affermato, non aveva alcun interesse per Teddy. Tutt'altro, si era quasi completamente staccata da lui, non si fermava nemmeno più a parlargli nelle rare occasioni in cui lui si trovava nei paraggi. Non avevo nulla contro Teddy, era sempre stato un bravo ragazzo, buono, rispettoso. Però dal mio punto di vista non era giusto per Sally!

La dovevo smettere, ne ero consapevole. Anche se era più forte di me. Smettere di provare a gestire la vita di chi mi stava intorno, smettere di intromettermi. Non avevo voglia di prendermi un altro rimprovero da Chris, da Daisy o da chiunque altro volesse mettermi di fronte ai miei errori.

Molto meglio quindi concentrarmi sulla mia vita amorosa. Su Luke, nello specifico. In ogni caso si stava comportando davvero bene con tutti. E in fondo ero contenta che il ruolo di Romeo fosse andato a lui. Forse doveva essere così fin dall'inizio. Era decisamente meglio di Mike, anche con Sally stava meglio. Meglio ma non troppo, speravo.

Per un atto di bontà avrei anche potuto lasciarlo a lei, soprattutto per riparare il mio stupido sbaglio con Mike e farmi perdonare. Sally stava diventando proprio brava nella parte di

Giulietta, sembrava più ispirata. O semplicemente aveva imparato bene gran parte delle sue battute.

"Perdonami, perdonami di amarti e di avertelo lasciato capire. Non mi condannare se nel buio della notte ho in un attimo ceduto al tuo amore..."

No, mi vedevo costretta a ritrattare. Non ero buona fino a questo punto! Luke doveva essere mio!

Però intanto più li osservavo recitare insieme, scambiarsi frasi d'amore e occhiate languide, più mi si aggrovigliavano le budella. Luke piaceva a me e mi sentivo profondamente egoista. Per Sally avrei trovato un altro. Non Teddy, ovviamente. E non si trattava solo di non darla vinta a Chris... Anche per Teddy avrei trovato la ragazza ideale, prima o poi.

No, no! Basta Rose, dannazione! Perché non riuscivo a smettere di essere... me stessa? Ci stavo seriamente provando, ma in qualche modo dovevo riuscire a bloccare i pensieri che tornavano a emergere costantemente. E non era affatto semplice.

Seguivo la scena come rapita dalle parole, dai movimenti. Ivy si era seduta accanto a me e dirigeva tutti con severità e dolcezza insieme. Mi aveva rivelato di aver preparato qualche spettacolo con i bambini delle scuole elementari, ecco perché era così preparata. Io intervenivo di tanto in tanto, timidamente, offrendo il mio parere e qualche consiglio non richiesto. Giusto per ricordare ai nostri attori che esistevo anche io.

Mi risvegliai improvvisamente dai miei sogni a occhi aperti, vedendo tutti precipitarsi verso il palco. Sia chi si trovava a pochi passi sia chi stava seguendo più a distanza. Ivy compresa. Ero talmente persa nei miei pensieri da non essermi resa conto di ciò che era accaduto. Ma mentre mi avvicinavo e si faceva spazio intorno, per Ivy più che per me, vidi Sally a terra. E Luke che la sorreggeva, stringendola tra le braccia.

«Scusatemi...» Sally era arrossita ma si teneva stretta al collo di Luke. «Sono solo inciampata... Mi dispiace tanto.»

«Sì, per fortuna Luke l'ha sorretta appena in tempo prima che cadesse a terra e battesse il ginocchio.» La spiegazione di Janet, impegnata nel ruolo della nutrice di Giulietta, fu più esauriente.

«Ah, bene...»

Per fortuna Sally non si era fatta male. Ero contenta per questo. Decisamente meno contenta che nonostante tutto continuasse a restare aggrappata al collo di Luke, anche quando lui l'aveva aiutata ad alzarsi e si era assicurato che riuscisse a reggersi in piedi.

«Sì, tutto bene. Nessun danno alla mia Giulietta!»

Luke sorrise nel suo solito modo, dolce e provocante allo stesso tempo. Appena pronunciò le parole "mia Giulietta" riferendosi a Sally mi sentii avvampare. E la vera tragedia fu che lui proprio in quel momento puntò i suoi occhi azzurri dritti verso di me. Dal sorrisetto che mi riservò compresi che se n'era accorto. E compresi anche che non avevo proprio nessuna intenzione di cederlo. Sicuramente non a Kathleen che malauguratamente sarebbe tornata a Heathland da quanto avevo saputo. Ma nemmeno a Sally.

«Bene, non ci possiamo permettere di perdere Giulietta. È troppo importante.»

L'avevo detto tanto per dire qualcosa. Perché di fronte al suo sguardo non potevo arrossire e basta, come una sciocca, senza provare a dire qualcosa di sensato. Più che sensate le mie parole erano state banali, ma non aveva importanza. Stavano tutti riprendendo le loro postazioni e non avevano fatto caso a me.

«Sarebbe grave, ma non un problema insormontabile.» Mentre anche io stavo per tornare a sedermi sulla mia sedia da regista, mi sentii afferrare e trattenere per un braccio. «Sostituito Romeo, si potrebbe sostituire anche Giulietta.»

Nessuno lo aveva udito. Luke mi aveva bisbigliato all'orecchio. Giulietta? Io? No, non poteva mettermi in testa una cosa del genere. Non era giusto. E nemmeno molto sano per il mio equilibrio mentale.

«Non sono in grado di recitare.»

Altra frase buttata lì per caso, senza significato. Nessuno lì era un professionista e io me la sarei cavata più o meno come gli altri. Ma l'unica cosa che mi interessava, al momento, era che mi lasciasse tornare al mio posto e la smettesse di trattenermi. Perché il mio vero timore era che tutti, tutti lì si rendessero conto delle sensazioni che il suo sguardo e le sue labbra a poca distanza dal mio volto stavano suscitando in me.

«Non servirebbe recitare.» Fu costretto a lasciarmi andare e io mi sentii finalmente più tranquilla, oltre che libera. Ma le sue ultime parole mi colpirono, sfrontate e irriverenti, alle spalle. E oltre a colpirmi mi affondarono. «Noi possiamo renderlo reale.»

CAPITOLO 24

Inutile dire che quelle sue poche parole mi rimbalzarono nella mente per il resto del giorno. E della notte, soprattutto. Tanto che riuscii a dormire poco e male. Perché il mio sonno era intervallato da sogni assurdi e intrecciati, da pensieri incongruenti e da un'ansia che mi opprimeva il petto a tal punto da compromettere la respirazione.

Luke Desmond voleva me come Giulietta? Oppure mi stava solo prendendo in giro? Ma il mio vero dilemma era un altro, ormai. Voleva me nella parte di Giulietta per il nostro spettacolo... o voleva me e Giulietta era solo una scusa?

Mi alzai la mattina sentendomi tremare. Mi sembrava di avere nuovamente la febbre, che in realtà non avevo avuto nemmeno prima, ma probabilmente era la tensione mista a mancanza di sonno. Dovevo provare a risolvere la questione, ma non sapevo esattamente come agire. Per quanto me ne vantassi non ero brava in queste cose. Non quando si trattava di me stessa, non quando ero forzata a mettermi in gioco. Quando si trattava della vita e dei sentimenti degli altri era tutto molto più semplice!

In questo consisteva la differenza fondamentale tra me e Kathleen. Forse anche tra me e Janet. Loro riuscivano a essere più esperte, disinvolte e spontanee con i ragazzi, io invece... Sì insomma, ero spontanea anche io e non avevo problemi ad affrontare una conversazione o a far valere le mie ragioni. Ma lo ero con quelli per cui non provavo un vero interesse.

Per nessuno mai avevo provato le stesse sensazioni di imbarazzo, attrazione e timore che provavo con Luke. E il guaio era che non sapevo come comportarmi con lui. Nemmeno potevo chiedere aiuto. A chi? Forse la mia unica possibilità era

Janet, perché rischiavo che Daisy corresse immediatamente a raccontarlo ad Alan. Ma nemmeno di Janet mi fidavo, in realtà. Sally e Ivy erano fuori discussione. Chi mi restava? Chris? No, non lui. Mi avrebbe presa in giro. Se poi avevo frainteso tutto e Luke non era interessato a me, sarebbe stata una seconda plateale sconfitta!

Erano appena trascorse le sette di mattina quando, nonostante non riuscissi a trovare la concentrazione necessaria per comprendere un paragrafo senza perderne il significato, mi sistemai fuori dal cottage facendo finta di leggere. Lo attendevo al varco. Non mi importava che cosa avrebbe pensato di me. Mi rimproverava sempre e mi avrebbe presa in giro comunque. Quello o un altro motivo in fondo sarebbe stato lo stesso.

«Chris, ti devo parlare.»

Assunsi un tono serio e autorevole, il più vicino possibile a quello che avrei potuto usare per una comunicazione ufficiale.

«Che cosa hai combinato questa volta?» sbuffò incrociando le braccia senza però sedersi accanto a me.

Forse aveva fretta. Papà era uscito all'alba, doveva discutere con Simon e Tom a proposito di qualcosa riguardante il parco.

«Niente. Cioè niente che riguardi altre persone... riguarda soltanto me, la mia vita.» Speravo che ci arrivasse da solo. Forse chiedevo troppo. «Cioè non propriamente solo me. Me e qualcuno...»

«Dimmi tutto, coraggio. O vuoi che io provi a indovinare?»

Mi leggeva nel pensiero probabilmente. Oppure mi conosceva troppo bene, ormai. Ed era abbastanza incredibile perché non eravamo nemmeno amici, non lo eravamo mai stati. Janet era la mia migliore amica, eppure avevo deciso di non confidarmi con lei. Mi resi tristemente conto di riuscire a confidarle le sciocchezze, pettegolezzi che riguardavano altre persone, novità sulle boy band, nascita di nuove mode e tagli di capelli, l'ultimo paio di scarpe che intendevo comprare... ma non ciò che era importante per me.

«Sì, preferirei che tu indovinassi... anche perché è qualcosa di cui avevamo già parlato un po' di tempo fa. Più o meno.»

«Ah, sì. Ho capito!» Si decise a sedersi accanto a me, con un sorriso tranquillo e conciliante. «Hai deciso di iscriverti a medicina, trovare la cura per qualche malattia incurabile, partire come missionaria e provare a salvare il mondo.»

«Sei detestabile quando fai così! Lo sai vero, Chris?» Mi stavo già rilassando, sperando che arrivasse al mio problema e mi suggerisse una soluzione. Invece si stava solo preparando a farmi sentire una sciocca. Per l'ennesima volta! «Vai al diavolo!»

«Okay, proverò a essere serio. Anche se l'argomento è quello che è... Si tratta del tuo principe, immagino.»

Alzò gli occhi al cielo e si appoggiò con la schiena alla sedia, allungando le gambe.

«Come faccio a capire...» Non sapevo bene come impostare la domanda. Forse non esisteva un modo migliore, dovevo chiederlo e basta. Chris, essendo un ragazzo, avrebbe senza dubbio avuto più risposte di me su come interpretare l'atteggiamento di Luke. «Tu credi... insomma... credi che io potrei piacergli?»

«Non vedo perché non potresti. Non sei tanto male, Rose.»

«Temo che non essere tanto male non sia sufficiente...»

Mi accarezzai il viso con le mani. Mi sentivo stanchissima. A tal punto che non avevo idea di come avrei affrontato l'intera giornata che avevo davanti.

«E va bene, ho capito!» Chris sospirò profondamente, si voltò verso di me, mi tirò una ciocca di capelli e poi mi posò una mano sulla spalla. «Sei abbastanza carina, okay? Potresti piacere a Luke. Anzi, io credo che tu già gli piaccia. Per cui smettila di restartene qui come un'anima in pena a cui sembra essere capitata chissà quale disgrazia. Datti una sistemata, vai a cercarlo e parla direttamente con lui.»

«Tu... mi stai spingendo verso di lui?»

Non sapevo come mi fosse uscita quella domanda, un po' sciocca e anche abbastanza assurda. Ero stata proprio io a chiederglielo e lui mi aveva risposto.

«Non è quello che vuoi?» sgranò leggermente gli occhi, poi si guardò intorno un po' smarrito, come se da una parte volesse restare ma dall'altra avesse una gran fretta di andarsene.

«Mmh...» Non avevo la più pallida idea di cosa mi frullasse nel cervello. Dovevo attaccarmi a qualcosa, ma non sapevo a cosa. Abbastanza carina, aveva detto. «Abbastanza carina... un sacco di ragazze sono abbastanza carine. Abbastanza carina lo si dice a chiunque...»

«Oh, Rose! Non essere tanto complicata!» Chris si passò le dita tra i capelli, trattenendo le mani sulla testa. Poi si stirò e tornò a guardarmi, scrollando le spalle. «Sei carina, va bene? Contenta?»

«Sì, ma lo dici così...» sbuffai imitando il suo gesto e scrollando le spalle. Lo fissai imbronciata. «Come se lo dicessi solo per accontentarmi!»

«Ovvio che lo dico solo per accontentarti!» Si diede la spinta per alzarsi in piedi, quasi con un salto. Poi si voltò verso di me. «Non è quello che pretendi sempre? Che la gente dica e faccia tutto quello che vuoi?»

Non era vero! Cioè, in parte lo era. Ma non così come lo aveva esposto Chris. Rimasi in silenzio, afflitta e anche un po' offesa, e chinai il viso.

«Rose, ma che ti prende? Sto scherzando! Vai da Luke e parla con lui, se lo vuoi!» Tornò a sedersi accanto a me e abbassò lo sguardo fino a incontrare il mio. Lessi una sorta di solidarietà nei suoi occhi, anche qualcosa di simile all'affetto. Non ricordavo fosse mai accaduto prima. «Stai tranquilla mostriciattolo, andrà tutto bene.»

«Sì, certo... farò come dici tu, allora. Grazie, Chris.»

Non ne comprendevo la ragione, ma mi sentivo incoerente, irragionevole. Da una parte desideravo cercare Luke, parlargli, comprendere i suoi sentimenti per me e iniziare una storia con lui se possibile. Dall'altra, anche se era una parte recondita e un po' assurda, avrei quasi preferito sapere che con Luke non sarebbe accaduto mai nulla di romantico. Restare lì, quindi. Con il libro e i biscotti. Sentirmi sconsolata, quasi convalescente, reduce da una malattia. Ma non cambiare la mia situazione. Quella specie di confortevole limbo, di zona di sicurezza che sentivo quando provavo ad aggiustare la vita degli altri mentre nulla interferiva a mutare la mia.

Ma non potevo. Non più. Dovevo affrontarlo. Chris aveva detto che ero carina. Era stata la prima volta, anche se forse glielo avevo estorto. Ma considerato il fatto che non elargiva complimenti tanto facilmente, soprattutto a me, avevo motivo di credere che fosse sincero. Comunque il suo punto di vista maschile era senza dubbio più obbiettivo di quello di Janet e Daisy.

Cercai di rammentare la scena, le sue parole. Abbastanza carina, aveva detto inizialmente, prima che lo forzassi. Si trattava di Chris, del resto. Non potevo pretendere troppo da lui. In ogni caso non aveva più senso aspettare. Aveva ragione, dovevo muovermi. Rischiavo che Kathleen o un'altra si prendesse Luke al mio posto.

Attesi ancora un'ora circa, dopo che Chris se ne fu andato, prima di entrare in casa, farmi la doccia, indossare jeans e una delle mie magliette preferite, truccarmi e stirarmi per bene i capelli, in modo che fossero lunghi, morbidi e fluenti. Poi decisi di incamminarmi lentamente verso il castello. Temevo che parte dei lavori quel giorno fossero dedicati al giardino, per cui sarebbe parso strano che io vagassi lì intorno come una sciocca la mattina, da sola. Quando tutti sapevano che le prove si svolgevano sempre nel pomeriggio. Però mi sembrava ancora più sconveniente e imbarazzante dirigermi verso la residenza privata dei Desmond.

Non mi sbagliavo. Mi defilai velocemente non appena intravidi Tom, Teddy e altri uomini, prima di incontrare papà che si sarebbe incuriosito vedendomi gironzolare lì intorno a quell'ora. Oltrepassai il giardino incamminandomi verso il boschetto, ma mi fermai all'altalena. Sbuffai spingendola debolmente, senza alcuna voglia di sedermi sopra e lasciarmi dondolare. Ero proprio una sciocca. Non aveva senso restare lì. Tanta fatica per niente!

Girai intorno all'altalena. Mi ricordò ancora di più quella delle fate, un'altalena magica. Immaginai me stessa rivestita di un abito floreale o di un tessuto color lilla, evanescente. Con tanti fiori intrecciati tra i capelli lucenti che morbidamente mi accarezzavano le spalle. Una specie di Giulietta preraffaellita. Invece avevo i capelli castani lisci e banalmente sciolti, indossavo i jeans e una comunissima maglietta.

«Rose...»

Era veramente lui? Com'era possibile che mi avesse raggiunta proprio lì? Aveva forse percepito il mio richiamo? Sentii il cuore agitarsi nel petto, tanto da essere costretta a posarci sopra una mano, quasi come se dovessi trattenerlo per evitare che uscisse.

«Ciao, Luke.»

«Ti ho vista passare e ti ho seguita.»

Prima che io mi staccassi dall'altalena afferrò le corde da dietro, per poi scivolare sul davanti impedendomi di alzarmi.

Dovevo giustificare il fatto di essere arrivata con largo anticipo ed essere lì da sola. Non sapevo cosa inventarmi. Forse non c'era proprio nulla da inventare. Soltanto avvicinarmi il più possibile alla verità.

«Sono arrivata prima perché... non riuscivo a combinare nulla, ho tentato di leggere ma... sono troppo confusa. Quindi magari io...»

«Confusa? Cosa ti confonde, Rose?»

Abbassò lo sguardo su di me nello stesso istante in cui io lo sollevai su di lui. Mi sentivo insicura, fragile... e sì, anche terrorizzata. Soprattutto terrorizzata.

"Sei abbastanza carina."

Così mi aveva detto Chris. Forse abbastanza carina non era sufficiente per uno come Luke Desmond. Ma non avevo altro. Non ero nemmeno dotata di un'intelligenza straordinaria o di un talento innato in qualche disciplina particolare. Ero solo io. Rose Storm. Una ragazza abbastanza carina, secondo l'opinione del suo ex fratellastro. Che forse non era nemmeno un grande esperto di ragazze carine, ma doveva sicuramente saperne più di me visto che lui una ragazza l'aveva. Quella Lisa che non mi stava particolarmente simpatica e per fortuna se n'era andata, perché io...

«Rose...» Luke richiamò la mia attenzione e io sobbalzai. Si chinò su di me puntando i suoi occhi azzurri e luminosi nei miei. «Dove sei, Rose? A cosa stai pensando? O a chi?»

Mi ero persa, senza nemmeno rendermene conto. Pensando a Chris, a me stessa, a quella sua Lisa. In ogni caso non l'avrei confessato e nemmeno ammesso perché era un pensiero stupido. E non aveva nulla a che fare con me, con noi.

«A niente... e a tutto...» Dovevo lanciarmi. Trovare il coraggio. Dovevo lanciarmi, non dall'altalena, ma direttamente su di lui. «A te... a noi...»

Ecco, lo avevo detto. Mi ero messa in gioco. E ora?

Luke non rispose, ma continuò a fissarmi. Quasi come se i suoi occhi entrassero dentro di me, nella mia mente. Per leggermi dentro. Mi sentii le guance in fiamme, sempre di più. Mi aggrappai con le mani all'altalena perché improvvisamente ebbi la sensazione e il timore di scivolare all'indietro.

«Non aver paura. Non ti lascerò cadere.» Mi passò una mano sotto al braccio per posarla poi sulla mia schiena, sorreggendomi e allo stesso tempo attirandomi a lui. «Rose... anche io ho pensato a noi. A te... la verità è che non ho fatto altro che pensare a te, dal nostro primo incontro.»

Con un dito disegnò il contorno delle mie labbra. Un brivido intenso, a metà tra paura e turbamento si impadronì di me. E un istante dopo furono le sue labbra a impadronirsi delle mie. Chiusi gli occhi e la mia testa ricadde leggermente all'indietro.

Stava succedendo, davvero. Luke Desmond non era più solo un sogno. Non era più solo un pensiero. E nemmeno un desiderio vano. Era reale. Ed era mio.

CAPITOLO 25

Quindi ero diventata a tutti gli effetti la ragazza di Luke? Non ne ero certa, ma ormai anche gli altri sapevano che fra noi era nato qualcosa. Soprattutto perché dopo il primo bacio Luke non aveva nascosto sguardi e qualche carezza lungo la mia schiena. Evitavamo i baci in pubblico al momento, ma soltanto per discrezione. E per timidezza da parte mia. Mi riscoprii così completamente diversa dalla Rose che ero sempre stata convinta di essere. Fui io la prima a esserne sorpresa.

Qualche uscita con altri ragazzi non contava, del resto ero sempre rientrata nella media dei due appuntamenti. Credevo che la situazione cambiasse con il trascorrere dei giorni. Credevo che si trattasse di prendere confidenza, oppure di disagio di fronte agli altri. Ma in ogni caso ero certa che fosse un problema momentaneo. Anche a causa di ciò che era successo recentemente con Mike, con Sally. Per il coinvolgimento di Daisy e Alan, l'interferenza di Janet e Freddie. Poi Luke era il figlio di Sir Richard Desmond, l'uomo per cui mio padre stava lavorando. Il motivo principale per cui ero stata costretta ad abbandonare Londra, il mio mondo, e trasferirmi a Heathland, nel Dorsetshire.

Forse la verità, che non riuscivo a confessare neanche a me stessa, era che mi piaceva davvero tanto l'idea di essere la ragazza di Luke Desmond. Mi piaceva pensare che tutti mi ritenessero tale, la fortunata prescelta. Volevo che Kathleen sapesse che avevo vinto io, che si diffondesse la voce tanto da giungere fino a lei, ovunque si trovasse. E non vedevo l'ora che, una volta tornata a Heathland, ci vedesse insieme e si mangiasse il fegato.

Temevo però che la mia inesperienza giocasse un ruolo preponderante. Dovevo solo stare tranquilla, rilassarmi e vivere la mia storia. Viverla davvero e smettere di pianificarla, come avevo sempre pianificato le storie d'amore degli altri.

Luke continuava a recitare nel ruolo di Romeo e Sally in quello di Giulietta. Anche se, durante le pause o mentre altri erano in scena, lui mi raggiungeva e mi circondava con le braccia. Appoggiavo la testa sulla sua spalla, adattandomi al suo abbraccio inizialmente estraneo ma che nello scorrere dei giorni stava diventando sempre più familiare. Così come il suo profumo, la sua pelle, le sue labbra.

Probabilmente anche i nostri genitori sapevano di noi. Ma con papà non avevo ancora avuto il coraggio di affrontare il discorso. Forse non l'avrei fatto mai. Lui sapeva, io sapevo che sapeva. Saremmo andati avanti così, come a Londra. Quando non sempre era a conoscenza di tutte le persone che frequentavo.

Chris invece... ovviamente aveva compreso che i suoi consigli mi erano stati utili e avevano funzionato. E ci aveva visti, come tutti gli altri. Però non ne avevamo ancora parlato. Forse perché trascorrevo sempre meno tempo al nostro cottage, la mattina. Ed erano sempre stati quelli i momenti in cui io leggevo, o facevo finta di leggere, e lui si avvicinava. Parlavamo, o più spesso discutevamo, litigavamo. Quel tempo era comunque passato, finito. Luke, giorno dopo giorno, occupava sempre più spazio. E io ne ero assolutamente felice.

Mi sentivo innamorata. Non ne avevo la prova certa, perché non lo ero mai stata prima. Ma mi stavo rendendo conto che se lo ero dovevo sciogliermi un po' di più nei suoi confronti. Mi lanciai così in qualche maldestro tentativo di imitazione. Seguivo l'esempio di Janet, soprattutto. Daisy, da sorella maggiore, era sempre stata più discreta nei miei confronti e non era mai stata particolarmente propensa alle effusioni in pubblico, anche per carattere. Forse da questo punto di vista eravamo simili.

«Subito dopo le prove vorrei stare un po' con te.» Luke si sedette al mio fianco, lasciando passare le dita tra i miei capelli e massaggiandomi il collo dolcemente. «Poi possiamo andare da qualche parte insieme, se ti va.»

«Mmh...» Ero stanca anche delle prove. Non mi coinvolgevano direttamente ma mi stavo pentendo di aver proposto di riprendere le rappresentazioni teatrali al Desmond Castle. Però forse se non l'avessi fatto tra me e lui non sarebbe mai accaduto nulla. «Sono assolutamente d'accordo!»

«Vorrei mostrarti una zona del castello.»

«Ah sì... e quale zona?»

Conoscevo bene il salone del teatro, che dava direttamente sul giardino. La sala più piccola dove avevamo organizzato la cena. Un altro salone principale che però doveva essere ancora interamente restaurato. Sapevo che ai piani superiori si trovavano le camere, non avevo idea di quante fossero, poi c'era la torre. E addirittura una cella, una sorta di gabbia che si trovava su un lato della torre. Dove venivano trattenuti i prigionieri. Non era specificato che tipo di prigionieri.

«Sarà una sorpresa. Dovrai fidarti di me, Rose.»

Scorsi un lampo negli occhi di Luke, come un bagliore a metà tra eccitazione ed entusiasmo. Poi c'era quella componente un po' sarcastica in lui, che faceva parte del modo in cui increspava le labbra quando sorrideva. Ma il suo era un sarcasmo differente da quello che avevo riscontrato in precedenza in altre persone. Stava come al limite tra bene e male, tra verità e insidia... o forse sarebbe stato meglio dire tra sicurezza e pericolo. E io ne ero irresistibilmente attratta. Ma allo stesso tempo avevo la certezza assoluta di non essere l'unica a provare quella sensazione nei suoi confronti.

Non potevo perderlo. Non potevo lasciare che lui mi sfuggisse. Quindi dovevo fare assolutamente in modo di sciogliermi un po' di più. Ma c'era una rigidità in me che non ero in grado di controllare, di gestire e modificare, neanche ritenendolo necessario. E purtroppo non potevo effettuare paragoni con altre mie storie, quindi non sapevo se si trattasse di questo caso particolare oppure fosse intrinseca in me. Oltre a fidarmi di Luke e a fidarmi delle mie sensazioni c'era poco altro che potessi fare. Sapevo solo che mi dovevo impegnare, perché non potevo perderlo e non potevo permettere che lui si stancasse di me.

Avevo atteso la fine delle prove, restando quasi completamente immobile al mio posto. Contavo i minuti, uno dopo l'altro. Sarei rimasta sola con Luke, al castello. Forse del tutto sola no perché si lavorava ancora a pieno ritmo per la ristrutturazione. Alcune stanze erano isolate, altre stavano incominciando ad assumere una vita propria, una fisionomia. Me ne stavo rendendo conto anche io, sebbene fino a poco tempo prima tutto ciò che riguardava quell'ammasso di pietre non mi riguardasse affatto.

Ero curiosa di scoprire che cosa avesse in mente Luke, quale zona intendesse mostrarmi. Aveva parlato anche di andare da qualche parte, magari intendeva fare un giro con la sua macchina. Avrei dovuto avvisare di non aspettarmi per cena. Forse era meglio dirlo a Chris, perché facesse da intermediario, e non affrontare direttamente papà. Se avevo il permesso di Chris, papà sarebbe stato tranquillo.

Intanto però mi stavo innervosendo e non andava affatto bene. Dovevo assolutamente calmarmi. Tutti sapevano di noi. Quindi davvero non potevo permettere che Luke si stancasse di me e mi lasciasse. D'altra parte mi rendevo conto che era un ragionamento ridicolo il mio. L'importante era ciò che pensavo io, ciò che provavo. Non gli altri.

Terminate le prove attendevo soltanto che per un motivo o per l'altro si allontanassero tutti da me, da noi. Luke però non parve preoccuparsi eccessivamente, perché mi prese per mano e con una disinvoltura invidiabile mi trascinò con sé.

Percorremmo il salone delle rappresentazioni. Attraversammo un altro salone ancora più grande, la sala dove avevamo cenato, poi su per le scale. Mi sentii fremere e la mia mano tremò nella sua. Non ero mai salita prima. I gradini, grigi e massicci, mi diedero l'effetto di macigni, di pesi che si accumulavano sul mio cuore, uno dopo l'altro.

Oltrepassammo una sala più piccola che si affacciava direttamente sul giardino da una finestrella decorata, per salire ancora, evitando gli altri saloni del primo piano. Le altre stanze si trovavano tutte al secondo piano, per quanto ne sapevo io. Camere da letto e camere per gli ospiti che dovevano essere ancora restaurate. Mi resi conto che più salivamo più il castello assumeva un'aria tetra e fatiscente. Anche le pareti sembravano più scure ed era come se si stringessero sempre di più intorno a noi. Forse era solo una mia impressione. Di sicuro quella zona del castello necessitava di una ristrutturazione totale, le pareti dovevano essere rinfrescate. A meno che l'oscurità fatiscente fosse una componente del suo fascino. Probabilmente mio padre non sarebbe stato d'accordo nel modificarne la struttura, alterarne l'origine.

Fui tentata di interrogare Luke a proposito delle sue intenzioni. Quale zona voleva mostrarmi? Forse la torre. Incominciai a credere che volesse portarmi fino in cima per mostrarmi la visuale dal punto più alto di Desmond Castle. Avremmo visto l'intero villaggio di Heathland. Mi chiedevo se fosse sicura, speravo non fosse pericolante. Se era questo che aveva in mente io avrei dovuto fingere di esserne entusiasta. Invece non ero una grande estimatrice delle viste panoramiche. Anzi, mi incutevano ansia, timore. Solitamente non soffrivo di vertigini, ma in certe occasioni mi ero sentita come se mi tremasse la terra sotto ai piedi.

Sorrisi mentre Luke mi stringeva più forte la mano, intrecciando le dita con le mie.

«Ci siamo quasi…» sussurrò attirandomi a sé.

Iniziammo a percorrere un corridoio. E io iniziai a illudermi che non fosse la visuale dalla torre ciò che aveva in mente. Percepii dei rumori e rabbrividii.

«Non ti preoccupare, ci sono ancora alcuni operai a quest'ora. Ma staranno per andare via.»

«Ah, capisco» ridacchiai un po' nervosa, stringendomi al suo braccio. «Ti informo che hai perso un'occasione straordinaria per provare a farmi credere che il castello fosse infestato dai fantasmi.»

«Io non ci scommetterei, se fossi in te.» Luke mi lanciò una delle sue occhiate più provocanti, poi mi accarezzò la schiena posando la mano sulla mia vita. «Qui i fantasmi ci sono davvero.»

Non mi sentivo "abbastanza carina", tanto per citare Chris. Se avessi saputo che la sera saremmo usciti mi sarei vestita meglio. Uno dei miei abitini invece dei pantaloni. La maglietta azzurra poteva andare, era abbastanza attillata sulla vita e arricciata sul petto in modo da farmi sembrare leggermente più formosa. Però non mi andava di passare dal cottage a cambiarmi. Forse avrei semplicemente mandato un messaggio a papà dicendo che ero andata a fare un giro. Oppure a Chris, perché lo trasmettesse a papà. Magari poi non lo avrebbe nemmeno ricevuto, ma almeno ci avrei provato...

Un rumore improvviso, poco distante, mi fece sobbalzare. Ecco, come non detto. Luke rise stringendomi ancora più forte a sé e facendomi girare in modo tale che finii con la schiena contro la parete. Si chinò per baciarmi le labbra, accarezzandomi i fianchi. Mi resi conto che le sue mani erano diventate quasi più decise, più insistenti su di me.

«Mmh... non dirmi che hai organizzato davvero tutto...» sospirai appoggiando la nuca al muro alle mie spalle. «Fantasmi compresi...»

Luke non rispose ma riprese a baciarmi. Sentivo il suo torace compresso contro al mio petto, le mani scivolare sempre più giù, fino ad accarezzarmi la coscia e poi sollevarla.

«Luke...»

La percezione di passi che si avvicinavano mi faceva sentire a disagio, oltre al fatto di non conoscere i suoi progetti per la serata e nemmeno per i prossimi minuti. Voltai la testa per rendermi conto che non si trattava affatto di un fantasma, ma di

Teddy Hart che stava percorrendo il corridoio nella direzione opposta a quella da cui eravamo arrivati noi. Non avevo idea di cosa ci facesse lì. Luke aveva parlato di operai che stavano ultimando i lavori della giornata. Quindi se c'era Teddy era probabile che anche mio padre e Chris si trovassero ancora in zona.

«Vieni, togliamoci da qui! Non mi va di dare spettacolo.» Notai lo sguardo infastidito che Luke rivolse alla schiena di Teddy, che si stava allontanando in tutta fretta senza dire una parola. «Comunque non è questo il posto che volevo mostrarti. Però ci siamo quasi.»

Un brivido mi percorse. Improvvisamente avevo freddo. Oppure qualcosa mi innervosiva e non ne comprendevo il motivo. Probabilmente si trattava dell'improvviso e inaspettato passaggio di Teddy, che mi aveva fatta sentire a disagio. Aveva di sicuro visto ciò che stavo facendo con Luke. Non mi sarebbe importato così tanto se si fosse trattato di uno sconosciuto. Non che temessi che Teddy andasse a raccontarlo a mio padre, però…

Seguii Luke, senza replicare. Dopo aver superato le scale che portavano al piano superiore, da cui forse era arrivato Teddy, raggiungemmo la fine del corridoio che dava su un'ampia finestra. Un tempo ci doveva essere stata una splendida vetrata, ora era completamente aperta. Ero sempre più confusa. E dall'esterno non avrei creduto che il castello fosse così alto, che ci fosse un altro piano, intermedio a quelli che avevo calcolato io. Pensai che volesse mostrarmi la visuale da lì, non sapevo su cosa si affacciasse. Non il giardino, ne ero abbastanza sicura. Magari un altro lato del villaggio, la campagna e il Dorsetshire.

Invece, prima di raggiungere la finestra, Luke si fermò di fronte a una porta. Non molto grande, di legno chiaro e intarsiato. L'aprì con cura e mi attirò all'interno. Non riuscii a vedere nulla inizialmente, perché oltre a essere completamente buia i pesanti tendoni alle finestre erano tirati e non lasciavano entrare nemmeno un po' di luce dall'esterno. Impiegai qualche istante per adattare la vista all'oscurità.

Vidi un letto a baldacchino al centro della stanza. Poco alla volta tutto il resto prese forma. Sopra al letto uno stemma, che avevo già notato in uno dei saloni, raffigurante un castello e una grande aquila sovrapposta, come se lo dominasse. Un camino, uno specchio, un comò, alcuni ritratti alle pareti di cui però non riuscivo a scorgere le figure, una collezione di miniature accuratamente riposte sulla mensola accanto alla finestra.

«Questa è la stanza di una mia antenata, Rose. Dicono che sia stata una donna ambigua e corrotta. E che abbia assassinato anche alcuni membri della famiglia... una specie di strega. Nessuno l'ha mai più occupata, dopo di lei.»

La voce di Luke mi sembrò più tagliente mentre mi forniva spiegazioni riguardo al luogo in cui mi aveva portata.

«Allora... mi hai portato qui per spaventarmi o tentare di impressionarmi, ho capito. Oppure credi che il suo fantasma vaghi ancora nella sua stanza?»

Mossi qualche passo cercando di controllare il mio respiro. Non avevo paura. Ma allo stesso tempo non mi sentivo del tutto sicura. O forse, per essere sincera, ciò che veramente temevo non era l'antenata ambigua e corrotta di cui Luke mi aveva appena parlato. Anche se l'aria misteriosa della stanza e la storia di quella donna erano in perfetta sintonia con l'atmosfera lugubre e spettrale che vi si respirava.

«Diciamo che sto tentando di impressionarti. Ma le mie intenzioni sono altre... di sicuro non metterti paura.»

Mi afferrò con entrambe le braccia e io mi ritrovai stretta a lui. Il suo bacio sulle mie labbra divenne più intenso e appassionato. Ricambiai fino a sentirmi spezzare il fiato. Nel frattempo stava indietreggiando verso il letto, cercando di sollevarmi in modo tale da prendermi in braccio. Mi aggrappai a lui che ne approfittò per fare in modo che le mie gambe gli circondassero la vita.

171

Non sarei riuscita a trattenermi stabilmente in piedi. Socchiusi gli occhi mentre le sue labbra scendevano verso la mia gola, sempre di più.

«Luke...»

Appena pronunciato il suo nome mi sentii sbilanciare all'indietro e mi ritrovai sul letto. Le mani di Luke si erano rapidamente inserite sotto la mia maglietta e stavano percorrendo la mia pelle, risalendo verso il seno.

«Rose... sei bellissima, Rose...»

Si fermò un istante, guardandomi negli occhi. E all'improvviso mi sembrò un altro Luke Desmond. Diverso da quello che avevo conosciuto fino a quel momento.

Riprese subito a baciarmi e allo stesso tempo cercava di sfilarmi la maglietta. Senza riuscirci perché io abbassavo continuamente le braccia, non favorendogli il movimento. Ero bellissima, per lui. Non solo abbastanza carina. Quindi era giusto. Luke mi voleva... e io...

«Luke... aspetta...»

Mi mossi, intenzionata a scansarmi per mettere un po' più spazio tra di noi. Erano state queste le sue intenzioni iniziali? Ciò che aveva in mente portandomi in quella stanza oscura della sua antenata? Oppure ciò che stava capitando non dipendeva da una pianificazione precedente?

«Va tutto bene, Rose. Stai tranquilla...» Luke mi riprese e invece di accanirsi sulla mia maglietta, si sfilò la sua. Mi accarezzò il viso con dolcezza. «Lasciati andare...»

Aveva ragione lui. Dovevo stare tranquilla e lasciarmi andare. Così mi decisi a ubbidirgli. Ero bellissima e lui mi voleva. E tutti, tutti quanti dovevano sapere che stavamo insieme. Sarei stata a tutti gli effetti la ragazza di Luke. Che un giorno sarebbe diventato Sir Desmond. E di conseguenza io...

Il mio cuore prese a battere a un ritmo accelerato, rincorrendo un sogno futuro, vago ma allo stesso tempo imprescindibile. Sarei stata Lady Desmond, forse. O forse soltanto la ragazza di Luke Desmond, per molti anni. O solo per un po'. Magari solo per una notte. Questa notte. Non aveva molta importanza. Nemmeno essere la futura Lady Desmond aveva più importanza. Non mi importava che tutti gli altri lo sapessero. Ero bellissima, per lui. Ero bellissima mentre si stendeva su di me e tentava di sganciarmi il bottone dei pantaloni. Ma improvvisamente mi resi conto che non c'era differenza alcuna per me tra essere abbastanza carina o bellissima. Perché l'unica differenza consisteva nel fatto che… io volevo che smettesse. Subito, immediatamente.

«No, Luke… no…» Tentai di scivolare di lato, sentendomi sempre più schiacciata dal suo peso. «Aspetta un attimo…»

Non mi ascoltava. Sembrava che non gli importasse ciò che avevo da dire. Era colpa mia. Non potevo più tirarmi indietro, ormai. Era colpa mia. Percepii le lacrime scivolarmi lungo le guance. Certo, era sicuramente colpa mia. Ma volevo che smettesse. Non poteva succedere così. In quella stanza oscura, dove mi sentivo spiata da remote figure appese alle pareti.

«Luke, ti prego aspetta…» Alzai il tono di voce per fare in modo che mi sentisse. Non servì a nulla. Tutt'altro, le sue mani percorrevano il mio corpo sempre più febbrilmente. «Ho detto no, Luke! Lasciami andare, dannazione!»

Incominciai a muovermi più vigorosamente e a gridare, provando quasi a scalciare. Luke Desmond. Il castello. Tutti gli altri. Ero bellissima. Non mi importava più. Ciò di cui davvero mi importava era ciò che io volevo. E io volevo che smettesse.

«Rose, ma che ti prende?» Si scostò da me, fissandomi incredulo, quasi trasognato. «Stai tranquilla, non voglio farti del male. Io credevo…»

Mi ritrovai con la sua mano sulla bocca. Chiusi gli occhi. Non poteva farmi questo. Non doveva succedermi. Non a me. Improvvisamente però mi apparve diverso. Triste, rassegnato. Come se le sue parole contraddicessero i suoi gesti.

«Lasciala andare o ti ammazzo! Giuro che ti ammazzo!»

Improvvisamente venni esaudita. Luke si spostò da me. Anzi, venne spostato con talmente tanta forza da finire a terra di schiena, colpendo il pavimento. E ai suoi occhi, alle sue labbra che ormai avevo imparato a distinguere nel buio si sostituirono altri occhi, altre labbra. Un viso che conoscevo fin troppo bene, ma che non avevo mai visto così infuriato, quasi come se fosse realmente percorso da un istinto omicida.

«Chris...»

Allungai una mano verso di lui, ma poi la lasciai ricadere sul letto.

I suoi occhi divennero più luminosi, anche nel buio. E la sua rabbia ora non era più rivolta a Luke, ma indirizzata a me. Soltanto a me. Sentii un dolore al petto che si espandeva sempre più, fino a salirmi in gola, quasi a soffocarmi. Mi disprezzava? Sì, lui mi disprezzava. Colui che mi riteneva solo abbastanza carina mi disprezzava. Proprio mentre io sentivo il mio cuore infrangersi e avrei voluto che chiunque, chiunque al mondo intervenisse per staccare Luke da me. Chiunque al mondo mi salvasse da quella situazione. Chiunque ma non Chris Warner.

CAPITOLO 26

Il silenzio tra noi venne interrotto da un movimento, nella semioscurità della stanza. Chris si piegò portandosi una mano allo stomaco. Solo allora mi resi conto che Luke si era rialzato e lo aveva colpito. Chris reagì afferrandogli il braccio e spingendolo indietro, prima che Luke tornasse all'attacco.

«No... no, smettetela...»

Dovevo mettermi in mezzo. Intervenire. Era tutta colpa mia. Non stavano davvero facendo a botte. Luke oltre a tentare di colpire Chris non parlava. E io non avrei mai immaginato che Chris fosse così forte da respingere ogni suo attacco, dopo il primo in cui lo aveva colto alla sprovvista.

«Vai via, Chris. Lascialo in pace! Smettila!»

In realtà non era lui a colpire, ma volevo che se ne andasse. Detestavo che mi avesse sorpresa in quella situazione. E ancora di più detestavo il suo sguardo di palese disprezzo nei miei confronti. Raccolsi le forze che in me sembravano assopite, paralizzate, e con uno slancio scesi dal letto cercando di mettermi in mezzo a loro mentre Chris respingeva Luke e lui si preparava per colpirlo ancora. Per poco il pugno di Luke mi centrò in pieno viso. Chris fece appena in tempo ad afferrargli il polso prima dell'impatto e io per proteggermi dal pugno gli tirai uno schiaffo abbastanza forte. Non che non se lo meritasse ma non era stato del tutto intenzionale, più che altro un gesto istintivo.

Così restammo immobili. Gli occhi azzurri di Luke sbarrati su di me, mentre si massaggiava la guancia che gli avevo appena colpito.

«Voi due siete pazzi...»

«Forse sì, io lo sono.» Chris, quasi a comando, assunse davvero l'espressione di un pazzo. Forse era l'atmosfera cupa e funesta della stanza a influire su di lui. «Ma se tocchi ancora Rose contro la sua volontà... io ti spezzo le ossa, una dopo l'altra. Puoi starne certo.»

«Ah, certo. Sei tanto bravo a difendere la sorellina dopo che ha fatto la puttanella per poi tirarsi indietro! Ti assicuro che voleva, eccome se voleva!»

Le parole di Luke mi ferirono ancora più in profondità. Era vero? Stava parlando di me, quindi doveva essere davvero così. Avrei voluto schiaffeggiarlo ancora, invece dissi qualcosa che non c'entrava assolutamente nulla. Davvero nulla con l'insulto che Luke mi aveva appena rivolto.

«Lui non è mio fratello...»

Chris distolse lo sguardo da Luke per posarlo su di me. Da furioso ora sembrava ferito. Luke ne approfittò per assestargli un pugno sul viso che lo fece barcollare, ma solo per un attimo.

«Credevo che fossi un'adulta, invece sei solo una ragazzina patetica. Ho fatto bene a non sprecare troppo tempo con te. Ti sei messa a urlare come una gallina isterica... cosa credi? Ne posso avere migliori di te che non fanno tutte le storie che fai tu!»

Luke infierì ancora su di me, ma ormai ogni sua parola, ogni suo insulto mi era del tutto indifferente. A tal punto che per me non valeva nemmeno la pena di replicare. Nonostante forse avesse proprio ragione. Ero solo una puttanella. Una ragazzina patetica. Me ne sarei fatta una ragione. Ma non gli avrei mai più, mai più permesso di toccarmi e tanto meno di portarmi nel letto di una sua antenata presunta assassina.

Vidi Chris spostarsi verso la porta, attraversarla, uscire lasciandola spalancata. Lo seguii per qualche passo, ma la voce di Luke mi raggiunse ancora.

«Non fatevi venire in mente di raccontare qualcosa in giro... tu e quel fallito di tuo fratello... o non fratello, comunque sia.

Se non vuoi che tuo padre si trovi fuori dall'affare prima dell'alba.»

Ancora una volta non lo degnai di una risposta. Rincorsi Chris nel corridoio e poi giù dalle scale. Lui camminava velocemente, io ero obbligata a correre per tenere il suo passo. Non mi rivolgeva né uno sguardo né una parola, nonostante tentassi ripetutamente di richiamare la sua attenzione.

«Chris… ti prego…» Intanto stavo iniziando a pormi domande che poco prima mi erano sfuggite. Come poteva sapere dove mi trovavo e cosa stava accadendo? Ci aveva seguiti? Oppure Teddy lo aveva avvisato? «Chris… ti ha fatto male? Fammi vedere…»

Ci ritrovammo rapidamente fuori dal castello, nel giardino. Incrociammo alcuni operai ma nessuno sembrava badare a noi e al nostro furtivo passaggio. Nemmeno si resero conto che Chris era dominato da una furia quasi incontrollabile e io invece di camminare al suo fianco lo stavo praticamente rincorrendo, saltellandogli quasi intorno perché mi degnasse della sua attenzione.

Mi accorsi che stava ripercorrendo il parco per la seconda volta dopo aver raggiunto l'altalena e il boschetto, guardandosi intorno come un cacciatore in cerca della preda. Cosa stava cercando? Chi? Luke era rimasto nella stanza, quindi…

«Chris, lui ti ha colpito…» Spostandomi di fronte a lui riuscii finalmente a bloccarlo e mi resi conto che gli sanguinava il labbro. «Hai bisogno di essere disinfettato e…»

«Io ho solo bisogno di trovare Ned. Visto che io non sono tuo fratello, ci penserà tuo padre a fare i conti con quello…»

«No, ti prego no… Chris, ti prego…» Mi posai una mano sulle labbra per trattenere i singhiozzi che dal petto mi stavano soffocando. «Non… non dirlo a papà… Sono stata io… Per favore…» La voce mi tremava sempre di più. Non potevo fare altro che supplicarlo, invocare la sua pietà. «Andiamo… a casa…»

Improvvisamente si fermò e sembrò tranquillizzarsi. Forse ci ero riuscita. Aveva compassione di me. Annuì brevemente mentre i suoi occhi stavano tornando quelli di sempre.

«Ti... fa male?» osai chiedere sfiorandogli appena il labbro con le dita.

«No, ti assicuro che non è grave. Va bene, andiamo a casa» sospirò, abbassando lo sguardo.

Rallentò notevolmente il passo e io lo seguii in silenzio fino al cottage. Sperai di non incontrare nessuno, soprattutto papà, Daisy, Janet e i ragazzi. Avrebbero preteso spiegazioni che non ero in grado e non volevo fornire. E non ero certa di poter controllare Chris. Non si era ancora calmato. Per questo avevo bisogno di tempo per farlo ragionare.

Quando finalmente ci trovammo di fronte al cottage sospirai di sollievo. Papà non era ancora tornato. Ero consapevole di correre un rischio se fosse rientrato prima del previsto, ma non avevo alternativa, altro posto dove andare.

«Facciamo un tè... con i biscotti?» proposi, mentre la voce mi tremava ancora.

Mi sentivo totalmente disperata. Come una bambina che aveva combinato un grosso guaio. Ma il peggio era che cominciavo a sentirmi quasi come una ragazza che era appena sfuggita a una violenza. Soprattutto perché mi chiedevo se sarei riuscita a fermare Luke, da sola. Se lui mi avrebbe lasciata andare.

Chris preparò il tè in silenzio, mentre io dovetti concentrarmi per recuperare le tazze nella credenza e la scatola di biscotti che posai sul tavolo. Ci ritrovammo così seduti, una di fronte all'altro.

«Chris... ti supplico, non dire niente a papà. Non dire niente a nessuno...» deglutii a fatica un sorso di tè. «È stata tutta colpa mia. Sono stata io a volerlo... Io ho lasciato intendere a Luke che ci sarei stata. Poi però ho cambiato idea, così... Non so cosa mi sia preso. Non so nemmeno perché ho gridato così forte...»

«Stai mentendo, Rose.» Il suo tono era tornato freddo, arido. «Per questo spero che tu capisca che non posso non dirlo a tuo padre. Non andrò a cercarlo ora, aspetterò che torni a casa e affronteremo il discorso con calma. Ned deve saperlo, poi deciderete cosa fare.»

Era serio. Troppo serio. E la sua non era una semplice minaccia, ma una ferma intenzione. Le lacrime mi solcarono il viso, una dopo l'altra. Si mescolarono al tè che tentavo inutilmente di sorseggiare.

«Ti prego...» Appoggiai la tazza sul tavolo, stringendola forte. «Ti prego, Chris... Mi vergogno tanto...»

E la verità era che mi vergognavo davvero troppo, anche con lui. Lasciai tutto, il tè appena sorseggiato e i biscotti che al momento mi davano il voltastomaco, per salire le scale e andare a rifugiarmi in camera. Appena raggiunto il mio letto mi ci tuffai sopra. Percepii i suoi passi, quasi immediati, alle mie spalle.

«Rose, ascoltami...» Restai stesa a testa in giù e sollevai il viso, era fermo sulla mia porta. «C'è una cosa che devi capire, ora. Non è stata colpa tua. Non lasciare che lui... non pensare a quello che ha detto lui, non permettergli di farti credere che sia stata colpa tua.»

«Oh, Chris...» Voleva tentare di consolarmi, lo avevo capito. Ma era tutto inutile, non ci sarebbe riuscito. «Io... ho combinato tanti guai da quando sono qui. Troppi... ma accidenti, come ho fatto a combinare anche questo? Sono un caso irrecuperabile, non faccio mai nulla di buono! Tu ti sei preso anche un pugno in faccia!»

«Ne ho anche dato qualcuno» sorrise appena inclinando il viso e sfiorandosi il labbro con un dito. Aveva ripulito il sangue con un po' d'acqua appena rientrati e adesso era appena percettibile. «E comunque... tu combini guai a prescindere, ovunque ti trovi. Non incolpare questo posto, ora.»

«Mi dispiace... vorrei non essere così, credimi...» Mi morsi forte il labbro, mettendomi seduta e abbracciando le ginocchia.

«Rose...» Chris si avvicinò e si sedette sul bordo del letto. «Capisci che dobbiamo dirlo a tuo padre? Capisci che io ho il dovere di dirglielo anche se tu non sei d'accordo? Non riguarda solo te.»

«Credi che riguardi anche te, Chris? Perché vi siete picchiati...» abbassai lo sguardo, afflitta. Non avrebbe cambiato idea, lo conoscevo troppo bene.

«No. Non per quello. Fare a botte non è un problema così grave. O non altrettanto grave. Il problema è che se restiamo zitti come vuoi tu, lui penserà di poter fare quello che vuole con chiunque. Non importa che tu gli abbia lasciato intendere che ci saresti stata... Quando hai cambiato idea e gli hai detto di fermarsi, avrebbe dovuto fermarsi. Non insistere e forzarti.»

«Mmh...» annuii allungando il braccio verso di lui. «Forse si stava fermando però... non ero sicura. Non voglio che papà subisca le conseguenze della mia stupidità.»

«Non accadrà, stai tranquilla.»

Mi accarezzò piano il dorso della mano, con il pollice.

«Io... Chris, come hai fatto a sentirci? Ci hai seguiti?»

«Teddy... vi ha visti e si è preoccupato. Gli è sembrato che fossi in difficoltà, impaurita.» Si staccò da me e scosse la testa passandosi nervoso una mano tra i capelli, per poi abbassare lo sguardo. «Io mi sento in colpa, Rose. Quelle stupide scommesse... Sono stato io a spingerti verso di lui. A dirti di provarci...»

«No, Chris. Tu... come potevi sapere?» Mi spostai verso di lui, posando la mano sulla sua spalla. «Tu mi hai solo detto che ero abbastanza carina da poterci provare, ma non sembravi nemmeno troppo convinto. Quindi avrei dovuto lasciar perdere.»

Volevo solo fare una battuta, non ero certa di esserci riuscita. Chris sollevò il viso e sorrise impercettibilmente. No, non ci ero riuscita infatti. Il suo era un sorriso forzato, solo per farmi stare un po' meglio. Avrei voluto abbracciarlo. Piangere sulla sua spalla, chiedergli di consolarmi. Piangere fino a non avere più lacrime da sprecare per Luke Desmond e per questa stupida storia che ero stata io stessa a volere, a costruire. Supplicare Chris di non raccontare nulla a papà. Perché poi papà avrebbe agito di conseguenza. Così tutti avrebbero saputo. Tutti mi avrebbero considerata una puttanella, una stupida ragazzina. Forse Luke si sarebbe fermato lo stesso, a un certo punto, anche senza l'intervento di Chris. Forse, se io avessi agito in modo più maturo, più responsabile.

Mi rendevo conto che Chris aveva ragione. Comprendevo il suo punto di vista, anche se ero terrorizzata alla sola idea di come avrebbe affrontato il discorso dovevo assumermi le mie responsabilità. Non poteva non dirlo a mio padre. Non poteva permettere che Luke la passasse liscia. E nemmeno io.

CAPITOLO 27

Chris si era offerto di parlare con papà da solo. E io, da brava vigliacca, accettai la sua offerta. In fondo avevo ritenuto che per papà fosse meglio un discorso da uomo a uomo che la confessione disperata e confusa di una figlia in lacrime. Chris gli avrebbe esposto i fatti in modo più chiaro e diretto. La mia emotività in proposito non avrebbe fatto altro che amplificare il disastro. In questo modo giustificavo la mia vigliaccheria e relegavo tutta la responsabilità sulle spalle di Chris.

Mi restava un'unica certezza. L'amore era una sciagura o proprio non faceva per me, da nessun punto di vista. Né da protagonista né da intermediaria di anime gemelle. Da quando avevo iniziato a pensare a me stessa i risultati erano stati addirittura peggiori di quando avevo cercato di sistemare gli altri!

Mi sarei aspettata un rimprovero da parte di mio padre. Invece non mi aveva detto proprio nulla. Nessuna sfuriata, nessuna lamentela, nessuna punizione per il mio comportamento irresponsabile, immaturo. Anzi, più di un semplice "Andrà tutto bene, piccola" e una carezza sui capelli non ottenni da lui. Non avevo idea di come Chris fosse riuscito a mantenerlo calmo. Però in qualche modo ci era riuscito. Era come se stessi delegando la gestione della mia vita e le sue conseguenze ad altri. Mi faceva male e avevo anche un po' paura. Ma allo stesso tempo mi tranquillizzava, mi sentivo protetta.

Intanto me ne stavo rinchiusa nella mia stanza. Avevo troppa vergogna per uscire. In ogni caso, anche se Chris non avesse raccontato nulla a papà, tutti si sarebbero resi conto che tra me e Luke era successo qualcosa. Non avrei comunque potuto far finta che non fosse successo. Ecco, forse era quello il mio problema fondamentale. Mettere sempre al centro gli altri. Ciò che gli altri potevano pensare di me.

Luke aveva agito contro la mia volontà. La responsabilità era indubbiamente anche mia, ma la sua mancanza di rispetto nei miei confronti era un dato oggettivo. Perché mi aveva trascinata in quella stanza? Qual era il suo obbiettivo? Non poteva immaginare che mi sarei spaventata e che l'angoscia mi avrebbe indotta a respingerlo?

La mia attesa non fu premiata. Non come avrei voluto, almeno. Venne Daisy a raccontarmi ciò che stava accadendo fuori dalle mura della mia stanza. Papà aveva discusso con Sir Richard e anche con Simon. Soprattutto con Simon, da quanto aveva sentito Daisy. Mi giudicava una ragazzina infantile. Mi faceva male ma non potevo dargli torto del tutto.

«Dimmi la verità, Daisy. Almeno tu. Tutto quello che sai.» Me ne stavo seduta sul letto come una povera convalescente, con i cuscini dietro la schiena e il libro riposto al mio fianco. Avevo tentato di leggere, sperando che le ore trascorressero più rapidamente. Mi sentivo sospesa, come una condannata in attesa di giudizio. «Papà non ha saputo dirmi altro che "Andrà tutto bene" e Chris... Chris mi ha sempre rimproverata per tutto, fin dalla prima volta che l'ho incontrato, lo sai anche tu. Questa volta invece... incolperebbe chiunque tranne me. Anche se stesso.»

«Ti vogliono bene, Rose. E io credo che per gli uomini a volte sia più complicato esprimersi riguardo a quello che sarebbe potuto succedere.» Daisy sospirò e si sedette accanto a me. Mi spostai verso la parete per farle spazio. «Comunque... Simon è un cretino, nessuna novità.»

«Mmh...» Non era soltanto questo che volevo sapere da lei. Era ciò che non mi stava dicendo a preoccuparmi. Non il fatto che Simon Burnett mi considerasse una ragazzina infantile o peggio. Nemmeno il giudizio degli altri mi importava. «Daisy... ci saranno conseguenze? Io lo so che dovrei uscire da qui e affrontare la situazione. Mi sento una vigliacca. Sono una vigliacca. Ma voglio sapere tutto.»

«E va bene. Papà sta pensando di lasciare il lavoro. Simon porterà avanti da solo la restaurazione del castello. Sir Richard... non è del tutto d'accordo, ma...» Daisy fece un respiro profondo, stringendosi nelle spalle. «Per lui suo figlio non è colpevole, non ha fatto nulla di male... forse ha commesso una leggerezza, nulla più. Dal suo punto di vista c'è stata una semplice incomprensione tra di voi. Credo che Luke... insomma, sia abituato a un altro tipo di ragazze. Questo ha lasciato intendere Sir Richard.»

«Dobbiamo... dobbiamo convincere papà a non lasciare...»

Non mi sorprendeva il fatto che Sir Richard non condannasse il comportamento del figlio. Probabilmente dal suo punto di vista la responsabile ero io, questo avevo compreso dal discorso di Daisy. Ma ormai era accaduto, non si poteva tornare indietro. Avrei evitato Luke. Sarei rimasta chiusa nel nostro cottage, giorno e notte. Oppure sarei tornata a Londra. O dovunque fosse meglio per tutti.

«Non è solo questo il punto...» Daisy strinse leggermente gli occhi, sembrava meditare su come raccontarmi il resto. Perché era evidente che c'era altro che io ancora non sapevo. Alla fine sbuffò, si tirò i capelli su una spalla e iniziò a suddividerli in ciocche, prima di iniziare a intrecciarli. Un atteggiamento molto simile al mio a cui non avevo mai fatto molto caso prima. Finalmente si decise a raccontare ciò che aveva da dire senza girarci troppo intorno. «Luke pretende le scuse da Chris per averlo colpito. Ha convinto suo padre a rivolgersi a qualcun altro per la restaurazione se non...»

«Che cosa?» Scattai in piedi, come una furia. «Chris non si deve scusare proprio per niente! Caso mai sono io che...»

Prima che Daisy potesse aggiungere altro ero già arrivata alla porta della mia camera.

«Chris è disposto a scusarsi con Luke. Ma papà non vuole assolutamente che lui lo faccia.»

«Papà ha ragione!» E così avrebbe perso il lavoro, a causa mia. Mi posai una mano sulla fronte. «Se io… parlassi con Sir Richard e con Luke. Sono io la causa di tutto, devo assumermi le mie responsabilità. Non posso lasciare che papà e Chris paghino per me. Posso scusarmi io al posto di Chris.»

«Scusarti per cosa, Rose?»

«Non lo so. Sì, insomma…» Scusarmi avrebbe significato ammettere che Luke non mi aveva fatto nulla di male. E che Chris l'aveva colpito ingiustamente. «In parte ciò che ha detto Sir Richard è vero. Luke mi ha fraintesa, ma la verità è che… io credevo di volere, credevo… Poi mi sono messa a gridare, per lui, per quella stanza macabra… Chris è intervenuto… e sai anche tu cosa è successo!»

«In ogni caso Chris se ne dovrà andare. Che si scusi o meno con Luke. Con la differenza però che se non lo fa papà perderà il lavoro al castello.»

Questa parte mi mancava. Tornai verso il letto e mi sedetti sul bordo. Mi sentivo davvero distrutta, ora.

«L'unica che dovrebbe scusarsi e andarsene sono io, Daisy.»

«Non è vero.» Daisy mi posò le mani sulle spalle per poi accarezzarmi il viso con dolcezza. «Luke è uno stronzo. Non avrebbe dovuto portarti lì e nemmeno tentare di spaventarti e approfittarsi di te. E ora sta agendo per ripicca, per puntiglio. Si sente offeso e non sopporta l'umiliazione. Perché Chris è l'eroe che ti ha salvata, mentre lui… lo stronzo, appunto! Lo hanno capito tutti e non può fare nulla in proposito. Ora può usare il suo potere, esercitare la sua influenza per cacciarlo, ma Chris resterà sempre un eroe e lui…»

«Uno stronzo…» conclusi io. «E io devo scambiare due parole con quello stronzo. Non può trattare le persone come burattini nelle sue mani…» Mi bloccai improvvisamente. Era il rimprovero che Chris aveva rivolto a me, anche se le circostanze erano diverse. Forse meno gravi. Ma in quel momento le sue parole, che in precedenza avevo accolto con leggerezza, assumevano in senso completamente diverso. «Chris... dov'è?»

«Nella sua stanza...» Daisy la indicò con un rapido cenno del capo. «Sta preparando le sue cose.»

Senza replicare oltrepassai la porta della mia camera per trovarmi in pochi secondi di fronte a quella di Chris. Bussai e restai in attesa. Quando venne ad aprirmi non gli diedi il tempo di dire nemmeno una parola.

«Tu non vai proprio da nessuna parte!»

«Ho già preparato le mie cose, Rose.» Rimase fermo sulla porta, impedendomi di entrare. «Ora passerò a scusarmi con Luke e me ne andrò. Ho già tutto pronto, così nel caso mi venisse voglia di prenderlo di nuovo a pugni... farò più in fretta a scappare!» Rise, stringendosi nelle spalle. «Un pugno sul naso d'addio...»

«Non è divertente! Tu non vai da nessuna parte, o il pugno sul naso lo prenderai da me questa volta!»

Sollevai i pugni e li strinsi. Non sapevo se per la rabbia o per essere più convincente.

«Oh, certo. Mi fai una paura!» sospirò, poi rise di nuovo, alzando gli occhi al cielo. Il sorriso si spense sulle sue labbra e il suo sguardo si incupì. «Non tutto il mondo ruota intorno a te, Rose. Hai pensato che potrei andarmene semplicemente perché mi sono stancato di stare qui? Che potrei avere qualcosa di meglio da fare altrove?»

Mi voltai senza replicare. Mi costava ammetterlo, ma mi aveva ferita. Per una volta era stato lui. Mi scontrai con Daisy che usciva dalla mia stanza, la lasciai passare, entrai e chiusi la porta alle mie spalle. Mi posai una mano sul petto, respirando profondamente. Iniziai a percorrere la mia stanza, avanti e indietro.

Lui mi disprezzava. E ne aveva tutte le ragioni. Come aveva ragione ad essersi stancato e ad avere di meglio da fare altrove. Era addirittura costretto a chiedere scusa a uno stronzo, a causa mia.

E io... avrei voluto trovare una soluzione. Ma non c'era. Non esisteva. Io potevo solo parlare con Luke e suo padre e sperare che...

«Rose...» Era entrato, senza bussare. «Rose, non ti preoccupare troppo.»

«Come posso non preoccuparmi? Ma mi vedi? Qualunque cosa io faccia... causo disastri! A chiunque mi circonda. Per cui forse hai ragione... fai bene ad allontanarti! Anzi, ti dirò... se potessi... mi allontanerei anche io da me stessa!»

Non mi fermavo. Continuavo a camminare avanti e indietro. In quel momento avrei pagato per trovarmi nell'aperta campagna di Heathland o Heartstone, come lo chiamavo un tempo. E camminare, camminare...

«Non concludo nulla! Sono una causa persa...» Indicai il volume che giaceva sul mio letto mentre percorrevo la stanza sempre più freneticamente. «Non sono riuscita nemmeno a leggere un libro! Un libro! Non tutta la mia lista... uno, uno solo! E per la cronaca... hai ragione tu, ho sempre letto solo i riassunti e gli schemi! Li ho fregati a una mia compagna di scuola, vero anche quello. In cambio di cosmetici e stupidi consigli di stile. E anche qui, cosa ho fatto? Ho creato un casino con Mike, ho rischiato di ferire Sally... Daisy e Alan hanno discusso a causa mia... E mi sono intestardita a volere Luke a tutti i costi, perché... perché dovevo averlo io, non lei... non Kathleen...»

«Ti stai allenando per una maratona, Rose?» Chris si appoggiò allo stipite della porta, seguendomi con lo sguardo. «Intendi percorrere tutto il Dorset o ti limiterai alla tua contea del Rostormshire?»

«Un cretino... ecco chi volevo a tutti i costi! Un cretino che mi ha portata nella stanza di una sua antenata assassina per...» Improvvisamente assimilai la sua battuta, che mi strappò un sorriso. «Sarei capacissima di sterminare tutti i partecipanti, in un modo o nell'altro! E se fossi in te scapperei dal Rostormshire, è un campo minato!»

«Ne sono certo. Comunque...» Puntò lo sguardo oltre la mia testa appena mi fermai di fronte a lui. «Non gli somiglia poi tanto a parer mio.»

«Cosa? Chi?»

Voltandomi mi resi conto che stava fissando il poster dei Boyzone appeso alla parete, dietro al mio letto.

«Il cretino... non somiglia così tanto al tuo Ronan come si chiama...»

«Certo che no! Chi è quell'idiota che ha detto una cosa simile?»

Chris sogghignò puntando il dito verso di me. Arricciai il naso e corrugai la fronte.

«Lo sai che corri il rischio di rughe premature e permanenti, così?»

Il suo tentativo di prendermi in giro e stemperare la tensione non cambiava la realtà. Non questa volta. Era costretto ad andarsene per colpa mia.

«Non è giusto che tu sia costretto ad andartene. E poi chiedere scusa a Luke per cosa? No, io non posso permetterlo! Tu... tu sei l'unico che apprezza davvero questo posto, oltre a papà. Capisco che hai altro da fare, magari a Londra, con... sì con i tuoi amici, la tua... ragazza...» Mi voltai respirando profondamente. «Ma non è comunque giusto. E io non voglio. Cioè... non vorrei.»

«Rose... Io invece non voglio che Ned rinunci al suo lavoro qui...» Si spostò per mettersi di fronte a me e sorrise, stringendosi nelle spalle. «Io avrò altre occasioni. Ma per questa volta...»

Scossi la testa. Mi sarei anche tappata le orecchie per non sentirlo.

«Potrei bucarti le gomme della macchina...» sgranai gli occhi su di lui con l'entusiasmo di chi aveva trovato la soluzione a un grave problema.

«Ah, certo. Sempre io ci vado di mezzo, ovviamente!»

Mi resi conto delle sciocchezze che stavo accumulando, una dopo l'altra. La verità era che non lo avevo mai voluto intorno, la sua presenza mi aveva sempre infastidita e irritata, litigavamo praticamente ogni minuto quando ci trovavamo nella stessa stanza. Invece ora…

«Non andare via. Ci deve pur essere un'altra soluzione.»

«Che non sia bucarmi le gomme della macchina, possibilmente.» Si avvicinò a me e mi posò una mano sulla testa. «Rose, io… lo rifarei, pur subendo le conseguenze. Non mi sarei mai perdonato se ti fosse accaduto qualcosa contro la tua volontà. Forse ho anche esagerato, ma… ti ho sentita gridare e non ho più capito…»

«No, hai fatto bene. Lui mi ha… chiamata puttanella e ragazzina patetica…»

E forse lo ero veramente. Ma era come se volessi conoscere la sua opinione in proposito.

«Mmh… io ricordo anche gallina isterica. Questa mi è rimasta particolarmente impressa.» Allontanò la mano dalla mia testa e si staccò di un passo, scrollando le spalle. «A volte un uomo quando viene respinto spara un sacco di cazzate, non farci caso. Però gallina isterica lo memorizzerò, per ogni evenienza…»

«Quanto sei stupido! Però, davvero… non andare via!» Sembrava non sapessi dire altro. E mi sentivo sempre più ridicola, quasi imbarazzata. Ma avevo la sensazione che il mondo mi sarebbe crollato addosso se lui se ne fosse andato. «Potrei andare io… oppure…»

«Oppure nessuno andrà da nessuna parte!»

La voce di Daisy ci richiamò all'ingresso della mia stanza. La guardammo increduli. Poi dietro a lei scorsi un'altra persona. Spostandomi mi resi conto che si trattava di Sally.

«Ciao…» Avanzò di qualche passo, verso di noi. «Io volevo dirvi che… Insomma, Luke…»

Sembrava trovare difficoltà a esprimersi e io non avevo idea di cosa volesse dire. Forse aveva saputo cosa mi era successo e intendeva solamente esprimermi la sua amicizia, la sua solidarietà.

«Non è stata la prima volta. Il porco aveva già agito in precedenza. Quel maledetto!»

La sintesi di Daisy mi lasciò perplessa. Mi voltai verso Chris, anche lui sembrava non capire.

«Luke fa così a volte. Cioè ha già fatto così... con alcune ragazze.» Sally arrossì visibilmente ma si sforzò di continuare. «Lui le ha convinte che fossero loro a volere, anche se magari non era proprio così...»

«Sally...»

Cosa stava cercando di dire? Che anche lei...

La vidi ingoiare le lacrime. Non era obbligata a farlo. Non per me.

«Non solo con me. Lui fa così. Poi lascia... E insomma, qui intorno ne ha avute parecchie...»

«Sally... Ragazze, io vi capisco.» Chris sospirò passando lo sguardo da Sally a Daisy. «Ma... lasciare una ragazza dopo... insomma, può essere da stronzo ma non è un reato. Quindi mi dispiace, ma non cambia di molto la situazione.»

Sally sollevò lo sguardo decisa su di noi. Daisy si avvicinò a lei, stringendole le spalle da dietro. Compresi che era stata proprio lei, mia sorella, a trovare forse la soluzione ai nostri drammi. Stava sfoderando il suo sguardo vittorioso.

«Questo è vero, Chris. Ma lo potrebbe diventare se la ragazza in questione è minorenne. Se poi fosse più di una... Io sono donna, studio legge e sono sufficientemente una palla al piede in materia. Anche se probabilmente non vinceremmo mai una causa, Luke si è meritato ogni pugno ricevuto da Chris. Sir Richard dovrà farsene una ragione e mettere un freno alla prepotenza di Luke. Non ci fa una bella figura con un figlio seduttore di ragazzine innocenti, soprattutto appartenenti al villaggio dove sorge il suo fantastico Desmond Castle.»

CAPITOLO 28

Sally si era esposta per me. E io mi ero comportata da schifo con lei. Con tutti, in realtà. Mi risultava difficile pensare che Sally avesse avuto una storia con Luke, solo un anno prima. Quando l'avevo incontrata mi era sembrata così semplice, così ingenua. Sicuramente non il tipo di ragazza che avrebbe attratto uno come Luke! Ma ormai era evidente che io non capivo proprio nulla delle persone.

E comunque... io glielo avevo imposto come Romeo e lei era stata obbligata ad accettare. E l'avevo obbligata a vedere quotidianamente Luke insieme a me, mentre mi vantavo che fosse diventato il mio ragazzo. Sally era così dolce e buona... non potevo credere che Luke in qualche modo si fosse approfittato di lei. Altro che i pugni di Chris, io lo avrei riempito di calci!

Alla fine era stato proprio Luke ad andarsene e il dramma che mi vedeva coinvolta si era ridimensionato. Per sopraggiunti impegni, a detta di suo padre. Insomma, tutti i nostri Romeo abbandonavano lo spettacolo per sopraggiunti impegni. E ancora una volta, io ne ero stata la causa scatenante. Stavo iniziando a sentirmi come una sterminatrice di Romeo. Forse avrei dovuto, semplicemente, starmene un po' tranquilla.

Intanto lo spettacolo era sospeso. Non perché Sir Richard lo avesse imposto. Ma perché avevamo ritenuto giusto prenderci qualche giorno per riflettere in proposito. Poi avevamo convenuto che sarebbe stato un peccato lasciar perdere tutto. Io mi ero seduta in un angolo, evitando di impormi. Avevo lasciato la decisione agli attori. In fondo l'impegno era stato soprattutto loro. E, non so se per fare piacere a me o perché oltre all'impegno avevano unito anche un po' di divertimento, la decisione unanime era stata quella di riprendere le prove.

Stavo trascorrendo parte del mio tempo con Ivy in biblioteca la mattina, invece di restare al cottage. La biblioteca era diventata il mio "terreno sicuro". La verità era che mi sentivo protetta da Ivy. Protetta da me stessa, soprattutto. Come se lei in qualche modo frenasse la mia incoscienza e, solo restando presente al mio fianco, impedisse alla mia avventatezza di manifestarsi di nuovo.

Forse un'altra verità, che mi stavo impegnando a negare anche con me stessa, era che mi sentivo in imbarazzo. Con Chris, soprattutto. In seguito alla certezza della sua permanenza a Heathland si era creato uno strano abisso tra di noi. Continuavo a visualizzare la scena, sempre la stessa. Aveva capito che ero in difficoltà, mi aveva sentita gridare in quella stanza ed era intervenuto. Aveva staccato Luke da me e lo aveva preso a pugni. Anche Luke lo aveva picchiato, però… Tutto era dipeso da me.

Non avevo idea se Luke si sarebbe fermato comunque, anche senza l'intervento di Chris. Aveva giurato di non volermi fare del male, ma di aver frainteso le mie intenzioni nei suoi confronti. Così aveva detto a suo padre. Mi sembrava abbastanza ovvio, ma non era in discussione il fatto di credergli o meno. Era il mio rapporto con Chris a essere cambiato radicalmente, con Luke sarebbe cambiato in ogni caso perché era evidente che avessimo idee diverse riguardo al nostro rapporto. Ero costretta ad ammettere che non avrei voluto che tra me e Chris cambiasse qualcosa, perché questo presto o tardi mi avrebbe portata a fare i conti con una realtà che non volevo affrontare, che forse non sarei mai stata intenzionata ad affrontare.

Così inevitabilmente avevo iniziato a concentrarmi su Ivy e a fantasticare. Era dolce, simpatica ma allo stesso tempo molto decisa e determinata. Mi ricordava un po' Alison. E forse proprio perché mi era mancata Alison avevo combinato tanti guai, molti più del solito. Erano le figure materne che mi erano sempre mancate. Mia madre era sempre stata assente e Karen, la madre di Chris, nel periodo in cui era stata sposata con papà di certo non pensava a noi. Non pensava nemmeno a Chris. Anzi, credo che fossimo proprio la sua ultima preoccupazione.

«Cosa ne pensi di Ivy?» Volevo condividere le mie idee con qualcuno e approfittai di Daisy, in un momento che eravamo sole al cottage. «A me sembra diventata ancora più bella… ed è anche più sciolta ora, più sicura. Mi ricorda molto Alison in alcuni momenti, a te no?»

«Sì, è una donna molto bella e gentile. Riesce a tenere tutti a bada.» Daisy concordò, annuendo però distrattamente. «Ma c'è un'altra cosa che ho notato, Rose. Credo sia arrivato il momento di parlarne. E non riguarda Ivy, ma te e…»

«Io stavo pensando di invitarla più spesso. A papà farebbe piacere la sua presenza.»

Tagliai bruscamente il discorso che Daisy era intenzionata ad affrontare e tornai su Ivy. Soprattutto perché temevo di intuire ciò di cui avrebbe voluto parlarmi. E io non avevo voglia di parlare di me. Di me e di ciò che era successo. Volevo solo cancellarlo, annullarlo dalla mente, dimenticarlo per sempre.

«Oh, insomma Rose. Non ricominciare! Hai per caso voglia di una nuova matrigna?» Daisy fu costretta a tornare, un po' forzatamente, sull'argomento Ivy. «Non ti sembra di aver causato già abbastanza guai? Non intendo… Insomma, non per quello che è successo con Luke, non è stata colpa tua. Ma con la storia di Mike…»

«Mike aveva capito davvero male. Molto male. Io non so proprio come possa aver creduto, dopo tanti anni…» Mi stavo avventurando nuovamente su un sentiero minato. Meglio cambiare rotta, immediatamente. «Il vero guaio l'ho combinato con Sally. Non so come mi ero messa in mente che potesse nascere qualcosa tra loro.»

«Comunque sia, Rose... La devi smettere di tentare di mettere insieme persone che tra loro non hanno davvero nulla a che fare.» Il tono spazientito di Daisy mi irritò profondamente, ma cercai di mantenere la calma. Aveva detto che ciò che era accaduto con Luke non era stata colpa mia. Però nemmeno il problema con Mike lo era stato. L'unica colpa l'avevo nei confronti di Sally, per averla illusa. Non avevo mai sospettato che Mike potesse avere dei sentimenti nei miei confronti, quindi non potevo essere accusata di averlo deliberatamente ferito. «Alan era quasi intenzionato ad andarsene a causa della tensione che si è creata. Si è trattenuto solo per me.»

«Sì, forse hai ragione, Daisy. Mi dispiace.» E anche se non ritenevo avesse ragione non avevo più voglia di discutere. Mi alzai con la scusa di preparare il tè, mi diressi verso il lavandino e mentre riempivo il bollitore sbuffai e le girai le spalle. La questione di Mike era una causa persa con Daisy. Sarebbe stata sempre dalla sua parte e dalla parte di Alan, mai dalla mia. Non avevo voglia di arrabbiarmi con lei, così buttai la mia proposta sul ridere. «Comunque, ci dovremmo pensare. Una matrigna con il nome di un'erba potrebbe essere la soluzione migliore per noi. Ivy... edera! Con rosa e margherita ci starebbe bene... Tra vegetali potremmo intenderci.»

«Non ti sembra di chiacchierare un po' troppo per essere un vegetale?»

Mi ritrovai Chris a pochi passi, aggiunse la sua tazza con la bustina di tè a quelle che avevo preparato per me e per Daisy.

Sollevai lo sguardo e lo fissai negli occhi, che tratteneva su di me. Poteva trattarsi di una mia impressione, ma mi sembrava che anche il suo modo di guardarmi fosse cambiato. Era intervenuto con una semplice battuta per prendermi in giro, una delle tante che aveva sempre fatto. Non c'era nulla di diverso. E io, in un altro momento, gli avrei risposto per le rime. Il dubbio stava diventando tremendo, dal mio punto di vista. Possibile che il cambiamento fosse avvenuto soltanto in me, non in lui?

«Mmh…» Dovevo assolutamente replicare alla sua provocazione. E in fretta per non suscitare sospetti! «Va bene, posso restare zitta e diventare una pianta carnivora. A quel punto temo che il danno sarebbe anche maggiore.»

CAPITOLO 29

Dopo qualche giorno di relativa tregua fui costretta a fare i conti con la seconda perdita di Romeo. In parte comprendevo la stanchezza di Alan e anche degli altri. Ero un disastro come promotrice e regista dello spettacolo. Ma magari il terzo sarebbe stato quello giusto.

«Allora… come sapete siamo rimasti senza Romeo…» Inutile ribadire il concetto, ma dovevo in qualche modo introdurre la ricerca di un nuovo protagonista. Ci eravamo riuniti trascinando le sedie nel giardino, direttamente di fronte al salone del palcoscenico. Posai lo sguardo sugli attori rimasti, poi preferii fissarlo nel vuoto, infine su Freddie e Janet, seduti proprio di fronte a me. «Quindi il nostro compito più urgente è quello di trovarne uno nuovo.»

E che non abbia alcuna relazione con me, possibilmente. Ma questo lo pensai soltanto, senza dirlo. Potevo proporlo al signor Raymond magari, il bibliotecario più anziano.

«Ah, non guardare me!» esclamò Freddie, alzando le mani e tirandosi indietro con la sedia, come se così potesse essere protetto dalla "sindrome di Romeo" che imperversava sulla nostra improvvisata compagnia teatrale.

«Non stavo guardando te, Freddie. Sei solo seduto di fronte a me.» Strinsi gli occhi fissandolo con espressione cinica. «Non avrei mai preso in considerazione te come Romeo. Mi rendo conto che siamo in difficoltà con i tempi… ne avevamo già parlato. Forse dovremmo cambiare spettacolo, ma ormai credo che sarebbe anche peggio…»

A questo punto avrei passato volentieri la parola ad Ivy, ma purtroppo mi aveva avvisata che avrebbe fatto tardi. Forse era meglio così, dovevo iniziare a prendermi le mie responsabilità.

«Chris aveva fatto Romeo in una recita scolastica... potremmo chiedere a lui.»

Cosa? Quando? Il nome di Chris associato a Romeo mi provocò un brivido. Di terrore. Mi voltai verso la proprietaria della voce, a metà del cerchio alla mia destra. Daisy, ovviamente. Chris nella parte di Romeo? No, non andava bene. A questo punto sarebbe stato meglio uno qualunque, addirittura anche Freddie!

Guardai verso l'interno del castello, come se Chris potesse comparire da un momento all'altro.

«Lo vado a chiamare? Dovrebbe essere qui intorno, l'ho visto in giro...»

Prima di attendere una risposta, Freddie era già partito in ricognizione. Io iniziai ad augurarmi vivamente che non lo trovasse, che Chris non fosse reperibile.

«Alan, forse... O magari Ben...»

Iniziai a proporre ragazzi a caso che rifiutarono categoricamente la mia proposta. Alan affermò di aver scoperto di detestare la recitazione, proseguiva solo per bontà d'animo e perché non gli piaceva l'idea di lasciarci nei guai. Ben e gli altri ragazzi del villaggio dissero di non sentirsi all'altezza, non erano preparati per assumersi la responsabilità di un ruolo da protagonista.

«Ma no, io non avevo interpretato il ruolo di Romeo, si era trattato solo di poche battute. Uno spettacolo scolastico sulle scene più belle tratte da Shakespeare.» Sentii la voce di Chris che dal salone veniva verso di noi. Evidentemente Freddie lo aveva messo già al corrente della proposta di Daisy. «Non me ne ricordavo nemmeno. In ogni caso vi ringrazio della gentile offerta ma preferirei non ripetere l'esperienza. Io suggerirei di chiederlo a Teddy.»

Teddy? Era impazzito o stava scherzando? Teddy? Mi lanciò un sorrisetto allusivo. Certo, Teddy come Romeo e Sally come Giulietta. Mi aveva rimproverata tanto per le mie macchinazioni e lui stava ancora tentando di vincere quella vecchia sfida?

«No, assolutamente no! Teddy non è proprio adatto! Figuriamoci, non riesce neanche a...» Mi bloccai appena in tempo. A parlare senza balbettare... Era una cattiveria la mia e sarebbe stato pessimo esprimerla davanti a tutti. «Non riesce neanche ad avere un attimo di riposo, poverino, con tutto il lavoro che ha. Non credo abbia voglia di perdere tempo con noi.»

«Potresti chiederglielo, invece di decidere per lui che non ha tempo da perdere.»

La risposta arida di Chris, unita al suo sguardo severo, mi fece male. Perché lui aveva sicuramente intuito quello che stavo per dire. Mi morsi le labbra e abbassai gli occhi, mi sentivo il viso in fiamme. In un modo o nell'altro io finivo sempre per essere la cattiva della situazione ai suoi occhi, la combinaguai, la ragazzina snob e viziata che aveva difeso solo per dovere. Questo era il suo giudizio su di me. E non sarebbe mai cambiato. Mai.

«Perché non lasciamo che sia Giulietta a proporre un nome, visto che sarà la protagonista insieme a lui? Sally, tu cosa ne pensi?» Janet sorrise e si strinse nelle spalle rivolgendosi a Sally.

La sua soluzione non era poi tanto male. Sally era la nostra Giulietta. Era giusto che prendesse parte alla decisione e proponesse chi per lei era più indicato come Romeo.

«Ma io... in realtà non saprei proprio...» Sally si massaggiò le braccia e sembrò volersi eclissare, forse anche nascondere sotto la sedia. Di certo non si aspettava di essere tirata in causa. Poi inaspettatamente prese più sicurezza. «Però se dovessi scegliere, io direi... Chris.»

Mi sembrò all'improvviso di assistere a uno spettacolo nello spettacolo. Erano tutti d'accordo? Insomma, avevano pianificato questa messinscena contro di me? Avevo l'impressione che i miei stessi attori si ribellassero e mi si rivoltassero contro. Ovviamente non era così. Potevo comprendere la proposta di Daisy. Ma che Sally scegliesse Chris mi sembrava un'idea fuori dal mondo, fuori da ogni logica. Non mi aspettavo nemmeno che volesse Teddy al suo fianco, però… tra tutti i ragazzi presenti, perché proprio Chris?

«Va bene, ci rifletteremo ancora un po' e poi…»

No, non andava bene per niente. E io stavo iniziando a sfogare la mia frustrazione sul copione che avevo tra le mani. Maledetto il giorno, anzi la sera, che mi era venuta l'idea di questo dannato spettacolo in questo stupido castello!

E poi… non conclusi nemmeno la frase, mi alzai e basta. Girai intorno alla mia sedia per raggiungere Chris, in piedi alle mie spalle.

«Tutto tuo, se ci vuoi provare…»

Gli misi tra le mani il copione e distolsi immediatamente lo sguardo da lui. Lo avrei detestato come Romeo, già lo sapevo. Ma se a Sally e agli altri andava bene… chi ero io per oppormi?

«Io per la verità non ho accettato.» Chris strinse gli occhi su di me, restituendomi il copione. «E non avevo nemmeno l'intenzione.»

«Dovresti, visto che a quanto pare tutti ti vogliono…»

Il "tutti" comprendeva principalmente Daisy, Sally, forse Freddie… gli altri non si erano espressi in proposito ma, da come l'avevo posta, sembrava quasi una decisione unanime contro di me.

Intanto mi sentivo osservata. E giudicata, soprattutto. Forse su una cosa Chris aveva ragione. E va bene, su molte cose. Ma su una in particolare. Parlavo troppo per avere il nome di un vegetale. Di un fiore. I fiori nascevano e sbocciavano in silenzio. Io ero… un fiore tutto sbagliato.

«Allora ci penserò.» Riprese il copione e se lo arrotolò tra le mani, quasi fino a stritolarlo. «Ma non oggi, ho da fare. Stasera provo a studiare un po' la parte, domani potrei trovare un'ora o due…»

Cosa? Stava accettando? Aveva accettato? Aggrottai irritata la fronte e puntai lo sguardo su di lui che, ignorandomi completamente, stava rientrando.

«Ma siete…» mi rivolsi agli altri, che se ne stavano seduti tranquillamente. Possibile che nessuno avesse niente da ribadire? «Insomma, sembra che… ci stia facendo un favore…»

«È esattamente quello che sta facendo, infatti. Un favore. E dovremmo essergliene grati…» puntualizzò Daisy, incrociando le braccia al petto.

Mi scrutava con un'aria vagamente indagatrice da qualche giorno. E di fronte a quel tipo di sguardo da parte di mia sorella mi sembrava che tutte le mie sicurezze crollassero, una dopo l'altra.

Mentre gli altri ripetevano qualche scena per mantenere l'allenamento, io mi ritrovai sola. Mi sembrava di scontrarmi contro al mondo, sempre di più. E di farmi male, ogni volta. Mi sentivo una persona profondamente crudele, forse lo ero davvero. Era giusto isolarmi, distruggermi in qualsiasi modo possibile.

«Rose…» Sally mi raggiunse con un sorriso sereno. Sembrava rilassata, quasi gioiosa. Almeno lei. Mi faceva piacere, dopo tutto quello che aveva passato anche a causa mia. «Sono contenta che Chris abbia accettato di fare una prova.»

«Ah, sì…»

Non riuscivo a essere ipocrita a tal punto da aggiungere un "anche io" e fingere di essere d'accordo. Quindi lasciai deliberatamente la frase in sospeso.

«C'è una cosa che dovrei dirti…»

Un'altra? Non volevo mostrarmi seccata nei suoi confronti, ma davvero non ero in vena di confidenze. Anche se, accidenti, Sally aveva sopportato tanto a causa mia e poi se non fosse stato per lei… Si era esposta per me, aveva raccontato come Luke si era comportato con lei e anche con altre ragazze. Meritava tutta la mia attenzione e la mia amicizia.

«Certo, Sally.» Le dedicai il migliore dei miei sorrisi. Ero consapevole di non riuscire a essere molto spontanea al momento, ma feci del mio meglio. «Puoi dirmi tutto quello che vuoi, ti ascolto.»

«Volevo parlarti di Chris…»

Oh, no. Non di nuovo! Avevamo appena finito di parlarne! L'unica cosa che avrei accettato di sentire su Chris era che Sally aveva cambiato idea e alla fine aveva capito che sarebbe stato meglio un altro come Romeo.

«Sì, lo so. Capisco, Sally. Sei stata gentile con lui, ma non è il caso… Poi ha da fare, lo hai sentito. Solo un'ora o due non basteranno, quindi stai tranquilla. Domani gli diremo che non andrà bene, non si offenderà.»

«No, non è questo. Cioè non volevo dirti questo. Per me Chris andrà benissimo… ecco, esattamente quello che volevo dirti è che lui…» La vidi sospirare, mordersi le labbra nervosa. Poi congiunse le mani e incrociò le dita, sempre più tesa. «Ecco, io credo che sia giusto dirlo a te, visto quello che è successo con Mike, poi con Luke. So che potrai capirmi. Io… insomma, te lo dico e basta. Chris mi piace molto. Moltissimo, anzi. Lui è così gentile, dolce, sempre premuroso. È un ragazzo sensibile. Non ha davvero nulla a che fare con Mike, ancora meno con Luke! E quindi io… Mi sembra di piacergli, ecco. E come ti dicevo, è giusto che tu lo sappia che tra noi sta nascendo qualcosa…»

Nascendo qualcosa? Nascendo… qualcosa! Intanto Sally continuava a parlare, parlare, parlare. Ma da quando aveva iniziato a fare monologhi? Io invece ero rimasta in silenzio, ammutolita. Ecco, ci ero riuscita mio malgrado. Alla fine mi ero davvero trasformata in un vegetale.

«Ma…» Percepii qualcosa rasparmi in gola, però non potevo tacere in eterno. «Chris è mio…»

«Sì, lo so che è tuo fratello. Però io…»

«No, Sally. Tu non sai proprio niente!» Ora da vegetale mi stavo trasformando di nuovo. In un felino. Forse una tigre o una pantera. Avevo una gran voglia di sbranare qualcuno e Sally si trovava proprio di fronte a me. «Qualunque cosa Chris ti abbia lasciato intendere, ti sei sbagliata. Lui non… non è interessato a te, Sally. Ha una ragazza a Londra, si chiama…» Come diavolo si chiamava? Perché avevo rimosso il nome? Proprio adesso che ne avevo bisogno! Ah sì, la cara Lisa! Almeno serviva a qualcosa ogni tanto! Pronunciai il suo nome alzando il tono di voce, come se fosse la risposta esatta a un telequiz. «Lisa!»

«No, non credo. Lui ha detto che è solo un'amica. L'ho sentito che ne parlava con Freddie e gli altri…»

Sally sembrava intimidita. Non tanto dai suoi sentimenti per Chris, ma da me. Dalla mia reazione. E in realtà anche io stavo iniziando a farmi paura da sola.

«Insomma, Sally! Come te lo devo dire? Chris non va bene per te! Quindi non ci pensare proprio.»

«Ah, perché? Per me vanno bene soltanto gli stronzi che mi proponi tu?» Restai allibita. Davvero Sally mi aveva detto una cosa del genere? Davvero… pensava questo di me? «Ma tuo fratello, no. Tuo fratello è troppo per me! Sei proprio una snob allora, come dicevano tutti all'inizio.»

«Ma che dici? Ma no, Sally…»

Mi sentii bruciare gli occhi. Sollevai una mano verso di lei, nel tentativo di sfiorarla, di accarezzarle il viso, ma lei si tirò indietro, respingendomi. Mi accorsi che anche lei era sconvolta. Stavo litigando con Sally. E io, da quando l'avevo incontrata, mai, mai avrei pensato che avrei potuto litigare con Sally. Con Janet, forse. Con Daisy, qualche volta era capitato. Con tutto il mondo, ma non con Sally! Era impossibile litigare con Sally… eppure ero riuscita anche in questo! In un'impresa impossibile.

Non mi restava altro che andarmene. Mi sentivo un mostro. Troppo per restare. Mi incamminai lungo il sentiero che portava verso il cottage, poi però cambiai direzione intenzionata a raggiungere la biblioteca. Non sapevo nemmeno io dove andare.

Perché sembrava che tutti mi stessero costantemente accusando di qualcosa? Perché avevo offeso Sally, pur non avendone la minima intenzione?

Mi asciugai il viso, ripetutamente. Ritirarmi in un angolo e restare zitta sarebbe stata la scelta più giusta. Alla fine, da quando ero arrivata a Heathland, non avevo fatto altro che combinare guai. Ed erano gli altri ad andarci sempre di mezzo!

«Rose...» Riconobbi immediatamente la sua voce e sollevai il viso. «Rose, che cosa è successo? Vi stavo raggiungendo per aiutare con le prove... Oggi ho dovuto finire di sistemare l'archivio con i nuovi libri, mi dispiace di aver fatto tardi.»

«Ivy...» Ecco, anche lei aveva il nome di un vegetale. Ma non era un vegetale fallito, come me. Lei parlava e tutto ciò che diceva era giusto, aveva un senso. «Ivy, ho combinato un disastro! Di nuovo!»

Indifferente ai probabili sguardi delle poche persone che sostavano tra la caffetteria e la biblioteca, scoppiai a piangere. Ivy mi strinse tra le braccia e mi permise di appoggiare la testa sulla sua spalla.

«Ascolta, tesoro... Perché non andiamo a casa mia e ci prendiamo una buona tazza di tè?»

«Una buona tazza di tè non sistemerà la situazione, questa volta.»

Nonostante ciò, mi lasciai guidare. Non ero mai stata a casa sua. In altre circostanze mi avrebbe incuriosita, ma ero troppo disperata per essere curiosa.

«Ti dimostrerò che ti sbagli, Rose. Una buona tazza di tè può diventare la soluzione a tutto. Oppure mostrarti i problemi da un'altra prospettiva.»

CAPITOLO 30

La casa di Ivy era piccola e accogliente. A un paio di isolati dalla biblioteca, aveva la forma di un cottage, simile al nostro ma in formato minuscolo. Bianco e quadrato, con tanti fiori colorati alle finestre. Probabilmente oltre alla cucina, che fungeva anche da soggiorno, e al bagno aveva solo una camera al piano superiore.

Mi fece accomodare sul divano mentre preparava il tè. Sospirai accarezzandomi le braccia e socchiusi gli occhi. Forse avrei dovuto offrirmi di aiutarla, ma mi sentivo distrutta.

«Allora... ecco il tuo tè.»

Pochi istanti dopo Ivy si sedette al mio fianco, porgendomi una tazza rosa con dei gattini che si rincorrevano. La sua era identica ma verde.

«Grazie. Nel mio caso dovrebbe fare miracoli.» Mi sforzai di sorridere e lo sorseggiai un po' svogliatamente. «Una semplice soluzione non basterà.»

«Proviamoci.» Ivy inclinò la testa e mi scrutò attentamente. «Mi vuoi raccontare cosa ti è successo? Qualche problema con le prove?»

Era già al corrente della mia "disavventura" con Luke. Ora forse immaginava che ci fossero state ripercussioni o qualche dettaglio di cui era rimasta all'oscuro. Compresi che non osava affrontare il discorso direttamente.

«No, cioè... non solo. Mi sono resa conto che sono riuscita a rendere tutti scontenti, infelici. Io volevo solo sistemare...» "Sistemare" le persone? Sì, esattamente. Era proprio il termine più indicato. E, tra le altre, anche Ivy ero intenzionata a sistemare. Forse l'avevo detto scherzando a Daisy, ma il pensiero mi aveva sfiorata più volte. «Voglio dire... Io ho sempre voluto essere brava in qualcosa. Quindi a un certo punto ho creduto di essere brava a capire le persone, a trovare cosa e chi fosse giusto per loro. In tutto il resto sono sempre stata negata, un disastro. Tentavo di impegnarmi, ma poi… Invece Daisy, ecco Daisy per esempio è sempre stata un'atleta eccezionale in ogni sport. Io al contrario mi stancavo subito, non sono mai stata costante. Chris invece… è sempre stato bravissimo a scuola. Non mi ricordo che abbia mai preso un brutto voto o anche solo inferiore alla sua media. Poi a lui hanno sempre dato ascolto, la sua opinione ha sempre contato qualcosa, fin da quando è arrivato a stare con noi e aveva solo quattordici anni. Lo trattavano già come un adulto. Pensavo che la stessa sorte sarebbe toccata anche a me, ma raggiunti i quattordici anni io sono rimasta la Rose di sempre, nulla è cambiato per me. Il mio parere era ininfluente. Chris ha solo due anni più di me, eppure…»

Mi fermai, quasi di colpo. Probabile che ad Ivy la mia apparisse come una serie infinita di lamentele sui componenti della mia famiglia. Dovevo sembrarle proprio una ragazzina petulante e invidiosa dei successi della sorella e del fratellastro.

«Continua pure, Rose. Penso sia giusto riuscire a esprimere quello che senti.»

Mi sorprese che Ivy mi incoraggiasse a proseguire. Il suo volto era sereno e rilassato, non sembrava seccata dal mio piagnisteo.

«Mia madre… è una pianista eccezionale. Forse fin troppo, considerato che ci ha mollate per la carriera. Mio padre è un architetto, lo sai. E se penso alle altre persone che conosco, anche quelle che non fanno parte della mia famiglia, ai miei amici… tutti hanno un talento. Janet per esempio sa cantare benissimo. Io invece… non so fare proprio nulla. Capisco, forse sembrerà che io stia esagerando, ma non è così… davvero non so fare nulla. So mettere insieme liste di cose da fare ma che poi comunque non faccio perché sono troppo pigra! Mi fermo alla prima voce del mio elenco, spesso nemmeno a quella. Chris non fa altro che ricordarmelo e prendermi in giro per questo…» Sorseggiai ancora un po' di tè, poi appoggiai la testa allo schienale del divano. «Quindi io credevo, o almeno speravo, di poter rendere felici le persone. Pensavo che Sally, per esempio… potesse essere felice insieme a Mike.»

«E invece le cose sono andate diversamente. Capita, Rose. Ma non è stata colpa tua.» Mi ero sentita ripetere talmente tante volte che non era stata colpa mia ultimamente, da averne quasi la nausea. Anche perché avevo l'impressione che mi venisse detto solo per consolarmi. «E per il resto… anche io non so fare molto, non ho talenti particolari. Mi piace leggere, occuparmi della biblioteca, consigliare libri. Ma è un piacere mio, non qualcosa in cui sono brava, un talento.»

«Non è vero… Tu sei molto brava, invece. A risolvere le situazioni, a far sentire bene le persone. Quando ci sei tu tutto si sistema. Il tuo è davvero un talento, Ivy.» Accarezzai la tazza che tenevo in mano. Forse il tè non forniva magiche soluzioni ai problemi, ma un po' aiutava, dovevo riconoscerlo. «Quando ci sono io, invece… distruggo tutto e tutti!»

«Rose… tu sei brava a riconoscere i talenti degli altri, ma non i tuoi. Io sto ancora aspettando di leggere la sceneggiatura di quelle fiabe che mi avevi promesso.»

Aveva ragione. Con tutto quello che era successo, me n'ero completamente scordata.

«Mmh… non posso certo mettermi in competizione con Shakespeare.» Tentai di scherzare, senza riuscirci. Anche perché il pensiero, sfuggendo in parte al mio controllo, tornò al punto di partenza. Al momento in cui tutto era degenerato fino a giungere al mio assurdo litigio con Sally. Era proprio questo che avevo bisogno di confessare ad Ivy, questo che mi faceva male. E forse nemmeno il suo provvidenziale tè avrebbe potuto soccorrermi, nel nuovo disastro che avevo provocato. «Siamo rimasti senza Romeo, ma questo già lo sai. E Sally… vorrebbe Chris.»

«Non mi sembra male come idea. Tu non sei d'accordo?» Ivy parve riflettere per un attimo, poi si strinse nelle spalle, annuì e sorrise. «Lui cosa ne pensa? Potrebbe provarci, almeno.»

Non era soltanto Sally a volere Chris, anche gli altri. Il problema con Sally era che voleva Chris... non soltanto come Romeo.

«Anche gli altri sono d'accordo. E lui lo farebbe, credo. Ma io...»

«Sei tu a non essere d'accordo?»

Dovevo parlare ad Ivy della mia discussione con Sally. Altrimenti non ci sarebbe mai arrivata da sola. Anche se mi creava un forte imbarazzo, non avevo alternativa.

«Sally vuole Chris come Romeo...» Questo l'avevo già detto. Dovevo trovare il coraggio di buttare fuori il resto ed esprimere le mie perplessità a riguardo, senza sentirmi a disagio o in colpa. «Ma non solo come Romeo... Sally vuole Chris, ecco. Crede che lui sia dolce, gentile e premuroso. Sensibile, addirittura!»

«E invece secondo te non lo è?»

«No!» La domanda diretta di Ivy poteva ottenere solo una risposta. Un no secco e deciso. «Cioè... lui è... ironico, pungente, molto spesso sadico ed è uno stronzo anche se diversamente stronzo da tipi come Mike e Luke. Lui mi rimprovera sempre, da quando lo conosco non ha fatto altro, però poi... Comunque, ciò che sto cercando di dire... è che Chris non è proprio la persona adatta a Sally. Solo che lei non lo ha capito e si è arrabbiata con me perché ha pensato che io... che io non la ritenga abbastanza per mio fratello, capisci? È assurdo!»

«Quindi tu non ritieni Sally adatta a Chris, se ho ben capito, anche se non per i motivi che pensa lei.» Ivy appoggiò un braccio allo schienale del divano per girarsi meglio verso di me, come se volesse studiarmi attentamente, analizzarmi. «Allora... chi pensi possa andare bene per lui?»

«Per lui? Ma che ne so io!» Non mi sarei aspettata la domanda, quindi le diedi una risposta rapida, quasi sbrigativa e nervosa. Mi sentivo contrariata e stanca. «Ha una... specie di ragazza, ora si trova a Londra credo. È stata anche qui...» Era solo un'amica, aveva specificato Sally. Come Sally fosse così aggiornata sulla vita sentimentale di Chris, era un mistero. Lo aveva sentito discutere con gli altri, ma quando? Dove? «Comunque, tornando a Sally... Credo che alla fine il ragazzo adatto a lei sia proprio Teddy. Forse c'era qualcosa tra loro, però io l'avevo scoraggiata perché mi sembrava che Mike fosse migliore. Ma Teddy è un bravo ragazzo, su questo non ho dubbi...»

«Sì, credo anch'io che Teddy sia un bravo ragazzo. Ma noi stavamo parlando di Chris. E in particolare dei motivi per cui tu ritieni che non possa andare bene per Sally. Non è questo il problema che ti fa stare male? Aver litigato con Sally?»

Avevo sperato di confonderla, ma evidentemente Ivy era più attenta alle mie parole di quanto credessi. Non attese la mia risposta. Si alzò scuotendo la testa.

«Ti stai rendendo conto anche tu delle tue incongruenze, Rose? Sei incoerente e molto contraddittoria.» Il tono di Ivy nei miei confronti si era indurito all'improvviso. Ecco, stavo facendo arrabbiare anche lei. «A questo punto, non essendoci nessun altro disponibile, recuperi il povero Teddy per affibbiarlo a Sally. Magari mettendoti un po' di impegno potrai scovarle anche qualcun altro... purché stia lontana da Chris.»

«Ma perché, come ti ho spiegato, Chris non va bene...» Mi tremava la voce. Avevo paura della verità, anzi ne ero addirittura terrorizzata. «O forse Sally ha davvero ragione. Io sono una snob. Sono una stronza e non la voglio con mio fratello...»

«Insomma, Rose! Non vuoi Sally insieme a Chris... o non vuoi proprio nessuna insieme a Chris?» Ivy tornò a sedersi accanto a me e mi fissò seria, quasi irritata. «Cerca di essere onesta con te stessa. Sei tanto brava a pretendere di sistemare la vita degli altri e non vuoi tentare di fare qualcosa per te stessa?

Non vedi nemmeno quello che hai davanti agli occhi ogni giorno…»

"Quello che hai davanti agli occhi ogni giorno…"

Me le avevano già rivolte queste parole. Più o meno simili. Lui. Era stato lui. Scossi la testa e abbassai lo sguardo. Reggevo ancora la mia tazza di tè tra le mani, ormai ne era rimasto appena un sorso. Freddo. Rimasi ostinatamente in silenzio. Forse era il momento di andarmene. Il tè non serviva proprio a nulla, nel mio caso. Anzi, mi sentivo ancora più confusa e sconfortata di prima.

«Rose, il tuo problema con Sally non è che Chris è tuo fratello… ma che non lo è affatto!»

Ecco. Ivy, la dolce, tenera, comprensiva Ivy lo aveva detto. Senza mezzi termini, con durezza, con una brutalità quasi crudele. E il mio non fu più solo un vago timore. La mia paura della verità, il mio terrore, espressi a parole erano diventati così terribilmente reali. E mi ferivano, mi avrebbero ferita per sempre, senza via d'uscita. Mai nessuna ragazza mi sarebbe andata bene insieme a Chris. Né Lisa, né Sally… proprio nessuna. Perché io, Rose Storm, ero un'egoista e non ero disposta a cederlo o a dividerlo con nessuna. Né ora né mai.

CAPITOLO 31

Quindi, grazie al mio egoismo, mi ero isolata ancora di più. Con Sally i rapporti erano rimasti freddi e tesi ma almeno non avevamo più litigato. Io del resto mi vergognavo troppo per affrontarla. Cosa potevo dirle? Scusa cara, non mi stai bene con Chris perché me lo voglio tenere per me? Perché non mi va di condividere le sue attenzioni con un'altra? Oddio, non ci potevo neanche pensare! Ero gelosa. Gelosa da sentirmi soffocare addirittura, alla sola idea. Gelosa e terribilmente possessiva. E non da poco tempo... anche quando era arrivata Lisa... No, no! Non ci potevo proprio pensare!

Chris aveva provato qualche scena il giorno successivo, ma si era capito fin da subito che non si sarebbe impegnato. Avrebbe potuto essere in grado di interpretare Romeo ma non ne aveva voglia. Leggeva il copione distrattamente, senza sentimento, come se fosse la lista della spesa. Tanto che si era scusato e aveva proposto di sostituirlo con un altro. Io, ingiustamente me ne rendevo conto, mi ero sentita sollevata. Nonostante Sally avesse provato a convincerlo, lui non aveva ceduto.

"Che cosa c'è in un nome? Quella che noi chiamiamo rosa, anche se la chiamassimo con un altro nome, serberebbe pur sempre lo stesso dolce profumo."

Mentre Sally pronunciava queste parole di Giulietta, ebbi l'impressione che gli occhi di Chris si staccassero da lei per posarsi su di me. Ma non c'era proprio niente di dolce nel suo sguardo, anzi... sembrava dominato da una rabbia inquieta che era costretto a trattenere e a placare.

Mi rendevo conto che ciò non significava nulla. Il fatto di non voler interpretare Romeo non significava che non avrebbe voluto una relazione con Sally. Però… io e Chris avevamo scommesso su Sally, un po' stupidamente. Quando io pretendevo di metterla con Mike, Chris aveva puntato invece su Teddy. Non lo avrebbe mai fatto se gli fosse piaciuta per se stesso. Questa era la mia logica. Ma io non ero un maschio, non potevo sapere come ragionavano i maschi. E in ogni caso erano trascorse settimane da allora, poteva aver cambiato idea nel frattempo.

L'unica certezza era che Chris preferiva continuare a lavorare a tempo pieno con papà, piuttosto che far parte dello spettacolo. E io, che avevo promesso una rappresentazione entro la prima o al massimo la seconda settimana di settembre, sentivo il tempo sfuggirmi dalle mani. Sarebbe andato tutto bene… se non fosse stato per me, per i guai e il malcontento che io avevo causato.

«Mi dispiace, papà… non faremo in tempo con lo spettacolo.» Comunicai l'amara verità a mio padre dopo cena. Seduta sul divano avevo acceso la televisione, sperando che le voci di sottofondo rendessero la mia comunicazione meno gravosa. In qualche modo bisognava comunicarlo anche a Sir Richard, ma io non avevo il coraggio di affrontarlo. Ciò che era accaduto con Luke mi pesava ancora, anche se ero consapevole di non essere io l'unica colpevole, almeno in quella storia. «Ci abbiamo provato, ma è troppo tardi per sostituire Romeo. E poi… parte della scenografia non è pronta e… anche se Ivy mi sta aiutando io credo di non essere in grado di dirigere i lavori, la regia… Mi sono sopravvalutata. Come sempre. E ora bisognerà dirlo a Sir Richard, io…»

«Non ha importanza, Rose. Hai fatto del tuo meglio. Non avevi comunque molto tempo, per organizzare il tutto. Ivy ti ha aiutata ma con il suo lavoro non può essere sempre a disposizione. Non ti preoccupare…» Papà mi rivolse un sorriso mesto. Sembrava tranquillo, come se già sapesse che sarebbe stato impossibile che fossimo pronti entro la data prefissata.

«Sir Richard capirà, non si aspettava che tu facessi miracoli. Ma almeno ci hai provato.»

«Magari, per Natale...»

Lo dissi tanto per lasciare aperta una speranza. Per Natale sarebbe stato impossibile. Gli altri sarebbero tornati a Londra per l'università, quindi avremmo dovuto sostituire il cast al completo. Mi sentii ancora più in colpa. Li avevo obbligati a impegnarsi tanto, anche contro la loro volontà, per poi mandare tutto all'aria.

«Rose... che cosa vuoi fare con l'ultimo anno di liceo?» Papà afferrò il telecomando, abbassando il volume. Natale sarebbe stato tra quattro mesi circa, ciò comportava necessariamente una riflessione su come avrei impiegato il tempo che stava in mezzo. «Non voglio costringerti a stare qui e rinunciare alla tua vita, ai tuoi amici. Possiamo trovare una soluzione.»

«Non è così importante... Per me va bene restare qui. Anzi, possiamo anche vendere la casa di Chelsea se è necessario.» Io stessa non credevo alle mie parole. Solo un paio di mesi prima mi sarebbe sembrata pura follia. Eppure era davvero così, non lo stavo dicendo per semplificare la vita a mio padre. Non ero così buona e remissiva, non lo sarei mai stata. Credevo fermamente in ciò che avevo appena affermato. Per cui, amplificai il concetto. «Mi sto ambientando, mi piace stare qui.»

Ero consapevole che non sarebbe stato facile, avrei dovuto ricominciare tutto da capo, da sola. Non ero nemmeno più sicura di poter contare sull'amicizia di Sally, ormai.

«Ne sei proprio sicura, Rose?»

Mio padre, ovviamente, era più incredulo di me. Ovviamente perché mi conosceva bene. E sapeva che non ero mai stata così. Magari stava iniziando a pensare che la sua vera figlia fosse stata rapita dagli alieni.

«Sì, sicurissima! Qui c'è Ivy... e anche Sally.» Non feci parola della discussione avvenuta con Sally. Non potevo, altrimenti avrei dovuto spiegargli anche il motivo. Speravo di poter risolvere la situazione con lei, al più presto. «Poi pensavo... se anche Tom Hart e la sua famiglia resteranno... Teddy potrebbe riprendere gli studi qui a Heathland. Forse con un po' di aiuto potrà recuperare e seguire meglio che a Londra. Qui è tutto più tranquillo, non sarà più sotto pressione e gli altri non lo prenderanno in giro se farà fatica a leggere e impiegherà più tempo a capire...»

Che cosa stavo dicendo? Da quando mi preoccupavo per le sorti scolastiche di Teddy Hart? Ero stata veramente rapita dagli alieni? Io stessa cominciavo a sospettarlo. O mi stavo aggrappando a Teddy per evitare altri discorsi più complicati e imbarazzanti?

«Ah, sì. Mi sembra una buona idea, ne parlerò con Tom e con suo figlio.» Papà mi stava osservando perplesso, temevo cominciasse a essere seriamente preoccupato per la mia salute mentale. «Ma Rose, tu ne sei proprio convinta? Non avrai più i tuoi soliti amici a scuola. Non vedrai più Janet ogni giorno. E vedrai meno spesso anche Daisy... Poi Alison tornerà dal viaggio di nozze e... lo sai che lei resterà a Londra con suo marito, vero?»

«Ovvio che lo so! Non pretendo certo che si trasferiscano qui per badare a me!» ridacchiai, stringendomi nelle spalle. «Non sono una bambina. E comunque Londra non è dall'altra parte del mondo. Potrò comunque andare a trovarli e loro potranno venire qui a trovare noi, ogni tanto.»

«Bene, allora. Se sei così convinta...»

Notai il sollievo nella sua voce. Sorrise accarezzandomi la testa con delicatezza. Eravamo soli, io avevo dichiarato di sentirmi stanca per uscire. La verità era che mi sentivo ancora a disagio e preferivo restare nascosta. Anche Chris era uscito e io non facevo che interrogarmi su dove fosse andato e con chi.

«Chris...» Ero costretta a nominarlo. O almeno a considerarlo come avevo sempre fatto. Non potevo farlo sparire da tutte le conversazioni. Soprattutto perché avevo bisogno di parlare di lui, con papà. Di ciò che, dopo la mia presa di coscienza, temevo di avergli causato e di cui prima non mi ero mai preoccupata. «Papà, ti devo dire una cosa, riguardo a Chris. Credi che davvero voglia fare l'architetto come te?»

«Tu hai qualche dubbio?»

Lo sguardo di mio padre era diventato sereno, non più sorpreso dalla nuova Rose che si trovava di fronte. Forse stava cominciando a farci l'abitudine.

«Mmh… Io non lo so. A volte mi è sembrato che volesse seguire il tuo lavoro solo per non deluderti o perché si sente in colpa per sua madre…» Non avevo molta voglia di parlare di Karen, ma non potevo farne a meno se intendevo rendere partecipe papà della mia opinione riguardo a Chris. Speravo solo di non causare altri guai. «Io credo che sia più interessato all'arte che all'architettura. Mi sono resa conto di come ne parlava anche se è stata più una mia sensazione, non lo ha mai dichiarato espressamente. La verità è che la colpa è stata anche mia. In gran parte mia. Gli ho sempre rinfacciato di essersi insediato nella nostra famiglia, con sua madre e…»

«Credi sia per questo che Chris vuole lavorare con me?» Papà incrociò le braccia, il suo sguardo divenne serio. Molto serio. Non avevo idea di cosa stesse pensando. «Insomma, Rose. Voi due… litigate spesso. Anzi, diciamo le cose come stanno. Litigate sempre. Ora stai cercando di mandarlo via o di allontanarlo in qualche modo?»

«Cosa?» Davvero gli avevo dato questa impressione? Non era nelle mie intenzioni. «No, no! Assolutamente no, papà. Io voglio solo… penso solo che Chris dovrebbe essere completamente libero di fare quello che preferisce, senza sentirsi costretto. Non voglio allontanarlo, non voglio…» Meglio non esagerare o sarei risultata sospetta! «Cioè non mi dà così fastidio, lo posso sopportare.»

«Va bene, allora. Se hai questo dubbio gli parlerò, appena possibile. Non voglio che si senta obbligato o forzato, sono d'accordo con te.»

«Mmh… bene…»

Forse avrei dovuto semplicemente farmi gli affari miei. Ma era giusto che Chris avesse l'opportunità di decidere liberamente cosa voleva fare del suo futuro.

«Tu invece, Rose…» Io al contrario non ne avevo proprio nessuna idea. Del resto avevo ancora un anno di liceo per pensarci. «Rose, tu stai bene? Voglio dire, stai bene davvero? Dopo quello che è successo con Luke… Io sono stato poco presente, se non fosse intervenuto Chris non mi sarei nemmeno accorto…»

«Io credo che Luke non…» Non sapevo come formulare la frase, era complicato parlarne con lui. Sarebbe stato complicato parlarne con chiunque, a quel punto. «Credo che non intendesse farmi del male. Comunque non si trattava solo di Luke, ma anche di me. Forse in qualcosa ho sbagliato anche io, perché sapevo che non… Sapevo che non era né il momento giusto né la persona giusta, volevo solo dimostrare qualcosa per una stupida competizione con Kathleen, come sempre. E forse Luke lo aveva capito, ma intanto è arrivato Chris e… lo sai anche tu com'è andata. Mi dispiace tanto…»

«Chris è stato più attento di me. Credo che sia migliore lui come fratello maggiore che io come padre…»

Scossi la testa ripetutamente. Stavo iniziando a vergognarmi di me stessa, ogni istante di più. Di me stessa e dei pensieri che non riuscivo più a controllare e che sicuramente non sarei mai riuscita a confessare a mio padre senza rischiare di sconvolgerlo. Ma del resto, cosa pretendevo? Quasi non riuscivo ancora ad ammettere la verità interiormente, se non fosse stato per Sally e poi per Ivy…

«Papà, io devo dirti…»

Non era il momento adatto, ne ero consapevole. Forse non lo sarebbe mai stato. E io avrei dovuto tacere per sempre, se non c'erano possibilità. Però dovevo comunque alleggerire la situazione, la tensione che avevo contribuito a creare sia nella mia famiglia sia nella mia cerchia di amici.

Un rumore alla porta mi costrinse a fermarmi. Qualcuno stava bussando. Papà si alzò dal divano prima che io potessi rendermene conto e rielaborare mentalmente il discorso che stavo per affrontare.

«Rose, c'è una sorpresa per te!»

La voce di papà sembrava allegra, come se avesse appena ricevuto una buona notizia.

Mi spostai per controllare chi stesse varcando la soglia, dietro a lui. Non ci potevo quasi credere! Perché nessuno mi aveva avvisata? Avevano progettato tutto di nascosto per farmi davvero una sorpresa?

Saltai con uno scatto dal divano e percorsi la breve distanza che mi separava dall'ingresso. Alison! Alison e il professor Fowler. Non sapevo che fossero tornati dal loro viaggio, dalla visita alle rispettive famiglie. Non avevo idea che si trovassero in zona e fossero arrivati a Heathland. Abbracciai Alison, sforzandomi di trattenere le lacrime.

«Piccola! Che gioia vederti!» Mi baciò la fronte con dolcezza, accarezzandomi il viso. «Mi sei mancata, Rose. Che cosa hai combinato in mia assenza? Lasciati guardare, mi sembri quasi cresciuta. Eppure non è passato così tanto tempo...»

Non ero solo cresciuta. Ero cambiata. E Alison non avrebbe mai potuto immaginare quanto.

CAPITOLO 32

«Quindi... io mi devo scusare, con tutti voi. Mi scuso davvero, spero che possiate perdonarmi. Non ero assolutamente preparata e ho creduto... mi sono illusa di esserlo. Invece ho solo tentato di improvvisare. Sono stata immatura, me ne rendo conto. E ho creato solo confusione...»

Ecco, le mie scuse ufficiali. Più o meno. Sicuramente poco efficaci, non ero brava in questo genere di cose. Avevo spiegato ad Alison tutto ciò che era accaduto, o meglio avevo fatto una sintesi. E lei mi aveva convinta ad assumermi le mie responsabilità. Scuse agli attori e a coloro che avevano avuto a che fare con l'organizzazione dello spettacolo.

Li avevo raccolti tutti, al solito posto. Anzi, li avevo pregati di ascoltarmi, che mi concedessero la possibilità di spiegare e di scusarmi per il mio comportamento. Non stavo cercando giustificazioni, la responsabilità era mia e ne ero consapevole. Ormai eravamo arrivati alla prima settimana di settembre e recuperare sarebbe stato praticamente impossibile.

La mia confessione venne accolta dal silenzio più assoluto. Certamente non mi sarei aspettata degli applausi.

«Confusione? Tu la definisci semplicemente confusione?» Tra tutti quelli che sarebbero potuti intervenire, aveva preso la parola colei che aveva meno voce in capitolo. Kathleen sembrava tornata appositamente per assistere alla mia disfatta. «Sei stata un'incompetente, Rose. Una dilettante egocentrica che ha giocato alla grande regista.»

Non potevo nemmeno risponderle. Aveva ragione. Mi costava ammetterlo e le sue parole mi ferirono a tal punto che dovetti mordere forte il labbro per non piangere davanti a tutti.

Ma intanto avvampai tanto da sentirmi esplodere per la vergogna.

«Questo è vero, ma è stata anche colpa nostra.» Daisy, l'unica che poteva intervenire in mia difesa. Però essendo mia sorella era un po' troppo di parte. «Non abbiamo fatto nulla per aiutare Rose a gestire l'organizzazione. Ci siamo limitati a imparare le battute e a recitare la nostra parte, scaricando tutta la responsabilità su di lei. All'inizio non eravamo nemmeno convinti di voler partecipare, quindi abbiamo perso ancora più tempo.»

«Una responsabilità che lei stessa si è voluta assumere. Io c'ero quella sera in cui ha lanciato la proposta dello spettacolo. Tu invece no, Daisy.»

Ovviamente Kathleen non si sarebbe lasciata sottrarre il potere che aveva raggiunto, tanto meno l'opportunità di schiacciarmi, calpestarmi e umiliarmi di fronte a tutti. E il fatto che questa volta avesse dannatamente ragione mi faceva stare ancora peggio.

Nessun altro intervenne in mia difesa. E c'era ben poco che io stessa potessi aggiungere. La presenza di Mike al fianco di Kathleen mi lasciò interdetta e disorientata. Era tornato a Heathland insieme a lei? Perché? Per gustarsi la mia sconfitta e godersi così la sua vendetta?

«Mi dispiace, non so che altro dire...» sospirai con un filo di voce. Non ero sicura che mi avessero udita.

Mi sentii ignorata, come se non avessi detto nulla. Kathleen riprese la parola, senza badare a me.

«Io potrei salvare la situazione, se mi concedete la vostra fiducia. Abbiamo ancora un po' di tempo a disposizione e con l'aiuto di Mike...»

Con l'aiuto di Mike? Allora era davvero tornato appositamente per vendicarsi di me! Mi rifiutai di continuare a seguire il discorso di Kathleen che si stava trasformando sempre più in un'arringa. La conoscevo bene, sapeva essere veramente persuasiva quando si metteva in testa qualcosa.

Anche più di me. Li avrebbe convinti, quindi. Alan era il fratello di Mike, non avrebbe potuto rifiutare. E di conseguenza anche Daisy avrebbe accettato. Del resto Mike già conosceva la parte di Romeo, quindi partiva avvantaggiato. Tutti gli altri... perché non avrebbero dovuto? Avevano lavorato per così tanti giorni, Kathleen stava offrendo loro la possibilità di non buttare tutto il tempo e l'impegno che avevano investito nella preparazione di uno spettacolo che, se fosse stato per me, non sarebbe mai andato in scena.

Sperai di diventare invisibile quando mi alzai dalla mia sedia per allontanarmi da lì. Oppure sperai che fossero talmente coinvolti dalle parole di Kathleen da non notarmi. Invece, inaspettatamente, qualcuno mi seguì. Era l'ultima persona che mi sarei aspettata. Anche perché non credevo che si trovasse lì nei paraggi ad ascoltare ciò che avevamo da dire riguardo a qualcosa in cui non era mai stato davvero coinvolto.

«Rose...»

«Ah, Teddy...» sorrisi appena.

Avevo una gran voglia di stare sola e di piangere. Ma non mi era concesso, dovevo trattenermi ancora.

«Non... non mi è piaciuto quello che ha detto Kathleen...» increspò le labbra e corrugò la fronte, sembrava intimidito e contrariato allo stesso tempo. Si passò le mani sulla camicia di jeans, imbarazzato. «Non mi è... non mi è piaciuto per niente, ecco. Volevo solo dirtelo... Tu hai... hai fatto il possibile... Io lo so...»

«Mmh...» sospirai, abbassando il viso. Non riuscii a trattenermi, le lacrime iniziarono a cadere inarrestabili, una dopo l'altra. «Grazie, Teddy...»

Possibile che lui fosse l'unico ad avere qualche parola gentile nei miei confronti? Tutti gli altri, invece... Mia sorella aveva tentato di difendermi, per poi lasciar perdere. E Janet era rimasta in silenzio, succube di Kathleen. Nemmeno lei mi aveva seguita per consolarmi. Avevano semplicemente lasciato che continuasse a infierire su di me.

«Se io... posso fare qualcosa...» Teddy mosse un passo verso di me, incerto e forse ancora più imbarazzato dalle mie lacrime. «Perché tanto... non li voglio aiutare... Non li aiuterò proprio mai... Ma tu non piangere, Rose.»

Povero Teddy. Credeva che gente come Kathleen e Mike richiedessero il suo aiuto? Non volevo disilluderlo e sminuirlo. Sollevai appena il viso e gli sorrisi, anche se mi bruciavano gli occhi e mi sentivo tremare da capo a piedi.

«Se non hai da fare in questo momento... mi accompagneresti a casa e poi in biblioteca? Devo portare qualcosa ad Ivy e non mi va di andarci da sola. Voglio dire... non mi va di stare da sola adesso...»

«Sì, certamente. Mio padre non ha bisogno di me ora...»

Ci incamminammo piano, verso il cottage. Che grande idiota ero sempre stata! Teddy era probabilmente migliore di tutti quelli che avevo lasciato al castello, in balia di Kathleen e Mike. Eppure io lo avevo sempre sminuito e anche un po' deriso per la sua lentezza e per la sua difficoltà a esprimersi.

Mi aveva aspettata pazientemente seduto davanti al cottage con il caffè che gli avevo preparato, mentre io stampavo tutto ciò che avevo salvato nel mio computer, o quasi. Sempre con calma, ci avviammo verso la biblioteca. Stavo iniziando ad apprezzare il fatto di prendere la vita lentamente, con un ritmo così tranquillo e pacato. Senza la mia abituale ansia e senza la frenesia di voler essere la prima in tutto e dimostrare sempre qualcosa al resto del mondo.

«Ti piacerebbe restare a vivere qui, Teddy? Magari riprendere gli studi...»

«Sì, molto! Mi piace qui, mi sento più... a mio agio. Gli studi però... non so... sai che io...»

«Non devi decidere adesso» sorrisi chinando leggermente la testa verso di lui. Tenevo stretti tra le braccia tre plichi di fogli che avevo stampato. E il libro che avevo finalmente terminato di leggere. «Comunque, Teddy... volevo solo dirti che nel caso decidessi di tornare a scuola... io potrei aiutarti, se vuoi.»

«Grazie, Rose...»

Teddy mi scrutò perplesso, a tal punto che sembrava aspettarsi che fosse tutto un imbroglio, che lo stessi prendendo in giro. Non ero mai stata buona con lui. Non ero mai stata nemmeno gentile nei suoi confronti.

Lo salutai ed entrai in biblioteca. Cercai Ivy al bancone ma Rosemary, la bibliotecaria anziana, mi comunicò che si trovava da qualche parte, tra gli scaffali.

«Com'è andata, Rose?» Appena la trovai mi rivolse uno sguardo afflitto, trattenendo alcuni volumi tra le braccia. «Mi dispiace averti lasciata sola...»

«Stai tranquilla, non sei stata l'unica.» La risposta mi parve un po' troppo brusca e accusatoria. Cercai di attenuare l'impatto. Non intendevo affatto incolpare Ivy per la sua assenza, anche se sapeva che sarei stata sola nella fossa dei leoni. «Voglio dire... gli altri erano presenti ma mi hanno lasciata sola lo stesso.»

«Rose...» Ivy appoggiò i volumi su un ripiano, poi si avvicinò accarezzandomi la spalla. «Passerà, vedrai. È solo un momento.»

«Lo so. In ogni caso dovevo affrontare il confronto, diciamo. Non ero preparata e ho combinato un casino, questo è innegabile. Mi dovevo scusare con tutti. Anzi, dovrei proprio scusarmi anche con te. Soprattutto con te. Sei sempre venuta ad aiutarmi dopo il lavoro, togliendo ore al riposo e al tuo tempo libero...»

«Ma no, Rose. Che dici? Io l'ho fatto volentieri, lo rifarei se fosse necessario.» Ivy si strinse nelle spalle e poi sfiorò con le dita i fogli che tenevo tra le braccia. «Mi hai portato qualcosa di interessante da leggere? Le tue sceneggiature?»

«Qualcosa da leggere, sì. Che sia interessante non saprei. Anzi, ne dubito proprio.» Così le cedetti, con timore misto a vergogna, i miei tesori. «Non sono perfette... in realtà sono solo abbozzate. Ah, ho finito *Tess dei d'Urberville*... mi è piaciuto molto.»

Attraverso quel libro avevo compreso, avevo intuito la passione artistica di Chris. Mettendo insieme le descrizioni pittoriche di cui mi aveva parlato e i suoi rimproveri per aver preteso lezioni di arte, nella fase in cui avevo sognato di diventare una grande pittrice, per poi disinteressarmene completamente. Avevo rammentato anche il suo sdegno di qualche anno prima, quando avevo liquidato il mio maestro cambiando nuovamente idea sul mio futuro.

«Lascia giudicare a me.» Ivy annuì, socchiudendo leggermente gli occhi. «Se hai finito il libro ti propongo una nuova lettura. Te ne avevo già parlato un po' di tempo fa. L'ho messo da parte per te.»

Seguii Ivy tra gli scaffali, mentre finiva di sistemare i libri che aveva appoggiato sul ripiano. Poi tornai con lei al bancone.

«Eccolo qui!» Lo estrasse da un piccolo armadietto dove teneva i suoi oggetti personali e me lo consegnò. «Non appartiene alla biblioteca, è mio. Quindi leggilo con calma, puoi tenerlo tutto il tempo che vuoi.»

«*Emma* di Jane Austen?»

Mai letto. Ricordavo molto vagamente la trama. Ragazza, solita vita di società tipica della Austen, amore, matrimonio. Non ne avevo molta voglia, ero più orientata verso le immani tragedie considerate le mie recenti disavventure. L'ultima cosa di cui avevo voglia era leggere la storia di una ragazza che riusciva a ottenere la felicità, il suo maledetto lieto fine. Una ragazza e l'amore! Evitai di esprimere le mie considerazioni ad Ivy, per non essere maleducata.

«Leggilo attentamente, Rose. Quando lo avrai finito magari ne parleremo. Forse anche prima che tu lo finisca! Io mi dedicherò alle tue fiabe.» Ivy ridacchiò strizzandomi l'occhio. Io pensai che non sarebbe stata tanto allegra dopo aver letto le mie sceneggiature.

Tornata al cottage, mi rifugiai nella mia stanza. Mi sentivo davvero cresciuta, come aveva detto Alison. Forse era stato l'ambiente a cambiarmi. Così incontaminato e aspro al tempo stesso. La campagna, le rocce. Avevo perso il mio mondo per entrare a far parte di qualcosa che avevo rifiutato fin dal principio. Ed era avvenuto indipendentemente dalla mia volontà. Forse Heathland aveva prodotto una sorta di incantesimo su di me, di magica riscoperta. O forse la vera me stessa aveva preso forma, lasciando andare una finta Rose che mi ero trascinata per quasi diciotto anni.

Seduta sul letto, iniziai a leggere la prima pagina di *Emma*. Poi sentii qualcuno entrare e mi precipitai in soggiorno. Contrariamente a ciò che credevo, si trattava di mio padre. Mi sforzai di mascherare la mia delusione.

«Ah, papà... Sei già a casa, oggi?»

«Ciao, Rose. Sì, ho parlato con Chris poco fa. In parte avevi ragione tu, sai? È appassionato di arte e io non me n'ero accorto. Ora lui è libero di scegliere la strada che preferisce, non deve per forza accontentare me.»

«Bene, sono contenta.»

«Sì, anche io» annuì accarezzandomi rapidamente i capelli. «Grazie di avermi aperto gli occhi, Rose. Non vorrei mai costringere Chris... Gli ho detto che qualunque sia la sua scelta io lo appoggerò, anche se ovviamente mi dispiacerà non averlo più qui. Perché nel caso scegliesse di andare a studiare arte in America...»

«Arte? In America!»

La mia non fu proprio un'interruzione. Fu più che altro un urlo. Arte? In America? Studiare arte in America? Ma perché?

«Sì, bé... sua madre vive là adesso, lo sai. E ci sono ottime scuole. Mi sono comportato da egoista cercando di trattenerlo. Tu e Daisy siete sempre state le mie bambine. Ma Chris è un po' il figlio maschio che non ho avuto. Ora però non sentendosi più obbligato a seguire me, potrebbe...»

«Ma... ma ci sono ottime scuole anche qui...»

Qui dove? Non a Heathland. A Londra, certamente. Io avevo considerato Londra, certamente non l'America! Oppure dove? Scuole di arte... Non ne avevo idea. Avevo pensato a Chris, a

223

ciò che avrebbe desiderato fare nella sua vita. Ma assolutamente non avevo riflettuto sul fatto che seguire la sua reale aspirazione avrebbe potuto allontanarlo.

In America? O chissà dove… lontano da noi, da me. Scossi leggermente la testa e chiusi gli occhi. Che agissi da perfetta egoista o in modo disinteressato finivo sempre per stare male. La mia ormai era una condanna a cui mi dovevo rassegnare.

«Tu sei più affezionata a Chris di quanto hai mai voluto ammettere. Vero, Rose?» Papà si era avvicinato alla verità. Sperai che non si avvicinasse troppo, ma fui costretta ad annuire. «Però… qualunque cosa Chris sceglierà di fare della sua vita, noi dovremo rispettare la sua decisione senza interferire. Me lo prometti, Rose?»

«Sì. Te lo prometto.»

CAPITOLO 33

Nei giorni seguenti l'unica mia attività divenne la lettura, a cui dedicavo la maggior parte delle ore della giornata. Non avevo neanche fame, sentivo lo stomaco aggrovigliato e dormivo poco e male.

Intanto gli altri proseguivano le prove sotto la direzione di Kathleen e Mike. Così mi aveva raccontato Daisy, perché io mi tenevo accuratamente alla larga dal palcoscenico. Mi tenevo alla larga da tutto il castello, in realtà. Avevo anche saputo che presto Luke sarebbe tornato, ma ormai i suoi spostamenti non mi riguardavano più. Speravo solo di non causare ulteriori problemi.

Lasciavo il cottage solo la mattina, per avviarmi furtivamente verso la biblioteca dove aiutavo Ivy a sistemare i libri oppure continuavo a leggere. In alternativa trascorrevo un po' di tempo con Alison e il professor Fowler, che si sarebbero trattenuti ancora qualche giorno a Heathland prima di tornare a Londra. Ero lieta della loro felicità e finalmente avevo compreso che non ne ero stata io l'artefice, ma loro stessi.

Cosa ne potevo sapere io? Io che non ero stata nemmeno in grado di capire di chi ero innamorata! E la scusa che avevo utilizzato per respingere Mike alla fine valeva anche per lui... anche se in questo caso era tutto diverso.

Incrociavo Chris raramente, al cottage. E solo di sfuggita. A volte non tornava per pranzo e la sera usciva. Avevo sempre più il sospetto che mentre io mi impegnavo a evitare tutti gli altri, lui si stesse impegnando a evitare me. Come se la mia presenza lo disturbasse.

Quindi la mia unica compagnia era davvero diventata la lettura. *Emma*. Avevo compreso ciò che intendeva Ivy e perché mi aveva proposto proprio quel libro. Lo terminai molto rapidamente e mi ritrovai nuovamente sola. Avrei potuto chiedere ad Ivy un altro libro, invece lo ricominciai dal principio senza dirle di averlo già terminato. Forse avevo paura ad affrontarla, forse sarei stata costretta ad ammettere ancora una volta i miei troppi errori. E non ero nemmeno pronta ad ascoltare il suo giudizio sulle mie sceneggiature.

Sempre da Daisy avevo saputo che il giorno dello spettacolo era stato programmato per il terzo sabato del mese. Prima che se ne tornassero definitivamente a casa. A Londra. Io, al contrario, sarei rimasta a Heathland.

Non avrei voluto aggirarmi come un'anima in pena sul luogo del delitto. Soprattutto, non era nel mio stile, lo stile inimitabile di Rose Storm. Ma ormai non avevo più un mio stile. Quindi, indifferente al fatto che avrei perso completamente la mia reputazione nel caso qualcuno mi avesse vista, il giorno prefissato uscii la mattina presto e mi appartai in un angolo piuttosto remoto del giardino. Molto oltre il parco situato di fronte al salone del palcoscenico, ben oltre anche l'altalena. Mi rifugiai nella zona boscosa, in cui gli alberi cominciavano a infittirsi e mi sedetti, rannicchiandomi con le gambe al petto e appoggiando la schiena al tronco di una quercia.

Sicuramente da lì non avrei potuto assistere allo spettacolo, non li avrei nemmeno visti. Forse li avrei sentiti recitare se avessero indossato dei microfoni. Comunque speravo... sì, in fondo speravo che lo spettacolo andasse bene, che avesse successo. Anche se diretto da Kathleen e Mike. Ero contenta che fossero riusciti a salvarlo, lo sforzo e l'impegno degli altri almeno sarebbero stati premiati. Il fatto che non avessi più voluto saperne nulla, che non mi fossi più informata direttamente, non significava che non mi interessasse.

Riaprii il libro, forzando la mente per concentrarmi sulla lettura. Conoscevo già la storia, ormai. Ma non aveva importanza il contenuto. Io non ne avevo nulla a che fare, Ivy aveva avuto ragione a consigliarmelo ma io restavo io. E c'era molto in me che ancora poteva e doveva essere cambiato.

Ero solo all'inizio. Forse non ci sarei mai riuscita. Non ero una brava ragazza, non ero una persona buona. Altrimenti non avrei sentito ciò che continuavo a sentire. Non avrei ferito tante persone. Il problema era che temevo di farlo ancora, se lo avessi ritenuto necessario. Perché ero un'egoista. E mettevo le mie esigenze e la mia felicità davanti a tutti. Lo avevo fatto con Sally, lo avevo fatto anche con Daisy e Janet in fondo. Con Teddy, l'unico che alla fine aveva avuto un gesto di gentilezza nei miei confronti, proprio nel momento in cui ero rimasta completamente sola. Con Ivy, di cui mi ero approfittata senza ritegno.

Poi c'era lui. Lui che avrebbe potuto decidere di andarsene via, in qualsiasi momento. E io stavo già architettando un piano per fermarlo, anche se avevo promesso a papà di rispettare la sua decisione. Ma che colpa ne avevo io se non volevo, non volevo…

Posai il libro a terra e appoggiai la fronte alle ginocchia. Mi sentivo scossa da una sensazione di gelo, anche se non faceva freddo. I brividi mi percorrevano da capo a piedi e fui costretta ad appoggiare una mano sulla bocca per trattenere i singhiozzi.

Sobbalzai e sollevai la testa quando mi sentii tirare una ciocca di capelli. Per qualche istante mi convinsi che si trattasse di una mia impressione, di un'allucinazione dovuta al delirio della febbre che nemmeno avevo ma percepivo sottopelle.

«Cosa ci fai qui nascosta?»

«Mmh…»

Non poteva essere proprio lui. Cosa voleva da me? Dovevo per forza trovare qualcosa da dirgli per giustificare il mio stato a metà tra l'angoscia e la disperazione. Lo spettacolo! Lo spettacolo che era proseguito e sarebbe andato in scena senza di me, senza la mia guida. Non era la verità, ma la verità dovevo tenerla nascosta. Ancora più nascosta di quanto ero io, in quell'angolo sperduto. Nonostante l'espediente che avevo studiato rimasi in silenzio.

Fissò gli occhi verdi nei miei. Sembravano più verdi, percorsi da una luce quasi più intensa. Poi si sedette accanto a me, con i gomiti posati sulle ginocchia.

«Ho parlato con Ned.» Mi comunicò semplicemente. «Perché hai raccontato a tuo padre di me? Cosa ne sapevi tu che ero interessato all'arte? Come l'hai capito?»

«Mmh... così, io e papà... stavamo parlando in generale, un po' di tutti, non di te... Eh... quando stavamo discutendo a proposito di Thomas Hardy, ricordi? Le descrizioni pittoriche... ho avuto questa sensazione. Poi mi sono ricordata delle lezioni che avevo preso io anni fa...» Era il momento più giusto, non volevo più proseguire e addentrarmi nella questione delle scuole d'arte. Meglio tentare di cambiare discorso. Dovevo approfittarne. «Non assisti allo spettacolo?»

«No, è ancora presto. Stanno iniziando le prove ora, lo spettacolo è stasera. E comunque cambiare discorso non ti servirà, Rose.»

Ora il suo sguardo divenne più severo, intransigente. Compresi che non si sarebbe arreso fino a quando mi avrebbe strappato la verità. Io ero testarda, ma lui era un degno rivale.

«Vuoi lavorare con papà per ripagarlo di qualcosa, Chris?» Non mi avrebbe lasciata in pace, non avevo alternative. «Per questo ti sei iscritto ad architettura pur preferendo altro? Per questo hai assecondato papà quando si è trattato di fare una scelta definitiva?»

«So che mia madre non ha avuto un effetto positivo, anzi... ha sempre preteso troppo. E io mi sono sentito in colpa.»

«Tu non sei responsabile di tua madre. Per questo devi scegliere liberamente. So che ti piace l'arte, devi seguire la tua reale inclinazione, quello che senti davvero, non qualcosa che ti sei imposto di fare. Tu non l'hai mai detto, ma io l'ho capito lo stesso. Non prima, ma ora l'ho capito. Nello stesso momento in cui ho capito... Vedi, non sei l'unico a leggere nel pensiero.»

Sollevai la mano per sfiorarlo, poi il profondo imbarazzo mi costrinse a trattenermi. «Chris... non devi nulla a papà, tanto meno a me!»

«Rose... Ned mi ha anche detto che tu vuoi restare qui a Heathland. Ne sei davvero sicura?»

Ora era stato lui a cambiare discorso, sapevo che detestava l'idea di doverci qualcosa. E anche se io avevo appena affermato l'esatto contrario, temevo che in lui quell'idea fosse più forte, più radicata di tutto il resto.

«Sì, sicurissima. Ho imparato ad apprezzare questo posto. In parte credo che mi abbia cambiata un po'.»

«Solo un po'...» Non compresi se nella ripetizione delle mie parole fosse implicita un'affermazione o una domanda. Dal suo tono non mi era chiaro. «Sei arrabbiata con me... per Sally? Me ne ha parlato.»

Ecco perché mi aveva cercata e raggiunta fino a qui. Ora mi era chiaro. Per Sally. Per comunicarmi che stava insieme a Sally. Sospirai profondamente sforzandomi di raggiungere un ritmo di respirazione regolare, quando invece mi mancava del tutto il fiato. Era come se il cuore mi battesse così forte e con talmente tanto affanno da assumere dimensioni sproporzionate.

«Sono arrabbiata con me stessa per tutto quello che ho combinato.» Cosa dovevo fare? Come potevo confessare la verità? Non ero abbastanza coraggiosa e mi sentivo già patetica. Il passo per arrivare alla gallina isterica, come mi aveva definita Luke, sarebbe stato breve. «Però è vero... sono anche arrabbiata con te per Sally. Ma tu... puoi fare ciò che vuoi, se credi che sia giusta per te. Però ti chiedo solo... di non ferirla, non se lo merita. Perché se tu sei intenzionato ad andare in America o altrove...»

Mi fermai, iniziando a percepire il mio egoismo estremo risalire in superficie. Ero incorreggibile! Non stavo affatto pensando al bene di Sally. La stavo usando, ancora una volta. Se fosse servita a trattenerlo, a impedirgli di andare in America... avrei accettato anche la sua relazione con Sally.

Invece di replicare, si alzò in piedi. Rimase in silenzio. Forse si era stancato di stare ad ascoltare me e le mie paranoie e aveva deciso di andarsene, tornare da Sally, dagli altri. Stavo per aggiungere qualcosa, prima che se ne andasse davvero. Ma lui mi fece cenno di tacere. Una musica, in lontananza, giungeva fino a lì.

«Che cos'è?»

«Non la riconosci?» Chris mi tese la mano, per aiutarmi ad alzarmi.

«No… io...» Mi concentrai ancora, ma la voce nella mia testa gridava più forte della musica a cui si erano unite le parole di una canzone che stentavo a riconoscere. «Non lo so… non mi piace… e non ho voglia di andare là con gli altri. Quindi grazie per avermelo chiesto, ma no… Resto qui.»

«Davvero non riconosci questa musica? Rose, sei proprio una delusione totale! È del tuo idolo!» Chris mi afferrò la mano con decisione e mi forzò ad alzarmi. «Per punizione ora dovrai ballare con me!»

A causa della mia debolezza mi ritrovai inconsapevolmente con la fronte appoggiata al suo petto.

«Chris… per favore…»

Continuò a trattenermi una mano e appoggiò l'altra sulla mia vita. Socchiusi gli occhi un istante, la musica e le parole divennero più chiare.

La canzone di Ronan Keating, *When you say nothing at all*. Ma non riuscivo a comprendere, a identificare la provenienza.

«Ma da dove… chi sta suonando? Non sarà…»

«No, non ti illudere ragazzina. Sei sempre la solita esagerata! Lui non è arrivato qui apposta per te.» Fece una smorfia e scosse deciso la testa. «Per salvare la serata Teddy e Sally sono riusciti a organizzare il karaoke. I ragazzi del villaggio li hanno aiutati, è piaciuta l'idea del karaoke al castello. Ora stanno provando qualche canzone.»

«Salvare la serata? Ma... e lo spettacolo?» Teddy e Sally? Cosa c'entrava Teddy con Sally? Non mi aveva appena confermato che lui... «Hai detto Teddy e Sally?»

«Sì, ho detto Teddy e Sally. Qualcosa in contrario?» Una luce maliziosa gli illuminò lo sguardo. Mi pizzicò la vita. Non stavamo più ballando, eravamo fermi. Ma nessuno dei due aveva abbandonato la posizione in cui ci eravamo ritrovati. «Ah, a proposito! Questo significa anche che io ho vinto la nostra famosa sfida... me ne stavo dimenticando. Grazie di avermelo ricordato, mostriciattolo. Significa che tu dovrai fare tutto quello che voglio io, o sbaglio?»

«Non... sbagli...» sospirai, nascondendo il viso sul suo petto. Teddy e Sally... significava che tra lui e Sally... «Quindi... tra te e Sally non...»

«Sally è una ragazza solare, radiosa e davvero molto dolce. Ma no, tra me e Sally non...» Chris abbassò il viso, forzandomi a sollevare lo sguardo. «Lei ha sempre voluto Teddy, non me. Fin dal loro primo incontro. Però ha creduto che a lui non importasse di lei perché quando è arrivato Mike non ha fatto niente per fermarla. Per fortuna il malinteso si è chiarito.»

«E... tra te e Lisa...»

Ormai dovevo osare. Avevo un assoluto bisogno di sapere. E per sapere ero costretta a chiedere direttamente, pur rischiando di ricevere una risposta che non mi sarebbe piaciuta e di sprofondare in un abisso di vergogna e disperazione.

«Direi che è un "non" anche lì... C'è stato qualcosa, ma siamo solo amici.»

Avevo una gran voglia di piangere. E non sapevo più cosa fare, cosa dire. Mi aggrappai affannosamente a un altro argomento per rimandare, anche all'infinito, quello che invece desideravo affrontare ma che mi terrorizzava.

Quei due "non" riferiti a Sally e Lisa non significavano nulla. Non significavano che io non sarei stata un altro "non", soprattutto. Era il gioco di parole più assurdo e ridicolo che la mia mente potesse concepire ma allo stesso tempo era tremendamente doloroso.

«Ma… lo spettacolo?»

«Come ho tentato di spiegarti, è stato sostituito con una serata karaoke. Meno intellettualmente elevata, ovviamente. Ma ormai l'evento era programmato, sta già arrivando gente, quindi… sarebbe un peccato rispedire tutti a casa. Speriamo che accettino il cambiamento, per il teatro ci sarà una prossima volta…»

«Mmh… io credevo…»

«Mike e Kathleen non sono riusciti a combinare nulla. I peggiori Romeo e Giulietta della storia. Pessimi davvero… tutti gli altri attori erano talmente sconvolti dalla loro interpretazione e dal loro egocentrismo che si sono rifiutati di proseguire. In pratica li hanno abbandonati al loro destino…»

Ridacchiai appena, senza troppo entusiasmo. Non mi importava molto dell'insuccesso di quei due, non ne stavo facendo una questione personale.

«Più egocentrici di me? Ma Daisy mi aveva detto che stava andando tutto bene… le prove, lo spettacolo…»

«Ti ha mentito. La verità è che volevamo un po' punirti, Rose… Volevano gli altri, in realtà.» Chris sospirò, muovendo le mani per accarezzarmi piano la schiena. «Io ho cercato di non incrociarti in questi giorni, per non rischiare di cadere in tentazione e dirti tutto. Non credo avrei resistito. Sai che… non so resisterti…»

«Siete stati… degli stronzi…» Gli colpii leggermente la spalla con un pugno. «Ma anche Kathleen e Mike si sono prestati al gioco contro di me?»

«Ah, no. Mi dispiace deluderti, ma la loro interpretazione era autentica…» Chris mi fermò la mano trattenendola nella sua, prima che lo colpissi ancora. «Loro erano proprio stronzi autentici, insomma. Ma il tuo discorso, quando ti sei scusata con tutti… mi è piaciuto, anche se non era molto da te e si capiva che eri in difficoltà. Comunque io, conoscendoti, ho apprezzato l'impegno.»

«Tu... c'eri? Io... io...» Non mi importava più degli altri. Non mi importava più nemmeno dello spettacolo, tanto meno di Kathleen e Mike. «Io... avevo paura che tu... volessi andare via... anche adesso, io...»

«Sono stato tentato, più volte. Mi sono nascosto per sentire cosa avevi da dire. Oltretutto essere licenziato subito come Romeo, mi ha colpito profondamente. Tu non mi approvavi. Inutile impegnarmi nella parte se la regista non mi approvava.»

«Io penso... che Teddy sarebbe perfetto, ottimo come Romeo. Magari potremmo pensarci per Natale, tanto lui rimane. Quindi...»

«Teddy? Ora vuoi Teddy? Sembra che ti stia bene chiunque come Romeo, tranne me!»

Il viso di Chris era più vicino al mio. Qualunque cosa stessimo facendo in quel momento, discutendo, ballando, restando immobili mentre le parole di una canzone lontana ci danzavano intorno, non avrei voluto smettere mai.

«Tu non mi stavi bene come Romeo... con Sally...» Mi morsi le labbra, inclinando il viso, fissando decisa gli occhi nei suoi. «E poi io... insomma io ho bisogno di te alla regia. Tu sei quello che sa capirmi meglio, conosci le mie esigenze, sai interpretare il mio umore e le mie idee. Insomma, sei l'unico...»

«L'unico che ti sopporta. Sì, sono d'accordo!» annuì ridendo per poi diventare improvvisamente serio. Per la precisione il suo sguardo serio ironico tendente al sadico. «Però, Rose... ti ricordo che quella famosa sfida l'ho vinta io, quindi non sarò il tuo schiavetto. Invece tu dovrai fare quello che voglio, ubbidire ai miei ordini.»

«Va bene... che cosa vuoi?»

«Io voglio che tu segua il suggerimento della canzone. Smetti di parlare, non dire niente... insomma, taci Rose.»

«Mmh…» corrucciai la fronte sollevando le spalle. «Tutto qui? Non è difficile. Ma perché? Perché dovrei tacere?»

«Perché… vorrei provare a fare una cosa…»

«E che cosa, rompiscatole? Io non capisco proprio cosa potresti fare tu se io non parlo… mentre se parlo…»

Le sue labbra sulle mie mi chiarirono cosa aveva in mente. Sì, era riuscito davvero a ridurmi al silenzio questa volta. Mi aggrappai a lui, con tutta la forza che avevo, che mi era rimasta. Pur sentendomi in quel momento fragile come non lo ero mai stata. Fragile, disperata e felice al tempo stesso. Come se il cuore stesse per scoppiarmi di ansia ma anche di gioia.

«Io credo che… posso continuare a tacere per un po', sì… Anzi, non ho capito molto bene, quindi riprova…» Ci staccammo per un attimo, poi gli circondai il collo con le braccia per baciarlo ancora. «Però io… io non so proprio cosa farei se tu andassi via. Cosa ne sarebbe di me…»

«Potresti non scoprirlo mai, perché non ho alcuna intenzione di andarmene.»

«Chris, io… Anche quella sera, quando hai fermato Luke. Io non volevo…»

Mi prese il viso tra le mani, accarezzandolo dolcemente.

«Io ti ho mentito. Ho detto che Teddy è venuto ad avvisarmi, invece… L'ho incrociato, ma stavo già pensando di seguirvi. Ero preoccupato e… forse ho esagerato con Luke, perché non riuscivo a sopportare l'idea che lui ti toccasse. Sono stato un cretino a spingerti verso di lui, la verità invece era che non volevo assolutamente…»

«Lo so. La scenata che ti avevo fatto quando è arrivata Lisa era per lo stesso motivo. Ero gelosa, terribilmente gelosa…» Mi sentii arrossire e gli baciai nuovamente le labbra, per poi stringerlo a me. «Però, io… non lo avevo ancora capito. E non volevo nemmeno ammetterlo.»

«Ehi, voi due!» La voce squillante di Janet mi richiamò bruscamente alla realtà. «Non vorremmo interrompervi, davvero. Ma qui facciamo notte e poi l'alba, se non vi sbrigate. E visto che non sembrate molto intenzionati a sbrigarvi...»

Voltandomi verso di lei mi accorsi che c'era anche Daisy. Oddio, ci avevano beccati in pieno! E se ci avevano visti, allora sapevano. Mi sentii avvampare, poi tentai di ricompormi.

«Siamo ancora alle prove per la serata, i microfoni funzionano, i testi delle canzoni ci sono, lo schermo pure...» Daisy ci stava parlando come se tutto fosse normale. Forse lo era, forse lei se n'era accorta prima di me. «Ma dobbiamo ancora organizzare una giuria per proclamare il vincitore. Sir Richard è d'accordo a farne parte, anche papà a meno che non gli venga in mente di cantare...»

«Io potrei essere nella giuria!» Proposi mentre ci avviavamo verso il giardino e poi verso il palco improvvisato dove avevano installato il karaoke.

Non era quello che avevamo sperato. Ma era qualcosa. Per uno spettacolo vero e proprio ci sarebbe stato tempo. Comunque non avrei ceduto il mio Romeo a nessun'altra Giulietta.

«No, tesorino. Tu devi cantare anche se sei una tragedia. Ci servi per movimentare la serata, non hai scampo!» La risposta di Janet fu implacabile e crudele. Certo, non era suo il problema, lei cantava benissimo! «Anzi, meglio. Chi è come te è indispensabile per far divertire gli spettatori ancora di più! Ti lanceranno pomodori e uova marce, sappilo.»

Raggiungemmo il palco. Papà stava discutendo con Sir Richard. Guardavano il castello e poi il palco. Mentre passavamo davanti a loro ci sorrisero entrambi. E tutti gli altri... nessuno sembrava essere arrabbiato con me.

Sul palco Sally e Teddy stavano replicando la loro versione di *When you say nothing at all*. Mi chiesi se sospettassero che nel frattempo era diventata la canzone mia e di Chris, quella del nostro primo bacio. Forse era anche la loro. La loro e di chissà quanti altri. Magari di altre ragazze come me, che parlavano troppo, discutevano troppo, pianificavano troppo. Mentre dovevano semplicemente smettere di parlare, tacere e ascoltare il cuore.

«Lo sai che non vincerai, vero Rose?» Ecco, Kathleen. Come potevo dimenticarla? Non potevo nemmeno sperare che si eclissasse da qualche parte dopo il fallimento del suo *Romeo e Giulietta*. Non era nella sua natura. «Sei la persona più stonata che io abbia mai sentito cantare. Sì insomma, cantare per modo di dire… E non hai alcun senso del ritmo!»

«Sì, lo so Kath. E tutti rideranno di me e si divertiranno un mondo! Ma c'è una cosa che tu ancora non sai, Winning Girl… io ho già vinto!»

Per dare più efficacia all'intensità della mia risposta, salii sul palco appena Sally e Teddy finirono di cantare. Abbracciai Sally e chiesi a Teddy il repertorio delle canzoni. Così mi cimentai nella mia versione originale e unica al mondo di *Downtown*.

"When you're alone and life is making you lonely
You can always go - downtown.
When you've got worries all the noise and the hurry
Seems to help I know downtown.
Just listen to the music of the traffic in the city
Linger on the sidewalk where the neon signs are pretty
How can you lose?
The lights are much brighter there
you can forget all your troubles, forget all your cares
so go downtown
Things will be great when you're downtown
No finer place for sure downtown
Everything's waiting for you."

«Come sono stata?»

Tornai da Chris e lo afferrai per un braccio. Lui mi circondò la vita, sussurrandomi all'orecchio.

«Abbastanza orribile. Se vuoi la verità, una tragedia. Romeo e Giulietta si suiciderebbero solo ascoltando te.»

«Abbastanza orribile, una tragedia... Non faccio progressi da quell'abbastanza carina...» risi mentre Janet e Freddie stavano litigando sulla loro canzone da proporre.

«In quel caso non si trattava di cantare, però.» Mi sollevò il mento con un dito. «Se stai in silenzio potresti davvero progredire rapidamente. Dall'abbastanza carina a meravigliosamente stupenda.»

«Guarda che poi toccherà anche a te. Dobbiamo salvare la serata! E come mi hanno già ricordato... più canti orribilmente più la gente si divertirà! È un pegno che dobbiamo pagare. Prendi esempio da me... siamo animali da palcoscenico, ormai. Dobbiamo accettare anche i pomodori in faccia.»

«Una cosa è certa, Rose. La tua versione di *Downtown* farebbe passare a chiunque la voglia di andare in città!»

«Cosa importa?» Mi guardai intorno entusiasta, poi tornai a concentrarmi su di lui. «Tanto io ormai amo la campagna!»

CAPITOLO 34

Mentre la prova delle canzoni era in pieno svolgimento, papà ci raggiunse e chiamò in disparte Chris, dicendo di volergli parlare. Una parte di me iniziò a temere che avesse compreso cosa stava accadendo tra noi e avesse qualcosa da dire. Prima o poi lo avrebbe scoperto comunque, però non ero ancora preparata ad affrontarlo. Ma non mi sembrava arrabbiato. E nemmeno teso o preoccupato.

Comunicai a Chris di aver dimenticato il libro che stavo leggendo e che sarei andata a riprenderlo dove mi aveva trovata poco prima. In parte era una scusa. Avevo bisogno di stare un po' da sola, di pensare, in attesa che lui mi raggiungesse di nuovo. Non avevo voglia di stare in mezzo agli altri. Forse alcuni di loro mi avevano perdonata per i disastri che avevo combinato in pochi mesi di permanenza a Heathland, il villaggio che appena arrivata mi ero intestardita nel chiamare Heartstone, cuore di pietra. E che invece aveva risvegliato il mio, di cuore. Forse altri avrebbero impiegato più tempo per perdonarmi. Ma io non avevo fretta, potevo aspettare.

Raccolsi il libro che era rimasto a terra accanto alla quercia e mi sedetti. Sfogliai qualche pagina, poi chiusi gli occhi e appoggiai la nuca alla corteccia. La mia storia era appena iniziata. E io avevo tutte le intenzioni di viverla.

Riaprii gli occhi appena sentii Chris sedersi accanto a me, non molti minuti più tardi. Sorrisi piegando la testa sulla sua spalla.

«Tendi a isolarti, ultimamente.»

«Mi è servito. Intromettendomi meno nella vita degli altri sono riuscita a terminare due libri della mia famosa lista. Sto facendo progressi.» Sollevai lo sguardo su di lui. «Cosa voleva papà?»

«Mi ha chiesto se ho iniziato a cercare una scuola d'arte. Non vuole che io segua una professione che non mi interessa. Dice che sono libero di andare dove voglio, anche in America...»

«Sì, certo che lo sei. Sono d'accordo...» Dovevo sforzarmi di essere convincente e impedire alle lacrime di salire agli occhi all'idea di perderlo. Non solo per la promessa fatta a papà. Intanto attendevo che Chris riprendesse il discorso, aspettavo una sua risposta che non arrivava. «Sei libero e devi scegliere quello che è meglio per te.»

«Io ho deciso che voglio comunque prendere la laurea in architettura e aiutare Ned. Intanto potrò anche studiare arte e dipingere, non sono due professioni così lontane dopotutto. Una potrebbe influenzare l'altra e viceversa. La verità è che mi interessano entrambe.»

«Sì, lo so bene. Tu sei bravo in tante cose...» Io invece al momento avevo difficoltà in tutto, anche a non piangere prima per la paura, poi per la gioia. Non ero nemmeno in grado di controllare la mia emotività. «Io devo ancora trovare la strada giusta per me, dopo il liceo. Intanto magari completerò la mia lista di libri da leggere...»

«Tu dovresti diventare brava a smettere di controllare tutto e tutti, Rose. Anche te stessa.» Sorrise baciandomi il viso, poi le labbra. «Se non vuoi che io vada via... dimmelo, Rose. Io sono libero di andarmene. L'ho capito bene e potrei anche farlo. Ma tu sei libera di chiedermi di restare se vuoi che io resti.»

«Voglio che resti, Chris. Io non posso obbligarti o importi di restare, ma voglio disperatamente che resti...»

«Bene, perché io voglio disperatamente restare qui. Nel tuo Rostormshire se me lo permetterai. E magari ti aiuterò nell'allestimento del prossimo spettacolo. Cosa ne dici di mettere in scena *La bisbetica domata*?»

«È allusivo, per caso?» Gli diedi una leggera gomitata nel fianco, poi sospirai di sollievo. «Però... io non voglio più costringere nessuno, ecco. Perché gli esseri umani hanno sentimenti, non sono dei burattini da muovere nel mio teatrino personale.»

Sbattei le palpebre e poi lo fissai con espressione seria e compita.

«Rose... questa frase è mia, la riconosco! Mostriciattolo, me l'hai fregata!»

Scoppiò a ridere e mi attirò a sé per farmi il solletico.

«Sì, fa parte della mia nuova libertà, rompiscatole!» Ridevo, cercando di fermarlo. «Libertà di fregarti le frasi e di imitare il tuo tono da uomo maturo e responsabile... Però devo ammettere, avevi ragione tu in questo.»

«In che cosa?»

«Nel mio teatrino personale... senza rendermene conto muovevo anche me stessa come un burattino, seguendo la ragione e non quello che provavo davvero. Anzi, in realtà io ero ancora più burattino degli altri.»

«Capita a tutti.» Rimase fermo a osservarmi per un po', poi mi strinse a sé. «È capitato anche a me, quando non sapevo più come gestire ciò che provavo per te. O forse lo provavo da troppo tempo per riuscire ancora a gestirlo.»

«Chris, io non cercavo l'amore. Non per me stessa, me ne sentivo superiore...» Non era un'ammissione facile. E non riguardava tanto il sentirmi superiore. Non era facile ammettere quello che avevo iniziato a provare, contrariamente alla mia volontà. Per Heathland e per lui. «Di questo posto io vedevo soltanto ruderi e macerie. Non la bellezza, l'armonia. Allo stesso modo non riuscivo a vedere quello che avevo proprio davanti agli occhi...»

Percorse il mio viso con un dito, poi mi sollevò il mento sussurrando sulle mie labbra.

«Io credo che l'amore ti trovi proprio quando non lo stai cercando. Ovunque tu vada a nasconderti...»

«Tu… mi hai trovata?»

«Rose… io non ti ho mai permesso di nasconderti.»

SECONDA PARTE

CAPITOLO 7

Dalla metà di settembre improvvisamente mi ero ritrovata alla seconda settimana di dicembre. E no, a differenza dell'estate trascorsa, non l'avrei annoverato come l'inverno più brutto della mia vita. L'autunno era scivolato via in un lampo e io mi trovavo ancora a Heathland, un minuscolo villaggio disperso nel Dorsetshire. Ma la situazione era notevolmente mutata.

Ero ancora la stessa Rose Storm, per certi versi. La ragazza che non cercava l'amore per se stessa, ma per gli altri. Solo che, inspiegabilmente e senza nemmeno avvisare, l'amore aveva trovato me. E mi aveva trovata del tutto impreparata e in parte sconvolta, appena raggiunta la consapevolezza. Perché la persona che il mio cuore aveva scelto non era la stessa che la logica mi aveva suggerito.

Ma lui... lui era l'unico che mi conosceva davvero, in bene e in male. Forse più in male, perché per la maggior parte delle volte mi ero comportata come una ragazzina sciocca, altezzosa e un po' troppo avventata. E Chris restava comunque l'unico con cui non avrei mai dovuto fingere di essere diversa da quella che ero. Si era ritrovato per troppo tempo a che fare con tutto il peggio di me e lo aveva tollerato.

Quindi mi stavo avventurando verso la metà di dicembre dell'anno 1999. L'ultimo mio mese da diciassettenne. Qualcosa in me era cambiato e stava ancora cambiando. E non era stato soltanto un comune processo di crescita o la scoperta dei miei sentimenti per Chris Warner, il figlio dell'ex moglie di mio padre. Forse non era dovuto nemmeno alla natura magica e un po' selvaggia di Heathland, del Dorsetshire.

Ero stata a Londra due volte, nella nostra casa di Chelsea, tra la fine dell'estate e l'autunno, prima di iniziare la scuola. E ormai non ne sentivo più nemmeno la mancanza. Ero proprio io a essere cambiata, trasformandomi in una persona più seria e riflessiva. Una persona che riusciva addirittura a pensare e a contare almeno fino a dieci prima di lanciarsi in sfide troppo audaci e in imprese impossibili.

Mi stavo impegnando per essere meno egoista. Ma questa componente del mio carattere non era molto facile da estirpare e gestire. Lo facevo, sono costretta ad ammetterlo, soprattutto per Chris. Anche se mi conosceva bene. Anche se l'essere egoista e un po' manipolatrice e viziata faceva parte della Rose a cui lui si sentiva legato. Però io comprendevo che non mi avrebbe perdonata per sempre. Potevo essere una ragazzina immatura ancora per poco, poi non sarei stata più giustificabile ai suoi occhi.

La verità era che io lo amavo e non volevo perderlo. Questo sapevo. Di questo mi ero resa conto quando era stato costretto ad andarsene e io non potevo fare nulla per trattenerlo. Quando mi ero riscoperta inaspettatamente gelosa di altre ragazze che gli giravano intorno pretendendo le sue attenzioni.

In parte Heathland aveva contribuito a cambiarmi, a salvarmi da me stessa. Per questo motivo gliene sarei stata grata per sempre. In seguito, l'amore per Chris si era inesplicabilmente intrecciato a quello per il paesaggio e per i suoi abitanti. Per quella vita semplice e spontanea che apprezzavo e mi faceva sentire viva, parte di qualcosa di vero. Amata.

Frequentavo l'ultimo anno del liceo di Heathland, nella stessa classe di Sally che in pochi mesi era diventata la mia migliore amica. Non aveva sostituito Janet, la mia migliore amica londinese. La nostra amicizia era altrettanto profonda, ma molto diversa. Con Sally ero una Rose più semplice, più naturale. E andava bene così, a mio parere. Non potevo essere la stessa Rose con tutti, nessuno lo avrebbe preteso. Mi confortava l'idea di essere apprezzata per quella che ero, con tutti i miei difetti. E, cercandolo bene, anche qualche pregio.

Chris era tornato a Londra per frequentare i suoi corsi all'università. Aveva deciso di continuare la strada dell'architettura, come papà, nonostante la sua vera passione fosse l'arte. Era interessato alla pittura paesaggistica, soprattutto seguiva il modello di Turner. E a Heathland riceveva molti spunti in proposito. Spesso si sistemava fuori dal nostro cottage a dipingere, si avventurava per i campi, per i boschi, nonostante il freddo, oppure cercava una visuale migliore dalla collina o dal castello. Io lo seguivo con un libro da leggere, sforzandomi di restare in silenzio per non distrarlo.

Il fatto di non averlo sempre accanto era il mio cruccio principale. Tornava a Heathland quasi tutti i fine settimana, per seguire ed essere coinvolto negli sviluppi della ristrutturazione del Desmond Castle, in cui mio padre era impegnato dall'estate, e per dipingere. Infine per stare un po' con me, almeno così speravo, anche se questa era la motivazione meno ufficiale.

«A volte mi chiedo che cosa stia combinando nel corso delle giornate. Ed è stupido da parte mia, lo so. Soprattutto perché non me l'ero mai chiesta prima. L'ho avuto intorno per un sacco di tempo e me ne sono sempre fregata...» sospirai continuando a mescolare la cioccolata nella mia tazza. Dovevo decidermi a berla, prima che si raffreddasse completamente. Invece sollevai gli occhi su Sally, in attesa di una risposta. O forse, di una rassicurazione. «So che per te è diverso. Teddy è qui, puoi vederlo tutti i giorni.»

«Credo sia normale.» Sally mi sorrise, con la sua abituale condiscendenza. Non era la prima volta che le esponevo i miei dilemmi.

«Sono un po' gelosa, ecco!» sbuffai appoggiando la schiena alla sedia e incrociando le braccia. Poi afferrai la tazza di cioccolata per berne un sorso abbondante, leccandomi rapidamente le labbra.

«Un po'? Me ne sono accorta!» Sally annuì ridacchiando, appoggiando i gomiti al tavolino della caffetteria, con la tazza di cioccolata tra le mani. «Comunque un po' gelosa è un eufemismo, Rose.»

«Ci sono così tante ragazze, a Londra. Nella stessa università che frequenta Chris.» Non ero in grado di resistere, non riuscivo a trattenermi. Mi tirai una ciocca di capelli sulla spalla iniziando a intrecciarli freneticamente. «E loro non sanno che è mio... quindi ci proveranno! Sono sicura che ci proveranno!»

«Insomma, Rose... che te ne importa delle ragazze a Londra? Lui vuole te. Tu ti fidi di lui?»

Sally aveva sempre una gran pazienza con me. Forse fin troppa, dovevo riconoscerlo.

«Mmh... sì, ma la verità è che lo vorrei qui. Sempre, non solo il fine settimana. E mi sento anche in colpa perché è come se lo costringessi a tornare qui per me. Se fosse solo per seguire i progressi del castello o per dipingere forse non lo farebbe così spesso.»

«Se hai questi dubbi perché non sei tornata a Londra, allora?» La domanda di Sally era assolutamente sensata. «Mi hai detto che tuo padre ti aveva concesso di restare nella vostra casa a Chelsea. O magari avresti potuto trasferirti nell'appartamento di Daisy.»

Sally aveva ragione. Papà mi aveva offerto la possibilità di tornare a Londra, per non costringermi a restare a Heathland contro la mia volontà. La casa di Chelsea non rischiava di essere venduta, almeno per il momento. Già sospettava la mia storia con Chris, eppure mi aveva concesso lo stesso di tornare in quella che era sempre stata la nostra casa. Ma io, per una volta, non avevo voluto agire da egoista. Anche se, essendo a tutti gli effetti un'irriducibile egoista, in seguito me n'ero pentita. Anzi, me ne pentivo ancora, regolarmente due o tre volte al giorno. Non riuscivo a evitarlo. Però non avevo cambiato idea.

«Per una volta volevo fare la cosa giusta e non agire come la solita egoista e viziata Rose Storm che tutti conoscono. Per questo ho deciso di restare a Heathland con papà. Però...» sospirai amaramente, afferrando il mio muffin al cioccolato, posto su un piattino tra me e Sally. «Però accidenti quanto è difficile!»

«Io sono convinta che tu sia molto meno egoista di quanto credi. E poi... tutti lo siamo, più o meno. Ma nessuno osa ammetterlo quanto te.»

«Comunque sono certa di aver fatto la scelta giusta. Anche Chris è stato d'accordo. Vederlo qualche giorno alla settimana è già abbastanza, almeno per il momento. Poi l'anno prossimo anche io inizierò l'università a Londra, quindi avremo tutto il tempo.»

Arrestai il mio fiume di parole, notando l'espressione un po' smarrita di Sally. Anzi, più che smarrita sembrava sconsolata, era arrossita improvvisamente e si mordicchiava le labbra. Avevamo parlato di Londra e dell'università precedentemente. Non sembrava intenzionata ad andarci e io ancora non avevo compreso se era per sua volontà o per mancanza di possibilità economiche. Avrei voluto affrontare il discorso ma non sapevo ancora come fare, senza urtare la sua sensibilità o farla sentire a disagio.

«Ragazze, siete qui!» L'ingresso di Ivy in caffetteria fu provvidenziale. Nonostante ci avesse già notate, le sorrisi facendole cenno con la mano dal tavolino a poca distanza dall'ingresso. Ivy scostò una sedia e si sedette insieme a noi. «Allora, come procede la preparazione dello spettacolo? Mi dispiace aver avuto poco tempo, ma da questo pomeriggio sarò disponibile per aiutarvi. Alcuni ragazzi del primo anno di liceo si sono prestati a un progetto di collaborazione in biblioteca nelle settimane natalizie, quindi io avrò più tempo da dedicare alla rappresentazione teatrale.»

CAPITOLO 2

Avevamo completamente abolito l'idea di mettere in scena *Romeo e Giulietta*. Almeno per il momento. Per mancanza della quasi totalità degli attori che avevano partecipato alle prove iniziali e anche a causa dei guai che ne erano scaturiti. Principalmente per colpa mia. Sembrava che avessi sedotto e abbandonato tutti coloro che si erano cimentati nel ruolo di Romeo. Tranne il terzo e ultimo, Chris, che io non avevo assolutamente proposto e che comunque era durato solo un giorno prima di rinunciare alla parte.

«Perché non proviamo anche la sceneggiatura di una delle tue fiabe, Rose?» Ivy di tanto in tanto tornava alla carica, per tentare di convincermi. Aveva letto le sceneggiature che avevo scritto e le erano piaciute, trovandole molto ben strutturate e adatte a una rappresentazione. Ma a me non sembrava affatto una buona idea. «Magari non solo quella, ma insieme alla rappresentazione principale.»

Parte del mio cambiamento degli ultimi mesi comportava anche il fatto che non trovavo più così essenziale mettermi in mostra per essere adulata dai miei "sudditi".

«Io credo che *A Christmas Carol* sia più che sufficiente.» Passai lo sguardo da Ivy a Sally, per poi tornare ad Ivy. Sufficiente ma un po' banale, me ne rendevo conto. Ma del resto Natale si stava avvicinando fin troppo rapidamente e, come primo esperimento teatrale, poteva andare bene. Del resto anche l'idea di *Romeo e Giulietta* non aveva brillato di originalità. «Nessuna delle mie fiabe è davvero pronta per essere rappresentata, avrei bisogno di più tempo per un'ulteriore revisione. E noi non abbiamo tempo.»

Purtroppo il nostro cast estivo non avrebbe potuto prendervi parte, trovandosi prevalentemente a Londra. Quindi avevamo optato per i bambini della scuola elementare di Heathland. Forse con i più piccoli avrei avuto maggior fortuna come regista che con i miei coetanei. Restava il fatto che senza l'aiuto di Ivy, Sally e Teddy avrei combinato ben poco. Chris mi raggiungeva ogni fine settimana. Mia sorella Daisy, Alan, Janet e Freddie solo talvolta, per dare una mano. Ero piuttosto convinta che mia sorella e gli altri non ne avessero una gran voglia, ma lo facessero soprattutto per papà e per dovere nei miei confronti, come se non volessero farmi sentire troppo abbandonata al mio destino campagnolo.

Mi sentivo ancora divisa, a volte. Come se una parte di me aspirasse ancora a una vita cittadina, mentre un'altra non riuscisse più a fare a meno della campagna. Quando arrivava Chris, invece, avevo la sensazione di raggiungere un senso di completezza. Non ero del tutto certa che dipendesse solo da lui. Ma la sua presenza mi faceva sentire viva, come se il mio cuore finalmente si ricomponesse. Forse era ciò che provavo da tanto tempo nei suoi confronti, senza però essermene mai accorta prima.

Portavamo avanti una sorta di relazione a distanza. Attendevo le sue telefonate la sera ed era strano parlare con lui in modo diverso dal solito. Per circa sei anni era stato il figlio dell'ex moglie di mio padre, il mio detestabile fratellastro rompiscatole, quello che non perdeva occasione di rimproverare la mia arroganza e il mio comportamento da ragazzina superficiale e viziata. Avevamo litigato così tante volte e così spesso che il sentimento che era nato tra noi aveva dovuto lottare contro le nostre resistenze per farsi strada. Senza rendermene conto avevo iniziato a considerare Chris Warner come parte di me, del mio vissuto quotidiano. E non avrei permesso a nessuno mai di portarmelo via.

«Mmh... vado a rispondere in camera, papà...»

Indicai con lo sguardo la mia stanza, mentre mio padre aveva fatto cenno di volermi passare il telefono in soggiorno, dopo aver parlato con Chris.

Senza attendere un suo commento avevo già attraversato la porta, salendo di corsa per le scale. Papà sapeva di noi ma non si era ancora espresso in proposito, ogni tanto si limitava a rivolgerci un'occhiata scettica. A me, soprattutto. Di fronte a lui ci comportavamo più o meno come al solito, del resto la storia tra me e Chris era iniziata da pochi mesi. Prima o poi qualcosa sarebbe cambiato, di questo ero consapevole. E io non ero ancora riuscita a comprendere se si sarebbe dimostrato favorevole o contrario. Però… per il bene che voleva a Chris non potevo credere che sarebbe stato più contento se io avessi avuto una relazione con qualcun altro.

«Ehi, rompiscatole!» ridacchiai afferrando il telefono sul mio comodino, proprio mentre sentivo mio padre riagganciare in soggiorno. «Che hai combinato oggi?»

«Più o meno il solito.» Sorrisi al suono della sua voce, stendendomi sul letto. «Novità per lo spettacolo? Non sei in vena di combinare guai, vero?»

«Mmh… no, no… anzi… Ivy vorrebbe che io mettessi in scena una delle mie fiabe ma io, da ragazza matura e responsabile che sono, ho solennemente rifiutato. Lo vedi che non sono più esibizionista e ambiziosa come un tempo!»

«Però sei sempre molto modesta, mostriciattolo.»

Chris scoppiò a ridere, prendendomi in giro. Ma io ormai non avrei più saputo rinunciare a quel suo modo di chiamarmi "mostriciattolo" che da offensivo era diventato dolce, carezzevole.

«Ecco, bravo. Lo riconosci anche tu.» Sospirai mordendomi le labbra. Mi mancava ma non volevo esprimerlo troppo chiaramente, non volevo mai essere tra i due la più coinvolta. Forse lo ero, ma non volevo dimostrarlo. Per cui mi agganciai nuovamente al discorso dello spettacolo natalizio. «Per questa volta A Christmas Carol con i bambini della scuola elementare andrà più che bene, ma non ho ancora rinunciato a preparare uno spettacolo in grande stile, prima o poi. Magari ci potremo riuscire per la prossima estate...»

«Hai intenzione di scontrarti ancora con *Romeo e Giulietta*?»

«Sì, forse. Ma tu non farai Romeo, quindi non provare a intenerirmi.»

Attesi una replica da parte sua, che non sopraggiunse. Per un momento restammo in silenzio, entrambi.

«Arriverai venerdì o sabato?» Ecco, non avevo resistito a lungo.

«Non credo proprio che verrò a Heathland questo fine settimana. Ho molto da fare qui.»

La sua risposta seria e decisa mi colse alla sprovvista, spingendomi ad alzarmi di scatto dal letto.

«Cosa?» Alzai la voce al punto che probabilmente anche mio padre in soggiorno mi sentì. «Chris come...»

Non sapevo come formulare la frase. Come poteva farmi questo?

«Come...? Continua, Rose. Come mi permetto di non correre da te e starmene lontano dal tuo Rostormshire? Questo stai tentando di dirmi, mostriciattolo?»

La sua risata mi fece infuriare ma allo stesso tempo ristabilì in me una sorta di equilibrio perduto nei pochi secondi precedenti.

«Stronzo... ti lancerei addosso il telefono se ti avessi qui davanti!»

«Che paura! Allora stiamo litigando...»

Ancora la sua voce dolce, calda. Che diceva una cosa esprimendone un'altra.

«Certo che stiamo litigando! Ed è colpa tua, come al solito!» Tornai a sedermi sul letto, poi mi stesi di schiena. «Non osare restare lì a fare il cretino con le ragazze dell'università!»

«Va bene, allora farò il cretino con altre ragazze, quelle che incontro al parco magari. Oppure...» Si interruppe prima che io potessi intervenire. «Oppure potrei farti un'improvvisata a Heathland per controllare che tu non abbia troppi liceali intorno.»

Nessuno di noi due era bravo a esprimere i sentimenti. Con Chris era tutto diverso. Diverso dai complimenti che avevo ricevuto da altri ragazzi, da quelli con cui ero uscita solo poche volte. Diverso anche dalla breve storia che avevo avuto con Luke Desmond, il figlio di Sir Richard, il proprietario del castello che mio padre stava restaurando.

«Stai ribaltando la questione su di me, non è giusto rompiscatole! Potrei anche picchiarti, lo sai?»

«Si sta avvicinando Natale. Dovresti essere un po' più buona con tutti, anche con me.»

«Non ci contare, io sono Scrooge al femminile... anzi, sono il Grinch!» Strinsi forte il telefono, per non lasciarlo andare. Sapevo che presto avrebbe riagganciato. «E ho una gran voglia di litigare con te dal vivo.»

«Allora tra tre giorni potrai farlo comodamente.»

«Quindi non hai poi così tanto da fare lì...» sbuffai passando il telefono da una mano all'altra. «Oltre a cercare le ragazze in università, al parco...»

«In palestra, anche...»

«Mmh...» La palestra non l'avevo considerata! «Vai in palestra? Perché non lo sapevo? Da quando? In quale palestra? Quante volte?»

«Allora sei proprio gelosa, non stai scherzando!»

«Certo che non sono gelosa! Non dire assurdità, era tanto per chiedere. Cosa credi, che io...»

No, non ero gelosa. Ero tremendamente gelosa. Sally aveva ragione, essere gelosa per me era un eufemismo.

«Mi manchi anche tu, Rose. E devo finire un progetto che vorrei mostrare a Ned. Ho iniziato anche un nuovo dipinto. Non ho tempo per la palestra.»

«Chris... stai per riagganciare, vero?» Restavo sempre la solita Rose. Viziata e un po' egoista. «No, aspetta un attimo, non riagganciare ancora... Mi sembra di aver dimenticato di dirti qualcosa...» E anche decisamente manipolatrice, come Chris mi aveva rinfacciato spesso.

«Non riaggancio. Ma tuo padre ci ucciderà per quanto gli facciamo spendere in telefono, lo sai?»

Chris aveva ragione. Era quasi sempre papà a chiamarlo, per poi passare a me la telefonata dopo qualche minuto di conversazione in cui chiedeva a Chris come stava e come procedeva lo studio. Forse gli telefonava anche prima, ma non mi era mai sembrato che lo facesse così spesso. Magari perché quando ci trovavamo a Londra non lo riteneva necessario. Mi chiedevo se questo fosse il suo modo di dimostrarci che approvava la nostra relazione. Telefonava anche a Daisy, ma non tanto quanto a Chris. Daisy, del resto, aveva uno spirito più indipendente e viveva con Alan.

In ogni caso presto avrei dovuto affrontare davvero il discorso con papà. Io e Chris stavamo insieme, dopo il liceo sarei tornata a Londra e la nostra storia sarebbe diventata davvero seria. Non riuscivo ancora a immaginare l'idea di vivere con lui, ma era ciò che desideravo. Quindi papà a quel punto sarebbe stato davvero costretto a cambiare la sua prospettiva nei confronti di Chris, da figliastro o figlio della sua ex moglie sarebbe diventato il mio ragazzo.

Ma non era solo questo. Non era solo papà a dover cambiare la sua prospettiva. Anche io dovevo farlo. Per quanto giocassimo ancora, ci prendessimo in giro e fingessimo di litigare c'era qualcosa che non ero ancora riuscita a dire a Chris e che comportava più coraggio di quanto ne possedessi in quel momento. Lo amavo. Nemmeno lui lo aveva detto a me, non esplicitamente. Nonostante avessimo parlato di sentimenti e d'amore il nostro era stato un discorso generale.

«Allora dovrò proprio lasciarti andare...» sorrisi, chiudendo gli occhi. «L'immagine di papà che ci rincorre con una bolletta telefonica potrebbe diventare uno dei miei incubi ricorrenti. Aspetterò venerdì.»

«Anche io. Tu fai la brava, d'accordo?»

«Tenterò. Non studiare troppo, rompiscatole.» Venerdì. Non mancava molto. Gli avrei parlato venerdì. O forse il momento più giusto era Natale. La Vigilia di Natale. Capodanno... o magari il mio diciottesimo compleanno? «Chris, io... Riaggancia prima tu, mi si è impigliato il telefono nei capelli...»

«Non ho la scusa dei capelli, io...» sospirò sdegnato, poi percepii il suono della sua risata. «Ma anche io detesto riagganciare. Buonanotte, mostriciattolo.»

«Buonanotte.»

Chiusi gli occhi in attesa. Qualche istante dopo il telefono era diventato silenzioso e freddo, senza la sua voce dall'altro capo. Fu in quel preciso istante che mi chiesi cosa ne sarebbe stato di noi. Non soltanto venerdì o in quel Natale del 1999. In seguito. Stesi la mano lungo il fianco lasciando scivolare il telefono sul letto. Non ne avevo idea. Però in fondo al mio cuore avevo la certezza che Christian Warner nella mia vita sarebbe stato una presenza costante e assoluta. Forse un giorno non sarebbe stato più il mio ragazzo. Forse mi avrebbe lasciata. Ma non se ne sarebbe mai andato.

CAPITOLO 3

Soltanto qualche mese prima non avrei mai potuto immaginare, nemmeno nel più tremendo e devastante dei miei sogni o dei miei incubi, di poter vivere stabilmente a Heathland. L'avevo classificata come l'estate più orribile della mia esistenza. Invece, avviandomi verso Natale, ci stavo benissimo. Mi ero ambientata e mi sentivo a casa, tanto che Londra e quello che avevo sempre considerato il mio mondo non mi mancavano nemmeno più.

Papà non aveva venduto la casa di Chelsea, non ancora. Forse non sarebbe accaduto, ma la preoccupazione non mi assillava e non mi turbava come quando avevo ricevuto la notizia. Dalle telefonate e delle e-mail che ricevevo settimanalmente da Janet avevo scoperto che Kathleen Burnett, la mia ex rivale, era diventata ancora più primadonna nel mio ex liceo. Evidentemente aveva approfittato del fatto che le avessi ceduto completamente il campo. Ma ormai non mi importava più competere con lei ed essere la più popolare e la più adorata a scuola e tra gli amici. La mia perenne e costante rivalità con Kathleen apparteneva al passato.

Mi importava della mia nuova vita. Mi importava dei miei nuovi amici. Mi importava di Chris e di papà. E sì, in fondo mi importava anche del fatto che il lavoro al Desmond Castle procedesse nel migliore dei modi.

«Quindi, al castello tutto bene?»

Non comprendevo molto i dettagli tecnici, ma facevo in modo di informarmi costantemente e dimostrare a papà il mio interesse nei confronti del suo lavoro.

«Sì, piccola. Tutto bene.» Mio padre mi rivolse un sorriso tranquillo. Ovviamente non potevo sostituire Chris e avviare con lui una conversazione sui problemi tecnici e architettonici riguardanti i progressi al castello, ma facevo del mio meglio per tentare di comprenderlo e sostenerlo. «Gran parte dei lavori sono stati già programmati e abbiamo finalmente un'idea del tempo necessario per portarli a termine. Tutta l'area riguardante la rappresentazione teatrale è già utilizzabile ed è molto migliorata rispetto a quest'estate, quando avevate solo una parte della sala e un palco improvvisato. Riusciremo a migliorarlo ancora prima dello spettacolo, anche le nuove scenografie saranno pronte. E poi... a giorni le stanze che fanno parte dell'ala ovest saranno completamente agibili, anche quelle dei piani superiori.»

«Mmh...» Non ero certa di cosa intendesse con ala ovest, ma non aveva importanza. Decisi di non approfondire. Papà cercava sempre di esprimersi con chiarezza perché io capissi. «Bene, sono contenta.»

«L'ala ovest comprende la stanza di Cassandra Desmond, Rose...»

Lo sguardo di mio padre si focalizzò su di me e io appoggiai la tazza della colazione sul tavolo.

Cassandra Desmond? Non avevo mai sentito pronunciare il suo nome, ma qualcosa mi disse che avevo già avuto a che fare con questa probabile antenata dei Desmond. Rivolsi a papà uno sguardo interrogativo per spingerlo a proseguire.

«Cassandra era una trisavola di Richard Desmond. Ha avuto una vita travagliata e sembra che si sia macchiata di un delitto. Dicono che fosse una strega.»

Allora non mi sbagliavo. E probabilmente papà me lo stava raccontando prima che io venissi a saperlo da qualcun altro. La stanza di Cassandra era quella in cui Luke Desmond mi aveva trascinata nel periodo in cui ci eravamo frequentati e io mi ero convinta di essere innamorata di lui, mentre in realtà volevo soltanto portarlo via a Kathleen. La stanza in cui Chris era intervenuto a difendermi, lui e Luke si erano quasi picchiati... anzi senza quasi... e io... Insomma, io avevo combinato uno dei miei soliti disastri, anche se in quella circostanza non era stata tutta mia la colpa.

«Mi piacerebbe sapere qualcosa di più su di lei. La sua storia mi incuriosisce. Davvero ha ucciso qualcuno?»

Decisi di archiviare completamente l'episodio che mi riguardava per concentrarmi sulla storia di questa donna misteriosa. Una strega, un'assassina… o forse soltanto una vittima?

Rammentavo quella stanza, fin troppo bene. L'atmosfera lugubre e tetra, il letto a baldacchino al centro della stanza. Lo stemma dei Desmond, il castello con la grande aquila sovrapposta. Quei quadri appesi alle pareti, così scuri, i personaggi raffigurati avevano sguardi minacciosi, quasi crudeli. Non ero del tutto certa lo fossero davvero, forse la mia impressione era scaturita dalla situazione in cui mi ero trovata. Era sera, si stava facendo buio, avevo paura delle scale e dei corridoi che avevamo percorso per arrivare lì, di quelle pareti annerite e un po' anche dell'incertezza e del timore che provavo nei confronti di Luke.

«In realtà non so molto. Raccontano che abbia commesso un omicidio ma magari è solo una diceria, una leggenda…» Papà sorseggiò il suo caffè, poi appoggiò la tazza e si protese verso di me, fissandomi con i suoi occhi chiari, come se volesse scrutarmi con più attenzione. «Rose, tu sei davvero felice qui? Per te è stato quasi un trauma quando hai saputo che non saremmo tornati a Londra. So che hai acconsentito a restare, ma sei ancora convinta di volerlo?»

«Sì, papà… e poi comunque ormai ho iniziato la scuola…» Forse non sarebbe stato un problema trasferirmi al mio vecchio liceo dopo qualche mese, avrei potuto recuperare facilmente, anche con l'aiuto di Alison, la persona che si era sempre occupata di me quando i miei genitori si erano separati. Però… No, non avevo intenzione di cambiare idea e abbandonare Heathland. «Io sono felice qui. Davvero. Anche se Londra mi manca un po'… e Janet, Daisy, tutti i miei amici lì. Ma ne ho trovati anche qui e mi sono impegnata con lo spettacolo, quindi sono convinta a restare. È quello che voglio.»

«Quello che volevo dirti, in realtà... Rose, ci sarebbe un problema...» Papà sospirò profondamente e si passò una mano tra i capelli. Ecco, lo immaginavo che il suo discorso e la sua domanda fossero il preludio di qualcosa di cui non mi aveva ancora parlato. Forse erano solo un'introduzione per accennarmene appena avesse trovato il modo adatto. Forse riguardava Chris. Me e Chris nello specifico. No, non poteva essere. Mi morsi le labbra nervosamente, in attesa. «Si tratta di Luke. Sta per tornare e non solo per qualche giorno, come l'ultima volta. Starà qui per un po' di tempo e trascorrerà a Heathland le vacanze di Natale. Quindi è probabile che tu lo incontri, il villaggio è piccolo. Vorrei sapere se questo ti crea dei problemi, Rose. Io ho pensato che fosse meglio che tu lo sapessi perché credo che... ovviamente ti creerà dei problemi, considerato quello che ti è successo con lui in estate, però...»

«Ti sbagli, papà. La presenza di Luke non mi crea alcun problema.» Rimasi in silenzio per un attimo, alla ricerca delle parole giuste per convincere mio padre. Ovviamente la presenza di Luke mi causava qualche problema, ma non era nulla di insormontabile. «Tra noi c'è stata un'incomprensione o comunque sia... ma non mi importa più di lui. Come credo a lui non importi più di me, ormai. Quindi sono sicura che andrà tutto bene se mi capiterà di incontrarlo.»

Non mentivo. Non aveva più alcuna importanza la storia che avevo avuto con Luke, era come immersa in un passato lontano che non mi riguardava più. E di certo lui non avrebbe tentato di avvicinarmi. Però inevitabilmente quella vicenda legata a Cassandra Desmond mi aveva costretta a pensarci, a rivivere quelle sensazioni, quello sconvolgimento interiore che mi aveva colta impreparata e mi aveva atterrita. Annullando successivamente i miei sentimenti per Luke e risvegliando quelli per Chris, che era intervenuto per proteggermi.

Ciò che mi preoccupava era la reazione di Chris, appunto. Se entrambi si fossero aggirati per Heathland durante le feste natalizie, inevitabilmente si sarebbero incontrati tra il villaggio e il castello. La soluzione non poteva ovviamente essere che io tornassi a Londra o che Chris non restasse a Heathland... non lo avrei sopportato!

Decisi di non dire nulla a papà, almeno per il momento. Mi interessava salvaguardare la mia relazione con Chris, soprattutto perché nessuno sembrava credere molto in noi. Papà non si era ancora pronunciato, Daisy e Janet ne erano consapevoli già da un po' ma non si erano mai espresse completamente in proposito, come avevano fatto precedentemente riguardo ad altri ragazzi. Quasi come se la considerassero una fase di passaggio, non una storia vera a propria. Non paragonabile e quella che loro avevano con Alan e Freddie. Ovvio, io e Chris eravamo solo all'inizio e non avevamo avuto ancora molte opportunità di stare insieme... e poi c'era quello strano rapporto tra noi... Insomma, eravamo passati dall'essere ex fratellastri in perenne conflitto a una storia d'amore che ancora nessuno considerava tale e che forse spaventava un po' anche noi stessi.

Kathleen quando lo aveva scoperto aveva addirittura affermato che non fosse normale che io e Chris stessimo insieme, dimenticando che tra noi non c'era alcun reale legame fraterno. Probabilmente, grazie a lei, tutti i miei amici a Londra ne erano al corrente ormai. Ma non mi riguardava. Non aveva la minima importanza per me cosa ne pensassero gli altri. Se erano davvero miei amici dovevano accettare le mie decisioni. In alcuni momenti avrei voluto unire i miei due mondi... quello del mio passato a Londra e quello del mio presente a Heathland. Ma mi rendevo conto che non era possibile.

Sentivo la mancanza di Daisy, di Janet e anche di Alison, che nel corso della mia infanzia aveva riempito il vuoto lasciato dall'assenza di mia madre, occupandosi di me e di mia sorella. Però la mia decisione di restare a Heathland era irrevocabile.

Heathland era il luogo che mi aveva cambiata, che aveva modificato il mio carattere impetuoso ed era diventato parte di me, con la sua semplicità, i suoi panorami, il suo cielo limpido e immenso, l'intensità selvaggia e tenera della sua natura, dei suoi campi sconfinati, delle sue distese di boschi.

Sì, restare a Heathland era la scelta giusta. Ne ero sempre più convinta. E poi mi ero presa un impegno che ero più che mai intenzionata a rispettare. O forse in fondo volevo solo dimostrare a papà di essere cresciuta e di non pensare più solo ed esclusivamente a me stessa. Volevo dimostrare a Chris di essere degna di lui in modo che non si pentisse di aver scelto me.

Ma la verità, indipendentemente da papà e da Chris, era che desideravo con tutte le mie forze dimostrare qualcosa a me stessa. Ero sempre la stessa Rose, la ragazzina irrequieta di qualche mese prima, ma non lo sarei rimasta ancora per molto. Probabilmente non sarei mai stata in grado di modificare la mia natura tendenzialmente testarda e un po' egoista, ma il sentimento che era sbocciato in me stava contribuendo a modificare il mio cuore. Non riguardava esclusivamente l'amore per Chris, era un sentimento nei confronti del genere umano nella sua interezza. E io non volevo e non potevo perderlo.

CAPITOLO 4

Ammiravo l'impegno di Sally nei confronti di Teddy. Era quasi commovente. Io mi chiedevo se sarei mai stata in grado di amare così.

Teddy Hart, figlio del giardiniere di fiducia di mio padre, era arrivato a Heathland per seguire i suoi genitori che come noi si erano trasferiti nel Dorsetshire per lavorare alla restaurazione del castello e del parco. Non lo avevo mai apprezzato davvero, lo avevo sempre considerato inferiore. Per questo motivo, nonostante lo conoscessi fin dall'infanzia, non lo avevo mai incluso nella mia cerchia di amici. Invece alla fine Teddy aveva dimostrato di essere l'unico, o uno dei pochi, su cui potevo contare davvero. Teddy era andato oltre la mia superficialità, quando tutti gli altri mi avevano abbandonata a causa del mio carattere, delle mie stupide scelte. Anche Chris in parte si era allontanato da me. Invece Teddy era rimasto.

Lui era rimasto e io avevo tentato di distruggere la sua nascente storia con Sally, spingendola verso un altro senza la minima considerazione per i suoi sentimenti.

Non ero mai stata una brava ragazza, ma la sua disponibilità nei miei confronti, la sua gentilezza d'animo aveva contribuito a risvegliarmi. Così avevo promesso, a me stessa più che a lui, di aiutarlo. Teddy aveva sempre avuto difficoltà a scuola, fin da bambino. Era incredibilmente lento nell'apprendimento, aveva problemi nella lettura e di conseguenza nella scrittura. A Londra nessuno degli insegnanti si era mai dimostrato abbastanza paziente con lui. I compagni di classe lo prendevano in giro e Teddy non aveva il carattere adatto per infuriarsi, opporsi e lottare. Così si era rassegnato e aveva abbandonato gli studi al secondo anno di liceo. Pur avendo un anno più di me era rimasto indietro di tre.

L'unico che gli aveva dato un po' di aiuto era stato Chris, ma Teddy dopo qualche tentativo aveva cortesemente rifiutato. Gli scarsi progressi lo avevano convinto a non approfittarsi della disponibilità di Chris.

Sally invece, a differenza di Chris e di altre persone, inclusa me stessa, non sembrava disposta ad arrendersi. Teddy si stava seriamente impegnando, quindi la sua difficoltà nel riconoscere le parole non era imputabile a una negligenza da parte sua. Sally voleva comprendere cosa fosse alla base del suo problema e si era rivolta anche ad Ivy.

Io invece stavo rivolgendo la mia scarsa pazienza e la mie quasi inesistenti doti di empatia ai bambini della St. Andrews, la scuola elementare del villaggio. Cercavo di impegnarmi al meglio delle mie possibilità. In realtà davo solo una mano ad Ivy, aiutavo alcuni dei piccoli a fare i compiti prima di coinvolgerli nella preparazione di *A Christmas Carol*, nel pomeriggio.

Sir Richard ci aveva nuovamente messo a disposizione il castello per le prove e la rappresentazione. Anche se spesso assumeva uno sguardo rigido e severo e aveva quegli occhi grigio azzurri così gelidi, che in parte mi ricordavano Luke, era un uomo buono e sensibile. Non sembrava risentito nei miei confronti per quello che era accaduto con il figlio. Gran parte della responsabilità era di Luke, ma anche io avevo le mie colpe. Non tanto per essermi tirata indietro all'ultimo momento quando lui aveva preteso di più da me, ma per averlo convinto di provare sentimenti che in realtà non provavo affatto. Ovviamente questo Luke non poteva immaginarlo, quindi mi aveva ferita comunque con i suoi gesti e le sue parole. Ma era qualcosa che io sapevo, così anche se agli occhi di tutti gli altri ero stata io la vittima, mi sentivo intimamente responsabile.

Quella che invece sembrava provare un vero e proprio astio nei miei confronti era Esther, moglie di Sir Richard, la madre di

Luke. Forse non mi aveva mai presa in particolare simpatia, forse fin dall'inizio, fin dal primo incontro durante la nostra cena ufficiale, aveva preferito Kathleen a me. Kathleen oltre mia acerrima nemica al liceo era anche la figlia di Simon Burnett, il socio di mio padre. Per cui la nostra rivalità si estendeva a tutti i livelli.

Comunque dopo "l'incidente" tra me e Luke, che era stato classificato come "incomprensione" e poi archiviato nel corso delle settimane, avevo il sospetto che Lady Esther non avesse perdonato né me né la mia leggerezza di adolescente inesperta e troppo avventata. Non mi aveva più rivolto la parola, a ogni nostro incontro mi aveva ripetutamente ignorata. Forse era stata una coincidenza. Ma la coincidenza si era ripetuta un po' troppe volte perché potessi crederci.

«Temo che non sia stata l'idea migliore affidare la parte di Scrooge a Rocky.»

La voce di Ivy mi distrasse dalle mie meditazioni e tornai a fissare l'attenzione sul palcoscenico.

Io e Ivy ci eravamo sistemante a poca distanza, pronte a intervenire con suggerimenti e consigli per aiutare i bambini con le loro battute. Avevamo però convenuto che abituarli fin da subito al palco e alle sue dimensioni fosse la scelta migliore. Soprattutto ora che era notevolmente migliorato, era bene che prendessero confidenza anche con la scenografia.

«Io non riesco a pensare a nessuno migliore di lui…»

Il piccolo Rocky Stone, di soli nove anni, era Scrooge a tutti gli effetti, uno Scrooge in miniatura. Anche il suo nome era piuttosto emblematico. Da questo punto di vista in parte mi somigliava, anche se io avevo occhi e capelli castani, mentre lui era biondo, con grandi occhi azzurri ma l'espressione perennemente truce. Da un altro punto di vista ricordava Teddy. Come lui aveva gravi difficoltà di apprendimento, ma invece di rassegnarsi e prendere le distanze dagli altri isolandosi, reagiva al suo problema e alle conseguenti derisioni da parte dei compagni, in modo aggressivo, quasi violento. Gli insegnanti lo avevano classificato come "bambino difficile" e avevano smesso di concentrare gli sforzi su un suo possibile miglioramento.

Coinvolgerlo nello spettacolo era stato un azzardo, da parte mia e di Ivy. Ce ne rendevamo conto. Ivy forse ancora più di me. Ma la mia propensione alle sfide quasi impossibili non si era placata del tutto. Anche se, a così breve distanza dal Natale e quindi dal giorno dello spettacolo, i giorni sembravano scivolarci tra le mani, la necessità di essere preparati al più presto era pressante e il rischio stava diventando sempre più evidente.

Io avevo visto Rocky e lo avevo preso a cuore fin dal primo istante. Io avevo convinto Ivy che era il ragazzino giusto per interpretare Scrooge, anche se lei si era dimostrata un po' scettica. Se anche lo spettacolo natalizio fosse fallito, come quello di fine estate, sarebbe stata ancora una volta colpa mia. Avrei dimostrato quanto le mie scelte e la mia comprensione delle persone fossero un disastro completo.

«Fermi... fermi... ripetiamo la scena tra Scrooge e l'arrivo del fantasma del Natale passato...» sospirai richiamando il piccolo fantasma in scena, dopo che Rocky lo aveva quasi terrorizzato mostrandogli un pugno a poca distanza dal naso. «Rocky, non importa per ora se non ricordi la battuta precisa. Conosci bene la scena, ormai... e non prendertela con Liam se non termina proprio con la parola esatta.»

Mi ero messa nei guai. Di nuovo. Lo sguardo adirato che mi rivolse Rocky mi ricordò quello di Mike, il primo interprete di Romeo che avevo respinto, e anche quello vagamente demoniaco di Luke. Mischiato all'espressione di rimprovero che spesso avevo letto negli occhi verdi di Chris. Prepotenza maschile in agguato, anche da parte di un bambino di nove anni. Ma perché non erano tutti dolci e remissivi come Teddy? Lanciai ad Ivy un'occhiata in cerca di soccorso.

«Stai andando bene, Rose. Tranquilla.» Ivy intercettò il mio sguardo supplichevole e annuì senza staccare gli occhi dai piccoli attori. «Sei più brava tu con loro. Con lui soprattutto. Temo che detesti qualunque tipo di autorità e io gli ricordo troppo una persona adulta.»

«Forse hai ragione tu, Ivy, gli abbiamo chiesto troppo. Mi ha sorpresa il fatto che non si sia opposto e abbia accettato di interpretare una parte nello spettacolo… Quella principale, soprattutto.»

Mi morsi le labbra concentrata sulla scena che i bambini si stavano apprestando a ripetere. Avevamo rielaborato una vecchia sceneggiatura della storia rappresentata dalla scuola elementare alcuni anni prima. Era stato molto più facile che sistemare una delle mie fiabe senza certezza del risultato.

«Io credo che lo abbia fatto perché tutto sommato desiderava attirare la nostra attenzione. I genitori sono poveri, lavorano tutto il giorno e hanno altri figli piccoli che affidano alla scuola o all'asilo. Quando tornano non hanno tempo per lui, per preoccuparsi delle sue necessità. È un bambino molto intelligente e sveglio nonostante le sue difficoltà a scuola. Avrebbe solo bisogno di altri stimoli, di essere apprezzato anche…»

Mi rendevo conto che la situazione di Rocky era addirittura peggiore di quella di Teddy. Gli Hart avevano una figlia di circa dieci anni maggiore di Teddy, sposata e che viveva a Bristol. Nonostante le difficoltà si erano sempre occupati di Teddy con affetto. Non riuscivo a pensare a una situazione come quella di Rocky. Avevo scoperto che il suo vero nome era Ronnie, da Ronald. Ma che lo avevano soprannominato Rocky per la sua propensione a fare a pugni. Con il cognome Stone poi diventava ancora più incisivo. Più venivo a conoscenza di dettagli della sua vita più sentivo crescere dentro me la voglia di aiutarlo. Ma allo stesso tempo ero consapevole di essere troppo giovane e inesperta per poterlo fare davvero.

«Se non fosse intelligente non riuscirebbe a ricordare una parte così lunga, Scrooge ha più battute di tutti gli altri.» Corrugai la fronte, osservandolo attentamente. Gli altri ragazzini, che a scuola andavano molto meglio di Rocky, sbagliavano e scordavano le battute molto più spesso di lui. «Io sto iniziando a credere che i suoi problemi scolastici e il suo carattere aggressivo siano un atto di ribellione.»

«Sicuramente lo sono, Rose.» Ivy si voltò, puntando gli occhi azzurri su di me. «Ho visto tutti recitare, qui. I bambini, tua sorella, i tuoi amici, gli altri ragazzi. Mi sono mancati solo Chris e Teddy che non erano attivamente coinvolti nello spettacolo. E tu…»

«Cosa c'entro io?» scrollai le spalle, come per togliermi di dosso la strana sensazione che mi stava portando a credere che Ivy stesse accomunando l'atteggiamento di Rocky al mio.

«Niente, dicevo così per dire…» Ivy tornò a focalizzarsi sui bambini impegnati sul palcoscenico. «Mi piacerebbe vederti interpretare una delle tue fiabe, un giorno. Magari durante l'intervallo di *A Christmas Carol*. O forse meglio come inizio o finale dello spettacolo…»

«Vuoi scoprire se sono più brava a recitare nella finzione che nella realtà? Magari potrei fare la parte della strega…» ridacchiai alzandomi in piedi. Una delle bambine, la piccola Lilly stava riscontrando qualche difficoltà nell'allacciarsi il grembiulino che indossava in scena. «Non abbiamo nulla di abbastanza natalizio, tra le mie fiabe. L'unica potrebbe essere *La piccola fiammiferaia*.»

«Potrebbe funzionare.» Ivy aggrottò la fronte, pensierosa.

«No, Ivy. Scordatelo, troppo triste e deprimente.» Risi, scuotendo decisa la testa. «Io ho già recitato abbastanza nella realtà. È più che sufficiente.»

CAPITOLO 5

«Sai cosa ho sognato stanotte? Anzi... chi?»

Il giorno seguente, dopo pranzo, mi ritrovai in biblioteca insieme a Sally. Stavamo studiando un po' in attesa di Ivy, prima di cominciare le prove quotidiane dello spettacolo. Sally ogni tanto ci dava una mano, quando non era impegnata ad aiutare Teddy con la lettura.

«Mmh... fammi pensare, è davvero difficile... Chris!» Sally incrociò le braccia, mi fissò seria per poi scoppiare a ridere. «Quando arriverà? Domani?»

«Sì, domani! Comunque no, non ho sognato lui!» ridacchiai poi scossi la testa con una smorfia. «Ho sognato... Cassandra Desmond. Cioè non sono proprio sicura fosse lei, ma si trovava in quella stanza. Insomma l'ho sognata come io la immagino, perché da quei dipinti appesi alla parete non era molto chiara, oppure io non la ricordo...»

Avevo accennato brevemente la storia di quella donna a Sally. Ancora prima di conoscere il suo nome, quando Luke mi aveva portata nella stanza misteriosa. In seguito le avevo raccontato ciò che mi aveva rivelato mio padre. Ma Sally, come altre persone del villaggio, sembravano già a conoscenza di quel passato tragico che coinvolgeva il castello e un'antenata della famiglia Desmond.

«Oddio, quasi un incubo quindi. Cosa aveva... un coltello in mano?»

«No. Aveva addosso una specie di lunga camicia da notte bianca... e correva per la stanza, per poi spalancare la finestra e affacciarsi, come per prendere aria perché non riusciva a respirare... Era molto bella, con i capelli neri e ricci, gli occhi azzurri molto profondi.» Fissai lo sguardo su Sally, mi resi conto solo in quel momento che sembrava stessi descrivendo proprio lei. «No, tranquilla... non somigliava a te. Forse solo vagamente... solo i capelli...»

Invece le somigliava davvero anche se in una versione più adulta. Però evitai di dirlo. Ma evidentemente era stata solo una mia fantasia.

«Ah, per fortuna...»

«Mi piacerebbe sapere di più su di lei. Sarei curiosa di scoprire che fine ha fatto.»

Sì, avrei voluto conoscere tutta la sua storia. Le motivazioni del delitto che aveva commesso. Chi aveva ucciso e perché. Cosa ne era stato di lei in seguito. Forse... forse l'avevano condannata a morte? Forse lei stessa era stata uccisa all'interno del castello. Ma non avrei indagato. Mi ero già messa abbastanza nei guai con la famiglia Desmond per attirarne altri scavando nel loro passato.

«La prossima volta che vedi il suo fantasma prova a chiederglielo.» Sally sollevò gli occhi al cielo, poi si posò la mano sulla bocca per trattenere uno sbadiglio.

«Quindi tu credi che sia un fantasma? Cioè... che il suo fantasma sia imprigionato nel castello? Questo significherebbe che è stata uccisa in modo violento...» Ecco, la mia immaginazione si era già avviata verso interrogativi che pretendevano una risposta. «Io credevo che fosse stata lei a uccidere qualcuno.»

«Sì, è proprio questo che si dice, la leggenda tramandata a Heathland.» Sally confermò, senza esitare. «Che un'antenata dei Desmond è stata un'assassina e la sua stanza non è stata più utilizzata da nessuno della famiglia, perché sembra che lei sia ricomparsa quando qualcuno ha tentato di appropriarsene, terrorizzando il poveretto o la poveretta. Non conosco i dettagli, è una storia da brividi e non sono mai stata molto interessata.»

«Mmh... a me invece non ha fatto paura nel sogno. Sembrava piuttosto che avesse bisogno del mio aiuto. Ma del resto io non ho mai preteso di occupare la sua stanza, quindi magari non ce l'ha con me.» In fondo lo sapevo che non sarei riuscita a resistere. Nemmeno impegnandomi. Tentai inutilmente di fissare lo sguardo sul libro di storia che avevo di fronte. Poi lo risollevai per spostarlo verso il bancone d'ingresso della biblioteca. Su Ivy per l'esattezza, che proprio in quel momento incrociando il mio sguardo mi sorrise. «Forse Ivy sa qualcosa... o magari possiamo cercare nei giornali dell'epoca!»

Mi alzai di scatto dalla sedia e feci cenno a Sally di seguirmi verso il bancone.

«Qual è il motivo di tanto entusiasmo, ragazze?»

Ivy inclinò la testa soffermando l'attenzione prima su di me, poi su Sally.

«Io non c'entro. È Rose... è sempre Rose...»

Sì, ero sempre io. Ma dopo il sogno dovevo per forza indagare, scoprire qualcosa di più. Avevo sempre trattenuto la mia curiosità ma quel sogno non poteva essere casuale, era un invito esplicito. O no? Insomma, magari Cassandra stava cercando il mio aiuto ora che la stanza era stata restaurata e resa completamente agibile. Magari il suo fantasma era davvero rinchiuso tra quelle mura e stava supplicando di essere liberato.

«Vorrei consultare dei giornali di qualche anno fa. No, insomma di molti anni fa... non sono sicura quanti...»

«Di quanti anni fa, precisamente?»

La mia domanda stava suscitando curiosità anche in Ivy, ne ero certa. Inclinò leggermente la testa scrutandomi con attenzione e sistemandosi gli occhiali sul naso.

«Non saprei... mi interessa l'epoca in cui Cassandra Desmond è stata accusata di quel delitto. Temo che siano parecchi anni fa, quindi.»

«Si potrebbe parlare di secoli, ragazzina. Almeno uno, sicuramente.»

Incredibile! Avevo spinto anche lo scorbutico signor Raymond, il bibliotecario più anziano e taciturno, a intervenire!

Ecco, lui sarebbe stato perfetto per un'altra versione di Scrooge, oltre a quella mia femminile e quella infantile di Rocky. Con quell'aria imponente e un po' arcigna, sembrava pronto a dar battaglia a qualunque estimatore del Natale.

Abbandonai il pensiero per concentrarmi sulla questione che al momento rappresentava il mio maggior interesse. Scrooge o non Scrooge dovevo tentare di ingraziarmelo e spingerlo a parlare, a raccontarmi tutto ciò che sapeva.

«Lei ci potrebbe raccontare qualcosa, signor Raymond? Noi saremmo molto interessate per... una ricerca, ecco...»

Ero sempre pronta all'utilizzo del plurale maiestatis al contrario. Il mio "noi" implicava sempre un "io" che pretendeva di ricevere la dovuta attenzione. E usai la mia espressione più tenera, gli occhioni scuri e dolci, l'aria da ragazzina indifesa vivamente interessata alla storia locale.

«Non credo si sia conservato molto. Non qui, almeno. I Desmond avevano fatto in modo di occultare la notizia, i giornali locali non avevano riportato molto e quel poco era stato fatto sparire. C'era stato un giornalista però...»

Il racconto del signor Raymond si interruppe lì, su quel "però". Mi chiesi come potesse essere a conoscenza di tutti quei dettagli. Sicuramente non era ancora nato all'epoca. Era anziano sì, ma più di un secolo non lo aveva di certo. A meno che fosse un vampiro o un immortale... oppure...

No, no, dovevo assolutamente frenare la mia immaginazione! Probabilmente lo stavo già fissando come se si trattasse di una creatura soprannaturale e spaventosa di specie non ancora identificata.

«Una storia davvero macabra!»

Inaspettatamente avevamo attirato l'attenzione anche della terza bibliotecaria, la signora Rosemary. Più o meno coetanea di Raymond, era una donnina fragile e minuta, con fini capelli grigi perennemente raccolti in una crocchia. Vedova da circa vent'anni, a quanto ne sapevo io, dedicava tutta la sua esistenza alla biblioteca del villaggio. Detestava invece qualsiasi lavoro considerato femminile come ricamo, uncinetto, anche la cucina non faceva per lei.

Non avevo mai considerato il fatto che Raymond e Rosemary condividessero la stessa iniziale del nome. Forse questo costituiva un legame tra loro e Cassandra. E quindi… No, no! Anche io mi chiamavo Rose, un nome così simile a Rosemary. Potevo essere coinvolta in qualche misterioso rituale tra fantasmi e creature soprannaturali. Ma no! Dovevo assolutamente darmi un contegno, placare la mia immaginazione ormai sfrenata!

«Io ho svolto ricerche su Cassandra Desmond negli anni passati.» Rosemary proseguì spontaneamente, senza nemmeno il bisogno di essere incoraggiata. «Da quanto ho scoperto era stata costretta dal padre a sposarsi contro la sua volontà con un nobile proveniente dal Kent che non aveva mai incontrato prima del matrimonio. La cerimonia si era svolta al castello. Però Cassandra era innamorata di un altro. La notte delle nozze ha assassinato il suo sposo trafiggendolo con un coltello che aveva nascosto nella sottogonna dell'abito da sposa durante il banchetto nuziale. Ed è fuggita dalla finestra con il suo amante, un suonatore d'arpa irlandese. L'uomo da cui i Desmond avevano fatto di tutto per separarla. Però c'è anche un'altra versione dei fatti…»

«Come? Quale?»

Eravamo tutti ammutoliti al suo racconto. Stranamente era stata Ivy a intervenire prontamente per saperne di più. Sgranò gli occhi chiari su Rosemary e per un istante mi apparve come una reporter avida di notizie.

«L'altra versione è che a rimanere ucciso sia stato l'amante. Lo sposo era riuscito a difendersi dall'attacco di Cassandra, sottraendole il pugnale. Così il suonatore d'arpa sentendola gridare e temendo per la sua vita è balzato nella stanza dalla finestra e…»

«Ma... e lo sposo? E Cassandra?» A questo punto pretendevo a tutti i costi di saperne di più. «È rimasta uccisa anche lei? Questo spiegherebbe perché...»

Perché ho sognato il suo fantasma?

Inevitabilmente le scene della colluttazione tra Cassandra, lo sposo e l'amante irlandese presero vita davanti ai miei occhi. Pur non avendo idea dell'aspetto dei due uomini avevo ben chiara l'immagine di Cassandra. Però, altrettanto inevitabilmente, un'altra scena, accaduta in quella stessa stanza, si sovrappose. Chris e Luke che facevano a botte a causa mia e io...

«Purtroppo non sono riuscita a trovare informazioni precise. Quindi non so chi sia morto, chi si sia salvato, se Cassandra e il suo amante siano riusciti a fuggire e dove. È una storia tramandata negli anni, è stata anche occultata dai Desmond all'epoca, non ne andavano molto fieri.»

«Mmh... Eppure ci deve essere il modo di scoprire qualcosa di più. E io lo troverò! Magari fuori da Heathland sono state diffuse più notizie.» Mi portai una mano sulla fronte, sforzandomi di riflettere. Però se non ci era riuscita Rosemary... Magari Cassandra mi sarebbe apparsa nuovamente in sogno rivelandomi la sua verità! Ma questo evitai di dirlo. «Cioè, forse potrei tentare di scoprire...»

«Ah, dimenticavo. Il matrimonio di Cassandra si era svolto la Vigilia di Natale, l'anno dovrebbe essere il 1899.»

Un secolo esatto prima, quindi. Non che la precisazione di Rosemary servisse a molto.

«Quindi forse il suo fantasma si è risvegliato proprio ora che la sua stanza è stata restaurata, dopo un secolo.» L'intervento di Sally spostò l'attenzione di tutti su di lei. Gli altri non potevano sapere del fantasma, perché era stata l'unica a cui io avevo raccontato il mio sogno. Le lanciai un'occhiata di avvertimento, Sally se ne avvide e tentò di rimediare. «Voglio dire... sarebbe in tema con la sua storia se accadesse.»

«Io non credo molto ai fantasmi» aggiunsi con tono seccato, mi sentivo quasi tradita. «Perché mai dovrebbero esistere i fantasmi vendicativi? Io credo di più ai fatti, ai dati storici e concreti! Lo sanno tutti che i fantasmi sono solo frutto di una fervida immaginazione e…»

Improvvisamente mi accorsi che gli sguardi non erano più puntati su di me, ma alle mie spalle. Mi stavano prendendo in giro? Corrucciai la fronte imbronciata. Così sembrava, ma da parte di Raymond e Rosemary non me lo sarei mai aspettata!

«Uhh…» percepii un soffio sul collo, poi tra i capelli, qualcosa che mi sfiorava leggermente la spalla.

Mi voltai di scatto e me lo ritrovai di fronte. No, non il fantasma di Cassandra. E nessun altro fantasma.

«Ma che stupido!» Scoppiai a ridere mentre mi stringeva tra le braccia. «Sei davvero un pessimo fantasma, rompiscatole! E poi oggi… non è giovedì?»

«Ho terminato un corso e ho anticipato di un giorno, spero di non aver sconvolto troppo i tuoi programmi.» Mi accarezzò la vita e mi fissò stringendo gli occhi su di me con aria indagatrice. «Avevi appuntamento con un fantasma? Ti ho fatto una sorpresa.»

«Io detesto le sorprese. Ma in questo caso non è tanto male, ti perdono. Anche se dovrò disdire con il fantasma.» Decisi di annullare definitivamente l'idea del fantasma, ora c'era qualcosa di più importante a occupare i miei pensieri. «Resterai qui fino a Natale? Non tornerai più a Londra?»

«Vorrei ma non posso, Rose.» Chris scosse la testa desolato. «Ho ancora un progetto da consegnare in università e un test la settimana prossima.»

«Molto ingiusto…» sbuffai irritata. «Allora forse io potrei venire con te, saltare qualche giorno di scuola, tanto…» No, non era attuabile, c'era lo spettacolo da preparare, non potevo abbandonare i bambini e le prove ad Ivy. «Magari solo un pomeriggio di shopping selvaggio a Londra. Potremmo andarci Sally, che ne pensi?»

«No, io non credo di potermelo permettere. Mi dispiace, Rose.»

Sally rifiutò la mia proposta desolata, mentre i bibliotecari anziani tornavano al loro lavoro dopo l'incursione della storia di Cassandra Desmond nella loro quotidianità.

E io tornai a sentirmi la solita, egoista e inconcludente, Rose Storm. Presa dall'entusiasmo non mi ero resa conto di aver commesso un errore proponendo a Sally una giornata di shopping e di svago a Londra. Lei non era Janet e non era nemmeno mia sorella Daisy. Non poteva comprarsi tutto ciò che desiderava solo per capriccio.

«Allora possiamo andare a bere una cioccolata al cottage, prima di andare al castello per le prove.» Mi aggrappai al braccio di Chris e sorrisi a Sally, coinvolgendo anche Ivy. «Ho imparato a farla buonissima, vi darò una dimostrazione della mia abilità!»

CAPITOLO 6

«Allora… sto aspettando!»

Dopo la cioccolata, dopo le prove al castello, dopo cena, ero seduta sulla sedia a dondolo davanti al nostro cottage color crema. Avvolta nel mio giaccone più pesante e con una coperta sulle gambe. Scrutavo l'orizzonte, tra la nebbiolina che oltre il giardinetto si faceva sempre più fitta. Probabilmente quest'anno non avremmo avuto la neve e forse era meglio così, considerati i disagi che provocava agli abitanti di Heathland.

Chris si era seduto accanto a me e mi guardava in silenzio.

«Aspettando cosa, Rose?»

«Che metti in pratica il tuo hobby preferito. Rimproverarmi per la mia stupida e insensibile gaffe con Sally quando le ho proposto una giornata di shopping selvaggio a Londra. E in realtà spesso mi devo trattenere anche quando sono tentata di parlarle dell'università perché ancora non so se non ci vuole andare o se non può!»

«Non ho nessuna intenzione di rimproverarti. Perché dovrei quando lo hai capito da sola di aver sbagliato? Però, se posso permettermi, non è molto ragionevole stare qui seduta al freddo per autoinfliggerti una punizione.»

«Chris…» Sfilai una mano dalla coperta e l'allungai verso di lui, che la strinse nelle sue. «Perché non sono mai il tipo di ragazza che dice sempre la cosa giusta al momento giusto? E perché non riesco a diventarlo?»

«Perché saresti mortalmente noiosa, forse?» Mi sfiorò il viso con le dita, dolcemente. «Rose… nessuno è perfetto. Anche io sbaglio spesso e ripetutamente.»

«Ah, sì? Tu? Allora perché io non me ne sono mai accorta?»

«Perché sono sempre stato più furbo di te a nasconderlo!» Si staccò da me, alzandosi in piedi. Poi mi tese la mano. «Ti va di fare un giro?»

«Non fino al castello, però… non mi va.»

La storia che aveva raccontato Rosemary riguardo a Cassandra non mi abbandonava. E forse mi aveva impressionata più di quanto sarei stata disposta ad ammettere. Non volevo andare al castello la sera tardi, nemmeno con Chris.

Lasciai la coperta sulla sedia a dondolo e presi la sua mano. Ci avviammo per il sentiero che conduceva verso il bosco, camminando lentamente. Chris trattenne la mia mano nella sua e io, appena fummo abbastanza lontani da casa, gli afferrai il braccio, appoggiando la tempia sulla sua spalla. Mi circondò la vita e io mi sentii riscaldata dal contatto con il suo corpo. Mi sentivo sicura con lui, protetta.

«Di cosa stavate parlando in biblioteca? Quella storia di fantasmi…»

Non avrei affrontato il discorso se Chris non mi avesse interrogata direttamente in proposito.

«No, ecco… Non stavamo parlando di fantasmi in generale…» sospirai incerta, non avevo molta voglia di parlarne e nemmeno di approfondire l'argomento. Avrebbe significato rievocare quello che era accaduto in quella stanza, non solo a Cassandra ma anche a noi. Però non aveva importanza. Del resto era stato solo uno stupido sogno e ciò che era successo faceva parte del passato ormai. «Stavamo parlando della storia di Cassandra Desmond. Lei è… era un'antenata dei Desmond, si dice abbia ucciso qualcuno.»

«Sì, ne ho sentito parlare ma non so molto…» Si fermò improvvisamente per rivolgermi uno sguardo a metà tra pensieroso e preoccupato. Sospirò increspando le labbra. «Credo che siano tutte invenzioni. Spesso se ne raccontano riguardo a questi castelli.»

«Io l'ho sognata. Era in quella stanza… Sì insomma, quella che doveva essere la sua stanza. Si precipitava verso la finestra aprendola per tentare di uscire o di respirare. Sembrava sconvolta.»

Non volevo dirgli nulla e alla fine gli stavo raccontando tutto. Aggiunsi anche i particolari che avevo scoperto in biblioteca, ciò che ci aveva raccontato Rosemary.

«Non voglio che questa storia ti spaventi troppo, Rose. Non farti suggestionare, okay?» Si fermò voltandomi verso di lui e accarezzandomi le braccia, con un respiro profondo e gli occhi verdi fissi nei miei. «Per questo non vuoi passeggiare verso il castello?»

«No… cioè… Chris, io…» Posai le mani sul suo petto, guardandolo seria negli occhi. «Io a volte ci penso e… mi dispiace. Mi dispiace così tanto averti creato delle difficoltà con i Desmond. Lo so che mi hai detto che non è stata colpa mia… però se non ci fossi stata io di mezzo non sarebbe accaduto, ecco!»

Forse le mie parole sconclusionate non erano state molto chiare, ma sapevo che lui mi aveva compresa comunque.

«Non sono più ben visto come prima dai Desmond, come all'inizio… questo vuoi dire.» Chris annuì brevemente senza staccare gli occhi da me. «Forse è stata un po' colpa tua, sì lo ammetto. E anche mia. E di Luke. Ma io ho perso il controllo e l'ho preso a pugni per difendere la mia ragazza ed è qualcosa di cui non mi pentirò mai. Non mi importa se non verrò più considerato dai Desmond o coinvolto nella ristrutturazione del castello. Di castelli da ristrutturare ce ne sono tanti, ce ne saranno altri nella mia carriera… di Rose Storm solo una…»

«Chris…»

Avvicinai il viso al suo baciandolo sulle labbra. Aveva ragione. Forse senza quell'episodio non mi sarei resa conto di ciò che provavo per lui. O mi sarei sforzata di combatterlo, con tutte le mie forze, chissà per quanto tempo ancora.

Ricambiò il bacio per poi staccarsi da me e accarezzarmi le guance, appoggiando la fronte alla mia. Mi strinsi a lui.

Provavo freddo, paura ed emozione allo stesso tempo. Ero la sua ragazza. Così aveva detto.

«Tu mi rendi migliore, sempre…»

«Non voglio renderti migliore, Rose.»

«Lo fai anche senza volerlo, allora. Anche quando sei un gran rompiscatole.»

Gli strinsi le braccia intorno al collo e chiusi gli occhi. Sentii nuovamente il calore delle sue labbra sulle mie, un calore che in breve mi si diffuse per tutto il corpo. Avvampai mentre il bacio diventava più intenso, più profondo.

«Rose…»

Pronunciò il mio nome mentre io affondavo le mani tra i suoi capelli, per fare in modo che non si staccasse da me.

«Mmh…»

«Ho un brutta notizia…» Mi accarezzò i fianchi, poi lasciò scivolare le mani lungo la mia schiena. Il suo sguardo si fece improvvisamente cupo, i lineamenti più tirati. Poi si rilassò e accennò un sorriso vago, stringendo leggermente gli occhi. Non me n'ero mai resa conto prima, ma adoravo quando lo faceva. Lo trovavo irresistibile. «Pessima direi, mostriciattolo.»

«Non può essere tanto brutta, rompiscatole» ridacchiai spostando il viso nel tentativo di mordergli il collo. «E se è mediamente brutta poi io mi vendicherò. Mi devi ancora portare al concerto dei Boyzone. O di Ronan Keating, non ho ancora capito bene se si sono sciolti oppure no. Uffa, ma perché si comportano così? Come quando Robbie Williams ha lasciato i Take That. Feriscono il mio povero cuoricino innocente!»

«Ho capito, sei sempre la solita stronzetta manipolatrice. Fai in modo di assicurarti di ottenere da me quello che vuoi. È proprio intrinseco in te, Rose!» Chris scosse la testa e scoppiò a ridere. Sapevo che aveva pienamente ragione ma gli misi il broncio lo stesso. Mi posò la mano sulla testa, scompigliandomi i capelli. «Comunque la notizia è proprio brutta… Mia madre ha intenzione di venire in Inghilterra per passare il Natale insieme a me. Ha deciso che le manco.»

«Oh...» No, non era brutta. E nemmeno pessima. Era orrenda. Soprattutto combinata con quella che io avevo ricevuto nel corso della mattinata. «Anche la mia... Vuole passare con me il Natale e festeggiare il giorno del mio diciottesimo compleanno, con la grande scoperta che è una tappa importante e blablabla...» sbuffai mentre avevo iniziato a gesticolare sempre più nervosa. «Gli altri anni è sempre stata in giro a tenere concerti, senza nemmeno preoccuparsi di lasciare sole a Natale due bambine piccole! E adesso... vuole arrivare a rovinare tutto! E tua madre ti vorrà sicuramente trattenere a Londra, non ti lascerà venire qui da noi! Sarà un Natale orrendo!»

«Io voglio restare con te e con Ned a Natale. Non mi importa cosa vuole mia madre.» Chris sospirò profondamente, mi prese le mani trattenendole nelle sue e cercando di calmarmi. «Non sarà un Natale orrendo, te lo prometto.»

«Mmh... con entrambe le nostre madri intorno, che vagano per Heathland contemporaneamente. Tu come lo definiresti?»

Intrecciai le dita con le sue mentre cedevo al suo abbraccio, lasciandomi stringere. Non avrei permesso a quelle due intruse di rovinare tutto.

«Sarà solo leggermente movimentato. Ti fidi di me, Rose?»

«Non credo di avere alternativa. Comunque se le cose si mettessero male io e te potremmo sempre scappare... al concerto dei Boyzone!»

Sorrisi entusiasta baciandogli nuovamente le labbra.

«Un giorno la smetterai con queste boy band, mostriciattolo egocentrico!» sbuffò per poi scoppiare a ridere mentre tentava di farmi il solletico infilando le dita sotto al mio giaccone.

«Un giorno sì, forse... ma non oggi!»

CAPITOLO 7

Già la notizia della presenza di mia madre non mi aveva entusiasmata. L'arrivo di Karen, la madre di Chris, avrebbe inevitabilmente turbato la serenità che si era creata a Heathland. Ma di certo io non volevo che Chris rimanesse relegato a Londra solo per tenerla lontana. Natale, il mio compleanno, Capodanno... e poi se ne sarebbero andate entrambe, tornandosene da dove erano arrivate. Forse, se fossimo stati abbastanza abili e discreti, non avrebbero nemmeno capito che io e Chris stavamo insieme e non si sarebbero intromesse. Eravamo comunque discreti al momento, con papà e gli altri. Anche quando io non avevo nessuna voglia di essere discreta! Anche se papà non dimostrava di volerci ostacolare pur non essendosi ancora espresso chiaramente in proposito. Però, accidenti... quelle due erano un fastidio aggiunto alla nostra storia oltre che alla mia stabilità emotiva!

Era in programma una grande festa al castello dopo lo spettacolo natalizio dei bambini che si sarebbe svolto nella sala del teatro. Forse per rimediare alla mancata festa estiva. E anche per celebrare il progredire dei lavori di ristrutturazione. Avevano portato un enorme e sfarzoso albero di Natale al centro del salone principale e uno era stato preparato anche nel parco, dove a giorni avrebbero allestito il mercatino natalizio. La gestione di alcune delle bancarelle sarebbe stata affidata ai bambini, che avrebbero venduto alcuni dei loro giocattoli e piccole creazioni per poi donare il ricavato alla loro biblioteca scolastica.

Papà si era alzato all'alba, come al solito. E anche Chris. Entrambi si erano recati al castello e una parte di me iniziava a temere il modo in cui i Desmond avrebbero accolto Chris, soprattutto nel corso di queste giornate. Sapevo che Luke stava per tornare e speravo che questo non influisse ulteriormente, che non lo costringessero ad andarsene di nuovo. In ogni caso anche io avrei trascorso il pomeriggio al castello, per le prove dello spettacolo.

Incrociai Sally mentre oltrepassavo il cancello principale della scuola.

«Allora… andrai a Londra nei prossimi giorni?»

Appariva ancora un po' a disagio e sembrava avermi posto la domanda tanto per dire qualcosa più che spinta da un reale interesse per i miei programmi.

«No, non penso proprio di andarci. Comunque Daisy arriverà qui fra poco e mi porterà tutto ciò di cui potrò aver bisogno. Quindi non ci sarà la necessità che io faccia un viaggio inutile.» Stavo cercando in fretta un altro argomento di conversazione. Pur avendolo proposto lei stessa, Londra non era un discorso facile da affrontare con Sally. Lo shopping non era poi tanto importante, ma rischiavo di ricadere nuovamente nella discussione sui progetti universitari. «Con Teddy come sta andando? Sta facendo progressi con la lettura, mi pare.»

«Sì, decisamente!» Il volto di Sally si illuminò di un sorriso radioso e le sue guance pallide improvvisamente furono velate di un rossore che la rese ancora più graziosa. Avevo trovato l'argomento giusto, evidentemente. «Anche perché Teddy ha davvero tantissima voglia di imparare, nonostante il suo problema… la difficoltà a riconoscere alcune lettere. E poi lui è davvero adorabile e tanto paziente, non si arrabbia mai, lui è…»

«Adorabile! Sì, è proprio la parola giusta per Teddy!» confermai tentando di strizzarle l'occhio anche se non mi era mai riuscito veramente e finivo sempre per fare una smorfia inconsueta arricciando il naso.

«Ma anche Chris lo è, comunque…»

«Chris? Adorabile? Ah no, assolutamente! Chris è un rompiscatole tremendo, è un…» sbuffai alla ricerca delle parole adatte a definirlo. Perché le trovavo sempre meno quando pensavo a lui? Lo avevo sempre insultato con tanta fantasia e creatività durante la preadolescenza! Ora invece mi passava tutt'altro nella testa, nei suoi confronti. «Uno stronzo, un egocentrico, un saputello e… e mi fa impazzire ogni volta!»

«Tu sei pazza di lui, Rose. È così evidente!»

Sally aveva ragione. Chris mi faceva impazzire e io ero pazza di lui. O forse ero solo pazza in generale e basta. Non ne ero certa. L'unica certezza era che desideravo averlo accanto ogni momento. Anche quando non andavamo d'accordo, quando litigavamo e dicevo di volerlo mandare via in realtà cercavo solo pretesti per trattenerlo.

«Sally…» Ci stavamo dirigendo verso la nostra classe. Lanciai un'occhiata furtiva intorno, nel timore che qualcuno si trovasse troppo vicino a noi e ci stesse ascoltando. «Tu consideri strana la mia relazione con Chris?»

«In che senso strana?»

Sally mi scrutò stringendosi nelle spalle. Ero certa che avesse comunque compreso ciò che intendevo dire.

«Nel senso che io e Chris… insomma lui era il mio fratellastro. Lo so che non ci sono legami di sangue tra noi, ma mio padre e sua madre sono stati sposati per qualche anno, quindi… A te sembra strano che noi adesso stiamo insieme?»

«Sì, ho capito cosa vuoi dire. Ma in realtà io non vi conoscevo prima, quindi non so com'era il vostro rapporto quando i vostri genitori erano sposati. Io non vi ho mai visti davvero come fratelli. La verità è che tu dicevi che lo era solo per tenerlo a distanza, secondo me. Poi quando io ho mostrato un certo interesse per lui ti sei arrabbiata. Anzi, temevo mi volessi proprio picchiare tanto eri infuriata…» Sally cercò di mantenersi seria, ma non riuscì a trattenersi e iniziò a ridere. «Mi hai fatto paura. Allora ho creduto che non mi volessi con tuo fratello, all'inizio. Poi subito dopo ho capito qual era il tuo "problema". Lo volevi per te, era fin troppo chiaro. Non ce l'avevi con me personalmente, ce l'avevi con chiunque potesse mettere gli occhi su di lui!»

«No insomma, non ero così arrabbiata!» O forse sì, anche. Ma mi sentivo gelosa e triste, più che altro. «Comunque... mio padre non ne parla anche se sono certa abbia capito benissimo cosa c'è tra noi. Ovviamente non ci abbracciamo o baciamo in sua presenza, però non riesco a capire cosa ne pensa.»

Forse mi stavo preoccupando troppo. Dovevo solo vivere la mia storia serenamente. Continuavo a ripetermi che Chris sapeva cosa fare. Ma c'ero anche io, non potevo scaricare tutta la responsabilità su di lui. Ero sempre più convinta che la mia decisione di non tornare a Londra fosse stata davvero saggia. Così non eravamo sottoposti a giudizi e a stupide chiacchiere. Era giusto aspettare un po', il tempo avrebbe giocato a nostro favore.

«Andrà tutto bene, Rose. Chris è il ragazzo giusto per te, indipendentemente da tuo padre e sua madre. E lui... non ha mai avuto occhi che per te!»

Sally era sempre ottima nel dare fiducia alle persone, a me soprattutto. E in quel momento ne avevo un estremo bisogno.

«Sì, andrà tutto bene. Chris mi ha detto che sua madre verrà in Inghilterra per festeggiare il Natale e anche mia madre sarà qui per Natale e per il mio diciottesimo compleanno» sbuffai sdegnata sedendomi al mio banco in terza fila. «Proprio ora che mio padre si sta avvicinando ad Ivy... Chiede spesso di lei e ho notato che la guardava quando è capitato nella sala delle prove per lo spettacolo. Ma io non permetterò al raduno delle ex mogli di rovinare tutto!»

Ecco, lo avevo detto. Almeno a Sally avevo rivelato il mio "sesto senso" nei confronti di papà e Ivy. Non avevo ancora detto nulla a Chris nel timore di essere rimproverata per le mie costanti intromissioni nella vita altrui. Avevo promesso solennemente di smetterla.

«Quindi sei proprio decisa ad avere Ivy come matrigna?»

Sally, per fortuna, non mi rimproverava mai. Anche se Chris diceva di non voler cambiare "la solita Rose" io ero consapevole che certi aspetti esuberanti e un po' infantili e manipolatori del mio carattere lo infastidivano. Come io ero irritata dal suo modo di dimostrarsi maturo e responsabile, di saper gestire ogni situazione anche quando non ne aveva davvero il totale controllo. Il suo atteggiamento non mi infastidiva sempre, solo qualche volta. Ciò non influiva però sui sentimenti che provavo per lui.

«Credo che Ivy sia la più adatta a papà, anche perché...»

Il mio discorso venne interrotto dal brusio di un gruppetto di altre compagne di classe che stavano occupando i loro posti. Tra le loro chiacchiere percepii un nome e un'informazione che del resto mi era già nota, quindi non mi sconvolse anche se in parte l'avevo rimossa dai miei pensieri. Adesso tornava, più viva e reale che mai.

"Luke Desmond sta per tornare a Heathland per le vacanze di Natale. Sembra deciso a restare."

CAPITOLO 8

Non mi importava affatto del ritorno di Luke. Nemmeno se fosse stato prolungato o addirittura definitivo. Speravo soltanto che non causasse problemi al lavoro di papà.

Nel pomeriggio mi recai al castello, alcune ore prima delle prove. Sally era impegnata ad aiutare Teddy con la lettura e lo studio. Io avevo deciso di studiare un po' dopo cena, desideravo trascorrere il pomeriggio con Chris. In previsione del suo arrivo mi ero comunque tirata avanti con i compiti e presto sarebbero iniziate finalmente le vacanze di Natale.

Sospirai osservando lo spazio intorno a noi. Sarebbe andato tutto per il meglio, dovevo convincermene.

«Non guardarti intorno con quell'aria guardinga, Rose.»

Chris sorrise appoggiando le mani sulle mie spalle e accarezzandomi le braccia. Seguì la direzione del mio sguardo. Aveva ragione. Mi stavo comportando come se temessi che qualcuno ci vedesse, scoprendo così la nostra relazione segreta.

«Non lo sto facendo...» negai debolmente l'evidenza.

Chris si strinse nelle spalle staccandosi da me, prendendo le distanze con espressione desolata. Forse non capiva che non mi importava che ci vedessero, temevo soltanto di causare altri problemi a papà e anche a lui.

«Perché sei venuta prima delle prove? Non avevi altro da fare?»

Percepii nel suo tono una durezza e un distacco che mi ferirono.

«Sì, potevo studiare ma ho rimandato a stasera perché volevo stare un po' con te questo pomeriggio.» Mi morsi le labbra, quasi con forza. «Ora capisco che forse non avrei dovuto.»

«Invece sì» sorrise sfiorandomi appena una ciocca che, dalla coda in cui avevo legato i capelli, mi era scivolata su una spalla. Se la rigirò intorno al dito e iniziò a tirarmela per dispetto. «Stai tranquilla però, andrà tutto bene.»

«Lo so, ma io... Chris, quando siamo soli so che va tutto bene. Invece con tutta questa gente intorno...» Lasciai vagare lo sguardo. In realtà nel grande parco del Desmond Castle non c'era quasi nessuno. Solo Tom Hart con un paio di giardinieri che stavano sistemando l'aiuola in cui si ergeva l'albero di Natale illuminato e non badavano a noi. Sbuffai abbassando il viso. «Okay, mi sento in imbarazzo. Non solo perché sei tu. Io non sono come Janet, come Daisy... No, forse Daisy non è proprio l'esempio più adatto, lei sembra la regina dei ghiacci a volte e io non credo di essere così. Però io non sono abituata e poi... Sì, va bene... anche perché sei tu e quindi mi sento a disagio. Non perché penso che sia sbagliato, anzi non lo credo affatto, però...»

Chris mi sollevò il mento e mi guardò serio negli occhi, prima di sfiorarmi le labbra con un bacio.

«Rose, ti assicuro che in questo momento a nessuno importa di noi. Dimmi la verità, di chi hai paura? Di tuo padre? Dei Desmond? Di Luke che sta per tornare?»

«Io non voglio assolutamente che ti mandino via per colpa mia, di nuovo. Non voglio che Luke si metta in mezzo, non voglio che tu litighi con lui e che vi prendiate a botte. Non voglio che papà...» Mi aggrappai al suo giubbotto, per poi risalire ad accarezzargli le spalle e il collo. «Se lui non volesse che noi...»

«Temi che tuo padre non voglia che noi due stiamo insieme?» Posò la mano sulla mia testa e poi mi accarezzò il viso. «Non ha ancora detto nulla ma sono certo che lo abbia capito. Se fosse stato contrario sarebbe intervenuto subito. In ogni caso gli parlerò, quindi non agitarti più Rose. Gli chiederò ufficialmente il permesso, contenta? Comunque questo pomeriggio è andato a casa dei Desmond insieme a Simon per discutere di certe innovazioni al progetto e per decidere cosa fare per la parte della villa che devono ristrutturare.»

«No, Chris. Io non intendevo questo! Non devi chiedergli il permesso come se io fossi una fanciulla indifesa! Non siamo più nel medioevo.» Arricciai il naso in una smorfia contrariata. «E nemmeno nell'epoca di Cassandra Desmond, costretta a sposare un uomo che non aveva mai incontrato...»

Improvvisamente il sogno mi fu nuovamente davanti agli occhi e riprese vita. sembrava più intenso, più vibrante. Più reale. E più reale e più luminoso mi appariva anche il luogo in cui si era svolto, la camera da letto di Cassandra.

«Mi piacerebbe rivedere la sua stanza.» Espressi il mio proposito prima di aver avuto il tempo di riflettere. Riflettere sul fatto che fosse proprio la stanza in cui Luke mi aveva portata e Chris era intervenuto prendendolo a pugni. Pessima idea, Rose.

«Sei sicura? Se vuoi ci possiamo andare.»

Dall'indifferenza con cui accolse la proposta sembrava che Chris, al contrario di me, avesse scordato quel dettaglio. Oppure lo stava semplicemente minimizzando.

«So che è stata completamente ristrutturata ora.» Dissi qualcosa di cui entrambi eravamo a conoscenza, perché non ero riuscita a trovare nulla di meglio. «Papà mi ha raccontato. E io sarei curiosa di vederla.»

Chris annuì e mi prese la mano, dirigendosi verso la sala del teatro che ci avrebbe condotti direttamente all'interno del castello. Era incredibile come quell'ammasso di macerie che io avevo denominato inizialmente Heartstone, cuore di pietra, mi fosse diventato comune, familiare. Anche perché ormai non era più un orribile rudere, non lo era mai stato in realtà. Era un castello antico, prezioso nel suo genere. E conservava un certo fascino che qualche mese prima avevo deliberatamente ignorato. Come se quelle mura grigie e spesse possedessero realmente un'anima, un cuore pulsante. Anche se per trovarlo bisognava indagare a fondo, scavare nella pietra.

Raggiungere la stanza di Cassandra avrebbe significato ripercorrere con Chris la stessa strada che avevo percorso con Luke qualche mese prima. Sospirai rendendomi conto di quanto la situazione fosse cambiata, di quanto io fossi cambiata. Mi chiesi se anche lui stava pensando lo stesso. Avrei tanto voluto parlargliene, confidarmi. Invece lo seguii in silenzio. Fiduciosa che la sua mano stretta nella mia non mi avrebbe lasciata, non mi avrebbe tradita.

Guardai dritta davanti a me mentre percorrevo la sala del teatro, il salone principale e l'arcata ora finemente decorati e ricoperti di arazzi e drappeggi. Poi le scale e le pareti che ormai non erano più scure e lugubri, ma più chiare, luminose, con gradini solidi e sicuri. Fino a raggiungere il piano in cui si trovava la stanza di Cassandra. Così mi ritrovai di fronte a quella porta di legno intarsiato. La stessa che avevo varcato insieme a Luke ma ora così diversa, così nuova. Sembrava più lucida, come ripulita da un passato di tristezza e desolazione, tutto da dimenticare. E anche le pareti del corridoio avevano perso quell'oscurità, quell'alone opaco e un po' macabro che ricordavo e che forse era dovuto all'incendio di tanti anni prima.

«Hanno davvero sistemato questo posto...» sorrisi circondando Chris con un braccio. «Prima era così buio, le pareti erano quasi nere. Ora anche l'interno sta somigliando sempre più a un castello vero.»

«È stato a causa dell'incendio.» Chris mi attirò ancora più a sé, stringendomi la vita. «Stranamente quando il Desmond Castle doveva essere venduto e forse demolito per lasciare spazio a una nuova costruzione, è andato a fuoco... Come se si ribellasse all'idea, perché hanno appurato che l'incendio non è stato di natura dolosa. La struttura ha resistito ma è stato sufficiente per non essere venduto. Sembra che il nonno di Sir Richard avesse colto il segnale e temesse qualche ripercussione, evidentemente era un uomo superstizioso. Quindi si può dire che il castello l'ha avuta vinta!»

«Che castello furbo! Quasi più di me!»

«No, più di te è impossibile mostriciattolo!» Voltò il viso verso di me e le sue labbra sfiorarono la mia fronte. «Allora, sei davvero decisa a entrare?»

Annuii muovendomi verso la porta e posando la mano sulla maniglia. Poi la spinsi per aprire. Tutto mi appariva molto simile a prima, solo le pareti erano anche all'interno più pulite, più fresche, come rivestite di una tonalità dorata. Diedi un'occhiata intorno. Come se fossi alla ricerca non di particolari della mia visita precedente, ma di ciò che avevo sperimentato durante il mio sogno. I pesanti tendoni alle finestre erano aperti e lasciavano penetrare un po' di luce dall'esterno, nonostante la giornata fosse nuvolosa. Per il resto tutto era rimasto uguale o così mi sembrava. Il camino, lo specchio, i ritratti tra cui avrei potuto provare a riconoscere quello di Cassandra. La Cassandra del mio sogno. Diedi un rapido sguardo senza riuscire però a individuarla.

Percorsi qualche passo in direzione del letto a baldacchino con lavorazioni dorate, lo stesso dell'altra volta. Poi mi voltai verso Chris. Chiusi gli occhi un istante e la scena tra me e Luke fu di nuovo lì, ma era come se la vedessi dall'esterno, come se fossi un'altra persona che assisteva all'esperienza di una ragazza che non ero io.

Indietreggiai fino a ritrovarmi seduta sul letto e abbassai il viso, le lacrime mi salirono agli occhi improvvise, repentine. Anche così le immagini di quell'episodio non se ne andavano. Accarezzai con la mano il copriletto color avorio. Era ricamato, con fiori rosa e porpora intrecciati in uno stile che sembrava antico. Era nuovo e diverso, sapeva di fresco, di pulito.

«Rose...» Chris mi stava chiamando ma io rimasi immobile, come ripiegata in un dolore che era solo mio. «Rose, andiamo via...»

Scossi la testa e sollevai gli occhi su di lui, forzando un debole sorriso. Allungai la mano per incoraggiarlo ad avvicinarsi. Pochi passi e Chris mi raggiunse e rimase in piedi di fronte a me, stringendo la mia mano.

«Se ti fa male pensare a quello che è successo in questa stanza… io non voglio che tu stia male. Andiamo via, Rose. Ti porto ovunque tu voglia. Possiamo prenotare il prossimo concerto dei Boyzone o di Ronan Keating. O di entrambi se ci saranno. Ora andiamo a casa e guardiamo bene su internet così appena torno a Londra compro i biglietti, te lo prometto.»

«La stanza di Cassandra…» parlai ad alta voce ma era come se stessi riflettendo tra me, ignorando completamente la sua proposta. «Quando Luke mi ha convinta a seguirlo quella sera io non avevo idea di dove mi stesse portando e di cosa avesse in mente. Non mi ha forzata, ma sono contenta che non sia successo quello che lui credeva. E io… ti sono grata di essere intervenuto. Forse Luke non mi avrebbe obbligata comunque, ma quando tu sei arrivato io mi sono sentita protetta, completamente al sicuro. Sapevo che nulla di male mi sarebbe potuto accadere perché c'eri tu, Chris.» Lo guardai con gli occhi che pungevano per lo sforzo di trattenere le lacrime. «Che sei sempre stato e sempre resterai un gran rompiscatole… ma io mi sentirei persa senza di te. E non credo di averti mai ringraziato davvero per quello che hai fatto. Sì, insomma picchiare Luke forse è stato esagerato, però se non lo avessi fatto io non avrei mai capito…»

Mentre continuavo a parlare, anzi a cercare le parole per tentare di esprimere ciò che volevo dire, Chris si avvicinava a me, sempre di più. Tanto che il suo bacio non mi giunse inaspettato. Ricambiai schiudendo leggermente la bocca e circondandogli il collo con le braccia. Ero al sicuro. Ero felice e protetta. La situazione era la stessa ma allo stesso tempo era tutto, tutto diverso con lui.

Il ricordo di Luke e il sogno di Cassandra si annullarono completamente in me, mentre mi lasciavo scivolare all'indietro trascinando Chris sopra di me. Non ero certa fosse il luogo o il momento più adatto. Ma lo desideravo. L'unica certezza che avevo era che lui, Chris Warner, fosse quello giusto. L'unico per me.

CAPITOLO 9

Chris mi baciò ancora, con più dolcezza, poi rigirandosi si stese al mio fianco, dall'altro lato. Sospirò fissando il soffitto, o meglio l'intelaiatura del letto a baldacchino. Mi sollevai su un fianco per guardarlo.

«Nessuno ti ha chiesto di fermarti!» Gli rivolsi un'occhiata risentita poi ridacchiai stendendomi di nuovo, accoccolandomi più vicino a lui e scompigliando i suoi capelli. Trattenni poi la mano sul suo viso. «Perché voi uomini avete il brutto vizio di fare sempre il contrario di ciò che vi si dice?»

«Tu sei sicura di voler continuare proprio qui?»

Abbassò lo sguardo su di me, osservandomi e posando la mano sulla mia.

«Non mi importa proprio nulla del posto» sospirai infilando l'altra mano sotto il suo giubbotto per accarezzargli il petto e scaldarmi allo stesso tempo. All'improvviso sentivo freddo lì dentro. «Anche se è la stanza di Cassandra e qui... probabilmente ha ucciso l'uomo che le avevano imposto di sposare, per poi fuggire con il suo suonatore d'arpa irlandese.»

«Ah, bene. Sono irlandese anche io. Qualcosa in comune l'abbiamo.» Chris sorrise, stringendomi a sé. «Mai suonata un'arpa in vita mia, però!»

«Ah, allora non vai proprio bene. E poi tu non sei irlandese, Chris! O forse sì...»

Mi staccai da lui per un attimo, corrugando incerta la fronte.

«I miei nonni materni lo erano entrambi» rise sollevando la testa per baciarmi le labbra. «Sei una pessima ragazza, Rose... mi spingi sul letto e mi salti addosso senza sapere nulla di me. Non si fa!»

«Sì, in effetti è vero. Ora ricordo, papà o Karen devono avermelo detto… Ma non è che prima mi importasse molto, sai?» risi anch'io, mettendomi a cavalcioni sulle sue gambe. «Ero troppo impegnata a escogitare tutti i modi possibili per sbarazzarmi di te, rompiscatole!»

«E ora?» Si sollevò sui gomiti, fissandomi serio negli occhi. «Qualcosa è cambiato forse?»

«Mmh… io direi che ora…» Era il momento giusto? Posai la mano sul suo viso, percorrendolo lentamente con le dita dallo zigomo fino al mento, alle labbra per cui provavo un'attrazione irresistibile. Il suo modo di sorridere, di fare quella smorfia un po' sarcastica quando mi prendeva in giro. I miei occhi erano come incatenati ai suoi, non riuscivo o forse non volevo distogliere lo sguardo. Mi lasciai scivolare su di lui, lentamente. Sì, era il momento giusto. Anzi, era perfetto. «Chris… ora io… io ti…»

«Zitta, Rose…» bisbigliò e sgranò gli occhi, posando la mano sulle mie labbra con un gesto repentino. Come se volesse impedirmi di continuare.

«No, io…»

Come poteva dirmi di stare zitta in un momento così e rovinare tutto? Aprii la bocca, seriamente tentata di mordergli la mano.

Ma prima che me ne rendessi conto Chris si mosse, ricadendo dall'altro lato del letto a baldacchino e trascinandomi giù con sé, ma facendo in modo che ricadessi su di lui. Poi si risollevò rapidamente nel tentativo di rassettare il copriletto e i cuscini. Quando tornò ad accucciarsi accanto a me mi fece segno di tacere, portandosi l'indice davanti alle labbra.

«Non può…» sussurrai appena, indicando con la testa in direzione della porta.

Cosa non poteva? Essere qualcuno? Ora anche io percepivo dei passi all'esterno. Come avevo fatto a non sentire? Comunque, chiunque fosse, non poteva entrare! O forse sì. Non avevamo chiuso a chiave... anche perché non ricordavo ci fosse la chiave, maledizione!

Oddio! Se Chris non avesse sentito ci avrebbero beccati proprio mentre... Oh no, non ci potevo nemmeno pensare! Mi nascosi il viso tra le mani, scuotendo la testa. Proprio in quel momento la porta si aprì e il rumore di scarpe diventò più acuto perché più vicino. Riuscivo a riconoscere distintamente dei tacchi alternati a un paio di scarpe maschili.

«Chris!» Lo tirai per il giubbotto per attirare la sua attenzione su di me. Gridavo senza voce, solo muovendo le labbra. Indicai nuovamente verso la porta o l'interno della stanza, oltre il letto che con la sua altezza ci proteggeva dall'essere visti. «Cosa facciamo?»

Chris si strinse nelle spalle, sgranò leggermente gli occhi con una smorfia. Sembrava quasi più divertito che spaventato. Invece non c'era proprio nulla da ridere!

«Oh, finalmente... non ne potevo più!» Una voce femminile ci giunse tenue, esitante, quasi soffocata, dall'interno della stanza. Non riuscii a riconoscerla immediatamente.

«Nemmeno io, ma ora siamo qui...» E quella voce maschile... Così roca e suadente non l'avevo mai sentita, però...

Oddio! Simon! Simon Burnett, il socio di mio padre!

Spalancai la bocca dalla sorpresa e la coprii con la mano. Fissai lo sguardo su Chris, come stordita. Lui rimase immobile, socchiuse gli occhi in attesa.

«Dobbiamo trovare il modo...» Percepii nuovamente la voce della donna. Sottile, sommessa ma allo stesso tempo invitante. «Io credo che se lasciassi Richard... Potrei farlo davvero, questa volta!»

Mi aggrappai a Chris, ancora più sconvolta di prima. Avevo riconosciuto la donna. Anche perché il nome che aveva pronunciato non poteva dare adito a dubbi. Esther, la moglie di Sir Richard! La madre di Luke.

«Non puoi lasciarlo, Esther. Lo sai anche tu che non è possibile, lo sappiamo da anni come stanno le cose.»

Anni? Mi strinsi a Chris con tutta la forza che avevo e chiusi gli occhi. Come se mi sentissi in serio pericolo. Cosa ci avrebbero fatto se ci avessero scoperti? Probabilmente nulla. Nulla di irreparabile. Sarebbe stato comunque meno grave che se fossero stati scoperti loro. A meno che... No, non sarebbero arrivati a ucciderci? Almeno lo speravo.

Improvvisamente calò il silenzio. Non parlavano più. Mi illusi che se ne fossero andati ma non li avevo sentiti muoversi verso la porta. Li sentii invece sospirare e gemere. Si stavano baciando. E l'unica idea che avevo ben chiara in mente era che io e Chris non potevamo più restare nascosti lì mentre quei due...

Improvvisamente il letto si mosse, forse perché Simon ed Esther si erano lentamente spostati fino a raggiungerne l'estremità. Uscire senza essere visti sarebbe stato impossibile per noi. Purtroppo non ci restava altro da fare che manifestare la nostra presenza. Forse non ci avrebbero puniti, visto che eravamo a conoscenza del loro segreto, però... No, qualunque cosa avrebbero deciso di fare di noi, io non potevo permettere che si spingessero oltre. Incominciavo a sentirmi troppo avvilita e anche vagamente disgustata.

Tirai il braccio a Chris, poi gli feci cenno di alzarci. Dovevamo uscire e quindi eravamo obbligati a interrompere il loro idillio. Ci avrebbero odiati ancora più apertamente per averli scoperti, ma non avevamo alternativa.

Chris invece di alzarsi scosse la testa deciso e mi indusse nuovamente al silenzio posandosi l'indice sulle labbra. Mi accarezzò dolcemente la testa, i capelli, facendomi appoggiare la testa sulla sua spalla. Poi lo vidi tastare la tasca interna del giubbotto, in cerca di qualcosa. Estrasse il suo cellulare. Non avevo idea di cosa avesse in mente mentre lo vedevo premere dei tasti, concentrato. Mi sfiorò il viso per attirare la mia attenzione su di sé, annuì e mi fece segno ancora una volta di tacere. Compresi la sua intenzione quando udii lo squillo del telefono all'interno della stanza. E non era quello di Chris.

«Maledizione... chi può essere?» La voce di Simon risuonò ancora più irritata e rauca. Furono costretti a muoversi mentre il letto scricchiolava sotto il loro peso.

Chiusi gli occhi stringendomi a Chris e nascondendo la testa sul suo petto, come in attesa dell'esplosione di una bomba a orologeria. Se ci avessero scoperti ora sarebbe stato ancora peggio per noi. Chris riagganciò rapidamente dopo altri tre squilli.

«Io devo uscire, Simon... Ho paura che qualcuno abbia sentito quel tuo maledetto telefono. Se arrivasse qualcuno qui...» Esther sembrava terrorizzata, la voce concitata e affranta. «Perché non lo hai spento?»

«Me ne sono dimenticato. Tuo marito e Ned sono ancora alla villa, non credo che a qualcuno qui...»

Simon non terminò la frase. Le scarpe di Esther ticchettarono fino all'ingresso. Probabilmente si stava sforzando di sollevare i piedi e non fare rumore con quei tacchi, senza riuscirci però. Con Sir Richard e papà lontani dal castello, davvero credevano di essere al sicuro? La porta si aprì e poi si richiuse. Possibile che se ne fossero andati? Sollevai la testa ma Chris mi trattenne. Le scarpe da uomo di Simon percorsero ancora la stanza. Dai suoni che provenivano sembrava stesse armeggiando con il cellulare. Sicuramente avrebbe scoperto che era stato Chris a chiamarlo. Oppure magari lo aveva già scoperto se era uscito il suo numero e addirittura il suo nome. Se avesse tentato di richiamarlo subito noi saremmo stati in un mare di guai!

Dopo un paio di minuti che mi sembrarono infiniti percepii i passi di Simon, poi nuovamente la porta aprirsi e richiudersi. Rimanemmo così in silenzio. Chris con i gomiti sulle ginocchia a fissare il cellulare che teneva tra le mani. Io che ero ancora indecisa tra mettermi a ridere o scoppiare a piangere.

Appoggiai la testa sulla sua spalla, in attesa. Chris mi strinse a sé posando le labbra sulla mia fronte.

«Ho avuto paura...» Sollevai gli occhi lucidi su di lui, angosciata. «Ora ti cercherà, ti chiederà perché lo hai chiamato. Devi inventarti qualcosa... Perché mai avresti dovuto chiamare Simon? Accidenti Chris, se lo avesse fatto ora... o forse lo avevi spento? Mi sento male all'idea, comunque...»

«No, tranquilla non potrà farlo. Ho nascosto il mio numero prima di chiamarlo, così Simon non sa che sono stato io. Però è stato un po' rischioso, lo ammetto...» Chris sospirò passandosi una mano tra i capelli e trattenendola per un istante. «Per fortuna erano troppo impegnati e poi troppo spaventati per rendersi conto che la telefonata proveniva proprio da questa stanza. E per fortuna nessuno ha chiamato noi, nel frattempo.»

«Non ci posso credere... ma come...» Scossi la testa, mi sembrò improvvisamente di scivolare in un abisso senza fine. «È davvero orribile quello che stanno facendo. Esther sta tradendo suo marito con... con quel viscido di Simon...»

Eravamo ancora immobili, accucciati oltre il letto a baldacchino, come se fosse diventato ormai una barriera protettiva non solo contro ciò che avevamo sentito ma anche contro le brutture del mondo.

«Noi non sappiamo come stanno esattamente le cose.» Chris mi circondò con le braccia, come me sembrava restio a muoversi dal nostro rifugio. «Non possiamo giudicare.»

«Già, lo so. Tu non giudichi mai.» Posai la fronte e lo zigomo alla sua spalla, poi risalii verso il suo viso. «Hai ragione, ma io lo trovo comunque orribile. Io non vorrei... cioè, io... non vorrei essere così. Quel che voglio dire... Non vorrei ritrovarmi in una situazione del genere un giorno, quando crescerò. Non vorrei mai...»

«A te non capiterà, Rose.»

L'espressione di Chris era tranquilla, rassicurante e decisa, così come la sua voce.

«E tu come fai a saperlo? Io potrei diventare una traditrice incallita da grande... tra qualche anno...» sospirai, chiudendo gli occhi sconsolata. «Non voglio essere così... Tu come sai che a me non capiterà?»

Mi sentii infantile e ridicola. Stavo esponendo la mia idea basata su una sensazione del momento e sull'antipatia che provavo per Esther e Simon. Razionalmente mi rendevo conto del fatto che Chris avesse ragione, noi non conoscevamo tutta la situazione, non potevamo giudicare. Ma io non potevo fare a meno di riflettere la scena a cui avevo appena assistito, anzi che avevo udito, su me stessa. E mi sentivo terrorizzata e disgustata all'idea.

«Lo so e basta.» Chris evitò di discutere e si alzò deciso, tendendomi la mano. «Usciamo di qui. Ormai se ne saranno andati e comunque... non siamo noi due a doverci nascondere, Rose. Vedi quanto siamo fortunati?»

«Mmh...» concordai e mi alzai, afferrando la sua mano. Evitai di sottolineare che però quelli che si erano nascosti eravamo proprio noi. «Andiamo in alto, proprio fino in cima al castello.»

«Non hai le vertigini?»

Mi prese la mano attraversando la stanza.

«Non più. Per oggi credo di aver esaurito la mia scorta di paura.»

Non so perché mi venne proprio quell'idea. Come se volessi respirare aria pura, ammirare il panorama e annullare l'esperienza appena vissuta, stemperarla, dissolverla, cancellarla sovrapponendo una scena migliore, degna di essere ammirata e ricordata.

Abbandonammo la stanza di Cassandra. Il corridoio era libero. Lo percorsi e seguii Chris lasciandomi guidare fiduciosa, affidandomi completamente a lui. Percorremmo altre rampe di scale, salendo sempre più. Forse avremmo raggiunto la torre, non ero mai salita oltre quel piano, nemmeno con

Luke. Ormai non mi importava più di incontrare qualcuno, nemmeno Simon ed Esther. Nemmeno papà.

Chris strinse la mia mano ancora più forte per oltrepassare una vetrata, una sorta di portafinestra che conduceva verso l'esterno. Eravamo arrivati davvero alla cima del castello, la sommità da cui si scorgeva la collina e l'intera estensione del villaggio di Heathland.

Improvvisamente mi fermai e arretrai di un passo, mostrando così a Chris di non essere intenzionata a proseguire. Fui colta da una vertigine che mi spezzò il fiato e mi sentii tremare da capo a piedi. Avevo la strana e devastante sensazione di svanire nel panorama che avevo di fronte, esserne completamente assorbita.

«Va bene, Rose. Restiamo qui.»

«No, andiamo più avanti. Fino al parapetto. Ora mi passa… Io posso farcela, non mi tiro indietro.»

«Sì, puoi farcela. Ma non è necessario.» Chris tornò verso di me e mi abbracciò. Mi strinse a sé circondandomi la vita con un braccio e accarezzandomi i capelli con l'altra mano. «Stai tremando, Rose.»

«Ho solo un po' di freddo, c'è quest'aria gelida…»

Sollevai il viso su di lui, cercando le sue labbra. Non era stata solo l'aria fredda che mi sferzava a bloccarmi. Avevo bisogno dei suoi occhi, delle sue labbra. Avevo bisogno di sentire il suo calore, di essere rassicurata. Di sapere che non mi avrebbe mai lasciata sola a combattere contro un mondo che ancora non comprendevo, che non accettavo. Avevo bisogno di sentire che per noi e tra noi sarebbe stato tutto diverso.

Mi baciò le labbra con una tenerezza nuova, sconosciuta, che infuse in me una sicurezza inaspettata. Mi sciolsi dal suo abbraccio spostandomi piano verso il parapetto.

«Davvero non ho paura. Vedi, sono coraggiosa io.»

Invece non lo ero affatto. Non sapevo cosa esattamente avessi intenzione di dimostrargli. Ma non ero coraggiosa, forse soltanto un po' sfrontata. Tesi la mano verso di lui per richiamarlo a me. In realtà avevo bisogno della sua protezione da quel vento gelido, da quell'aria che preannunciava neve, a cui mi sentivo più esposta a quell'altezza e che stava imperversando su di me facendomi rabbrividire. Il mio maglione di lana e la giacca pesante non servivano allo scopo.

Chris mi cinse la vita e insieme ci spostammo ancora più avanti. A un passo dall'abisso, se non ci fosse stato il muretto protettivo. Guardai giù per un attimo e la vertigine mi colse nuovamente, sarei caduta se lui non mi avesse trattenuta.

Era pomeriggio ma già il cielo stava diventando scuro e in lontananza le prime stelle della sera iniziavano a mostrare la loro luce. Quell'attimo in cui luce e oscurità si compensano in ugual misura, al di là di ogni certezza, di ogni dubbio.

«Non guardare giù. Ti fidi di me?» mi sussurrò all'orecchio, per poi scendere a posarmi le labbra sul collo.

«Mmh… sì, credo di sì…» ridacchiai voltando il viso verso di lui. «Confido soprattutto che tu non abbia intenzione di buttarmi di sotto. Comunque questa scena fa molto *Titanic*. Ho anche il nome della protagonista, ma tranquillo io non ti abbandonerò in mezzo all'Oceano.»

«Anche perché qui l'Oceano non c'è, Rose.»

«In mezzo alle stelle, allora…» Non aveva molto senso ma la luce tenue di quelle prime stelle mi rammentò il libro che avevo letto qualche mese prima, *Tess dei d'Urberville* e quella che ricordavo essere la sua opinione in proposito. «Tu credi che le stelle siano altri mondi? Magari la nostra fortuna dipende da che mondo ci capita in sorte…»

«Sì, potrebbe essere.»

Subito dopo la mia domanda Chris mi strinse ancora più forte a sé, come se temesse di perdermi, come se potessi scivolare via dalle sue braccia da un momento all'altro.

«È strano, ma… sento più intensità a Heathland, più vita. Come non l'avevo mai sentita altrove. Anche se ho sempre adorato il Natale a Londra, con le vetrine dei negozi così splendide, tutte quelle luci… qui è una sensazione completamente diversa. Come se tutto fosse più vero.» Mi voltai completamente verso di lui circondandogli il collo con le braccia e gli rivolsi un sorrisetto scherzoso. «So già cosa stai pensando. E no, non sto facendo la poetica per ottenere qualcosa, sia chiaro. Lo capisci? Capisci cosa intendo?»

«Ah, quindi non lo stai dicendo solo per conquistarmi definitivamente?» Appoggiò la fronte alla mia sospirando sulle mie labbra. «Comunque ci stai riuscendo, forse...»

«Forse?» Mi staccai da lui, imbronciata, ma trattenendo le mani sulle sue spalle. «Come forse?»

«Pretendi la certezza assoluta, mostriciattolo?»

Rise riafferrandomi, io finsi di lottare per respingerlo ma finii per aggrapparmi completamente a lui.

«Sono sempre la solita astuta manipolatrice che pianifica il destino di tutti, dovresti saperlo» affermai con tono risentito, mentre la dolcezza nel suo sguardo avvolgeva il mio cuore a tal punto da non percepire più il freddo pungente della sera che mostrava sempre più la sua oscurità davanti ai nostri occhi.

«Quindi stai pianificando anche il mio destino?»

«Sì, certamente. Anche il tuo» annuii convinta socchiudendo gli occhi quando le mie labbra sfiorarono nuovamente le sue. «Soprattutto il tuo.»

CAPITOLO 10

Chris era davvero la mia priorità. Il suo destino. O meglio, il suo destino legato al mio. Questo avevo evitato di esprimerlo chiaramente con lui, anche se ormai per me era evidente. Poi c'erano il teatro, la scuola. Papà, Daisy e gli altri che da Londra sarebbero arrivati presto. I miei nuovi amici di Heathland. E infine anche mia madre e Karen, la madre di Chris. In quel caso il destino mi piaceva meno, anzi mi preoccupava un po'. Quindi tendevo a rimandarlo a un momento indefinito nel tempo e nello spazio. Lontano da me.

Però... la verità era che non riuscivo a non pensare a loro, alla loro presenza in quella stanza, alle loro parole. Al loro tradimento, insomma. Esther e Simon. Non mi era ancora capitato di incontrarli, avevo soltanto intravisto Simon parlare con papà la mattina seguente. Ma mi sentivo in imbarazzo alla sola idea di trovarmeli di fronte.

In ogni caso dovevo assolutamente togliermeli dalla testa. Concentrarmi sullo spettacolo e sulla recitazione dei bambini era la strategia migliore per riuscirci. E anche sulla mia storia con Chris. Anche perché ciò che stavano combinando Esther e Simon non era affar mio. Erano adulti.

«Devo tornare a Londra per qualche giorno.»

Lo immaginavo ma non riuscii a trattenere la delusione. Avevo sperato che Chris restasse già a Heathland per le vacanze di Natale. Però sapevo che doveva tornare in università. E poi c'era anche l'arrivo di Karen da mettere in conto.

«Dalla tua espressione scontenta deduco che ti dispiace.» Strinse gli occhi verdi nel suo modo abituale, mentre mi scrutava visibilmente soddisfatto.

«Solo un pochino, ma cercherò di sopravvivere! Credevo che partissi nel tardo pomeriggio o verso sera...»

Non volevo che si allontanasse da me. E lui lo sapeva. Anche se scherzando mantenevo ancora il contegno distaccato di quando ero convinta che Chris non contasse così tanto per me. Lo lasciai partire sentendomi smarrita e sola, questa volta più delle precedenti. Forse perché il nostro rapporto si era approfondito nei pochi giorni che avevamo trascorso insieme. Forse perché temevo che lasciandolo andare lo avrei perso. Del resto, poteva essere così facile perdersi. Mio padre e mia madre si erano persi. In seguito anche mio padre e Karen. E anche Sir Richard ed Esther si erano persi, pur stando ancora insieme. Quindi cosa ne sarebbe stato di me e di Chris? Lui avrebbe incontrato altre ragazze a Londra. Questa volta o la prossima... Oppure sarei stata io ad andare via?

Mentre la sua macchina si allontanava mi morsi le labbra e mi strinsi nella giacca. Lo amavo. E lui non lo sapeva. Forse lo aveva intuito. Magari per lui non era lo stesso. Ero certa che ci tenesse a me, però...

«Rose...»

La voce di mio padre alle spalle mi richiamò alla realtà. Mi voltai abbozzando un sorriso e cercando di ricompormi.

«Rose, questa storia tra te e Chris...»

Le sue parole mi giunsero inaspettate. Non ero pronta, non ero preparata a questa conversazione. Ma lo sguardo serio di mio padre mi indusse a credere che non avrebbe atteso un altro momento, un'altra occasione. Indipendentemente dal mio stato d'animo.

«Mmh...» annuii brevemente senza trovare nulla di utile da dire.

«Non sono molto sicuro...»

Anche lui sembrava alla ricerca delle parole adatte. Perché aveva aspettato che Chris se ne andasse? Perché non ci aveva affrontati insieme, direttamente? O forse lo aveva fatto? Forse Chris gli aveva davvero parlato da solo, per questo...

«Sei stato tu a mandarlo via?»

«No, certo che no.» Papà mi appoggiò una mano sulla spalla, chinandosi per incontrare il mio sguardo. I suoi occhi chiari sembravano stanchi e aveva la barba di un paio di giorni. Si stava trascurando un po' per il troppo lavoro, era evidente. «Ma tu sei ancora giovane, Rose. E Chris… Insomma, lui non è come gli altri ragazzi. Questo voglio dire. Non so se tra voi sia una buona idea, ecco. Siete entrambi giovani e poi lui…»

«Ah, no? Allora… tra te e la mamma era una buona idea? Oppure tra te e Karen? Giudichi me e Chris senza renderti conto di cosa siete in grado di combinare voi adulti!» Mi era uscito tutto d'un fiato, senza riflettere. E soprattutto senza riuscire a trattenermi. Gli occhi iniziarono a pungermi terribilmente. Mi sentivo umiliata e ferita. Forse come la ragazzina sciocca che ero sempre stata ma che ormai sentivo di non essere più. «Io e Chris non stiamo facendo nulla di male. Noi non siamo… Lo so che posso sembrare superficiale e viziata, anzi lo sono stata davvero. Forse è questo che pensi di me, ma io non sono come mia madre o Karen… e nemmeno come…»

Mi morsi la lingua per non fare il nome di Esther. Chris aveva detto che non era giusto giudicare. Allora perché papà stava giudicando me, noi? Perché anche altri si sentivano in diritto di giudicarci? O la mia era solo una sensazione dettata dall'inesperienza, dalla paura?

«Lo so che non sei come loro, Rose. Quello che vorrei dirti è che le persone sbagliano, è umano.»

«Allora io… Non posso sbagliare anch'io? Non mi importa se altri si accaniscono contro di me e contro Chris. Ma tu…» Ormai avrei dovuto proseguire, sapere. Non mi ero aspettata che papà cogliesse proprio quell'occasione per dire ciò che pensava di noi, però non potevo più tirarmi indietro e scappare via. «Mi interessa sapere cosa ne pensi tu.»

«Io… non posso negare di essere preoccupato. La verità è che…» Papà si guardò intorno, come incerto tra restare lì in piedi davanti al cancelletto del cottage da cui l'auto di Chris si era allontanata oppure entrare, sederci e discuterne più comodamente. O forse era lui ora a cercare una via di fuga per evitare di esprimere chiaramente il suo pensiero. «Mi sembra di capire che questa sia la tua prima storia che va oltre qualche uscita... e non mi aspettavo che capitasse proprio con Chris. Avevo creduto che ti fossi invaghita di Luke e che sarebbe capitato con lui, poi dopo quella disavventura...»

«Chris è un ragazzo come gli altri. Non capisco perché non possa andare bene per me, perché...»

«No, Rose.» Papà mi interruppe prima che completassi la domanda. «Chris non potrà mai essere un ragazzo come gli altri e tu dovresti saperlo. Se devo essere sincero questa storia tra di voi non mi convince affatto. Preferirei che tutto tornasse come prima. Vorrei che riflettessi prima che la relazione tra voi diventasse troppo seria.»

«Non...» scossi la testa e mi premetti la mano sulla bocca.

Non avrei mai immaginato che potesse essere così categorico. Ci mancava solo che mi vietasse di frequentare Chris! La cosa più assurda era che non l'aveva mai fatto prima, con nessuno. Non aveva mai dimostrato particolare interesse per le persone che frequentavo a Londra. Di solito era Alison a preoccuparsene. Tutta la mia vita scolastica ed extrascolastica era sempre stata affidata al giudizio e all'opinione di Alison. Anche quella che sarebbe potuta diventare la mia vita sentimentale.

La relazione tra me e Chris era già troppo seria. Almeno da parte mia. Ma a quanto sembrava nessuno era intenzionato a prendermi sul serio. Non mio padre. E ciò che mi faceva soffrire e aveva iniziato a logorarmi, forse nemmeno Chris. Perché io restavo sempre la solita sciocca e superficiale Rose Storm. Quella che si divertiva a gestire la vita degli altri, a intrecciare storie e destini di tutti coloro che incrociavano la sua strada.

Ma possibile che Chris non avesse capito? Possibile che avesse ricevuto l'ordine di mio padre di andarsene, di lasciarmi e avesse eseguito senza discutere? No, non poteva essere. Non potevo crederci. Aveva già in programma di tornare a Londra.

Lanciai un'occhiata verso il cottage, poi verso la strada. Persi per un attimo la cognizione del tempo. Era domenica mattina. La biblioteca era chiusa. Avremmo avuto le prove nel pomeriggio perché il giorno dello spettacolo si stava avvicinando, ma era ancora presto.

«Ho appuntamento con Sally...»

Non era vero. Incrociai rapidamente lo sguardo di papà e mi strinsi nelle spalle, come se stessi ammettendo una palese bugia, una colpa di cui non ero responsabile. In realtà sapevo che Sally non avrebbe potuto essermi d'aiuto. Sarei andata da Ivy. Ivy era stata la persona che mi aveva incoraggiata a comprendere i miei sentimenti per Chris. Però a questo punto temevo che se mio padre lo avesse saputo le avrebbe parlato per convincerla a schierarsi dalla sua parte, contro di noi.

Mi sentivo forte. Ma non abbastanza da lottare da sola per difendere quel sentimento che si stava impadronendo di me ogni giorno di più. Potevo anche fare a meno di tutti gli altri, anche di Ivy. Ma lui doveva esserci, Chris doveva stare con me. Perché altrimenti non avrei potuto lottare per un amore in cui io ero la sola a credere.

CAPITOLO 11

Mi augurai con tutto il cuore che Ivy fosse in casa. Sapevo che non avrebbe potuto fare nulla per far cambiare idea a mio padre, ma avevo bisogno della sua opinione in proposito e dei suoi consigli. Soprattutto speravo che potesse comprendermi, come aveva sempre fatto.

Respirai profondamente prima di bussare, appena raggiunto il suo piccolo cottage. Diversamente dalla versione estiva aveva assunto un'aria natalizia, con alberelli colorati dipinti sulle pareti delle finestre e una ghirlanda intrecciata con fili d'erba, fiori, nastrini e ghiande appesa alla porta. Pensai che sarebbe stato carino crearne una da appendere alla nostra, ma non mi sentivo dell'umore adatto. E avevo anche dimenticato di finire di decorare il nostro albero di Natale. Sarebbe stata la mia missione di questa domenica, se Chris non fosse partito prima del tempo.

«Io avevo capito che la situazione doveva sembrargli un po' strana...» sorseggiai il tè che Ivy mi aveva offerto, seduta sul divano del soggiorno. Appena era arrivata ad aprirmi l'avevo investita con un fiume di parole sforzandomi di riassumere ciò che era accaduto tra me e Chris e in seguito tra me e papà. «Però non credevo che si opponesse in questo modo... senza nemmeno ascoltare ragioni!»

«Forse c'è un motivo, Rose. Magari ti ha detto che non può considerare Chris come gli altri ragazzi o come un ragazzo qualunque che tu potresti frequentare perché con lui ha un legame diverso. In questi anni si è preso cura di lui, lo ha seguito come se fosse un figlio... Forse tuo padre intendeva questo.»

309

«Mmh… Sì, considerato da questo punto di vista avrebbe un senso…» sbuffai, comunque poco convinta. Forse Ivy aveva ragione, ma le sue parole non mi consolavano affatto. In ogni caso avevo la netta sensazione che papà considerasse la storia tra me e Chris una cosa di poco conto, passeggera. Esattamente com'era stato tra me e gli altri ragazzi con cui ero uscita, tra me e Luke. No, quella storia era stata diversa ancora. Inevitabilmente un pensiero richiamò un altro. Mia madre, Karen, Esther Desmond… «Mi sto chiedendo che tipo di persona diventerò. Forse sarò poco affidabile e attaccata alla carriera, come mia madre. Oppure come Karen, la madre di Chris. O come… Magari sarò una poco di buono… in parte forse lo sono già, non sono mai stata una brava ragazza. Sono ancora abbastanza egoista e superficiale. Cerco di non esserlo troppo perché non vorrei perdere Chris, ma se è nella mia natura c'è ben poco che io possa fare.»

Vidi lo sguardo di Ivy mutare gradualmente. Il suo bel viso da serio si aprì in un sorriso, poi notai che stava trattenendo una risata.

«Scusami Rose, ma sei davvero buffa a volte. Soprattutto quando ammetti così candidamente di essere egoista, di non essere una brava ragazza… Però non è così semplice, la maggior parte delle volte. Il mondo non si divide in buoni e cattivi. Ciò che voglio dire… è che nella vita non è tutto bianco o nero. Ci sono anche tante diverse sfumature. Hai presente la neve? Ecco, quando la neve scende è candida, pulita. Poi una volta a terra, tra le persone, entrando a contatto con l'umanità, si sporca sempre un po', è inevitabile. Ma i bambini ci possono giocare, la gente può ammirarla… è il bello della neve.»

«Non ci avevo mai pensato. Ivy… tu non sei come gli altri. Tu capisci sempre, sai sempre cosa dire, per ogni circostanza trovi le parole più adatte.» Sollevai la mia tazza di tè e forzai un piccolo sorriso. «Forse è un po' come dici tu… Una tazza di tè è la soluzione a tutto e se non lo è comunque aiuta. Tu stessa sei così, mi aiuti sempre. Sarà una dote di voi nativi di Heathland.»

«Io non sono originaria di Heathland.» Ivy socchiuse gli occhi chiari e appoggiò la sua tazza sul tavolino. Notai il suo sguardo incupirsi, i lineamenti si fecero tirati mentre si toglieva, si rimetteva gli occhiali, per abbandonarli infine sul bracciolo del divano. A quel punto mi sembrò quasi una persona diversa, più dura, più rigida rispetto a quella che avevo imparato a conoscere da quando ero arrivata a Heathland. «Mi sono rifugiata qui per stare in pace. Ma ho commesso molti errori in passato, prima di giungere a Heathland. Credo sia stato proprio l'insieme dei miei errori a portarmi fino a qui e ad essere quella che sono adesso.»

«Però… io vedo solo quello che sei diventata ora, non ciò che ti ha portata ad esserlo.»

A questo punto la mia naturale curiosità non chiedeva altro che conoscere altri particolari sulla vita di Ivy, la sua storia precedente Heathland. Avevo dato per scontato che fosse nata e cresciuta in quel villaggio sperduto del Dorset. Invece mi aveva appena rivelato che non era così. Da dove veniva? Come mai aveva scelto di trasferirsi proprio in un villaggio così sperduto, così remoto? Per fare la bibliotecaria, poi! Il lavoro più triste e noioso che potesse esistere! Quali errori imperdonabili aveva commesso? Mi morsi le labbra per trattenere queste e tutte le altre domande che stavano sorgendo spontanee e irrefrenabili nella mia mente. Dovevo essere educata e attendere. Se avesse voluto Ivy mi avrebbe fornito le sue spiegazioni senza un mio esplicito incoraggiamento.

Invece il suo silenzio prolungato mi comunicò che non aveva intenzione di proseguire quel discorso. Decisi quindi di cambiare argomento per uscire dal disagio che si era creato tra noi.

«L'altro giorno al castello sono capitata nella stanza di Cassandra. Ora l'hanno sistemata… Tu sai se è riuscita a lasciare Heathland per sempre?»

Non avevo avuto il tempo di organizzare bene la domanda e avevo buttato lì qualche parola solo per dire qualcosa. Ivy sollevò lo sguardo su di me e corrucciò la fronte, come se fosse stata persa in altri pensieri e colta di sorpresa. Mi stavo già preparando a ripetere, invece mi rispose.

«Quello che ho sentito da Rosemary è che Cassandra ha ucciso il marito che le avevano imposto ed è fuggita con il suo amante.»

«Sì, questo lo ricordo anche io…»

«Poi si dice, ma non è del tutto certo, che sia stata fermata al porto di Weymouth. Stavano per imbarcarsi per l'Irlanda, forse poi per l'America. Mi sono dedicata a qualche ricerca personale, nel frattempo. Anche se ovviamente non ci sono certezze assolute.»

«Fermata? È stata arrestata, vuoi dire?» sospirai profondamente, portandomi una mano sulla bocca. Non sapevo che Ivy fosse così interessata alla storia di Cassandra da volerla approfondire. E comunque era stata davvero brava, era riuscita ad andare oltre le informazioni che aveva raccolto Rosemary. «Cosa le hanno fatto poi? È stata impiccata come Tess dei d'Urberville?»

«In teoria così avrebbe dovuto essere. Ma la mattina dell'impiccagione Cassandra non si trovava più nella sua cella.»

Ivy si strinse le mani e intrecciò le dita, totalmente coinvolta e immersa nella storia che mi stava raccontando. Un altro aspetto di lei di cui prima non mi ero resa conto. Come se l'alone di mistero che aleggiava intorno alla figura di Cassandra ora comprendesse anche lei.

«Quindi è fuggita?»

C'erano altre possibilità? Di certo non poteva essere evaporata e sparita nel nulla!

«Probabilmente. Ma nessuno sa dove… e soprattutto come.»

«In ogni caso non è morta! Cioè… con il tempo sarà morta, ovviamente. Ma non…» Quindi l'idea che il suo fantasma vagasse ancora per il Desmond Castle saltava del tutto. «Non è morta impiccata a Heathland. Magari non è morta nemmeno al castello. Però la sua stanza non è mai più stata occupata perché chi ci ha provato è fuggito terrorizzato. Ma se non è morta lì, non ci sarà nemmeno il suo fantasma. A meno che... sia il fantasma dell'uomo che ha ucciso. Però io ho sognato lei, almeno credo fosse lei. Ma del resto il mio era solo un sogno... Probabilmente creato dalla mia fervida immaginazione. Quindi il fantasma potrebbe davvero essere quello del marito ucciso.»

«È una teoria interessante, Rose. Meriterebbe un'analisi approfondita.»

Ivy ridacchiò afferrando un biscotto tra quelli riposti sul tavolino e lo morse con gusto.

«Però l'idea che il fantasma fosse quello di Cassandra era molto più romantica e affascinante, secondo me. Se invece è di quel povero cornuto e sfigato del marito...» sbuffai stringendomi nelle spalle. Presi anche io un biscotto e lo addentai. «Comunque spero che alla fine sia riuscita veramente a evitare l'impiccagione e a fuggire con il suo amante irlandese. Io probabilmente farò lo stesso. Non credo che qualcuno vorrà impiccarmi, anche perché non ho intenzione di uccidere nessuno. Però per quanto riguarda fuggire... Quello sì, potrei farlo davvero, a questo punto.»

CAPITOLO 12

Non lo avrei mai creduto. Invece mi ero lasciata convincere da Ivy a interpretare il ruolo della piccola fiammiferaia nella versione che io stessa avevo sceneggiato. Forse perché non mi era uscita dalla mente la storia delle stelle come mondi, quindi l'avevo legata alle stelle cadenti di cui si parla nella fiaba.

Ivy aveva apportato solo qualche piccola correzione al mio testo. Almeno così mi sarei distratta e avrei affrontato meglio la partenza di Chris, il distacco da lui. Mi sentivo inquieta. Senza sapere esattamente perché. E non dipendeva soltanto dalla "sentenza" di papà a proposito della mia relazione con Chris. Era qualcosa di intrinseco che non ero in grado di spiegare, come se avessi una sensazione spiacevole che però non sapevo motivare né definire.

Daisy mi aveva chiamata per avvisarmi che sarebbero arrivati di lì a qualche giorno. Il "sarebbero arrivati" comprendeva anche nostra madre che avrebbe occupato uno dei cottage, probabilmente lo stesso di Daisy. Non ero entusiasta di vederla e non avevo fatto nulla per nasconderlo. Forse in qualche modo era sempre stata più legata a Daisy che a me. Daisy era la maggiore e andava a trovarla più spesso a Parigi. O forse no, in realtà mamma era legata soprattutto a se stessa e alla sua musica.

Avevo fatto del mio meglio per evitare mio padre nei giorni seguenti, ma la sera ci ritrovavamo al cottage, inevitabilmente. Mi seguiva con lo sguardo come se stesse cercando un dialogo con me. E io facevo del mio meglio per non incoraggiare un ulteriore scambio di opinioni.

«Rose...» Alla fine non aveva avuto altra scelta che affrontarmi direttamente, con il tono serio e un po' triste delle

314

comunicazioni importanti. «Rose, mi dispiace per la nostra discussione di qualche giorno fa. Sono un po' teso ultimamente, così…»

«Non c'è problema. Va tutto bene.» Sì, sarebbe andato sicuramente tutto bene. Ma io non avevo alcuna voglia di parlare della mia vita sentimentale. Nemmeno se coinvolgeva Chris e se lui non era d'accordo. «Scusa papà, sono molto stanca. E domani a scuola abbiamo l'ultima verifica prima delle vacanze di Natale.»

Così mi ero defilata ritirandomi in camera mia. Non avevo parlato con Chris da quando era partito. Pensandoci bene erano passati solo due giorni, ma io in realtà avevo l'impressione che fossero trascorsi due mesi o due anni. Avevo bisogno di lui, del suo sostegno. Tutto sarebbe stato possibile se Chris fosse stato al mio fianco, anche se non si trovava necessariamente a Heathland. Invece così, oltre a sentirmi profondamente sola, avevo la spiacevole sensazione che tutto e tutti fossero contro di me.

Mi trovavo in caffetteria con Sally e Teddy quando mi resi conto che all'insieme di persone che potevo catalogare come ostili nei miei confronti si era aggiunto un nuovo componente. Mi aspettavo il suo ritorno, visto che era già stato annunciato e avevo avuto il tempo di prepararmi all'evento. Luke Desmond era tornato a Heathland. Mi girai con la sedia voltandogli accuratamente le spalle e fingendo di non vederlo. Anche se era alquanto impossibile non vederlo, questo dovevo ammetterlo.

Squadrandolo con la coda dell'occhio notai che non era cambiato molto. Stesso sguardo incantatore, stesso viso angelico con sogghigno demoniaco incorporato, stesso corpo flessuoso e atletico, stessi capelli chiari e naturalmente mossi. Piuttosto ovvio, era trascorso soltanto qualche mese dall'ultima volta che lo avevo visto. Concentrai lo sguardo su Sally e Teddy e sgranai gli occhi, sperando che comprendessero la mia implicita richiesta. Restare indifferenti. Come se fossimo talmente presi dalla nostra conversazione da non notare l'ingresso di Luke.

Sally fu decisamente più abile in questo e proseguì il discorso riguardante l'organizzazione delle ultime bancarelle del mercatino natalizio, quelle gestite dai bambini. Teddy invece distolse per un attimo gli occhi azzurri, per poi posarli su di me, corrugando lievemente la fronte come se volesse essere informato delle mie intenzioni.

«Sì, lo so...» sospirai attorcigliandomi una ciocca di capelli intorno a un dito. «Ho visto. Ma non cambia niente, per cui proseguiamo a parlare dei fatti nostri. Anzi, io mi prenderei un'altra cioccolata. Insomma restiamo qui e continuiamo a fare...»

«Buongiorno, ragazzi. Ciao, Rose. State parlando del mercatino natalizio? Interessante!»

A fare quello che stavamo facendo. Cioè niente di particolare. Come non detto! Non sobbalzai alla voce di Luke Desmond alle mie spalle perché Sally e Teddy avevano sollevato entrambi lo sguardo su di lui mentre ci raggiungeva. Quindi me lo aspettavo. Lo salutarono appena, con un cenno della mano.

«Ah, ciao Luke.»

Mi voltai cercando di simulare comunque un'espressione sorpresa. I suoi occhi azzurri mi agganciarono trattenendomi anche contro la mia volontà. Mi distolsi a fatica accennando un sorriso di circostanza.

«Posso sedermi qui con voi?»

Indicò la sedia di fianco alla mia, scostandola dal tavolino rettangolare che avevamo occupato, accanto a una delle finestre della caffetteria.

«Sì, certo» risposi io, per tutti. Teddy e Sally tacevano, come se spettasse a me decidere. «Strano vederti qui, Luke. Non era un luogo che frequentavi, se non ricordo male.»

«Vero. In realtà vi ho seguiti, lo ammetto. E dopo un po' sono entrato.» Luke increspò le labbra nello stesso identico modo che avevo imparato a riconoscere in lui qualche mese prima. E poi strinse gli occhi con l'espressione seducente che mi aveva catturata nel breve periodo della nostra relazione. «Vorrei parlarti da solo, Rose. Se è possibile.»

«Mmh... io non saprei...»

La sua richiesta mi colse impreparata. Non avevo nulla da dirgli. E nemmeno volevo restare sola con lui, ma non sapevo trovare motivazioni valide per rifiutare. Ero indecisa se alzarmi e trascinare Luke in un angolo perché mi dicesse quello che doveva dirmi per poi andarsene. Mi sembrava insensato chiedere a Sally e Teddy di allontanarsi dal nostro tavolo. Sarebbe stato come riconoscere a Luke un potere su di noi che non possedeva. Lui non era il signore del castello e noi non eravamo i suoi vassalli. Almeno non nella caffetteria di Heathland!

«Io devo andare a casa...» Sally scostò la sedia e Teddy la precedette, alzandosi e recuperando il suo zaino.

No, maledizione! Esattamente ciò che non volevo!

«Non dovete andarvene per forza. Se Luke ha qualcosa da dirmi può dirlo davanti a voi.» Poi mi rivolsi direttamente a Luke, con aria decisa e forse anche leggermente ostile. «Sally e Teddy sono miei amici, non ho segreti per loro.»

Non avevo motivo di accogliere la sua richiesta. E tanto meno di rispettare la sua volontà di parlarmi da solo. Non dopo come mi aveva trattata, dopo le parole che mi aveva rivolto quando mi ero tirata indietro e non avevo accettato di approfondire la nostra relazione come lui avrebbe voluto. Soprattutto non dopo la sua minaccia di allontanare Chris e di togliere il lavoro a mio padre al Desmond Castle.

«Rose ha ragione. Mi dispiace, non intendevo costringervi ad andarvene.» Luke abbassò lievemente lo sguardo. Mi parve quasi rattristato dalle mie parole, ma non avevo nessuna intenzione di cascarci. Il suo poteva essere un raggiro, una trappola per costringermi ad abbassare la guardia. «In realtà io... vorrei scusarmi per quello che è successo...»

Sally e Teddy rimasero comunque in piedi di fronte a noi. Sally indicò la porta della caffetteria con un cenno del capo e io annuii e sollevai appena la mano per salutarli, comprendendo che preferivano comunque non assistere alla nostra conversazione. Del resto ci trovavamo in un luogo pubblico e sicuramente Luke non era intenzionato ad aggredirmi.

«Scuse accettate. Però, Luke... Io non vorrei più parlarne, ecco...»

Trovai addirittura strano che ci fosse stato qualcosa tra di noi. E non perché Luke non mi piacesse o non mi attraesse fisicamente. Era sempre lo stesso, affascinante, sensuale, con quello sguardo malizioso e provocante. Però oltre a riconoscere l'oggettiva bellezza del suo corpo, del suo viso, non riuscivo a provare un sentimento nei suoi confronti e quasi mi sorprendeva il fatto di averlo provato prima.

«Io ero sempre stato convinto di poter ottenere qualunque cosa da chiunque. Soprattutto dalle ragazze, è sempre stato così. A Londra, qui... Ovunque, insomma. Era un'abitudine per me, non essere mai rifiutato. Ora ho capito che invece... sono stato uno stronzo se non peggio...» Scosse leggermente la testa. Io socchiusi gli occhi per non restare succube del suo sguardo. Da come stava ponendo la questione sembrava quasi lui la vittima, non io. «Tu potrai mai perdonarmi, Rose?»

«Io...» sospirai posandomi la mano sulla fronte. Ero troppo stanca e distratta per discutere e ribadire il mio punto di vista. Avrei avuto voglia di rinfacciargli tutti i problemi che mi aveva causato, ma oltre a sentirmi in parte responsabile a causa della mia superficialità e leggerezza, mi sentivo debole e sfinita dagli eventi recenti. «Sì, va bene. Ti perdono.»

In realtà ciò che mi indusse a perdonarlo senza discutere o tentare di metterlo in difficoltà fu una circostanza che non aveva nulla a che fare con noi direttamente. Quelle parole, quei movimenti di cui ero stata testimone pur senza assistere alla scena. La madre di Luke insieme a Simon Burnett. Iniziai inevitabilmente a chiedermi se Luke ne fosse a conoscenza. Da ciò che avevo sentito andava avanti da anni. Ovviamente il fatto che tra i suoi ci fossero dei problemi non poteva essere una giustificazione! Ripresi il controllo di me stessa e dei miei pensieri, tornando a concentrarmi sul presente, su me e Luke.

«Ti perdono ma a una condizione. Non dovrai mai più comportarti male con me. Né con me né con nessun'altra ragazza.» Forse stavo esagerando. E non specificai nemmeno cosa intendessi per "comportarsi male" ma approfittai del momentaneo potere che Luke mi stava offrendo. «E non provare mai più a ricattare mio padre, a usare la tua influenza!»

«Con te sicuramente. E va bene, anche con le altre. Ci proverò, almeno. Per quanto riguarda il resto, il lavoro di tuo padre... Mi vergogno davvero, Rose. Credimi. Ho il tuo perdono, allora...» Luke increspò le labbra nella sua tipica smorfia sensuale ma compresi che in quel momento era più spontanea che intenzionale. Per un istante sembrò che un altro pensiero gli attraversasse la mente, ma fu rapido a cambiare argomento. «Piuttosto, dimmi... Come procedono i lavori al castello? Intendevo dire... la rappresentazione al castello. Ho saputo che state andando avanti. Prima vi ho sentiti parlare anche del mercatino, è davvero un'idea carina.»

«Sì, stavamo pensando alle bancarelle dei bambini della scuola elementare. Alcuni non hanno giocattoli da mettere in vendita, ma in qualche modo cercheremo di risolvere il problema. Per quanto riguarda lo spettacolo, con *Romeo e Giulietta* al momento abbiamo chiuso. Però ci sarà comunque uno spettacolo natalizio, i bambini porteranno in scena *A Christmas Carol*. La nostra compagnia estiva obbligatoriamente si è sciolta con il ritorno di alcuni componenti a Londra e... in realtà nessuno era più particolarmente interessato a proseguire con le prove, forse anche perché ero stata io a obbligarli a partecipare. Però Daisy, Alan e...» Mi fermai prima di pronunciare il nome di Chris. Non che fosse fuori luogo, anzi. Però non volevo sbilanciare il discorso coinvolgendo la mia vita privata. Probabilmente Luke non aveva idea che io e Chris stessimo insieme e non sarei stata certo io a informarlo. «Conto però di preparare qualcosa di meglio per la prossima estate. Di sicuro avremo più tempo e saremo già più organizzati.»

«Puoi contare su di me, nel caso tu abbia bisogno.» Luke allungò una mano verso di me, ma la ritrasse poco prima di sfiorare la mia. Anche questo gesto mi parve spontaneo, non studiato. Ma non potevo averne la certezza assoluta perché rientrava proprio nel fascino tipico di Luke Desmond. Fare in modo che tutto apparisse naturale, spontaneo, vero. Come dettato da un istinto primordiale. «Per il prossimo spettacolo estivo, ma anche per questo ovviamente. Posso fare qualunque cosa, sono a tua completa disposizione.»

«Grazie» annuii con un sorriso, senza aggiungere altro. Apprezzavo l'impegno ma non avevo nessuna intenzione di incoraggiarlo. Scostai la sedia e mi alzai, come meditavo di fare già da quando avevo compreso che la conversazione si stava rivelando più personale di quanto avrei voluto. «Devo andare Luke, ho un po' di cose da studiare per domani.» Ultimamente la scusa dello studio stava diventando davvero provvidenziale. Ma con l'inizio delle vacanze presto sarei stata costretta a trovarmene un'altra. «Grazie, comunque. Non me lo aspettavo. Se avremo bisogno del tuo aiuto te lo farò sapere.»

Mi avviai decisa verso l'uscita della caffetteria. Ma Luke mi richiamò prima che potessi varcarla.

«Rose...» Mi voltai, esitando per un attimo. Rimasi immobile in attesa che terminasse la frase con cui sembrava volermi tenere in sospeso. «Potrei stupirti, questa volta. In un modo completamente diverso dall'altra. Sempre che tu me lo permetta.»

CAPITOLO 13

Non avevo nessuna intenzione di permettere a Luke Desmond di stupirmi. Nemmeno in positivo. Non ci volevo neanche pensare. E infatti avevo rimosso il suo vago tentativo di riavvicinamento concentrando tutta l'attenzione sul prossimo arrivo di Daisy, Alan e la mamma. In realtà la sua decisione di trascorrere il Natale e il mio compleanno con noi mi preoccupava. Però facevo finta che non ci fosse problema alcuno e me la stavo anche cavando piuttosto bene.

Quando me la ritrovai di fronte mi resi conto di aver perso addirittura il conto di quanto tempo fosse passato dall'ultima volta che l'avevo vista.

«Oh, Rose! Tesoro, che gioia vederti.» Prima che potessi dire una sola parola mi afferrò le braccia stampandomi tre baci sul viso. Avevo sempre trovato il suo accento francese divertente, qualunque cosa dicesse. Questo forse mi aveva indotta a disprezzarla meno, anche nei momenti più complicati, quando ci aveva lasciate sole con papà per rincorrere la sua carriera di pianista. Perché con quell'accento così carezzevole fin da piccola mi ero creata l'illusione che qualunque cosa dicesse, qualunque guaio avesse combinato, non potesse essere mai tanto male. Io purtroppo non avevo questa fortuna. «Ma quanto sei cresciuta! La mia bambina sta per compiere diciotto anni! Non ci posso credere!»

«Non sono più tanto… bambina…» sorrisi cercando di sciogliermi dal suo abbraccio.

Era sempre la stessa Isabelle. Esile, con i lunghi capelli castani che portava sempre sciolti sulle spalle. In parte le somigliavo, se non fosse stato per il fatto che lei era più alta e slanciata e con gli occhi allungati che metteva ancora più in evidenza grazie al trucco. In realtà fisicamente era Daisy a somigliarle di più. Io avevo linee più morbide. Così dicevano, esattamente. Un modo gentile per suggerirmi che era molto meglio per me non approfittare troppo di muffin, biscotti al cioccolato e barrette ripiene di caramello.

Salutai Daisy e Alan. Poi mi accorsi che con loro ma su un'altra macchina erano arrivati anche Janet e Freddie. Non me li aspettavo così presto. Avevamo preso accordi perché restassero per la festa e l'inaugurazione al castello, poi sarebbero tornati a casa per trascorrere il giorno di Natale con le loro famiglie.

Nonostante fossi felice per la loro presenza, non faceva altro che accrescere in me la mancanza di Chris. Sapevo che sarebbe arrivato presto. Non mi avrebbe lasciata sola. Ancora non aveva telefonato da quando era partito, oppure ci aveva provato senza riuscirci. Ero consapevole che a volte la linea non funzionava come avrebbe dovuto, quindi dovevo solo restare calma e aspettare.

Sospirai sforzandomi di distogliere il pensiero per non mostrarmi troppo afflitta. Vidi papà e mamma salutarsi in modo distaccato ma cordiale, scambiarsi qualche parola. Se Chris fosse tornato sicuramente sarebbe arrivata anche Karen insieme a lui e la situazione non sarebbe stata affatto semplice. Né per papà né per noi due. Forse per questo motivo non aveva ancora chiamato, era alle prese con sua madre. Sbuffai scuotendo la testa, meglio rimandare la preoccupazione a un altro momento.

Il programma prevedeva che ci ritrovassimo al castello per le prove finali. Così ci andammo tutti insieme, anche se la presenza della mamma creava uno strano squilibrio. Forse un imbarazzo e un senso di disagio che solo io provavo perché mi sembrava che tutti gli altri, compreso papà, si comportassero in modo naturale.

Stavano allestendo il salone principale per la festa, sotto la guida di Esther Desmond e di Kathleen che si comportava già, per atteggiamento e modo di esprimersi, quasi come una futura lady Desmond. Anche nell'abbigliamento e nell'acconciatura stavano diventando simili, quel tailleur classico e capelli tirati indietro che si addicevano poco a una ragazza così giovane.

Fui lieta che almeno l'organizzazione della grande festa non dipendesse da me e che Kathleen si fosse offerta di assumersene la responsabilità insieme a Mike. Ormai dall'estate erano diventati inseparabili, una coppia solida. Unita anche dal disprezzo nei miei confronti. Ovviamente poi lei aveva ottenuto l'aiuto e la guida di Esther. Si vedeva che andavano molto d'accordo, probabilmente perché erano simili. O forse solo perché Kathleen era la figlia dell'amante di Esther, quindi... Sospirai di nuovo, passandomi le mani sul viso e poi tra i capelli. Non erano affari miei, dovevo calmarmi.

Lasciai il salone mentre gli altri erano intenti ad ammirare le decorazioni e il soffitto che era stato restaurato da poco, riportando alla luce l'antico splendore. Mi ritrovai nel corridoio e cercai un angolo dove isolarmi senza essere disturbata. Avevo bisogno di lui, di sentire la sua voce. Almeno per qualche minuto. Selezionai il suo nome dal mio cellulare e chiusi gli occhi. Stava squillando. Il mio cuore sembrava seguire lo stesso ritmo in attesa che Chris si decidesse a rispondere. A un certo punto iniziai a contare gli squilli, finché la linea cadde. Imperterrita decisi di riprovare. Se il telefono suonava non era un problema di campo. Forse non lo aveva sentito, oppure lo aveva dimenticato da qualche parte. Avrebbe comunque visto le mie chiamate. Gli mandai un messaggio chiedendogli di chiamarmi appena possibile.

Tornai nel salone e mi accorsi troppo tardi che sarebbe stato molto meglio per me restare rintanata nell'angolo del corridoio o andarmi a nascondere altrove. Stavano formando le coppie per il ballo della serata della festa, che poi avrebbe segnato la vera e propria inaugurazione e riapertura del castello. Papà mi aveva accennato al fatto che i Desmond stavano addirittura pensando di lasciare la loro villa per trasferirsi lì, per riprendere e tornare a seguire la tradizione di famiglia.

Cercai di defilarmi e mi voltai, riprendendo il cellulare dalla borsetta e portandolo all'orecchio, come se fossi in procinto di parlare con qualcuno.

«Rose, proprio di te avevamo bisogno!»

In un attimo Kathleen mi raggiunse e si posizionò di fronte a me, sbarrandomi il passaggio, come una predatrice che era appena riuscita ad accerchiare e catturare la sua preda. A quel punto fui costretta a rassegnarmi, anche perché non potevo più fingere di parlare al telefono se dall'altro capo non c'era nessuno a rispondermi. Kathleen era troppo vicina, lo avrebbe capito immediatamente.

«Io in realtà dovrei fare una telefonata, è piuttosto urgente.»

Ci provai comunque, sperando che Kathleen avesse la bontà e la compassione di risparmiarmi. Non avevo nessuna voglia di mettermi a loro disposizione e seguire i passi di un ballo tipico dei tempi di Jane Austen, di quelli descritti nei suoi romanzi, in cui il contatto fisico era limitato ma comportava tutto un incrocio di mani, di braccia, di sguardi soprattutto. Ma forse stavo chiedendo troppo. Kathleen non era buona e non era compassionevole, soprattutto non lo sarebbe mai stata con me.

«Non essere sciocca, puoi telefonare più tardi!» Mi trascinò per un braccio, decidendo per me. «Noi abbiamo bisogno di te ora, ci manca una ragazza per formare le coppie!»

Kathleen mi affidò a Esther che dopo aver finto di girarci intorno per qualche minuto mi mise di fronte a Luke. Vestito con camicia di pizzo, giacca e cravatta sembrava davvero sbucato da un romanzo della Austen, un Mister Darcy in versione giovanile. In totale contrasto con i miei jeans e maglione bianco di lana grezza.

Non era nemmeno il caso che Esther si perdesse in tante cerimonie quando la scelta era così ovvia e scontata. Kathleen sarebbe stata in coppia con Mike, Daisy con Alan, Janet con Freddie. Luke restava al momento l'unico ragazzo a disposizione. Gli adulti non avrebbero partecipato alle prove del ballo tradizionale e si limitavano a osservarci mentre bevevano, mangiavano salatini e dolcetti e discutevano ancora del castello, della ristrutturazione e dei vari miglioramenti effettuati e da effettuare prossimamente.

«No, io...» Aggrottai la fronte, ritrovandomi a pochi passi da Luke. Sospirai facendo un passo indietro, mentre gli altri si stavano prendendo le mani seguendo l'indicazione di Esther che aveva appena posizionato un disco su un vecchio grammofono. «Mi dispiace ma io non posso proprio. Sono impegnata.»

Luke strinse gli occhi azzurri quasi con furia, temetti per un istante che volesse aggredirmi o rimproverarmi. Il suo viso tirato mostrava un sentimento a metà tra delusione e risentimento.

«Va bene...» disse invece, senza scomporsi, rilassando i lineamenti. «Come preferisci. Se non te la senti...»

«Come? Cosa significa?» Kathleen in una frazione di secondo ci fu accanto. «Cosa significa che non te la senti? Oddio Rose, è solo un ballo! Qui non c'è nessun'altra ragazza e Luke ha bisogno di una compagna! Non essere ridicola, sempre per attirare l'attenzione su di te!»

«Ma io so... so che Sally e Teddy stanno per arrivare. E anche altri ragazzi e ragazze, nostri compagni di scuola, per vedere il castello prima della festa. Qualcuno di loro potrebbe partecipare, così Luke avrà una compagna per il ballo. Saranno più che contente di...»

«Non vedo proprio la necessità di aspettare, quando ci sei già tu, Rose.» Esther si avvicinò, occupando l'altro lato. Mi sentivo accerchiata, anche perché erano entrambe più alte di me. Mi rivolse uno sguardo gelido, che non avrebbe accettato scuse, e proseguì con tono ancora più aspro. «E visto che sei sola, non comprendo il tuo rifiuto. Non vedo il tuo ragazzo qui intorno, o sbaglio?»

Ah, così non comprendeva il mio rifiuto! Forse aveva rimosso ciò che era accaduto tra me e suo figlio qualche mese prima. Oltre al fatto che obbligandomi non stava rispettando la mia volontà. Forse era un'abitudine di famiglia!

«Come ho già detto, ho tentato di spiegare...» Tossii per schiarirmi la voce, sentendo che mi raschiava la gola. Avevo bisogno di mettere in chiaro il mio punto di vista, non avrei permesso né a Kathleen né a Esther di imporsi su di me rendendomi succube di loro. «Sono impegnata. Se parteciperò al ballo ballerò con il mio ragazzo, solo con lui, con nessun altro. E se lui non ci sarà, allora... preferisco evitare di ballare. Ecco.»

«Tutto questo è ridicolo, lasciatelo dire...» Esther mi puntò addosso uno sguardo irritato e scosse la testa, costernata dalla mia ostinazione. Gli occhi grigi divennero più scuri, intransigenti, quasi feroci.

«Per me un impegno è importante, non è un gioco.» Dovevo fermarmi, non proseguire oltre. Magari abbassare la testa e ritirarmi senza controbattere ancora. Invece mi sentii le guance andare a fuoco, mentre gli occhi mi pungevano nello sforzo di trattenere le lacrime. Dovevo ammettere però che era subentrata anche una buona dose di rabbia in me e ora lottava contro la voglia di piangere. Comunque ero consapevole di non dover infierire, che non era assolutamente il caso di esprimere a parole ciò che pensavo. Ascoltare la voce della ragione, tacere. Al contrario puntai gli occhi su Esther Desmond, più risoluta che mai. «Poi forse qualcuno si comporta diversamente, ma io non sono così. Io ho rispetto per la mia relazione, per me è una cosa seria. Anche se forse altri la sminuiscono e non la considerano tale. Io non sono come... io non tradisco...»

Mi posai la mano sulla fronte, mi mancava l'aria, faticavo a respirare. Avevo esagerato. Me ne resi conto ancora di più quando notai gli occhi di Esther sbarrati su di me. Non esprimevano nemmeno odio o rancore, ma soprattutto perplessità mista a timore. Probabilmente aveva compreso che sapevo, che in qualche modo conoscevo il suo segreto. E si stava chiedendo come.

«Ovvio che altri sminuiscano la tua avventuretta con Chris! Ma ti sembra una cosa normale?» Dopo qualche istante di silenzio, l'intervento di Kathleen non mi sorprese. «Siete cresciuti come fratelli e ora improvvisamente state insieme! C'è qualcosa di malato in tutto questo… oltre al fatto che adesso stai facendo tutte queste storie e ti atteggi a gran signora impegnata per una relazione che sicuramente sarà uno dei tuoi soliti capricci da bambina viziata! Hai sempre fatto così, Rose. Con tutti!»

Con tutti? Chi intendeva? Luke? Con lui era finita perché era stato aggressivo nei miei confronti. Ma non avevo mai davvero frequentato altri ragazzi. L'unico con cui avevo avuto problemi precedentemente era…

«Mi hai rifiutato con la scusa che essendo il fratello del ragazzo di tua sorella per te ero io stesso come un fratello… E poi ti vai a mettere con uno che è veramente il tuo fratellastro? Sei ridicola, Rose.»

Mike, appunto. Dovevo aspettarmi che prima o poi mi rinfacciasse i miei torti nei suoi confronti. Ma non avrei mai creduto che lo facesse così pubblicamente. Affiancandosi a Kathleen, incrociò le braccia al petto, poi si strinse nelle spalle e le lasciò scivolare una mano lungo la schiena.

«Allora non hai proprio capito, Mike.» Strinsi i pugni, cercando di trovare in me stessa la forza di rispondere. Nonostante anche Daisy, Alan, Janet e Freddie si fossero avvicinati ormai, nessuno poteva aiutarmi o difendermi. Ero sola. «Ti ho detto che ti consideravo un fratello perché non volevo offenderti dicendoti che non provavo nulla per te. Non quel tipo di sentimenti che tu ti aspettavi da me. Lo avresti preferito? Se è così mi rendo conto di aver fatto male a non dirti la verità in modo più brutale. Per quanto riguarda Chris… è vero, siamo cresciuti insieme negli ultimi anni. Mio padre e sua madre sono stati sposati. Ma non provate a dirmi che c'è qualcosa di sporco o innaturale nella nostra storia, perché io non ve lo permetto! E se volete crederlo sono affari vostri. Per quanto mi riguarda io non cambio di certo idea o i miei sentimenti per lui! E voi... potete andare tutti al diavolo, insieme al vostro ballo!»

Perfetto! Ora avevo attirato l'attenzione anche degli altri, gli adulti che discutevano riguardo al Desmond Castle. Vidi mio padre sgranare gli occhi su di me. E la mamma che sorseggiando champagne mi fissava con un mezzo sorrisetto sulle labbra. Mi fu da ispirazione, a tal punto che li avrei mandati al diavolo anche in francese. Magari sarei sembrata meno volgare.

In ogni caso, fortunatamente mi trovavo abbastanza vicina alla porta che dava sul corridoio da poter sgusciare fuori senza ulteriori danni. Sentii il cuore martellarmi nel petto mentre mi asciugavo le lacrime e non sapevo che direzione prendere. Sarebbe stato molto più sensato uscire dal castello e andarmene, invece decisi di salire le scale verso il piano superiore e nel frattempo selezionare ancora il nome di Chris dalla rubrica del mio cellulare.

«Chris...» Questa volta subentrò la segreteria, così decisi di lasciargli un messaggio vocale. «Chris ti prego, chiamami. Io qui... insomma, sto combinando un casino. Come sempre, del resto. E sai che quando combino un casino io è davvero un guaio di proporzioni inimmaginabili, un disastro. Temo che mi stiano odiando tutti in questo momento. Quindi... ho bisogno di te. Torna presto, per favore. O almeno chiamami...»

Agganciai quando mi resi conto che stavo rischiando di iniziare a singhiozzare al telefono. Rimasi appoggiata al corrimano, poi mi lasciai scivolare giù, sedendomi su un gradino.

«Rose...»

Sollevai lo sguardo su di lui, poi lo riabbassai passandomi le mani sul viso.

«Ah, Luke. Mi dispiace, scusami. Non dipendeva da te, però...»

«Non devi scusarti. Avevi ragione tu.» Mi raggiunse salendo due gradini alla volta e si sedette al mio fianco, posando i gomiti sulle ginocchia e voltando il viso verso di me per incontrare il mio sguardo. «Mia madre e Kathleen non avrebbero dovuto forzarti. E nemmeno dirti quello che ti hanno detto. È giusto che tu voglia ballare con il tuo ragazzo, essergli fedele anche in questo. Io credo sia molto bello da parte tua. Se avessi una ragazza vorrei che agisse esattamente allo stesso modo.»

«Davvero? Mi hanno fatto sentire una stupida…» Mi morsi le labbra e sollevai la testa, cercando nei suoi occhi un po' di comprensione. O meglio, cercando di capire se le sue parole fossero davvero sincere. «Poi quello che hanno detto su di noi… come se fosse sbagliato…»

«No, io non credo. Se vi amate non può essere sbagliato. Io avevo compreso che…» sospirò e il suo sguardo si fece improvvisamente più cupo, quasi rassegnato. «C'era qualcosa in te, Rose, che ti impediva di essere mia. Fin dal principio. Poi ho iniziato a capire che si trattava di Chris… Quando mi ha preso a pugni mi sono reso conto che anche lui provava lo stesso per te. Per questo mi sono infuriato e ho detto cose che non pensavo affatto.»

«Perché allora le accuse di Kath e Mike mi fanno così male? Perché tutti sembrano contro di noi?»

Non sapevo a chi stessi rivolgendo quella domanda. A Luke o a me stessa?

«Forse non sono davvero tutti contro di voi. Forse sei solo tu ad avere paura.» Luke appoggiò per un attimo la mano sulla mia testa. E per un istante, un unico brevissimo istante, mi sembrò lui. Chris aveva compiuto lo stesso gesto innumerevoli volte. «Ti importa davvero così tanto di ciò che pensano gli altri?»

«Mmh… no, non mi importa» sorrisi voltandomi completamente verso di lui e appoggiando la schiena alla ringhiera. «Non mi hai sentita? Ho appena mandato tutti al diavolo, quindi…»

«Ti ammiro, Rose. Non perché hai mandato tutti al diavolo, questo non è così difficile. Ammiro la tua fedeltà. Io non sono mai stato fedele alle ragazze che ho frequentato. E non mi sono mai nemmeno chiesto se loro lo fossero a me, non mi importava proprio nulla in realtà.»

«Io spero che Chris lo sia…»

Non riuscii a evitare di chiedermi dove si trovasse e perché non rispondesse alle mie chiamate. Sospirai sforzandomi di allontanare il pensiero. Chris non era come Luke, non lo era mai stato.

«Sarebbe uno stupido a non esserlo. Ma io del resto… forse non ho mai avuto grandi esempi di fedeltà da parte dei miei genitori. Si sono sempre traditi, fin da quando ero piccolo.»

Quindi lo sapeva! Da sempre, lo sapeva! Sgranai gli occhi su di lui, incredula. A questo punto era probabile che avesse afferrato l'accusa implicita che avevo rivolto a sua madre!

«Luke, io…»

«Mio padre era innamorato di un'altra e ha continuato a frequentarla per anni, dopo aver sposato mia madre. Credo che la sua sia stata una scelta forzata dalle famiglie, lui ha accettato ma non ne era proprio convinto.» Ne parlava come se fosse normale. Non sembrava nemmeno minimamente turbato dall'eventualità che i suoi genitori avessero accettato di contrarre un matrimonio combinato. O forse non lo era più, ormai. «Ha ancora altre donne. In seguito anche mia madre ha cominciato ad avere storie con altri uomini. L'importante è salvare le apparenze. È tutto ciò che conta, per loro.»

«Mi dispiace, Luke. In realtà… anche io e Chris non abbiamo avuto grandi esempi di fedeltà e di coerenza, pensandoci bene. La scelta dei miei genitori non è stata forzata, ma tra loro è finita comunque. Così è stato anche tra mio padre e Karen, la madre di Chris. A quanto pare anche tra Karen e il suo nuovo uomo è finita. Ma io… io spero che tra me e Chris andrà diversamente, forse sono solo una povera illusa. E anche tu, Luke… non dovrai essere necessariamente come i tuoi genitori…»

Luke sbuffò stringendosi nelle spalle, intrecciò le dita delle mani e si stirò con un'indifferenza che mi sembrò finta, come se nascondesse qualcosa di più doloroso, di più profondo. Abbassò gli occhi, evitando di replicare.

In quel momento rammentai il discorso di Ivy a proposito della neve. La neve che scende candida ma poi, inevitabilmente, si sporca sempre un po'. Così era anche la vita. Dovevamo per forza scontrarci con le circostanze, le difficoltà, i compromessi, le gioie e anche i dolori della vita. Forse era davvero impossibile uscirne veramente "puliti".

«Non sappiamo cosa ne sarà di noi.» Gli posai la mano sulla spalla, trattenendola per un istante. «Quindi non dovremmo giudicare senza sapere… Non è tutto bianco o nero. Io spesso sbaglio giudicando gli altri.»

«Non sei la sola, Rose.» Luke si alzò di scatto, porgendomi il braccio con aria cavalleresca. «Vuoi tornare giù, dolce fanciulla? Tranquilla, prometto che nessuno ti costringerà a ballare! Io mi occuperò della musica. Quel grammofono è uno strumento magnifico, ma non credo che mia madre lo sappia usare. Rischia di distruggerlo.»

«Io resto qui ancora un po', ma vi raggiungerò presto. Aiuterò la madre di Sally nella preparazione dei tramezzini. In qualche modo mi renderò utile.»

Sorrisi e lo salutai con un cenno della mano mentre voltandosi scendeva le scale. Quando lo vidi scomparire mi posai una mano sul petto, prima di recuperare il cellulare che avevo posato sul gradino. Non lo avevo sentito suonare quindi sapevo di non aver ricevuto nessuna telefonata e nessun messaggio.

Non era da lui. Qualcosa doveva essere successo perché io lo conoscevo bene e sapevo che non era da lui lasciarmi così, in attesa. Non lo avrebbe fatto nemmeno quando litigavamo e ci detestavamo quotidianamente. Quindi doveva essere accaduto qualcosa. Se non avesse risposto entro un giorno avrei dovuto chiedere a papà di rintracciarlo. Non sopportavo quello stato di tensione, di angoscia. E stavo iniziando a preoccuparmi.

Aveva discusso con papà? O era colpa di Karen? Non volevo nemmeno considerare l'ipotesi che gli fosse successo qualcosa di male. Mi sentii tremare all'idea, come un brivido freddo che mi percorse da capo a piedi lasciandomi senza forze.

Selezionai nuovamente il suo nome e iniziai a comporre un messaggio, parola dopo parola. Senza pensare, senza riflettere. Così, come mi veniva.

"Chris, sto iniziando a preoccuparmi maledettamente. Se il problema riguarda noi… Insomma, se hai cambiato idea per qualche motivo, ti prego di rispondermi e dirmelo. O anche scrivermelo. Accetterò comunque la tua decisione, anche se non mi piacerà. Ma per favore fammi sapere che stai bene. Io lo so che a volte sono insopportabile. Di solito hai sempre chiamato appena arrivato a Londra. E ora… Se non vuoi chiamare me, avvisa papà almeno. Mi dirà lui che stai bene, ecco. Io non so cosa ho fatto che non va, davvero… Mi manchi. E qui stanno organizzando la festa e io dovrei occuparmi dello spettacolo. Anzi, ora vado, mi stanno aspettando. Tu… appena puoi torna, rompiscatole. Mi manchi davvero tanto.»

A causa delle lacrime che mi scorrevano sul viso e degli occhi che mi bruciavano non riuscivo più nemmeno a vedere le parole che stavo scrivendo, ero certa di aver ripetuto gli stessi concetti più volte, alla fine uguali a quelli del mio messaggio vocale. Premetti comunque il tasto di invio senza rileggere.

In quell'istante mi resi conto che il Natale e il compleanno più bello della mia vita si sarebbero trasformati nei più brutti e patetici. Una persona, la più inaspettata, aveva il potere di spezzarmi il cuore. Poi magari un giorno sarebbe tornato a battere, anche con quel dolore. Forse era così che accadeva a tutti gli altri. Si andava avanti comunque, anche con il cuore spezzato, in attesa che si ricomponesse prima o poi. Ma non sarebbe mai più stato intatto e puro come un tempo. Mai più come la neve appena scesa dal cielo.

CAPITOLO 14

Rientrai nel salone, guardandomi intorno con aria circospetta. Pur avendo notato il mio ingresso, nessuno sembrava dare particolare risalto al mio ritorno. Come se tutto procedesse in modo assolutamente normale. Esther continuava a gesticolare e ad accennare passi per guidare le coppie danzanti, a cui si erano aggiunti anche Sally e Teddy, oltre ad altri ragazzi e ragazze della scuola. Luke si era posizionato invece accanto al grammofono, esaminando i vecchi dischi di sua madre, uno dopo l'altro. Sollevò il viso verso di me accennando un saluto quando mi vide entrare.

Ero decisa a scusarmi per il mio atteggiamento intransigente, ma a questo punto sarebbe stato inutilmente imbarazzante. E non mi sembrava il caso di interrompere ancora.

L'arrivo di Ivy con i bambini, qualche minuto dopo, fu provvidenziale per togliermi del tutto dallo stato di disagio in cui ero scivolata. Avevano portato anche tutti i giochi e i lavoretti per allestire le loro bancarelle del mercatino, cosa di cui ci saremmo occupati subito dopo le prove. Spostandoci verso la sala del palcoscenico mi concentrai nella preparazione dello spettacolo. Con più precisione e impegno del solito, cercando di offrire ai piccoli attori il meglio di me stessa, dedicando loro tutta la mia attenzione, la mia cura.

La sala era davvero una meraviglia, rispetto alla semi oscurità in cui l'avevamo trovata durante l'estate. Luminosa, vivace, splendente. Il palco stesso sembrava molto più grande e spazioso con quel tendone che dava un tocco professionale a tutto il nostro teatro. E anche le scenografie che erano state realizzate erano perfette per la nostra rappresentazione di *A Christmas Carol*. Sir Richard e papà le avevano fatte preparare appositamente per noi e i ragazzi che ci avevano aiutati con lo spettacolo estivo si erano offerti di sostituirle a ogni cambio di scena. Tutto era pronto, insomma, anche i costumi erano stati studiati e cuciti con cura. Mancavano soltanto gli ultimi ritocchi.

Dovevo distogliermi, distrarmi, rimuovere dalla mente il pensiero e la preoccupazione per Chris. Del resto, non era passato così tanto tempo. E se papà non era preoccupato... Stavo iniziando a chiedermi se la mia angoscia fosse sensata o semplicemente dettata dal mio cuore di ragazza innamorata che non riceveva una risposta.

Ecco, mi ero distratta di nuovo, dannazione! Intervenni prontamente appena mi resi conto che i miei piccoli attori rischiavano di accapigliarsi per essersi scontrati durante le uscite di scena. Rocky come sempre aveva un caratterino acceso e scontroso, il Grinch fatto bambino. Lo avevo sorpreso ad osservare con sdegno misto a invidia i giocattoli che i suoi compagni avevano portato come doni per le bancarelle. Avrei dovuto trovare qualcosa anche per lui, in modo che potesse partecipare alla vendita in qualche modo. Ero stata talmente presa dai miei dilemmi personali da scordarmene completamente.

Ivy intanto si era spostata nell'angolo e stava parlando con papà, Sir Richard e Luke, che erano entrati nella sala del palcoscenico per poter assistere ai nostri progressi. I loro discorsi mi incuriosivano ma dal punto in cui mi trovavo non sarei mai riuscita a sentire. Tornai a rivolgermi ai miei attori, incitandoli a proseguire.

«Non ha importanza, bambini... non litigate. Qualunque cosa accada durante lo spettacolo voi proseguite e se vi manca la battuta successiva, guardate me. Andrà tutto bene!»

Cercai di infondere fiducia attraverso un tono sicuro e deciso. In realtà avevo un'unica certezza, quella di essere più spaventata di loro.

«E brava la mia bambina! Stai dimostrando un gran coraggio!»

Mia madre mi circondò la vita con un braccio e appoggiò la tempia alla mia. Non l'avevo nemmeno vista o sentita arrivare alle mie spalle.

«È solo uno spettacolo natalizio di ragazzini...» Sminuii il tutto, stringendomi nelle spalle. Non volevo mostrarle quanto fossi in ansia. «Nulla di serio.»

«Non intendevo quello. Non solo. Mi riferivo a prima.»

Si scostò da me per guardarmi. I suoi occhi scuri indugiarono nei miei.

«Ah... quando ho dato io stessa spettacolo, ho capito.»

«Hai solo espresso chiaramente cosa vuoi e cosa non vuoi, tesoro. È stato giusto.»

Certo, per lei era sempre così. Tutto giusto e lecito pur di esprimere le proprie idee. Anche maldestramente, come avevo fatto io.

«Sono certa che gli altri non la pensano così, però...» Sbuffai tornando a fissare lo sguardo sui bambini, intenzionata a chiudere rapidamente il discorso. Mi inventai anche qualcosa da dire per intervenire e scoraggiare la conversazione con mia madre. «Va benissimo così, Lilly. Stai solo un po' più al centro della scena...»

«È il tuo sangue francese, ma petite Rose. Siamo un popolo di ribelli.»

«Mmh... un popolo di tagliatori di teste...» puntualizzai io, trattenendo una risata. Poi tornai seria, estremamente seria. «Allora, immagino che tu abbia sentito di me e Chris. Ti ricordi chi è Chris, vero?»

«Certo, il figlio di quella moglie americana di tuo padre. Ragazzo carino, anche se l'ho visto solo un paio di volte di sfuggita. Comunque, anche quel Luke non è affatto male.»

«Non ti sto chiedendo se lo consideri carino, mamma.» Corrucciai lo sguardo e le rivolsi una smorfia risentita.

«Stai cercando la mia autorizzazione, forse? L'amour est l'amour, ma petite Rose. Cosa vuoi che ti dica? Io non sono tuo padre e non sono gli altri. Se hai scelto Chris e non Luke e non un altro, avrai i tuoi motivi. Est-ce vrai?»

«Sì, c'est vrai maman. L'amore è amore.» Inclinai la testa, riflettendo. Chissà perché mia madre inseriva sempre parole francesi quando la conversazione iniziava a diventare più personale. Forse per darmi un chiaro segnale delle sue intenzioni, per prepararmi psicologicamente. «Come tu ami la tua musica...»

«Non è proprio uguale, ma sì...» Improvvisamente lo sguardo di mia madre sembrò oscurato da un velo di tristezza. «E tuo padre ama il suo lavoro di architetto, tutti questi ruderi da trasformare in meravigliosi castelli da fiaba.»

«E Daisy ama la moda e i bei vestiti, ogni tanto ama anche Alan...» Sorrisi posandomi un dito sulle labbra. «E Janet ama litigare con Freddie... e Kathleen ama fare la stronza, soprattutto con me!»

«Questo significa che devi lottare per il tuo amore, Rose. Non lasciarti condizionare da nessuno. Perché solo tu puoi sapere chi è giusto per te.»

Non mi sarei mai aspettata che l'unica ad approvare davvero il mio amore per Chris fosse proprio mia madre.

«Tu pensavi...» Non sapevo esattamente come formulare la domanda. Forse non esisteva un modo, dovevo solo chiedere ciò che volevo sapere. «Tu credevi che papà fosse giusto per te?»

«Lo credo ancora.» La risposta di mia madre mi stupì, tanto era stata schietta e decisa. Non ci aveva riflettuto nemmeno un istante. «E lo è stato davvero, per un po' di tempo. Ma non tutte le storie d'amore sono eterne.»

Non mi sembrava di riuscire a comprendere appieno le sue parole, ma non aveva molta importanza. Forse ero già entrata nella fase di disillusione che avrebbe segnato il mio passaggio dall'adolescenza all'età adulta.

«Niente Romeo e Giulietta, allora. E niente amore eterno. E niente vissero per sempre felici e contenti... E niente dannatissimo lieto fine... niente anime gemelle... niente me e Chris, tanto lui nemmeno lo sa...» Sbuffai sconsolata, a ogni esempio. «La maggior parte della letteratura mondiale, del cinema, del teatro... si basa sul nulla! Tutte bugie, prese in giro all'umanità. Che senso ha amare, allora?»

«Potrei rispondere alla tua domanda con un'altra domanda, ma petite Rose...»

Mia madre inclinò il capo e lasciò la frase volutamente in sospeso. La sua "petite Rose" presto sarebbe cresciuta e forse si sarebbe scontrata con l'amore nel modo più crudele.

«Mmh... quale domanda?»

«Che senso ha vivere?» Lanciò un'occhiata ai bambini che si stavano impegnando nell'interpretazione delle loro parti. «Gran parte dei nostri gesti quotidiani sono dettati dall'amore. Anche se spesso non è eterno, l'amore non si dissolve. Resta in noi e magari assume un'altra forma. Il modo in cui poco fa hai difeso il tuo amore per Chris è stato grandioso, Rose. Davvero grandioso! Non hai esitato un attimo. Dubito che qualcun altro in quella stanza avrebbe avuto tanto coraggio. Dopo che te ne sei andata è calato il silenzio, nessuno ha più osato dire nulla. Nemmeno quella sciocca di Kathleen.»

Mi nascosi il viso tra le mani. Quindi lo avevano davvero capito tutti. Non era stato questo il mio intento. Che vergogna! Ma se quanto diceva la mamma era vero, era ciò che avevo ottenuto.

«Perfetto, così adesso tutti sanno che amo quel rompiscatole di Chris!»

«Direi di sì. Ora non credi sia il caso che lo sappia anche lui?»

CAPITOLO 15

Il giorno successivo era il grande giorno. Il 23 dicembre. Ormai tutto era davvero pronto. Per l'occasione ci avevano raggiunti anche Alison e John. Ero felice di trascorrere un po' di tempo con loro e di vedere quanto fossero felici, ma intanto cresceva la sensazione che il mio cuore si corrodesse ogni istante di più. Non si stava spezzando, non ancora. Lui sarebbe arrivato, ne ero certa. Probabilmente qualcosa o qualcuno lo stava trattenendo.

Tra l'entusiasmo e la frenesia dei bambini, i costumi, l'ultima prova generale nel corso della mattinata, ero riuscita a immergermi sufficientemente nell'atmosfera natalizia. Quello era il mio compito principale, pensare allo spettacolo, e lo stavo portando avanti al meglio delle mie possibilità. Per una volta non avevo esagerato, prendendomi responsabilità eccessive che non sarei stata in grado di gestire.

Sally e Teddy avevano organizzato la disposizione delle bancarelle del mercatino natalizio che si sarebbe tenuto nel giardino del castello, con la lista di tutti i partecipanti. Daisy e Janet avevano deciso di dare una mano, portando da casa indumenti e accessori che non utilizzavano più e qualche regalo preso tra i negozi di Londra.

Esther Desmond e Kathleen invece si erano occupate della festa vera e propria, degli addobbi nel salone centrale e in tutto il castello, del ballo, di estendere gli inviti a tutti gli amici e a personalità importanti.

Sicuramente Esther, come padrona di casa e signora del castello, si sarebbe presa il merito di tutto ciò che riguardava il Desmond Castle, anche della rappresentazione teatrale. E avrebbe tenuto Kathleen al suo fianco, visto che sembravano essere indissolubilmente legate. Ma non mi importava, ormai. Non ero più la stessa Rose, viziata, egocentrica, manipolatrice. O forse in parte lo ero ancora, pensavo ancora a me stessa. Molto meno ad apparire di fronte al resto del mondo.

«Anche tu dovresti fare le prove per la tua sceneggiatura, Rose.»

Avevo cercato di evitare di incrociare Ivy in ogni modo possibile, ma non ero riuscita a sfuggirle. Sapevo che mi avrebbe affrontata in proposito.

«Non credo sia il caso, Ivy. Insomma c'è già il mercatino, ci sarà lo spettacolo dei bambini, poi la festa... Quella sciocca sceneggiatura non è importante. Io non ho intenzione di recitare, comunque.»

Ero triste, demoralizzata e disillusa. Soprattutto perché in mattinata avevo avuto da mio padre la grande rivelazione. Lui aveva parlato al cellulare con Chris, alcuni giorni prima, mentre si trovava al lavoro al castello. Dal suo sguardo avevo compreso che provava una sorta di pena nei miei confronti. Ma da un altro punto di vista avevo avuto l'impressione che si sentisse sollevato.

Sollevato per il fatto che tra me e Chris fosse finita così? Che lui mi avesse lasciata, senza nemmeno una parola, senza una spiegazione? In me si stava facendo strada il dubbio che fosse stato lui stesso a imporglielo. Ma no... non potevo e non volevo crederci. Chris me ne avrebbe parlato... O forse no? Dovevo credere davvero che per ubbidire a mio padre preferiva ferire me?

L'unico conforto che avevo ricevuto dalla notizia era stato sapere che almeno stava bene. Mi rendevo conto che probabilmente non si sarebbe presentato alla festa di Natale. Lo avrebbe trascorso a Londra, con sua madre. Forse era meglio così.

«Rose... non è affatto sciocca la tua sceneggiatura. Tutt'altro, è molto dolce e poetica. E tu sei davvero brava.»

Ivy evidentemente non aveva intenzione di darmi pace. Mi seguì sul retro del castello, dove io avevo incominciato a vagare senza meta, alla ricerca di un po' di solitudine che ormai sembrava impossibile trovare lì intorno. Sapevo di non potermi allontanare, purtroppo. Da un momento all'altro qualcuno poteva avere bisogno di me.

«Sono sciocca io, allora! Quindi puoi farmi il favore di lasciarmi in pace?»

Mi voltai verso di lei, rabbiosa. Con un tono aspro e doloroso allo stesso tempo.

«Lo so che sei delusa e ferita, mi rendo conto di quanto sia difficile per te. Ma io credo che ci sia una spiegazione.»

Credevo di riuscire ad allontanarla con il mio atteggiamento scostante, invece Ivy non si lasciò scoraggiare. Tutt'altro, si mostrò ancora più decisa. Anche fisicamente sembrava aver raggiunto più determinazione, più grinta. Aveva abolito gli occhiali da qualche giorno e teneva i capelli scuri e ondulati sciolti sulle spalle, in modo tale che le sfiorassero il collo incorniciandole il viso.

«Tu sai qualcosa che io non so, Ivy? Bene, aggiungiti alla lista di persone che credono di sapere tutto, allora!»

Non era mia intenzione prendermela con lei. E non era giusto, soprattutto. Ivy era stata l'unica ad avermi sempre difesa, protetta e incoraggiata. Fin dal mio arrivo a Heathland.

«Ora vieni a fare le prove. Non cambiare i tuoi programmi, Rose. Ti sei impegnata tanto. Anche se Chris non arriverà, tu comunque non puoi e non devi buttare via il tuo tempo. E non è giusto che gli altri perdano parte dello spettacolo.»

Sembrava seria, più risoluta che mai. Magari lei non aveva mai sofferto, non sapeva cosa si provava a sentirsi così abbandonati. E nemmeno io lo sapevo, prima.

La seguii senza entusiasmo, lasciai che mi circondasse le spalle con il braccio conducendomi verso la sala allestita per lo spettacolo e mi aiutasse a cambiarmi e a indossare il costume per la mia breve scena. Toccava a me, quindi. La mia prova nella parte della piccola fiammiferaia.

Il gelo che sentivo dentro poteva essere equivalente a quello che la sventurata ragazzina percepiva esteriormente. Era più semplice di quanto avrei creduto possibile, di quanto avessi previsto quando avevo iniziato a provare la parte. Non dovevo nemmeno fingere o recitare. Era tutto vero. Me ne stavo seduta in centro al palco, in ginocchio. Avevo freddo, le mani ghiacciate, il viso in fiamme mentre le lacrime lo percorrevano creando dei solchi che a contatto con il freddo mi davano l'impressione del fuoco sulla pelle, come lame roventi. Una sensazione insolita, amara.

Intanto ripetevo quelle frasi che conoscevo ormai a memoria. La voce mi tremava a tal punto che dubitavo si riuscissero a percepire e distinguere. Restai in ginocchio a guardare verso la luce di una finta finestra, un albero di Natale all'interno di una casa. Mentre io, nelle vesti della piccola fiammiferaia, restavo fuori, al freddo. Senza la possibilità di scaldarmi.

«Perfetta... sei stata perfetta!»

Ivy mi raggiunge immediatamente, appena pronunciai le mie ultime parole e mi lasciai scivolare a terra dopo aver consumato tutti i miei fiammiferi nel vano tentativo di scaldarmi, di trovare un po' di tepore.

Gli altri che avevano assistito alla scena erano rimasti in silenzio. Chiusi gli occhi, abbassando il viso. In qualche modo dovevo muovermi, spostarmi da lì. Qualcuno improvvisamente applaudì. Non sollevai la testa per scoprire chi fosse, non mi interessava.

Poi mi sentii coprire e riscaldare, mentre un massaggio delicato si soffermava sulle mie spalle. Ricambiai l'abbraccio, convinta che si trattasse di Ivy. Ma quando il mio viso si avvicinò al suo e percepii il suo profumo, le sue labbra sulla fronte, un filo di barba sul suo mento, mi resi conto che non era lei. Luke l'aveva preceduta e mi teneva stretta.

«Sei stata bravissima, piccola fiammiferaia. Ma stai gelando, devi coprirti.»

«Sì, io… insomma, è tutta parte della scena. La storia è così… un po' triste.»

Tentai di giustificarmi e di alzarmi in piedi, senza riuscirci. Sentivo le gambe e le braccia intorpidite.

«Io non credo sia così. Perché Rose tu per me sei stata…»

Non riuscii a comprendere il resto delle sue parole, nonostante Luke si trovasse così vicino a me, nonostante mi stesse circondando il corpo con le braccia, scaldandomi con il suo calore. Perché, inaspettatamente, i miei occhi incontrarono lo sguardo che avevo tanto desiderato, tanto atteso. E ora, in fondo alla sala del teatro, stava fissando me e Luke con una sorta di desolazione, di tristezza che mi spezzò il cuore.

«Chris…»

Pronunciai il suo nome nell'attimo stesso in cui lui stava voltando le spalle e si allontanava. Usciva di scena come se intendesse uscire dalla mia vita.

Mi tolsi di dosso la giacca con cui Luke mi aveva coperta e mi divincolai dal suo abbraccio. Percorsi l'intera sala per raggiungere l'ingresso, mi guardai intorno senza comprendere quale direzione avesse preso.

Come poteva andare tutto così dannatamente male? Corsi lungo il corridoio che conduceva al salone principale ma non lo trovai lì, allora tornai indietro per avviarmi verso l'esterno e il giardino, prima di provare a salire le scale e cercarlo per gli altri piani del castello. Improvvisamente non sentivo più freddo, nonostante mi trovassi completamente all'aperto e con l'abitino leggero usato per la parte della fiammiferaia.

Mi avviai verso l'altalena. Tutto intorno, al centro del parco, c'erano le bancarelle del mercatino, e io dovevo fare attenzione per non travolgerle nella mia corsa. Non ero certa che si fosse avviato verso il nostro boschetto oltre l'altalena, quello del nostro primo bacio.

«Prenderai freddo così, Rose.» Voltandomi lo vidi comparire alle mie spalle. Abbassò il viso passandosi una mano tra i capelli scuri. «Rientra se non vuoi ammalarti.»

«Credi che mi importi qualcosa?» Avanzai verso di lui, senza esitare. «Io sto già male, Chris.»

«Stai con lui, ora?»

Lo disse senza nemmeno alzare la testa e guardarmi negli occhi.

Ma chi era questo estraneo che mi trovavo davanti? Come poteva rivolgermi una domanda del genere? Dov'era il mio adorabile nemico, quello con cui avevo litigato quotidianamente per più di sei anni? Quello di cui mi ero irrimediabilmente innamorata? Che non mi aveva mai permesso di nascondermi…

Proprio così mi aveva detto. "Rose… io non ti ho mai permesso di nasconderti." Ora si stava nascondendo lui, da me.

«Chris…» Come poteva essere cambiato così? «No, assolutamente no! Come puoi chiedermelo?»

Non potevo accettarlo. Non potevo e non volevo. Mi avvicinai a lui di un altro passo, fino a toccarlo. Gli presi il viso tra le mani, forzandolo a guardarmi negli occhi.

«Non hai ricevuto i miei messaggi? Io ti ho chiamato tante volte! Ti ho anche scritto…» Si opponeva a me, tenendo lo sguardo abbassato. «Chris, maledizione guardami!»

«Mi dispiace. Io… dovevo pensare…»

Anche la sua voce sembrava diversa. Lontana, assente. Come se non gli appartenesse più. Mi faceva paura.

«Mi stai lasciando?» Infine pronunciai le parole che erano rimaste in sospeso, tra di noi. E che evidentemente lui non riusciva ancora a dire. «Chris, se mi stai lasciando almeno guardami in faccia! Stronzo!» Il suo silenzio stava diventando sempre più opprimente. «Ho capito… Forse io ho sbagliato tutto. Hanno ragione gli altri quando dicono che sono solo una ragazzina viziata. Lo dicevi anche tu, del resto. Ma io in fondo

344

credevo che non lo pensassi veramente... e mi sono sbagliata...»

«Forse è la nostra storia a essere sbagliata. Tu hai bisogno di qualcuno che...»

Non gli permisi di terminare. Ora la sua voce era irriconoscibilmente roca, spezzata.

«Io credevo in noi, Chris. Sarò stupida, sarò viziata, egoista, manipolatrice... ma ci credevo davvero. Tu invece no. Io so esattamente cosa voglio, chi voglio. Ma per te non è lo stesso.»

Mi voltai e iniziai a correre. Via. Via da quel dolore che mi stava annientando più di quanto avrei creduto possibile. Via dall'amarezza che mi divorava. Via da quel viso, da quello sguardo che non riuscivo più a riconoscere. Il mio cuore spezzato invece non potevo lasciarlo lì, insieme a lui. Ero costretta a portarlo con me, a trascinarmelo dietro come un macigno. L'amore è l'amore. Non era vero, tutta una bugia. Perché in quel momento per me l'amore era essenzialmente dolore, solitudine, rimpianto.

CAPITOLO 16

La stanza di Cassandra non era il luogo ideale dove rifugiarmi. Lì le sensazioni e i ricordi diventavano quasi più vivi, più intensi. Ma non avevo avuto abbastanza tempo per riflettere. Presto sarei dovuta tornare dagli altri, sforzandomi per fingere di stare bene.

La festa… la dannata festa natalizia al castello Desmond stava per iniziare. E io dovevo raggiungere i bambini e prepararli per lo spettacolo. Avevano bisogno di me. E io, probabilmente, avevo bisogno di loro. Più di quanto potessi e volessi ammettere.

Mi sedetti in un angolo, lungo la parete dall'altra parte del letto, proprio sotto al quadro che raffigurava una donna che poteva essere Cassandra Desmond. Non potevo esserne del tutto certa. Giovane e avvenente, con il viso dolce e le labbra rosate, indossava un abito bianco fatto di pizzi e merletti che saliva a fasciarle il seno lasciando appena scoperte le spalle. Portava i capelli scuri in parte raccolti sulla nuca, in parte lasciati liberi dietro la schiena. Non riuscivo a definire il colore dei suoi occhi, ma mi sembravano chiari. Non somigliava tanto a Sally, come nel mio sogno. Vista così sembrava più Ivy. La nuova versione di Ivy.

Mi tenni a distanza dal letto. Passai più volte le mani sul viso. Dovevo ricompormi in fretta. Avrei avuto tutto il tempo in seguito, per piangere e soffrire.

Prima che riuscissi ad alzarmi la porta si aprì. Sobbalzai e chiusi gli occhi, stringendomi forte le ginocchia al petto, come se in questo modo potessi diventare piccola, talmente piccola da scomparire, tanto da non essere individuata, rannicchiata nel mio angolino. Si stava facendo buio con i tendaggi tirati e l'oscurità incombente della sera. Ma sperai comunque che chiunque fosse non mi vedesse e soprattutto se ne andasse. Magari erano di nuovo Esther e Simon. Oppure…

Si sedette accanto a me, in silenzio. Io invece tentai immediatamente di sollevarmi, spingendo la schiena contro la parete e facendo forza con le mani sul pavimento.

«Rose…»

«Vai al diavolo!»

«Rose, calmati ora. Dobbiamo parlare.»

La sua voce era tornata quella di sempre, o almeno si avvicinava a quella di sempre. Era solo più bassa, quasi soffocata.

«Ah, ora ti è venuta improvvisamente voglia di parlare? Io… io…»

Come poteva essere cambiato così? Cosa gli era successo? Una parte di me non riusciva ancora a comprendere, pretendeva una spiegazione. Un'altra invece non voleva ascoltarlo più ma chiedeva solo di fuggire via da lui, lontano.

«Sì, dobbiamo parlare. Tra di noi c'è stato…»

«No! No, smettila! Non ti permettere!»

Scattai in piedi, come una furia. Sentivo che le sue scuse sarebbero arrivate presto, le percepivo nell'aria come una condanna. Scuse che avrebbero posto fine a tutto, segnato la fine di un amore che esisteva solo in me.

«Rose, per favore…» Lui non si alzò, abbassando lo sguardo vidi che si passava una mano sul viso, poi sugli occhi. «Noi dobbiamo…»

«No, non parlare di "noi"! Perché io non sono come te. Io sono… So di non essere perfetta, so di non valere abbastanza! Ma per quanto riguarda "noi" appunto, io so quello che voglio. Per una volta lo so! Lo so da quest'estate, lo so…»

Mi rigirai di scatto. Avrei preso a pugni il muro ma mi ritrovai di fronte il volto dolce e un po' sofferente della donna che credevo essere Cassandra, raffigurato in quel dipinto. Mi persi per un attimo a ripensare alla sua storia. Aveva ucciso per amore? Era morta per amore? Che assurda sciocchezza... L'amore nemmeno esisteva davvero.

«Dillo, allora. Che cosa vuoi?»

La voce di Chris mi richiamò alla realtà. Si era alzato e mi stringeva le braccia, attirandomi a lui. Non mi aspettavo il suo gesto e mi riscoprii ancora più fragile, vulnerabile.

«Non è già abbastanza chiaro, Chris?» Respirai affannosamente, sentendomi quasi soffocare dall'angoscia, dalla paura. Ma non avevo alternativa. Fissai i miei occhi nei suoi. Erano più verdi e intensi che mai, anche nella semioscurità. «Voglio te. Ti voglio e io... Ti voglio anche se tu non provi lo stesso per me, anche se tu...»

«Rose...»

Le sue dita mi sfiorarono la guancia con delicatezza. Chiusi gli occhi e rimasi sospesa tra la parete e le sue braccia.

«Dillo, almeno. Dillo che hai avuto modo di pensare e hai cambiato idea.» Mi morsi le labbra con forza. «Dillo che tanto per te io sono sempre stata la piccola, sciocca, viziata Rose che non prende mai nulla seriamente. La ragazzina che si butta in imprese impossibili con manie di grandezza, per poi lasciare perdere tutto e trovare qualcuno che la tolga dai guai. Ma vedi, Chris, io...» Deglutii prima di spalancare gli occhi su di lui e alzare la voce gradualmente, a ogni parola che usciva dalle mie labbra. «Tra di noi... vedi, io l'avevo presa seriamente, questa volta. Forse non te l'aspettavi da una come me, vero? Per questo te ne sei andato e hai creduto che standomi lontano io cambiassi idea, come sempre. E tu avrai pensato che per te fosse meglio una ragazza dell'università, come quella tua amica Lisa, così intelligente e matura. Ma per me sarebbe impossibile cambiare idea. E vuoi sapere perché? Perché io ti amo. Ecco, l'ho detto. Ti amo.»

Distolsi lo sguardo da lui e mi divincolai, tentando di sfuggire alla sua presa. Ci riuscii senza troppa fatica perché evidentemente la mia confessione lo aveva colto di sorpresa, per cui aveva allentato la morsa con cui mi aveva stretta poco prima.

Sgusciai fuori dalla stanza e scioccamente iniziai a correre verso la scala che portava al piano superiore, sempre più su, fino alla torre più alta del castello, dove eravamo stati l'ultima sera insieme. Scioccamente, sì. Perché da lì non avrei più avuto una via di fuga dalla vergogna che stavo provando nei confronti di me stessa, dei miei sentimenti non ricambiati.

Chris mi raggiunse prima che arrivassi alla vetrata che portava all'esterno della torre. Mi afferrò le spalle, trattenendole con le mani.

«Lasciami andare…»

«No, è troppo pericoloso e tu sei troppo…»

Lasciò scivolare le mani lungo le mie braccia, risalendo poi alle spalle.

«Emotivamente instabile. Puoi dirlo.»

Lo sentii sospirare sulla mia nuca. Poi inaspettatamente mi lasciò andare. Però fu solo un istante, perché le sue braccia mi circondarono la vita cingendomi da dietro.

«Emotivamente instabile e incredibilmente sciocca, mostriciattolo.»

Sentivo freddo e paura allo stesso tempo. Posai una mano sul suo braccio e lasciai cadere la testa di lato, sulla sua spalla.

«Non chiamarmi mai più così, Chris. Mi fa troppo male… Quindi, ti prego, non farlo mai più!»

«Mostriciattolo?» Mi obbligò a voltarmi, ma io abbassai lo sguardo mantenendo la fronte sulla sua spalla. Si scostò e mi sollevò il mento con due dita. «Guardami, Rose.»

Non volevo guardarlo. E non volevo che lui mi vedesse piangere, perché ormai mi costava un'estrema fatica trattenermi. Soprattutto non volevo che lui mi dicesse che apprezzava il mio impegno nei suoi confronti ma per me non provava lo stesso. Però Chris non sembrava intenzionato a lasciarmi andare.

«Guardami, mostriciattolo e dimmi... Cosa o chi ti ha fatto credere che io non ti ami?» Sgranai gli occhi su di lui, incredula. Non erano le parole che mi aspettavo, dopo il suo comportamento distaccato, anzi completamente assente. «Io lo so che... sono stato distante. Non ti ho risposto. Ho avuto paura per una serie di ragioni che davvero non hanno nulla a che fare con noi. Non sono stato coraggioso quanto te. E lo ammetto... una parte di me credeva che tu...»

«Chris...» Mi aggrappai a lui con tutta la forza che avevo e gli presi il viso tra le mani. Appoggiai la fronte alla sua, poi mi staccai e lo fissai negli occhi, con la disperazione dettata da un sentimento che ormai non sarei più stata in grado di trattenere, di arginare. «Credevi davvero che io mi dimenticassi di te? Credevi seriamente che non rispondendomi ti sostituissi con un altro? Come puoi averlo pensato? Sarebbe impossibile, nessuno potrà mai prendere il tuo posto perché io... io ti amo. Hai capito? Io amo solo te, rompiscatole! Appartengo solo a te.»

«Rose...» Sorrise, fissando gli occhi verdi nei miei, ancora incredulo. Un po' come lo ero stata io, poco prima. Mi accarezzò il viso con una delicatezza, una dolcezza che mi inondarono il cuore d'amore, di calore e di desiderio allo stesso tempo. Poi cercò le mie labbra con ansia, con trepidazione. Lo afferrai, baciandolo con tutta la passione di cui ero capace. Mi strinse forte tra le braccia, quasi fino a farmi male, fino a spezzarmi il fiato. E io, nonostante ci trovassimo nel punto più alto e gelido del Desmond Castle, non sentivo più freddo ma un calore che dal cuore si stava gradualmente espandendo in tutto il mio corpo. Si staccò da me, continuando però a tenermi stretta. «Il tuo ultimo messaggio... mi ha distrutto. Ho lottato per non risponderti, ero convinto di fare la cosa giusta lasciandoti andare, concedendoti un po' di libertà. Non ti volevo opprimere o forzare in una relazione che stava diventando troppo seria. Non volevo essere così egoista con te. Invece ho sbagliato tutto e ti ho fatta soffrire. Io non ho mai amato un'altra, Rose. In tutta la mia vita, giusto o sbagliato che sia, ho amato soltanto te. Comprese tutte le volte che ti ho rimproverata, che ti ho presa in giro. Anche io amo solo te, mostriciattolo.»

«Dillo… ancora…» sospirai tra le lacrime, baciandogli le labbra ripetutamente.

«Ti amo, mostriciattolo. Ti amo.»

CAPITOLO 17

Il mio cuore giovane e inesperto avrebbe resistito a tanto dolore seguito da tanta felicità? Indubbiamente sì. Anche se in quel preciso istante avevo avuto qualche dubbio in proposito.

In qualche modo eravamo giunti alla sera che era stata pianificata in modo perfetto. La mia idea di perfezione però era mutata ultimamente. Chris aveva detto che mi amava. E io dovevo fare uno sforzo inaudito per concentrarmi sullo spettacolo imminente e non perdermi nel sogno dei suoi baci, delle sue carezze.

Per il momento non avevo voluto indagare sui motivi del suo tentato distacco da me. Temevo che fosse stato papà a chiederglielo e che lui avesse preferito non dirmelo, assumendosi la responsabilità della decisione. Avrei indagato successivamente, non volevo rovinare l'atmosfera natalizia.

I bambini e la loro rappresentazione di *A Christmas Carol* avevano la priorità assoluta. Anche su di me e sulla mia storia d'amore. Avrei avuto tutto il tempo per stare con Chris. Tutto il tempo per parlare con papà e fargli comprendere le mie ragioni. Non poteva imporre a Chris di lasciarmi e non poteva nemmeno suggerirgli di starmi lontano. Chris aveva rispettato la sua volontà ubbidendogli, però non avrebbe dovuto farlo mai più. In fondo aveva ragione la mamma, questa volta. Io e Chris ci amavamo, non c'era proprio nulla di sbagliato.

Dedicai tutto il mio impegno allo spettacolo, scena dopo scena, battuta dopo battuta. Alcuni dei piccoli tentennarono un paio di volte per l'emozione soprattutto, ma se la cavarono egregiamente. Tanto da sorprendere non solo me, ma tutti gli spettatori, che applaudirono calorosamente. Nessuno di loro ebbe davvero bisogno dei miei suggerimenti.

Quando arrivò il mio turno di recitare di fronte a un vero pubblico mi sentii più insicura, la mia voce tremava e in realtà io stessa fremevo di ansia, emozione e tensione repressa. Ma essendo la storia tragica e triste poteva sembrare che facesse parte del ruolo che stavo interpretando.

Alla fine i bambini corsero tutti verso di me. Rocky fu il primo ad arrivare e a stringermi, portando con sé una coperta per proteggere me, nelle vesti della piccola fiammiferaia, dal freddo. La piccola Lilly mi offrì una rosa bianca di stoffa e cartone, creata da loro. Ognuno mi lasciò un piccolo regalo o un bigliettino per ringraziarmi dello spettacolo che avevo organizzato e per averli guidati e diretti. Io, in tutta la mia vita, non avevo mai provato una sensazione così intensa, così magica. Ciò che avevo fatto per loro era nulla in confronto a quanto loro avevano fatto per me.

Chris attese con pazienza che gli altri si complimentassero con me. Mio padre, mia madre, Daisy e tutti gli altri amici. Poi mi avvolse nel suo abbraccio.

«Sei stata meravigliosa. E bellissima.»

«Bellissima, dici? Sono stata vestita con gli straccetti della piccola fiammiferaia da quando sei tornato… e sono spettinata, senza trucco…» ridacchiai cingendogli il collo con le braccia. «Ho i capelli tutti arruffati, sono un disastro!»

«Io non ti ho mai vista più bella di così, Rose. Di oggi, di questa sera. Quello che hai fatto con quei bambini è stato sorprendente. La tua stessa interpretazione è stata… incredibile. Hai dato un'occhiata al pubblico? Hai commosso proprio tutti.»

Si morse le labbra. Aveva gli occhi lucidi. Gli accarezzai il viso con le mani. Sapevo che ci trovavamo ancora sul palco, anche se ci eravamo spostati lateralmente. E sapevo che gli altri ci stavano osservando.

«Ho commosso te…» Appoggiai la fronte alla sua e socchiusi gli occhi. «Baciami, Chris. Baciami adesso, ci stanno ancora guardando.»

«Sei diventata una vera esibizionista, allora…»

«Baciami o giuro che andrò a cercare un maledetto vischio e ti costringerò a baciarmi solo per rispettare la tradizione!»

Arricciai il naso e gli puntai gli occhi addosso, decisa.

«E sei anche la solita prepotente, lo sai?» Rise pizzicandomi la guancia.

«Lo so. Per cui, già che ci sei, baciami come se fossi follemente innamorato di me!» Avvicinai le labbra alle sue, in attesa.

«Prepotente e approfittatrice!» Sfiorò le mie labbra con dolcezza, per poi approfondire il bacio. «Sfrutti l'evidenza dei fatti, mostriciattolo.»

«Sì, è vero. Ma voglio che lo sappiano tutti… e che la smettano di mettersi in mezzo.»

Fui costretta a ricompormi per seguire il programma della serata. Dopo lo spettacolo gran parte degli spettatori si era avviata nel parco, verso il mercatino. Anche io avevo intenzione di andare a comprare qualcosa di carino e molto natalizio per abbellire il nostro cottage. Tra l'impegno con lo spettacolo e l'indeterminatezza della mia situazione personale, non ne avevo avuto il tempo.

Poi ci sarebbe stata la grande festa nel salone principale, a cui però solo gli ospiti d'onore erano stati invitati. Io ero tra quelli, ma l'avrei evitata volentieri. Avevo fatto presente che mi sembrava un'ingiustizia escludere gran parte degli spettatori e anche i bambini. Comunque non spettava a me decidere. Ivy e la madre di Sally avevano comunque organizzato una piccola festa per loro, nella sala del teatro, con una tavolata di caramelle e dolcetti natalizi. Per cui avrei fatto la mia comparsa nel salone principale, per poi ritirarmi e trascorrere la serata con i miei piccoli attori e al mercatino. Gli ospiti d'onore potevano fare a meno di me, come io di loro.

«Ciao, Rose. Sei stata molto brava.»

Me la trovai di fronte, proprio mentre ci stavamo spostando dal palcoscenico.

«Karen…»

Tra le altre cose era evidente che Chris avesse scordato di dirmi che anche sua madre era arrivata a Heathland. Sentii la sua mano irrigidirsi, mentre stringeva la mia. Ero stata una sciocca a dimenticarmi di lei. A questo punto mi chiedevo se fosse stata proprio Karen a intromettersi tra di noi. Forse erano stati entrambi, Karen e papà, a influire su Chris mentre si trovava a Londra.

Karen si ravvivò con una mano i capelli rossi. Sembrava un po' più magra e più pallida di come la ricordavo, ma forse arrivando dalla California non era più abituata all'inverno inglese e l'abito e la giacca che indossava erano troppo leggeri.

«La festa si sposta nel salone principale, per l'inaugurazione ufficiale del castello.» Non ero certa che fosse stata invitata, ma non aveva importanza. Avrei detto qualunque cosa per distoglierla da noi. Ci stava rivolgendo uno sguardo ambiguo che non prometteva nulla di buono.

Karen annuì e lanciò un'occhiata verso papà, che si stava avviando con Simon e Sir Richard verso il salone. Mosse qualche passo, come intenzionata a seguirli, per poi voltarsi di nuovo verso di noi.

«Voi non venite?»

«Sì, certo. Aiutiamo soltanto a sistemare gli ultimi dettagli per la festa dei bambini e vi raggiungiamo.»

Era una scusa. Ma non volevo seguirla. Avevo bisogno di parlare con Chris, prima che rischiasse di subire ancora la sua influenza. Sospirai vedendola allontanarsi.

«Dimmi la verità, Chris. È stata lei?»

«Cosa?»

Chris mi fissò perplesso. Ma io non potevo cascarci, aveva capito perfettamente cosa intendevo dire.

«Non cadere dalle nuvole, non sono stupida! È stata tua madre a non approvare la nostra storia e a costringerti a starmi lontano, magari anche a lasciarmi? O è stato mio padre? Oppure tutti e due, si sono coalizzati?»

«No, Rose. Loro non c'entrano.» Sorrise e mi accarezzò le guance con i pollici, dopo aver preso il mio viso tra le mani. «Rilassa i nervi, hai uno sguardo davvero minaccioso. Come se volessi sbranare tutti gli invitati.»

«Per il momento soltanto tua madre e mio padre, tranquillo.»

«Ti assicuro che non è il caso.» Chris mi baciò teneramente sulle labbra. «Andrà tutto bene, te lo prometto. Sarà un Natale un po' strano, lo so. E c'è chi ancora ci osserva con sospetto, però...»

«Chris, lo sai quanto bene ti conosco, vero? Tanto da aver capito che ami l'arte anche se hai tentato di tenerlo nascosto. Tanto da prevedere i tuoi pensieri, come tu spesso prevedi i miei. Per cui, ti prego, non girarci intorno. Lo sento che c'è qualcosa che non va, ancora. Quindi ora tu mi dirai...»

«Rose... ti fidi di me?»

Mi strinse a sé con un impeto che mi bloccò il respiro, oltre alle parole.

«Detesto questa domanda. Perché mi costringe a dirti di sì. E mi costringe a dirti di sì perché sono completamente pazza di te!»

«Allora sistemiamo questa piccola festa per far contenti i bambini, poi andiamo di là dai grandi e facciamo finta di divertirci un mondo.»

«E poi ci andiamo a nascondere da qualche parte, da soli. Magari non nella stanza di Cassandra perché a qualcun altro potrebbe venire la stessa idea.» Sorrisi cercando di prendere tempo. Ivy e le maestre avevano organizzato dei giochi per i bambini che al momento erano impegnati in una caccia al tesoro natalizia. «Sì, mi sembra un ottimo piano.»

Chris rise, posandomi la mano sulla testa. Non contava più tanto quello che diceva, ma il modo in cui mi guardava. Era uguale a prima, ma allo stesso tempo diverso. Mi amava, ormai non avevo più dubbi. Mi amava e avrebbe lottato insieme a me, se fosse stato necessario.

Andai a cambiarmi nel piccolo camerino che avevamo allestito dietro al palco. Indossai il vestito celeste di lana leggera che avevo messo da parte per l'occasione. Poco più tardi ci spostammo, anche se controvoglia, nel salone principale. Avremmo potuto evitarlo, sicuramente. Ma per tacito accordo decidemmo di rispettare le regole e non andare troppo controcorrente. Del resto anche Daisy, Alan, Janet e Freddie erano presenti. E c'erano anche Sally e Teddy. Kathleen li aveva trascinati via subito dopo lo spettacolo, perché fossero pronti per il ballo prima dell'ingresso degli ospiti.

Mi salutarono con la mano, i ragazzi con un'espressione talmente frustrata e infelice da risultare quasi comica. Avevano indossato, costretti da Esther e da Kathleen, gli abiti scelti per il ballo tradizionale. Quello di Kathleen era il più sontuoso. Da come si stava mettendo la situazione prevedevo che presto avrebbe mollato Mike con una scusa per tentare la conquista di Luke.

«Non vorrei trovarmi nei panni di quei poveretti imbalsamati. Scommetto che Freddie e Alan invece in questo preciso momento stanno rimpiangendo i tempi in cui li hai costretti a partecipare alla rappresentazione di *Romeo e Giulietta*.» Chris ridacchiò rivolgendomi un'occhiata un po' perfida. «Comunque, è piuttosto curioso vedere le nostre madri nella stessa stanza... e tuo padre che cerca di restare a opportuna distanza da entrambe.»

«Piuttosto curioso? A me sembra un incubo, sinceramente.»

Lo attirai in un angolo, contro la parete, per osservare meglio senza metterci troppo in mostra. Mia madre si stava intrattenendo con Alison e John. Karen invece, incredibilmente, stava conversando con Esther e un'altra signora che avevo intravisto durante lo spettacolo, probabilmente un'amica della padrona del castello.

«Ecco, non volevo essere così esplicito.»

«Aspetta il giorno di Natale vero e proprio... temo che sarà ancora più curioso, come dici tu.» Cercai mio padre con lo sguardo e mi accorsi che a sua volta stava cercando qualcuno. Non me e Chris, evidentemente, perché i suoi occhi si fermarono su Ivy che, appena entrata nel salone, stava dimostrando un'eleganza e uno stile di gran lunga superiori a quelli di Esther Desmond. «Promettimi una cosa, rompiscatole. Promettimi che mi avviserai se un giorno ti accorgerai che mi sto trasformando in una delle nostre madri.»

«Non credo che tu corra il rischio. Mi sembra che tu abbia già superato da un pezzo quella fase.»

«La fase stronza esibizionista, in cerca di affermazione nella carriera e di posizione sociale?» Incrociai le braccia e mi voltai verso di lui, sogghignando. «Non sfidare troppo la sorte. Potrei sorprenderti. Quindi tu tienimi d'occhio, okay?»

«Non ti accadrà, Rose.» Chris scosse la testa. Io stavo scherzando, ma lui sembrava terribilmente serio. E soprattutto sicuro. «Sicuramente non accadrà alla ragazza che ha fatto una scenata di fronte a tutti per evitare di ballare con il figlio della proprietaria del castello... dicendo che era impegnata con un altro e avrebbe ballato soltanto con lui perché voleva essergli fedele. Nonostante lui, quello stupido imbecille, non si fosse fatto più sentire da giorni ed evitasse di rispondere alle sue chiamate e ai suoi messaggi.»

«Ah, l'hai saputo?»

«Freddie e Janet mi hanno raccontato, mentre tu ti stavi preparando per lo spettacolo.» Provai un brivido mentre fissava gli occhi verdi nei miei. «Rose, qualunque cosa accadrà tra noi, io...»

«Ragazzi, cosa fate qui nell'angolo? Fra un po' inizierà il ballo!»

Janet ci raggiunse e si pavoneggiò nel suo splendido abito turchese. Sembrava una principessa. Tutti i modelli indossati dalle ragazze erano simili, a parte quello di Kathleen che era bianco e più sontuoso. Ma a Janet quel colore e quel modello stavano divinamente. Il vestito le fasciava il petto e scendeva morbidamente accarezzandole le forme.

«Noi non abbiamo partecipato alle prove per il ballo tradizionale, lo sai Jan. Poi non abbiamo gli abiti adatti e io ho fatto infuriare sua altezza, Lady Desmond. Quindi credo di essere ufficialmente bandita dal grande ballo.»

Mi strinsi nelle spalle con indifferenza e afferrai la mano di Chris.

«Mmh... Secondo me la strega non se ne accorgerà nemmeno, tanto è presa dai suoi ospiti importanti.» Janet sbuffò, poi annuì e si allontanò da me con una strizzatina d'occhio, per raggiungere gli altri. «Però sono convinta che troverete comunque di meglio da fare!»

«Rose, a proposito di piani per la serata e di meglio da fare, come diceva Janet...» Chris guardò verso le file che si stavano formando in centro per il ballo tradizionale, poi mi strinse la mano e mi trascinò con sé, fuori dal salone. «Anche io ho un piano.»

Lo seguii fiduciosa. Non andammo molto lontano, ci rifugiammo in una stanzetta adiacente al salone, che fungeva da ufficio o piccola biblioteca.

Lo sguardo di Chris cadde su un piccolo lettore cd collegato alla presa di corrente. Si chinò per controllarlo, poi lo accese e tornò da me.

«Io avrei ballato soltanto con il mio ragazzo...»

Sospirai mentre le note di una canzone sconosciuta riempivano l'ambiente confondendosi con quelle del ballo tradizionale che proveniva dal salone. Mi persi per un attimo, poi riuscii a immedesimarmi solo in quella musica, in quelle parole. Dimenticando tutto il resto.

"I don't know, but I believe
That some things are meant to be
And that you'll make a better me
Everyday I love you."

«Conosci questa canzone?»

«Mmh…» Corrucciai la fronte, fissandolo incerta.

«Così, anche stavolta hai completamente dimenticato i tuoi amati Boyzone?»

Chris rise, afferrandomi per la vita e facendomi girare per poi riprendermi tra le braccia.

«La nuova canzone!»

«Già… con la fatica che abbiamo fatto io e Teddy per recuperare il cd in poche ore!»

Sorrisi, stringendomi a lui. «Lo ammetto, li avevo quasi dimenticati tutti quanti per un attimo. Compreso Ronan Keating.»

«Bene. Magari con un po' di fortuna un giorno riuscirò a prendere il suo posto nel tuo cuore.»

Chris mi baciò e io mi sentii scivolare tra la musica, le parole della canzone, le sue labbra sulle mie.

«Guarda che però non ho dimenticato che mi avevi promesso di portarmi al concerto! Soprattutto quando volevi farmi spostare dal parapetto, hai detto che avresti cercato i biglietti a Londra. E visto che sono diventata così brava e fedele… non posso certo accettare che sia un altro ad accompagnarmi. Deve essere per forza il mio ragazzo!»

«Sei incredibile, lo sai? Ogni tanto… dalla ragazza che ha confessato di amarmi, dalla ragazza che ha fatto così tanto per quei bambini questa sera, emerge la solita stronzetta Rose Storm, il mostriciattolo che vuole avvolgermi nel suo Rostormshire.»

Le sue parole mi lasciarono perplessa per un istante. Non compresi se si trattasse di un rimprovero o di una semplice costatazione dei fatti. Rimasi in silenzio, in attesa. Non sapendo se dovessi dispiacermi, scusarmi oppure riderne.

«Io…» abbassai il viso, avvilita. «Mi dispiace, tenterò di mandare via quella Rose, di eliminarla, di…»

«No, non tentare proprio.» Si chinò per baciarmi le labbra, posando le mani sui miei fianchi. «Tra tutte le Rose che ho imparato a conoscere in questi anni e recentemente… quella è stata la prima di cui mi sono innamorato. Quindi non mandarla via, mi mancherebbe.»

CAPITOLO 18

La Vigilia di Natale raggiunsi la chiara consapevolezza di non aspettare altro che la situazione tornasse alla normalità. Ciò implicava la partenza di Karen e della mamma, anche se nell'evolversi recente dei fatti mi aveva sostenuta ed era stata dalla mia parte. Si era emozionata per la mia partecipazione allo spettacolo, addirittura prevedeva per me un futuro di attrice teatrale! Però mi sentivo costantemente spiata, tenuta sotto controllo. Forse era una mia impressione.

Certo, con il ritorno alla normalità Chris sarebbe partito nuovamente per Londra, come tutti gli altri. Alison e John erano già partiti. Janet e Freddie sarebbero tornati a Londra nel pomeriggio per festeggiare il Natale con le loro famiglie. Per fortuna la scarsa neve che infine era scesa non impediva loro di mettersi in viaggio. Forse sarebbero tornati per trascorrere con noi il Capodanno.

Chris era stato costretto a trasferirsi dal nostro cottage a un piccolo alloggio in centro al villaggio, per non lasciare sua madre completamente sola. Era già tanto, comunque, che Karen avesse accettato di venire a passare le vacanze a Heathland senza pretendere di restare a Londra. Anzi, effettivamente era abbastanza inconsueto conoscendola.

Io sapevo di non dovermi lamentare. Presto, nonostante la distanza temporanea, avrei avuto Chris tutto per me. Mi trovavo nella fase in cui credevo con tutte le mie forze che l'amore potesse superare qualunque problema, qualunque ostacolo. L'amore avrebbe vinto su tutto, su tutti. Anche sulle avversità del destino.

«Ivy... tu credi che una persona possa cambiare?»

362

Mi ero ritrovata a casa di Ivy per invitarla ufficialmente alla nostra festa della Vigilia di Natale. In realtà era già stata invitata, ma io l'avevo presa come scusa per passare da lei e parlarle.

«Dipende da cosa intendi, Rose.» Seduta sul divano, Ivy sorseggiò il tè che aveva preparato. «Ti conosco, ormai. La tua non è una domanda casuale. Cosa ti preoccupa?»

«Mmh… hai visto mia madre e la madre di Chris?» Altra domanda sciocca, ovviamente le aveva viste! «Ecco… tu credi che io potrei… o magari che io sia già come…»

«Vediamo un po' se riesco a capirti. Vuoi sapere se io credo che tu possa diventare come loro?» Ivy sorrise, stringendo la tazza tra le mani.

«Ecco, sì. Più o meno.»

Mi tirai tutti i capelli su una spalla. Non riuscivo a non sentirmi preoccupata. Nonostante ciò che mi aveva detto Chris. Anche perché lui ci aveva scherzato sopra. Ma lui era un uomo, non poteva capire. Io temevo invece che la parte superficiale di Rose, quella Rose che lui aveva dichiarato di amare comunque e aveva conosciuto durante i primi anni, prendesse il sopravvento crescendo. E mi trasformasse in una persona che poteva rimanere in bilico tra Isabelle e Karen. Mia madre e la sua.

«La tua domanda mi induce a pensare che non ci terresti particolarmente.»

«Mmh… no, io non vorrei. Cioè, io… Mia madre ha i suoi lati positivi. E anche Karen, volendo… cercandoli bene…» sospirai, posandomi una mano sulla fronte. «Ma entrambe hanno lasciato mio padre, alla fine. E io… Chris dice che io non diventerò come loro in futuro, però…»

«Quindi, nella tua mente, tu pensi di poter essere come tua madre o Karen… e lasciare Chris come loro hanno lasciato tuo padre.»

Ecco, ovviamente Ivy aveva raggiunto facilmente il fulcro del mio discorso contorto.

«Sì, più o meno è così.»

«Hai mai pensato che anche tuo padre abbia contribuito in parte a ciò che è accaduto tra loro? Rose... non tutte le storie sono uguali. E nemmeno tutte le persone. Tu non sei tua madre e non sei Karen. E Chris non è tuo padre.»

Ciò che Ivy diceva aveva un senso. Forse papà era troppo diverso sia da mamma sia da Karen, quindi... forse erano relazioni già destinate a fallire.

«Io e Chris siamo diversi. Come mio padre è diverso da mia madre e anche da Karen.» Espressi ad alta voce il mio pensiero successivo. Forse ciò non avrebbe implicato che tra me e Chris sarebbe finita o che sarei stata io a comportarmi male nei suoi confronti. «Io penso che se c'è un esempio, un modello di donna che vorrei seguire... sei tu, Ivy.»

«Rose... per tornare alla tua domanda iniziale. Quando mi hai chiesto se penso che una persona possa cambiare...» Il volto di Ivy si oscurò. Posò la tazza di tè sul tavolino di fronte al divano e incrociò le braccia. Mi stava fissando seria come non lo era mai stata, da quando l'avevo conosciuta. Questo mi convinse del fatto che non aveva preso la mia dichiarazione come un complimento. «Io non sono la persona che tu credi, Rose. Per cui... no, non dovresti proprio prendere me come modello da seguire.»

«Ma... perché?»

Mi aveva parlato con una severità e una freddezza tale da farmi sentire a disagio. E non mi era mai accaduto con lei.

«Io non sono nata e cresciuta qui, Rose.»

Questo già lo sapevo, ma non comprendevo quale fosse il problema. Magari aveva vissuto altrove e poi aveva preferito scegliere la pace della campagna. Come me... anche se in realtà la mia era stata una scelta un po' forzata.

«Sì, lo avevi già detto. Però...»

«Vivevo a Londra, anche se sono nata a Liverpool. Ho vissuto a Londra gran parte della mia vita. Quando ci siamo incontrate mi ero trasferita a Heathland da circa otto anni.» Ero lieta che Ivy volesse condividere con me dettagli della sua vita passata, ma ancora non comprendevo dove volesse arrivare. Certo si era assimilata benissimo alle abitudini di Heathland, sia come modo di pensare sia come stile di vita. «Ero una giornalista freelance di fama internazionale, Rose. Ho lavorato alcuni anni anche in America. Il mio nome era Ivory Landman.»

Ivory Landman? Ivy era… Ivory Landman? L'avevo sentita nominare anni prima, quando era ancora in voga. Anche se io ero una bambina e lei…

Puntai gli occhi su di lei incredula e per poco la tazza di tè non mi scivolò dalle mani. Continuavo a ripetermi mentalmente il suo nome, come se potesse svanire da un momento all'altro. Anzi, come se la Ivy che conoscevo da qualche mese ed era diventata la mia confidente privilegiata, la mia consigliera… potesse svanire per lasciare il posto alla celebre ma per me sconosciuta Ivory Landman.

«Ivory era un nome d'arte, diciamo. Landman il nome del mio primo marito.»

Continuai a fissarla come in trance. Primo marito? Ne aveva più di uno? Non osai chiedere. E quindi… dalla tenera Ivy con il nome da innocua piantina d'edera, a Ivory… avorio, il nome di una pietra!

«Ero specializzata in gossip. Non semplici e innocue notizie di gossip. In scandali, per essere più precisa. Ho rovinato e distrutto la vita privata e la serenità di molte persone, con i miei articoli piccanti e irriverenti. Ma era quello che la gente voleva leggere e si aspettava da Ivory Landman, quello che i miei editori pretendevano da me. C'era stato anche un periodo in cui avevo pensato di dedicarmi a qualcosa di completamente diverso… recensioni letterarie, libri per bambini… ma invano. Nessuno voleva altro da me. Finché…»

Finché era accaduto qualcosa e Ivory Landman era sparita dalla circolazione. Rammentai una notizia in televisione. Grandi occhiali scuri, capelli raccolti, Ivory Landman che

365

uscica di corsa da un famoso hotel del centro di Londra. Ma ero solo una bambina e Alison aveva cambiato immediatamente canale. Però Daisy era più grande di me ed era stata molto presa dalla rivelazione shock che aveva stroncato la carriera a... come l'avevano definita? Quella piovra della Landman. Possibile che nemmeno Daisy, sempre così sveglia, così attenta, avesse sospettato la vera identità di Ivy? No, probabilmente. Perché Ivy non aveva proprio nulla a che fare con Ivory.

«Ho causato un incidente molto grave a una persona, un attore. È rimasto a lungo tra la vita e la morte e non si è più ripreso del tutto. Non sono stata io materialmente, ma il tutto è stato scatenato da un mio articolo in cui avevo mostrato le prove di tutte le sue infedeltà, dal dolore che gli avevo causato quando la moglie lo ha lasciato. E oltre alla gravità della situazione... le prove che avevo costruito con la collaborazione di una sua assistente, erano infondate. Completamente false. Quella donna voleva solo vendicarsi di lui per averla respinta.»

«Oh... no...»

Balbettai qualche parola senza senso. Dovevo ancora assimilare la rivelazione di Ivy... di Ivory... non sapevo nemmeno più come chiamarla.

«Non avrei mai voluto confessarti qualcosa del genere sul mio conto, Rose. So che ora il tuo giudizio cambierà radicalmente. Ma non potevo permettere che tu considerassi una persona come me un modello. Non sarebbe giusto. Nemmeno nei confronti di tua madre o della madre di Chris. Dovresti essere un po' più indulgente con loro.»

«Ivy... io non...» deglutii mordendomi forte le labbra.

Avevo anche pensato che Ivy Jensen potesse essere la donna giusta per mio padre, così diversa dalla mamma e da Karen. Ma ora? Ora restava sempre la stessa Ivy, la mia amica, la mia preziosa confidente. Ma al tempo stesso non lo era più.

«Oltre a questo, c'era un motivo ben preciso dietro a quel discorso che ti avevo fatto a proposito della neve.»

«La neve che scende candida… poi si sporca sempre un po'…» ripetei le sue parole, quasi meccanicamente.

«Nessuno è perfetto, Rose. Alcune persone si avvicinano un po' più di altre alla "perfezione", o almeno ci provano. Fanno del loro meglio per diventare migliori, io credo. Per cui, tu mi chiedi se ritengo possibile che le persone possano cambiare… Io credo di sì. O almeno lo spero. Il mio cuore non è più a Londra, non è più nei luoghi alla moda in cui ho vissuto, ma è qui ormai. E qui resterà sempre.»

«Io… vorrei dire che…» sospirai, posando la mano sulla sua. Poi le sfiorai il viso con le dita, quasi timidamente. Era la celebre e grintosa Ivory Landman. No, non lo era. Era Ivy Jensen, per me. La bibliotecaria un po' impacciata, bella ma fuori moda, che avevo incontrato qualche mese prima a Heathland. Tanto assuefatta all'ambiente da sembrare appartenervi da sempre, esserne completamente parte. «Non mi importa di Ivory, non mi importa chi è stata e cosa ha fatto. A me interessa la Ivy che ho conosciuto a Heathland, quella che dice che le persone possono cambiare. E ha dimostrato che è vero con le sue azioni, ogni giorno.»

Le parti, tra me e Ivy, si erano stranamente scambiate. Alla fine ero stata io a sostenere lei, ad abbracciarla e confortarla. E non l'avrei mai ritenuto possibile. In ogni caso ero uscita dalla sua casa con una speranza in più, nei confronti di me stessa. Anche io ero cambiata. E comunque non avrei avuto un marchio, non sarei stata predestinata a diventare come mia madre o come Karen. Io, come chiunque altro al mondo, potevo decidere di essere la persona che volevo essere. O almeno impegnarmi ad esserlo.

Così mi diressi verso il piccolo appartamento preso in affitto per qualche giorno da Karen e Chris. Avevo bisogno di vederlo, era tarda mattinata ormai. Gli avrei chiesto di scendere e trascorrere con me il resto della giornata, in preparazione della cena della vigilia.

«Chris non c'è, Rose.» Karen invece di rispondermi semplicemente scese le scale per raggiungermi, prima che me ne andassi. «È andato al castello con tuo padre, questa mattina presto.»

«Oh, accidenti. Lavoro, sempre lavoro! Anche la Vigilia di Natale!»

Non volevo lamentarmi ad alta voce. In realtà non avrei dovuto lamentarmi affatto, ma ero delusa di non averlo trovato. Salutai Karen con un cenno del capo prima di voltarmi per andarmene.

«Rose, aspetta per favore. Ti vorrei parlare.»

Karen si sistemò una ciocca di capelli dietro l'orecchio e si strinse nel cappotto chiaro, uscendo dal portoncino per avvicinarsi a me.

Ecco, avrei dovuto prevederlo. Si stava sicuramente preparando a manifestarmi tutta la sua disapprovazione riguardo alla mia relazione disdicevole con suo figlio. E voleva approfittare del prezioso momento in cui mi trovava da sola. Sospirai profondamente, pronta a risponderle per le rime.

«Devo parlarti di Chris...»

Ecco, appunto!

«Sii breve... ho da fare.»

Le risposi sgarbatamente, perché già immaginavo cosa mi avrebbe detto. Che era uno sbaglio, che non avrebbe mai funzionato, che eravamo giovani, incoscienti, immaturi e non saremmo mai andati d'accordo. E forse anche che la storia tra noi era strana e un po' assurda. Nulla di nuovo, sicuramente non mi avrebbe sorpresa.

«Chris ha deciso di tornare in America con me.»

Invece sì. Era riuscita a sorprendermi. Impiegai qualche istante prima di metabolizzare le sue parole e trovare la prontezza di replicare.

«Ma... cosa...» Non come avrei voluto, però. Non con la forza e la grinta che avevo immaginato di usare per difendere il mio amore per Chris. Mi aveva presa in contropiede. «No, no. Stai scherzando.»

«No, Rose. Chris partirà con me a gennaio.»

«Per una… vacanza…»

Quella stronza ci godeva un mondo a farmi male! La detestavo! Era la madre di Chris e non avrei dovuto… Ma io la odiavo lo stesso e no, non potevo proprio essere indulgente con lei! Chris aveva accennato a qualcosa del genere. Una vacanza in America ma indefinita, spostata in là nel tempo.

«No. Non per una vacanza. Chris avrebbe dovuto dirtelo ma non è riuscito a trovare il coraggio, ancora. Voleva aspettare dopo Natale e dopo il tuo compleanno per non farti soffrire. Ma io credo sia giusto che tu lo sappia subito, almeno avrete più tempo per…»

«No! Ma cosa stai dicendo? Tu…»

Non era solo una stronza! Era una vipera! Una malefica e perfida bugiarda!

«Chris ha tentato di lasciarti, quando io…»

«Tu! Tu gli hai imposto di lasciarmi!» Mi guardai intorno e feci un passo indietro per tenermi a distanza da lei. Avrei voluto prenderla a botte. Faceva freddo e la neve stava scendendo a piccoli fiocchi delicati, su di noi. Ma qualcosa in me, al centro del mio petto, stava andando a fuoco. Sentivo le guance scottare come se avessi la febbre. «Io ti odio… Sei venuta qui apposta per separarci…»

«No, Rose! No, io non lo sapevo! Te lo giuro, tesoro…»

Karen si mosse verso di me e aprì le braccia come se fosse intenzionata ad abbracciarmi, a stringermi.

«E non chiamarmi tesoro! Odiavo quando lo facevi, anche anni fa quando ti aggiravi per casa! Tu non mi hai mai sopportata!» Iniziai a piangere, pur senza volerlo. E strinsi forte i pugni per cercare di impedirlo. Non volevo piangere di fronte a lei. «Io… io ti odio…»

«Io non sapevo di te e Chris, credimi. L'ho saputo solo quando sono arrivata a Londra, è stato Chris a dirmelo.» Karen chiuse gli occhi, poi abbassò il viso. Non volevo, non potevo crederle. Anche se in quel momento mi apparve assurdamente sincera, come non mi era mai apparsa prima. «Tu sei… una ragazza dolce, Rose. E lo so che vuoi bene a Chris. Vi ho visti. Anche se credo che tra voi non funzionerebbe per molto tempo, non vi separerei se non fosse necessario…»

«E invece è esattamente quello che vuoi fare» replicai freddamente.

Intanto stavo già pensando a come affrontare la situazione, come reagire. Avrei parlato con Chris. Lo avrei convinto a non andare, a non assecondare sua madre. Anche se in realtà non riuscivo a capire. Chris non aveva mai voluto andare a vivere in America, anche quando era più giovane e sua madre e mio padre avevano divorziato. Lui si era imposto e aveva ottenuto di restare a studiare in Inghilterra, nonostante i tentativi di Karen di convincerlo a seguirla.

«Non ho scelta. Ho bisogno di avere mio figlio accanto.» Karen riaprì gli occhi, sollevando il viso su di me. Sembrava stanca, pallida, un po' smarrita. Forse davvero non era più abituata a starsene fuori al freddo, all'inverno inglese. «Sono malata, Rose. Temo di non farcela.»

CAPITOLO 19

Non era vero. Non poteva essere vero. Karen stava mentendo. Ma... sarebbe arrivata a mentire fino a questo punto pur di trascinare Chris con sé in America?

Non avevo saputo replicare, avrei rischiato di insultarla ancora, non credendole. Ero fuggita via. Via a cercare Chris. Se era tutto vero perché non mi aveva detto niente? Perché?

Quando mi vide, sostare di fronte a lui con l'aria sconvolta e senza dire una parola, comprese immediatamente che avevo saputo.

«L'avevo pregata di non dirtelo.»

«Ah, davvero? E cosa aspettavi? Il giorno della partenza?» Mi scagliai contro di lui, afferrandolo per il giubbotto e iniziando a scuoterlo con forza. «Mi avresti... salutata dall'aereo magari! O avresti detto a mio padre di farmelo sapere, prima o poi...»

«Oh, Rose. Ti prego, non dire così...» I suoi occhi, così verdi e lucidi, mi indussero a smettere. Rimasi con il suo giubbotto stretto tra i pugni. Era tutto vero, quindi. Era tutto vero. Chris mi accarezzò la testa, ripetutamente, baciandomi la fronte. «Capisci perché io avevo pensato che tu... magari...»

«Che io magari non ti amassi abbastanza.» Conclusi la frase per lui. Chris annuì timidamente, abbassando lo sguardo. «Mi hai chiesto tante volte se io mi fidassi di te, Chris. E tu... perché non ti sei fidato di me? Perché ti sei tenuto tutto dentro e non mi hai detto niente?»

«Te l'avrei detto. Ma eri così felice! Ti avrei rovinato la preparazione dello spettacolo. Poi il Natale, il compleanno...»

«Cosa vuoi che mi importi di questo maledetto Natale e del mio stupidissimo compleanno, se dopo dovrò restare senza di te!» Esplosi, quasi urlando. Ci trovavamo poco distanti dal mercatino e alcune persone dalle bancarelle più vicine si voltarono verso di noi. Mi calmai, cercando di riprendere fiato. La mia mente doveva assolutamente recuperare tutte le sue funzioni, trovare una soluzione. «Noi... troveremo il modo.»

«Perdonami. Io non sapevo... Ho avuto la notizia di mia madre e non ho saputo gestire la situazione. È stata del tutto inaspettata per me. Mi sono dedicato a qualche ricerca sulla sua malattia, si tratta di una forma di leucemia non aggressiva, potrebbe essere ancora curabile, però... In realtà io non so, non so niente.»

«Ci sono anche io, adesso. Chris, non sei solo...» E la soluzione purtroppo non arrivava. Sapevo solo che non lo avrei lasciato andare via senza lottare. «Papà... lo sa?»

Chris annuì, sospirando. «Lui lo sa da prima di me. Mia madre gli aveva telefonato per chiedergli di aiutarmi. Avevano pensato di dirmelo prima del suo arrivo, poi invece hanno ritenuto fosse meglio attendere che lei fosse qui.»

«Mmh...» Mi posai una mano sulla fronte. Mi stava scoppiando la testa. Quindi era dovuto anche a questo il comportamento ambiguo di mio padre. Il suo tentativo di distogliermi da Chris. «Ma a questo punto... Perché Karen non rimane qui in Inghilterra? Mi sembra che si sia separata dall'altro marito... insomma... Sarebbe la soluzione più logica.»

«Ci avevo pensato anche io, è stata la prima cosa che le ho suggerito. Ma non ha il visto in regola, da quando si è separata da tuo padre. Non potrebbe restare a lungo termine, a meno che chieda la cittadinanza irlandese. Però... in ogni caso non può aspettare e ha già iniziato le cure negli Stati Uniti. Le ha interrotte solo per venire qui dieci giorni, poi dovrà riprenderle immediatamente. Si è separata dal suo secondo marito e ha perso gran parte degli amici, nel momento della malattia. Mia madre è sempre stata attiva, vivace, la conosci... Ma non è mai stata molto brava a farsi amare dalle persone. Appena ha scoperto di non stare bene e ha fatto le analisi, si sono allontanati tutti, poco alla volta. Le resto solo io. Sapeva che questo viaggio l'avrebbe debilitata ma ha voluto affrontarlo comunque, voleva rivedere l'Inghilterra. E credo anche te, Ned e Daisy…»

«Io sono convinta che se la caverà, comunque…» Ero sempre la solita egoista Rose. Pensavo solo a me stessa e al fatto che Karen mi avrebbe portato via il ragazzo che amavo. Non mi ero soffermata un solo istante a riflettere sulla sua malattia, sul dolore di Chris. «Karen è forte. E se le cose stanno così, io… Io verrò insieme a voi. Ti aiuterò a curarla, a fare… qualunque cosa ci sarà da fare per aiutarla.»

«Rose…» Chris sorrise appena e mi baciò le labbra. «Rose, tu la disprezzi.»

«Mmh… vero, lo ammetto. Ma disprezzavo anche te, ricordi?» ricambiai il bacio, massaggiandogli il petto con dolcezza. «Le persone cambiano. Scusami per averti aggredito prima… ero sconvolta. E mi sono sentita esclusa da te, dalla tua vita.»

«Ti amo, lo sai mostriciattolo? Odiavo l'idea di farti soffrire, invece è proprio quello che ho ottenuto…»

«Tu credevi anche che io ti dimenticassi, ignorando i miei messaggi. E ho sofferto per quello. Soffro ancora, sapendo che te ne andrai. Ma sei un illuso se pensi che io ti lasci andare, che ti perda senza lottare.» Gli presi la mano e iniziai a camminare. Sostai per un attimo di fronte al grande albero di Natale nel parco e mi lasciai stringere tra le braccia, osservando la stella che brillava sulla cima. Chris mi seguì senza replicare, mentre mi avviavo verso l'altalena e poi verso il boschetto dove ci eravamo baciati per la prima volta. «Tua madre è convinta che tra noi sarebbe finita comunque. Io invece sono convinta che non finirà affatto. Tu cosa credi? Ora te lo chiedo io… Ti fidi di me?»

Mi fermai e mi voltai verso di lui, fissandolo seria negli occhi.

«Io credo che tu sia una testarda, lo sei sempre stata. Sei ostinata, caparbia e…»

«E… stai per dire una cosa molto brutta su di me, rompiscatole?» ridacchiai, pizzicandogli il fianco. «Ormai ti precedo… ti prevedo, anzi.»

«E sei stata sempre una ragazzina superficiale e viziata, un po' egoista e manipolatrice, un vero mostriciattolo…»

«Ecco, vedi! Come ti dicevo…» sbuffai, alzando gli occhi al cielo.

«Ma… quando si tratta di qualcosa di serio, di importante… Tu, piccola Rose Storm, ci metti l'anima. Ti impegni con tutta te stessa, ami con tutta te stessa. E io mi sento l'uomo più fortunato del mondo a essere amato da te.»

Mi portai la mano sulle labbra per trattenere un singhiozzo, gli occhi sgranati su di lui, sul suo viso che sembrava più dolce, bello come non l'avevo mai visto prima nonostante l'aria stanca e i capelli scompigliati.

«Avevi previsto che ti dicessi anche questo?» sorrise accarezzandomi la testa con una mano. «E per rispondere alla tua domanda… Sì, mi fido di te. Certo che mi fido di te.»

CAPITOLO 20

Eravamo costretti ad arrenderci all'inevitabile. Ma questo non avrebbe significato smettere di lottare. Chris sarebbe partito con sua madre. E io sarei rimasta a Heathland per terminare il liceo. La malattia di Karen era stata inaspettata, ma qualche speranza c'era ancora, poteva ancora salvarsi. Papà si era dimostrato disponibile ad aiutarla, per quanto possibile. Purtroppo però non sarebbe riuscito a trattenerla in Inghilterra, nemmeno offrendosi di risposarla per darle la possibilità di restare.

La vigilia e il giorno di Natale erano trascorsi così, serenamente ma con un velo di tristezza e una malinconia a cui nessuno era riuscito a sfuggire. Ormai, anche a causa della prossima partenza di Chris, la notizia si era diffusa. Karen aveva imposto a tutti di dimenticare la sua malattia e si era pentita amaramente di avermelo raccontato. Ma io, alla fine, ero stata costretta a riconoscere che aveva fatto bene. Il tentativo di Chris di rimandare la mia sofferenza mi avrebbe causato ancora più dolore perché non avrei avuto il tempo di comprendere e reagire.

Karen a un certo punto si era dichiarata disposta a lasciare Chris in Inghilterra e a tenerlo aggiornato costantemente sull'evolversi della sua malattia. Ma non sarebbe stato giusto, lo sapevamo entrambi. Non avrei mai potuto pretendere che Chris accettasse, però almeno da parte di Karen avevamo ricevuto una sorta di consenso, di appoggio morale. Lo avevo apprezzato.

Non saremmo stati separati molto a lungo. C'era internet, il telefono… e poi le vacanze, la fine del liceo. E io sarei volata da lui. Sei mesi di distacco non erano poi così tanti, eravamo in grado di sopportarli. Magari nel frattempo Karen si sarebbe anche ripresa.

«Ehi, sorellina…»

Daisy mi aveva trovata sola, mentre la mattina di Natale ero impegnata ad addobbare il piccolo albero di Natale all'ingresso del nostro cottage. Non avevamo ancora avuto una vera e propria opportunità di parlare da sole, ultimamente.

«Mmh… questo alberello è un po' striminzito, rispetto ai nostri soliti, però è comunque carino con le decorazioni che ho preso al mercatino.» Stavo cercando affannosamente di trovare un argomento che non mi facesse stare troppo male. Non volevo riversare anche sugli altri le mie frustrazioni, rovinando completamente l'atmosfera di festa. «Ti piace la ghirlanda che ho appeso sulla porta?»

«Stai facendo un lavoro magnifico qui, Rose.» Senza rispondere direttamente alla mia domanda Daisy mi circondò con le braccia e stringendomi forte a sé sussurrò dolcemente al mio orecchio, come faceva spesso quando eravamo piccole. «Stai tranquilla, andrà tutto bene. E tu sarai felice, anche se forse sarà più complicato del previsto.»

«Mmh… e tu come fai a saperlo?» sospirai appoggiando la tempia alla sua.

«C'è una cosa che ho sempre saputo…» sorrise accarezzandomi dolcemente i capelli con entrambe le mani. «Chris ti ama tanto. E mi dispiace non essere intervenuta in tua difesa qualche giorno fa, durante le prove per il ballo, contro Kathleen e Mike soprattutto. Ho rimpianto di non averlo fatto, mi sono sentita una pessima sorella. Non mi ero resa conto che i tuoi sentimenti per Chris fossero diventati così profondi. Ma ora ti offro tutto il mio sostegno, spero non sia troppo tardi. Io credo in voi… Farò tutto il possibile per aiutarvi, te lo prometto.»

«Daisy… non sei affatto una pessima sorella…» sospirai prendendo le sue mani nelle mie. «Sei dalla mia parte. È questo che conta per me. Quel giorno io dovevo combattere da sola la mia battaglia… è stato giusto così.»

Chris e io ci eravamo promessi di vivere al meglio l'ultima settimana prima della sua partenza. E il giorno del mio diciottesimo compleanno giunse così, senza che gli riservassi particolare importanza. Non l'avrei mai detto, qualche mese prima. Sembrava non aspettassi altro che ricevere regali e organizzare una grande, meravigliosa festa.

I regali erano giunti, ma il vero regalo per me restava Heathland e il modo in cui mi aveva cambiata. Sembrava possedere questo potere magico sulle persone. Anche mia madre sembrava cambiata, in parte. Anche Karen. Forse dipendeva dalla malattia, ma non era più la stessa.

Chris mi aveva regalato una catenina con un ciondolo a forma di rosa. Aveva affermato tristemente di aver cercato ovunque, ma di non averlo proprio trovato a forma di mostriciattolo. Poi mi aveva donato una serie di suoi acquerelli che raffiguravano diverse visuali di Heathland, anche dalla torre del Desmond Castle e un altro del nostro boschetto. Ne aveva iniziato uno mio che però voleva tenere segreto. L'avevo obbligato a mostrarmelo, ma era solo un abbozzo. Rappresentava una ragazza di spalle, a una finestra che sembrava proprio quella del nostro cottage, che osservava la vita scorrere davanti ai suoi occhi. Quella ragazza dovevo essere io… Quale sarebbe stata la mia vita? Io e Chris insieme? Oppure io a Heathland? O altrove?

Di una cosa ero assolutamente certa. Quella appena trascorsa era stata l'estate più brutta e più bella della mia vita. Seguita dal Natale più brutto e più bello della mia vita. Carico di sofferenza, di timore, di angoscia, ma anche di felicità, di speranza, d'amore. Sentimenti talmente contrastanti da sconvolgere l'anima di una ragazza come me, ancora inesperta della vita e delle debolezze umane. Senza dimenticare, ovviamente, anche il compleanno più brutto e più bello della mia vita!

I miei regali natalizi erano stati pessimi. Qualche acquisto dal mercatino e i miei lavoretti a maglia. Rosemary, a tempo perso, mi aveva insegnato a lavorare un po'. Ma era in grado di fare solo un certo tipo di punto, quindi avevo confezionato sciarpe lunghissime per tutti quanti. Tutte uguali, ma di colori diversi. Per Chris avevo scelto della lana verde, che si intonava al colore dei suoi occhi.

«Mi servirà proprio durante l'inverno e la primavera californiana!» Aveva scherzato, pizzicandomi una guancia. «Ti prometto che non me ne separerò, mio tenero mostriciattolo.»

«Sì, poi arriverò io in persona a scaldarti durante l'estate!»

Mentre gli altri festeggiavano l'inizio di un nuovo anno al castello, il 2000 che avevo tanto atteso, noi ce ne stavamo per lo più in silenzio, abbracciati. E davvero, in quei momenti, osservavo la vita scorrermi attorno. I miei amici, i miei genitori… tutto il mio mondo.

«Tu credi… che Cassandra abbia trovato la felicità in qualche modo?»

La domanda mi sorse improvvisa e sorprese me stessa, per prima.

«Cassandra… Stai ancora pensando a lei?» Chris sospirò stringendosi nelle spalle. «Secondo me ha trovato il modo di fuggire dalla sua prigione ed essere felice.»

«Mmh… potrei…» Arricciai il naso, poi scossi la testa.

«Potresti cosa?»

«Scrivere una sceneggiatura su di lei, un giorno. Una storia, insomma.»

Non avevo idea del motivo per cui mi fosse venuta in mente un'idea del genere. Era una sciocchezza. Ma forse in certi momenti si dicono sciocchezze per non affrontare questioni più importanti, dolori che rischiano di spezzarci il cuore.

«Potresti scriverne un pezzo ogni giorno e mandarmelo…» Chris annuì convinto, poi rise di gusto. «E io potrei scrivere la parte del suonatore d'arpa irlandese!»

«Va bene, basta che non finisca in tragedia come *Romeo e Giulietta*!»

Non aveva voluto che lo accompagnassi in aeroporto. Era stato irremovibile in proposito, nonostante io lo avessi supplicato in tutti i modi. Anche arrivando a qualche velata minaccia.

«Mi ami, Rose?»

«Stai per dire che se ti amo... allora rispetterò la tua decisione di non vederti partire, vero?»

Mi strinse forte tra le braccia e annuì. Mi baciò la fronte e poi le labbra.

«L'unico aeroporto in cui voglio vederti è quello in cui io verrò a prenderti tra sei mesi, quando tu verrai da me.»

«Va bene.» Appoggiai la fronte alla sua e sospirai sulle sue labbra. «Ti ubbidirò ma solo per questa volta, rompiscatole.»

Mi stavo trattenendo per essere forte, per non piangere. Non ero più una ragazzina ormai. Avevo diciotto anni ed ero stata catapultata nell'anno 2000 con una nuova prospettiva, un nuovo temperamento. Accarezzai la guancia di Chris e mi ritrovai la mano bagnata. Scostandomi vidi che una lacrima gli stava rigando il viso.

«Perdonami, mostriciattolo. Un uomo non dovrebbe...»

«Quella cosa che mi hai detto...» Continuai ad accarezzargli il viso, con dolcezza, asciugandogli un'altra lacrima. «Ecco, io volevo dirti che anche per me è lo stesso. Mi sento la donna più fortunata del mondo ad essere amata da te. E sono certa che sarà così sempre, rompiscatole... per sempre.»

CAPITOLO 21

Così lo avevo lasciato andare. Io ero rimasta nel nostro mondo, quello che avevamo costruito insieme. Chris si era alzato dal luogo in cui ci eravamo ritrovati per salutarci, nel nostro boschetto, e si era allontanato, lungo il sentiero che portava al castello. Poi da lì al villaggio, all'auto che lo avrebbe condotto in aeroporto. Lo avevo pregato di non voltarsi o non avrei resistito. Aveva ubbidito alla mia richiesta.

Ma abbassando lo sguardo a terra avevo notato un foglio di carta, che poco prima non c'era. Incuriosita lo avevo sollevato ritrovandomi davanti poche parole. Riconobbi immediatamente la sua calligrafia.

"Amore non è amore se muta quando scopre
un mutamento o tende a svanire quando
l'altro si allontana...
Amore è un faro sempre fisso che sovrasta
la tempesta e non vacilla mai...
Amore non muta in poche ore o settimane
ma impavido resiste al giorno estremo
del giudizio...
Se questo è errore e mi sarà provato io non
ho mai scritto...
E nessuno ha mai amato..."

Strinsi forte al petto il foglio che Chris mi aveva lasciato. Shakespeare. Forse era vero, ci credeva anche lui. Lontano nel tempo, attraverso gli anni, i secoli, qualcuno poteva davvero comprendere. L'amore è amore. Si trasforma ma non muta. E qualche volta può davvero trasformarsi in un sentimento eterno.

Era trascorsa una settimana. Io e Chris ci eravamo sentiti tre volte al telefono e ci scrivevamo e-mail tutte le sere. Si stava organizzando per trasferire i suoi studi in un'università americana, ma al momento avrebbe sospeso per un po' per stare vicino a sua madre. Io confidavo ancora nel fatto che potesse tornare, prima o poi. Che Karen sarebbe guarita presto. Forse ero un'illusa.

«È bellissimo qui...»

Non avevo avuto ancora l'occasione di esprimere a papà il mio apprezzamento per il castello, per il suo lavoro. Mi affacciai dal parapetto per ammirare meglio il panorama dalla torre. Non avevo più le vertigini ormai. La neve il giorno prima era stata più persistente e questa volta aveva deciso di resistere. La distesa bianca di fronte a me era magica, sembrava l'ingresso a un mondo da favola.

«Io sono contento che tu abbia deciso di restare.»

Mio padre sospirò, appoggiandomi una mano sulla spalla. Compresi ciò che intendeva dire con "restare". Finire il liceo a Heathland, non tornare a Londra. Ma nella mia mente si era aperto come un varco su ciò che avrei fatto una volta terminato il liceo.

«Sono contenta anche io. È stata la scelta giusta. In qualche modo ha portato in luce la vera me stessa.»

Avrei dovuto parlargli, prima o poi. Ne eravamo consapevoli entrambi. Era un normale fine settimana di inizio gennaio, presto la vita qui a Heathland sarebbe tornata alla normalità. La scuola per me, il lavoro per papà, il castello richiedeva ancora tempo per essere ristrutturato completamente e i Desmond lo avevano già incaricato di alcuni restauri anche alla loro villa.

«Rose, ascoltami piccola...»

«Lo so. Lo so cosa vuoi dirmi, papà. Ma io... non sono come prima, non sto facendo i capricci come quando tu mi hai trascinata qui e io volevo a tutti i costi tornare a Londra...» sospirai, chiudendo gli occhi per un attimo. «Quindi, comunque voi la pensiate... tu e Karen, soprattutto, non finirà tra me e Chris. Staremo lontani, per un po', mi sono rassegnata a questo, lo accetto. Ma poi troveremo il modo. Chris non è un capriccio per me.»

«Sì, l'ho capito. Non ho dubitato di te, Rose. Ma la verità è che avrei preferito che fosse un altro ragazzo, non lui. Non solo per il fatto che ora si trova in America per stare accanto a sua madre.»

Non riuscivo a comprendere. Papà mi rivolse uno dei suoi sguardi seri ma desolati al tempo stesso che non riuscivo quasi mai a interpretare. E anche le sue parole mi lasciarono perplessa. Non dubitava di me... ma non avrebbe voluto che stessi insieme a Chris?

«Ero convinta che avessi stima di Chris, che ci tenessi a lui.»

«Ed è vero. Voglio bene a Chris. Per questo avrei preferito che tu ti innamorassi di un altro.» Non sembrava un complimento, a questo punto. Forse papà non si fidava così tanto di me, in fondo. «Rose... Se tra te e un ragazzo qualunque finisse male, tu saresti sempre mia figlia... e quel ragazzo qualunque tornerebbe a essere un estraneo per me. Ma con Chris... Con lui sarebbe diverso, non potrei mai farlo. Non potrei prendere le parti di uno di voi due contro l'altro se non dovesse funzionare, se vi trasformaste in due nemici. Voglio troppo bene a entrambi, lo sai che Chris è come un figlio per me.»

Era questo il suo dilemma? Non sapere da che parte stare se io e Chris ci fossimo lasciati?

«Papà...» sorrisi, piegando la testa sulla sua spalla. «Comunque vada ti posso assicurare che io e Chris non saremo mai nemici. Non lo siamo mai stati davvero, nemmeno quando litigavamo ogni giorno, ogni minuto!»

«Siete ancora tanto giovani...» Papà sospirò, accarezzandomi i capelli. «Magari avrete altre storie, altri incontri, altri amori.»

«Forse sarà così. Forse no.»

Mi resi conto che sarebbe stato inutile oppormi e cercare di imporre a tutti i costi il mio punto di vista. Dovevo accettare anche quello degli altri, anche se non mi piaceva, anche se non ero d'accordo.

«Guarda… hanno organizzato una sfida a palle di neve laggiù!»

Mi affacciai ancora per riuscire a guardare. Le bancarelle del mercatino natalizio erano state tolte, ormai. Nel giardino, sommerso dalla neve, riconobbi Sally e Teddy. Poi Daisy, Alan, Janet e Freddie che erano arrivati per trascorrere l'ultima piccola vacanza insieme a noi. Altri compagni di scuola. E stavano davvero organizzando una gara, componendo le squadre.

«Ehi, laggiù!» gridai e oscillai il braccio per attirare la loro attenzione. «Avete bisogno di una vera campionessa?»

«Va bene, Rose. Ma muoviti!» Daisy mi fece cenno di raggiungerli, mentre tutti avevano sollevato il viso verso di me. «Stiamo per iniziare!»

Non mi feci pregare, corsi giù dalle scale mentre papà si scostò dal parapetto per rientrare. Quando li raggiunsi stavano già scegliendo i componenti delle squadre.

«Se sei davvero così forte allora ti voglio nella mia squadra!»

C'era anche Luke. Mi sorrise chiamandomi a sé. Anche lui non mi sembrava più lo stesso che avevo incontrato qualche mese prima. O forse non mi aveva ancora mostrato la parte migliore di sé. Sally mi aveva rivelato che Luke aveva offerto i giocattoli di quando era bambino e ne aveva comprati anche di nuovi in modo tale che Rocky e altri ragazzini potessero avere dei doni da offrire per il mercatino dei bambini. Si era impegnato in prima persona ad aiutarli ma non aveva voluto che si sapesse.

«Va bene, non te ne pentirai!» Risi mettendomi dalla sua parte, mentre Alan sceglieva i membri dell'altra squadra.

Sollevai il viso per guardare il castello, la torre. I momenti che avevo trascorso insieme a Chris, l'attimo in cui mi aveva stretta tra le braccia e aveva confessato di amarmi, come lo amavo io.

Allora mi tornarono in mente quelle parole che mi erano rimaste impresse, da *Tess dei d'Urberville*. Le stelle sono mondi. Chris era dall'altra parte del mondo, così lontano da me. Ma il sentimento che ci univa era forte, persistente. Come nelle parole di Shakespeare che lui mi aveva lasciato, scritte su quel foglio. Il nostro mondo, quello che avevamo costruito insieme a Heathland, era ancora intatto. Così come il mio cuore, il mio amore per lui.

Avrei dovuto riprendere a leggere di più. Sì, sarei andata in biblioteca per chiedere ad Ivy dei consigli. Così avrei potuto iniziare la storia di Cassandra Desmond e Chris mi avrebbe risposto come il suonatore d'arpa irlandese. Chissà qual era il suo nome? Avrei dovuto scoprirlo, oppure trovarne uno adatto… Magari…

«Ehi, campionessa!» La risata di Freddie, unita a una palla di neve che mi aveva colpito la spalla, mi ridestò dai miei sogni a occhi aperti. «Luke, temo proprio che tu abbia fatto un pessimo affare!»

«Ah, sì? Adesso ti faccio vedere io!» Mi chinai per raccogliere la neve, formare una palla da lanciare contro Freddie. Gliela scagliai addosso colpendolo in pieno petto. «Preparatevi alla sconfitta!»

«Ecco, brava Rose! Questo è lo spirito adatto!» Luke sorrise, incoraggiandomi. Mi resi conto che i suoi occhi azzurri seguivano ogni mio gesto, ogni mio movimento.

Forse Heathland, in qualche modo, lo stava davvero cambiando. Forse sarebbe andata diversamente tra noi se ci fossimo incontrati in un altro momento.

Mi voltai verso di lui e annuii. Ivy in fondo aveva proprio ragione. Non tutto è sempre bianco o nero. Anche la neve cambia colore, mescolandosi alle gioie e ai dolori umani. Alla vita.

Il rapporto tra me e Luke stava cambiando. Forse l'emozione iniziale nei suoi confronti non si sarebbe mai trasformata in amore, ma sarebbe diventata un'amicizia importante per me. O magari, col tempo, sarebbe mutata ancora.

Non possedevo un fantasma del Natale futuro che visitandomi potesse prevenire e guidare i miei passi, come era avvenuto a Scrooge in *A Christmas Carol*. Non mi era concesso conoscere ciò che il destino mi avrebbe riservato. Ma la storia di Dickens era un insegnamento profondo, una lezione preziosa da non dimenticare.

L'amore è amore. Queste erano state le parole di mia madre. Io avevo appena compiuto diciotto anni e amavo Chris Warner. Nel mio cuore ancora adolescente erano vivi la speranza e il desiderio che il nostro amore durasse per sempre, che persistesse indenne anche contro gli inevitabili ostacoli della vita.

"Avrete altre storie, altri incontri, altri amori…"

Così aveva detto papà e io, pur non essendo d'accordo, non avevo voluto contraddirlo. Forse aveva ragione lui. Forse no. Ma nessuno di noi due poteva conoscere il futuro e possedere la verità assoluta. Perché quello che sarebbe stato il mio destino, il mio amore, la mia vita, lo avrei scoperto solo vivendo. Era la mia vita, appunto. E io mi sarei impegnata ogni singolo giorno, ogni singolo attimo. Per viverla. Per amarla.

Epilogo

Dicembre 2017

Un nuovo Natale è alle porte. Incombono i preparativi, da mesi ormai. Soprattutto per quanto riguarda lo spettacolo. Pretendo che sia ancora meglio di quello dell'anno precedente. Anche perché, dopo una pausa di alcuni anni, riportiamo in scena *A Christmas Carol*. Non posso permettermi errori, questa volta. Sono diventata un'esaltata perfezionista con gli anni, me ne rendo perfettamente conto. Così mi definiscono e sono costretta ad accettarlo.

Per il resto sono sempre la solita Rose Storm, con tanti difetti e anche qualche pregio. Ah, dimenticavo… e con diciotto anni in più, che non sono certa abbiano aggiunto pregi o difetti al mio carattere. C'è chi dice che sono migliorata, chi invece afferma che gli anni abbiano amplificato il mio essere naturalmente lunatica e vagamente egocentrica.

Una cosa non è cambiata. Sono rimasta a Heathland, alla fine. E non me ne sono mai pentita. Questo è diventato il mio mondo, la mia vita. Il Desmond Castle, il villaggio. Gli spettacoli estivi e natalizi, la scuola. Tra tante professioni che mi erano balenate nella mente tra l'infanzia e l'adolescenza ho scelto l'insegnamento. Mi sono perfezionata nella recitazione e nella letteratura, ho studiato tanto, più di quanto avrei mai creduto possibile. Così insegno ai bambini, mi sono resa conto di avere un approccio migliore con loro, rispetto agli adulti. Forse perché il loro mondo è in parte un po' anche il mio.

Sospiro stringendo la penna tra le mani. Sto sistemando alcune battute, alcuni ingressi e uscite di scena per la rappresentazione teatrale. Devono essere adatti ai piccoli attori che ho scelto, assimilarsi alla loro personalità, amalgamarsi fino ad assumere naturalezza, spontaneità.

Per quanto riguarda il resto della mia vita... Nessuno ha avuto torto o ragione assoluta. Forse nemmeno Ivy o la mamma. Probabilmente quello che si è avvicinato di più è stato papà, nonostante io mi fossi opposta al suo punto di vista.

Ci sono state altre storie. Altri incontri. Altri amori. È stato inevitabile. Sono successe molte cose in questi diciotto anni, così tanto è cambiato in noi, tra noi. Del resto è trascorsa una vita intera, o quasi. L'importante è stato saper riconoscere la persona giusta, quella davvero adatta a noi.

Saluto i bambini, per loro è giunta la fine della lezione. Sono gli ultimi giorni prima delle vacanze natalizie e la loro eccitazione è alle stelle. Io invece mi fermerò qui a lavorare ancora un po'. Non mi rendo conto del tempo che passa quando mi immergo nel lavoro. Questo non saprei se annoverarlo tra i miei pregi o i miei difetti.

«Signora, non vorrei disturbarla, ma io dovrei chiudere.»

Ci pensa Charlie, il custode della scuola, a ricordarmi che è ora che io tolga il disturbo.

«Grazie, Charlie...» sospiro e controllo il mio cellulare. «Le dispiace attendere ancora qualche minuto. La mia macchina si è guastata, così sono d'accordo di farmi venire a prendere.»

Gli rivolgo uno sguardo candido e dolce, di quelli che sono abbastanza certa funzionino sempre. O quasi. Charlie annuisce più volte e mi sorride. Ha passato i sessant'anni ma ha ancora l'aria di un bambino. Anche lui ama il suo lavoro. E si vede.

«Certo, se ha bisogno le preparo un tè. E le lascio acceso il riscaldamento ancora per un po'. Io sopporto bene il freddo, sono abituato. Ma lei...»

«Grazie ma non è necessario, tra qualche minuto andrò via.»

Torno al mio lavoro, spero di non trattenerlo troppo a lungo. Ancora una pagina o due... Sfoglio il copione con le mani sempre più gelide. Bene, è quasi perfetto ormai.

«Signora, suo marito è arrivato.»

Charlie torna ad avvisarmi che è tempo che io me ne vada, finalmente.

«Grazie, Charlie. Intanto sono riuscita a finire!» sorrido e comincio a raccogliere le mie cose. Sto per mettere il copione nella borsa ma mi soffermo sull'ultima pagina. «Però... quest'ultima scena...»

«Insomma, sei irriducibile quando ti metti in testa qualcosa!»

Lo vedo sulla porta. Charlie si è allontanato, nel frattempo. Dobbiamo andarcene o, nonostante il suo animo buono e la sua gentilezza, ci manderà via a calci.

«Io sarò irriducibile, ma tu sei in ritardo! Quindi è colpa tua, non mia.»

«Ovviamente. Non ne dubitavo.» Si avvicina e mi prende tra le braccia. Si guarda intorno prima di baciarmi sulle labbra e stringermi le mani tra le sue. «Hai le mani gelate.»

«Che strano... Eppure non ho lanciato palle di neve in tua attesa!»

Sorrido e mi stacco da lui per finire di riporre tutto nella borsa e nella cartelletta. Sono sempre sommersa di volumi, di nuovi testi, di copioni teatrali.

«Lavori troppo, lo sai vero?»

«Lo so benissimo. Questo perché io porto sempre a termine le mie imprese!» Sono pronta, gli prendo le mani e lascio che lui me le stringa di nuovo tra le sue, per scaldarmele. «Ora andiamo prima che Charlie ci chiuda davvero dentro, questa volta.»

«Devi occuparti anche di me, ogni tanto.» Mi cinge per la vita mentre percorriamo il corridoio, rivolgendomi uno sguardo corrucciato. «Tuo padre mi stava mostrando le sue idee riguardanti il prossimo "rudere", come lo chiami tu, da riportare in vita. Abbiamo in mente un bel progetto da proporre.»

«Se pensate davvero di trascinarmi di nuovo per qualche landa desolata dell'Inghilterra durante le prossime vacanze...» Lo colpisco con una leggera gomitata nel fianco, poi scoppio a ridere. «Sono una donna matura, ormai. Non una ragazzina da trascinare in giro a vostro piacimento.»

Usciamo dall'edificio. Mi afferra per la vita e mi bacia sulle labbra.

«Una donna matura? Ma no, che fine ha fatto il mio mostriciattolo preferito? Dove lo hai nascosto?»

«Ovunque l'abbia nascosto, sai che tornerà sempre da te. Vero, rompiscatole?» Gli cingo il collo tra le braccia e ricambio il suo bacio. Poi appoggio la fronte alla sua. «Tornerò sempre da te. E sì, ti seguirei da una landa desolata all'altra in cerca di nuovi "ruderi", perché io...»

Mi bacia ancora, inducendomi al silenzio, come quando mi aveva baciata per la prima volta. Così non può sentire, per l'ennesima volta, le parole che ormai conosce tanto bene.

"Perché io ti amo, Chris. E non sono mai riuscita ad amare un altro più di te." E forse ci avevo anche provato. "Non ancora, almeno" aggiungo sempre, solo per prenderlo in giro.

È andata davvero così. Ci sono stati momenti difficili, ci sono stati momenti in cui avevamo raggiunto la certezza di non poter resistere. Non solo alla distanza, anche a noi stessi. Ci sono state altre storie, altri incontri, altri amori. Ma poi siamo sempre tornati noi. Io sono tornata a scegliere lui, ogni volta. A scegliere lui, ogni giorno. Pur non possedendo nemmeno ora un fantasma del Natale futuro che possa guidare i miei passi, il mio destino. Quindi non mi resterà altro che prendere la vita così come viene, con tutto ciò che ancora ha da offrirmi.

Nel corso di questi anni Chris e io siamo stati tutto l'uno per l'altra. Davvero tutto. Siamo stati rivali all'inizio. Poi innamorati, amici, amanti. E qualche volta sì, anche un po' nemici. Abbiamo avuto altre storie. Non hanno mai funzionato. Alla fine chi dubitava di noi si è dovuto arrendere al fatto che non fosse un capriccio, soprattutto mio. Ma abbiamo dovuto separare le nostre vite, metterci davvero alla prova, per scoprirlo. E per provarlo, anche a noi stessi.

No, non era affatto un capriccio. Era amore. Ma questa, come quella di Cassandra e del suo innamorato, come quella del ritratto della ragazza alla finestra che Chris ha dipinto per me… questa è un'altra storia.

CITAZIONI E PLAYLIST

William Shakespeare: "Romeo e Giulietta"

William Shakespeare: "Amore non è amore se muta quando scopre un mutamento"

Ronan Keating: "When you say nothing at all"

Petula Clark: "Downtown"

Boyzone: "Everyday I love you"

RINGRAZIAMENTI

La storia di Rose per me è stata una sfida che ho voluto raccogliere e che mi ha impegnata più di quanto avevo programmato. La sfida appunto di raccontare la porzione di vita di una ragazza così vicina ma allo stesso tempo così lontana da me, tra la fine degli anni '90 e il 2000.

Durante il tempo trascorso a Heathland, un villaggio di mia invenzione situato nel Dorsetshire, la vita di Rose si evolve e muta. Un po' come si evolvono le sue sensazioni nei confronti del nuovo ambiente, così diverso da quello a cui è sempre stata abituata, e i suoi sentimenti per chi la circonda.

L'ispirazione per questa storia, oltre a quella derivata dalla mia fantasia e dalla frequentazione del luogo, è evidente nel corso della narrazione e soprattutto nella prima parte di *Rose Storm lost in love*. Quindi ringrazio Thomas Hardy, Jane Austen e la sua *Emma*, tutto ciò che di successivo e più moderno ha ispirato questa sua protagonista bella, spiritosa, un po' snob e viziata ma infinitamente dolce e romantica.

Rose Storm lost in love si trasforma nella seconda parte in una vera e propria storia d'amore, di amicizia, di crescita, di cambiamenti. Il villaggio immaginario di Heathland diventa un protagonista importante, con il passato un po' magico e misterioso che circonda il Desmond Castle e i suoi antenati.

Ringrazio la mia casa editrice, Ghostly Whisper, e i miei correttori di bozze, tanto preziosi per me.

Ringrazio la mia famiglia per il sostegno costante e per l'incoraggiamento a non abbandonare mai la scrittura.

Ancora una volta ringrazio voi, mie care lettrici e miei cari lettori, per avermi seguita in questa nuova avventura. Magari ridendo per le trovate di Rose, oppure arrabbiandovi per la sua testardaggine e le sue continue macchinazioni prima di comprendere ciò che aveva avuto davanti agli occhi per tutto il tempo. Per aver sostenuto Rose durante le sue evoluzioni, le sue scelte, la graduale trasformazione che ha segnato il suo passaggio da adolescente in giovane donna.

La storia di Rose e del suo mondo si conclude qui, forse. Oppure forse potrebbe tornare, sempre in vena di romantiche follie, ad allietare le giornate di chi vorrà ancora seguire le sue avventure. Spero che Rose vi abbia regalato un sorriso, qualche ora lieta e magari anche qualche emozione. Gli stessi sentimenti che ho provato io, scrivendola.

Barbara Morgan legge e scrive da sempre. Predilige urban fantasy, horror, distopici e fantascienza ma si avventura spesso in altri generi. Lavora nell'ambito della scrittura, dell'editoria e della moda. Laureata in lingue e letterature straniere, specializzata in letteratura inglese, letteratura americana e letterature comparate, ha vissuto tra Inghilterra, Francia, Italia, Svizzera e Stati Uniti, per poi trasferirsi in Irlanda, dove organizza eventi culturali e book club. Traduce dall'inglese, dal francese e dallo spagnolo.

Ghostly Whisper, la Casa Editrice che ha fondato in Irlanda, è un po' la sua storia.

Website: https://www.barbara-morgan.com

Facebook: https://www.facebook.com/BarbaraMorganAuthor/

Instagram: https://www.instagram.com/barbaramorganbooks/

Twitter: https://twitter.com/BabsiMorgan

www.ingramcontent.com/pod-product-compliance
Lightning Source LLC
Chambersburg PA
CBHW051519250626
47156CB00001B/154